黎明之前

赵 适 著

图书在版编目（CIP）数据

黎明之前 / 赵适著. -- 北京 : 中国文联出版社, 2020.1
ISBN 978-7-5190-4282-0

Ⅰ. ①黎… Ⅱ. ①赵… Ⅲ. ①短篇小说－小说集－中国－当代 Ⅳ. ①I247.7

中国版本图书馆CIP数据核字(2020)第012286号

黎明之前

著　　者：赵　适

终 审 人：闫　翔　　复 审 人：邓友女
责任编辑：阴奕璇　　责任校对：王洪强
装帧设计：王小晨　　责任印制：陈　晨

出版发行：中国文联出版社
地　　址：北京市朝阳区农展馆南里10号，100125
电　　话：010-85923075（咨询）85923000（编务）85923020（邮购）
传　　真：010-85923000（总编室），010-85923020（发行部）
网　　址：http://www.clapnet.cn　　http://www.claplus.cn
E - mail：clap@clapnet.cn　　yinyx@clapnet.cn

印　　刷：北京虎彩文化传播有限公司
装　　订：北京虎彩文化传播有限公司
法律顾问：北京市德鸿律师事务所王振勇律师
本书如有破损、缺页、装订错误，请与本社联系调换

开　　本：710×1000　　1/16
字　　数：338千字　　印　张：22.25
版　　次：2020年1月第1版　　印　次：2020年1月第1次印刷
书　　号：ISBN　978-7-5190-4282-0
定　　价：39.80元

目　录

斜阳

她拿了医生的诊断报告单，慢悠悠地力不从心地摘下眼镜，轻轻地折起角来放进肩上挂着的布包里，离开了诊室，脚步迟缓，却没有带走一丝的灰尘，只有医生的话悄悄放在心里面：他的大脑在慢慢萎缩，开始忘记东西了吧？找个人好好照顾他。她出了门，立即忘了刚才的医生叫什么名字，她刚才一直不敢看医生，而是一直注视着诊室的窗台，那上面有一棵挺拔而翠绿的盆景枫，她家里的窗台上也有一盆，但是家里那棵的叶子已经完全变红，然后迅速枯萎了，而这棵还是保持着青涩水嫩的绿色，在阳光下还能看到柔和的叶脉。

门外，他的老伴儿坐在墙边的钢椅子上，蜷缩在一排坐着等候看病的人中间，看见她就要站起来。她伸出手要扶，他摆了摆手，自顾自站了起来，两个人就这么一前一后，沉默地走在医院的走廊里。他也没有问检查报告的状况，仿佛自己心里有数，觉得惭愧的反而是她，明明知道了却害怕说出来。她在后面，看着他瘦削沉默的侧脸。走廊窗外，秋天下午的阳光悄悄射进来，被人群的影子剪裁成一块块碎片，每当阳光洒落在他的脸上的时候，他脸上的褐斑和皱纹就格外明显。上一秒，他躲在阴影里面，还是记忆里那个年轻人；这一秒，他变成了这个枯槁干瘦的老人，眼球凸起，胡子花白。但还是那副眼镜，方形的镜架，玛瑙纹理的塑料镜腿儿，还是那顶灰色宽檐帽，同一个式样的棕色皮鞋。从她认识他就是这个打扮，在岁月的流逝中它们让人心安。

他是个作家，写了一辈子，他什么都有数，什么都放在心里，然后从指尖流出来。他的话很少，但每句话都直中靶心，她喜欢听他说话，他在书房里闭门不出的时候，她就在外面等他，她发现她更喜欢等待，喜欢透过毛玻璃窗看他聚精会神的侧脸，于是他们偶尔的日常对话就变成了珍贵的至宝。他喜欢吃老式阳春面，他喜欢穿棕色旧夹克，用蓝黑色的墨水，在电脑上只会用五笔打字。她甘愿为他付出，她知道她是涓涓细流，他是苍茫大海。他在他的书里写过，他不能没有她，但是他从来没有当着面说出来。

他们从医院走出来，楸树的叶片顺着风的方向吹到他的脸上，她让他停下来，她为他拨走脸上的叶片，然后把夹克最上面的扣子扣上。出了医院，对面有一座公园，回家的路要穿过公园里面。他们开始并排走，走在蜿蜿蜒蜒的路上，两旁银杏的叶片像是海浪一样沙沙作响，金黄色的银杏果实顺着风降落在鹅卵石地上。她捡起一个，掰开，放在鼻子边闻了闻，嘴角扬起了微笑，这是一种熟悉的不愉快的气味，明明是年轻时候吃得可香的味道，可是不知道怎么现在就觉得难闻。她把果实故意凑到老伴儿的鼻子边上，他也笑了。

小道旁边的森林里，每一片树上的叶片都被镶上了金边，楸树、法国梧桐、银杏、榆树、家槐、洋槐，是他教她认出这些树的名字，记住之后就再也忘不了了。好多孩子在尚绿的草地上摔跤、玩滑梯、放风筝，旁边是一泓清澈的湖水。她看见他一直歪着头看着孩子们，脚步都放慢了，她也跟着慢下来。他喜欢写孩子的动作，研究孩子们的感情，是因为他内心还是个孩子，外表却已经是个老人了。想必他又有了什么灵感，可是他皱起眉头，轻轻地问她。

——前天来咱们家的戚家明的孩子叫什么来着？

——晓光，戚晓光。你还写下来了。

她低着头，看见翠绿的水面的倒影，映出了他露出落寞失望的神色，他喜欢把自己的苦难都自己扛，那么多年了，但是她都知道，她读他的表情，像读他的书一样，她有一种击穿晦涩的熟练技巧。她看他苦闷，看他累了，拍了拍他的肩，她说她想休息一会儿，但是其实她一点儿都不累，于是两个人一起坐在小路旁边的树荫下的长椅上。

走来了卖风车和卖气球的小贩，推着自行车，嘴上叼着小丑的胡子，自行车筐上插着七彩色的小玩意儿，上面有五颜六色的风车，金黄，嫩紫，在阳光中被风吹动，变成空气中小小的旋涡。孩子们迅速地围上来拉着他的胳膊，另一只胳膊纠缠着大人要买。他目不转睛地看着他们，好奇地观察着这个周围的世界，生怕错过一点儿细节，接着他笑了。她没有他那样的洞察力，她只好看着他的脸，看着他脸上的皱纹被阳光慢慢浸润。她渐渐喜欢上这样的皱纹，如同喜欢上群山的沟壑，如同喜欢上海上的波纹，像她年轻时说过的一样，她喜欢有他的这个世界。她从棉布袋里掏出一只香蕉，慢慢地剥开，里面露出了嫩黄色的瓤。她把香蕉递到他的嘴角，他吓了一跳，他看了她一下，然后欢喜地慢慢嚼起来，像孩子一样，有些骄纵地享受这个被喂食的过程，尽管她喂他的手也微微颤抖了。

太阳渐渐向西边沉过去，阳光变了位置，树荫偏离了长椅，两个人慢慢地袒露在了阳光下。初秋的阳光还是刺眼，光像箭一样射进虹膜，有的散落在睫毛的末端，变成了零星光晕，她眼前变得眩晕般模糊，她想摇摇他的胳膊，示意他赶紧走，可是她刚刚要伸出手的时候，看到了一个人。

她甚至不确定是否看到了那个人。她惊惶不安，因为那个人不应该存在，那是一部虚构小说里的主人公，那是他的第一部小说，讲的是一个一辈子漂泊在海上的水手的故事。他是一个胆怯又恋家的水手，他被绑架逼迫上了捕捞船，但是他在旅程中收到了妻子的死讯，其实是他妻子爱上了别人，故意让他死心。但是他看到了另一艘船上有妻子的幻影，便终生追寻着这艘船的轨迹，再也没有回到陆地。

故事结局是怎样的？他并没有写出明确的结尾，一切都是戛然而止，她曾经困惑想要追问，可是她慢慢理解，他可能漫无目的地寻找，可能在海上依旧漂流，人到终点就应该享受这个消失的过程，如果能和消失化为一部分，就能到达永恒，化为海上不息的风，化为岸边汹涌的浪，化为天际一闪而过的海鸥，从而在书卷背面一直延伸的海面，永远不会停止流浪。她在年轻的时候，想要天长地久，想要彼此挟持来换一部分的拥有，可是没有什么比孤独更加持久，没有什么东西比消亡更加永恒，这是她作为人永远要去学却学不会的教训。回来吧，回家吧，回到岸边，拥抱坚实可靠的大地，可是人终究只能短暂地停留，他们忘了他们是出生于水里，最终也要回到水的襁褓。

她看到那个水手，就出现在他们的面前。他穿着黑色的海员制服，瘦瘦高高，粗眉毛，他的脸颊上还有一道横着的伤疤，和他的小说里每一处细节都一模一样。他似乎从他们身后的树林深处走出来，仿佛是从他老伴儿的身体里钻出来一样。那个水手走到她的老伴儿面前，恭恭敬敬地脱下水手帽，朝他庄严地鞠了一躬。鞠躬停留了十几秒，然后他站直，两人互相注视着。接着他掉转头去，慢慢地走远，在刺目的阳光下，他开始慢慢消失，先是双腿，然后是手，然后是身体和头，渐渐地融入阳光里，和周围的碧绿金黄融为一体，最后整个人终于不见。她再回想刚才那个水手的鞠躬，那仿佛是一个庄重的道别仪式。

她看着她的老伴儿，他也注意到了前面那个水手的离去，他的眼神痴迷，热烈，遗憾，悲伤，饱含热泪，终如死灰，变得像最初那样平静淡漠，仿佛他与他的一部分已然被夺去了。她的心也开始慌乱，她想起了医生的话，医院里混乱的人群，充满消毒水味道的空气，医院诊室里那棵盆景枫。她突然开始担心，它也在光的洪流中沐浴，它的边缘闪着刺眼的金边，它也会变红吗？它什么时候变红？什么时候枯萎？她的心开始怦怦跳，抓紧了老伴儿的胳膊，那胳膊瘦弱、细长，如锡纸般松弛的皮肤裹着骨头，那是他写字的那只胳膊。十月下午的阳光依然刺眼，虽然他们都浸润在阳光下，可是她看到的全是他。她看到他即将被光包裹，被光吞噬，每个耀眼的粒子都向他伸出了双臂。她颤抖着用全力抓住那只胳膊，感受他的每一寸感觉，他的脉搏，他的呼吸，她拼命想要留住他，可是她知道他终将慢慢消逝，如同这十月的斜阳一样。他站了起来，脸朝着远处，仿佛注视着那个水手消失的地方，他的手腕像水流一样，不知不觉从她的掌心滑落。她看着他向着光越走越近。这个时候，她终于松了她因为紧张而耸起的肩膀，她终于垂下了手，她知道她留不住他。

喘息

他觉得闷热难安，心中有股不知道哪里来的、难以掩却的躁动，脑袋却昏昏沉沉，眼皮沉重得像是装了哑铃。他打算躺倒在草席上面睡一觉，可是皮肤刚刚接触到席子粗糙的表面，窗外的蝉声却突然响了起来，像是打了一个雷。他觉得胃中翻腾，有股酸水不知怎么的往上漾，中午的胡辣汤就着馒头的余味，往上从鼻腔里喷涌出来。酸的、腐的臭味伴着烧灼着食道，伴着蹩闷的胀痛感一路往上，像炸弹点燃的引线。他踉跄地跑到厕所，逃生般地趴到马桶上。哗——中午黏稠的未消化食物像瀑布一样射出来，可是还没有完，仿佛有一只隐形的手似的，从他的食道一直伸到胃壁，把所有的食物一道掏出来，强制性地要挖空他的身体。他像一个伸入下水道的排污口，痉挛似的控制不住地呕吐，一次，两次，三次，喉咙不受控制地发出巨大的抽搐声，间隔如此之短，甚至没有间隙供他呼吸。等他吐完了，他无力地瘫在地上，可是他突然发现，他真的没法呼吸了。

无论他多么努力地呼吸，空气中的氧气似乎无法进入肺里。他慌了，他像个拉风箱似的疯狂吸气，可是只是徒劳，剧烈的窒息感和濒死感掐住了他的喉咙，理智像破了一个洞的气球中的空气一样，无法控制地蹿出来。他站起来，在房间里到处乱撞。极限的焦虑让他的每一寸肌肉绷紧，他自己问自己是怎么了。手颤抖，他给自己倒了一杯水，可是他无法喝下去，刚到嘴里就全部吐在了地上，他觉得自己要死了。他不想死，他开始在地上匍匐，尝试拿电话打给急救，可是他的大脑被绝望和紧张塞满，他突然想不起手机在哪里。他扑在地上，蜷缩成一团，眼泪不受控制又自然而然地掉落，这仿佛是人在危急关头的防御机制。可是当他费尽力气想要抬头的时候，突然看到了他的母亲，在那张棕色的沙发上面无表情地坐着。不，不可能的，这是幻觉，他的母亲明明上个月就因病去世了。

他仍旧不顾一切地扑向沙发，即使幻觉也要抓住，他想要抓住母亲的双手，让她救他。可是他坐到沙发上去的时候，什么人都没有，他的母亲不在。他的头开始剧烈轰鸣，像是在空中即将坠毁的飞机，发出最后绝望的电波信号。一阵剧烈的痛苦，耳鸣，眩晕，他突然发现自己变成了母亲。自己穿着那条粗布棕色的连衣裙，底下是瘦削的小腿骨。蜷曲露出青筋的手指，上面有明显的戒指印出了勒痕。他斜斜地躺在沙发上。他似乎能够读取到母亲的所有记忆和情感。在喘息中，他突然感受到难以抑制的憎恨，那是属于母亲的情感和记忆。痛苦和绝望铺天盖地，这个可怜的女人，她主动地拒斥着所有的一切，只是瑟缩在一个人的角落，变得越来越渺小。他发现她的身上全是伤痕，那是她在被父亲用藤条抽打时，在手臂和背上落下的一片片难以遮盖的瘀青。它们夹着丝丝的血的残存的痕迹，像是一片干涸土地上即将枯萎的花丛。她太无力，太瘦弱单薄，无法抵抗，无法求救，所有人都置之不理。地上全是玻璃和碗盘的碎片，他看到她的脖子被父亲的粗糙的大手掐住了，这是她和他呼吸不过来的原因。她绝望地看着窗外的世界，灰暗的云，黑压压的天空，他知道母亲曾被父亲家暴，可是他没想到，能这样亲自感受到。他通过母亲的眼睛看着这个世界。她走在路上，在夏天穿着厚厚的两用衫，企图遮盖住她的伤痕。可是在工厂被人排挤，在办公室里被老板辱骂。她的妈妈、他的外婆重病在床无力回天，她只能在她的床边不停地默默哭泣。她能感受到她脖子上的双手越掐越紧，希望像氧气一样，一点点地从她的努力呼吸的尝试中流淌出来，只有心脏在剧烈地跳动做着最后的挣扎。她哭了，她颤抖了，她好痛苦，可是她好不甘心，她努力地在沙发上挣扎，她的手剧烈地抽动挥舞着凝滞的空气。一切就要结束的时候，她以为她终将窒息，可是她的肚子慢慢鼓了起来，慢慢地胀了起来，越来越大。她觉得她的希望又回来了，她的希望就在那里，她轻轻地抚摸着她的肚皮，像是疼爱她的珍宝，她听到了不一样的心跳声、脉搏声。最后，一声啼哭仿佛划破天空的闪电，撕去了长日笼罩着的阴霾。他能感到她心中的苦闷逐渐消散，云雀划过彩虹直入云端，他感到掐住她脖子的手逐渐松了开来，他发现她找到了一个角落，这个能够暂时得到喘息，获得生之喜悦的角落。

他回到了他自己的意识。他仍然蜷缩在沙发的角落，但是他被刚才的幻象震撼不已。他仿佛知道了该怎么做，他逐渐让自己放松，躺平，像在水上漂浮一样，然后他慢慢地鼓起肚皮，像自己的母亲一样，尝试让身体主动地去吸收氧气。一点点地，他能感受到希望在身体里流淌，仿佛清泉一样的呼吸从气管一直到肺，一直充盈身体里的每个细胞。他看到他的肚皮高高地耸起，一下下地做着腹式呼吸，像母亲怀孕生了自己一样：所有的希望和能量都汇聚在了那里。在呼出来的刹那，这样喜悦和无边的爱充满了全身，让他充满了力量。此刻，他的脑海里也不再有焦虑，不再有被死亡缠绕的恐惧，他终于再度恢复了正常顺畅的呼吸。他从来没有感受过如此震撼如此宝贵的体验，像一只孤零零的小船一样，他躺在沙发上漂游着，一切属于他自己的真实世界的触感又回来了。可是他紧接着想起了刚才，想起了他去世的母亲，似乎是出现在他幻觉的领域，以这样的方式救了他。这个女人到最后也没有摆脱扼住她命运的手。但是在那个刹那，他的确感受到了她无边的真实幸福，像是看到黑暗之中渺小的一盏蜡烛被点燃，给这个世界带来一丝光明。就这样，关于她的记忆又一次在脑海沸腾的刹那，他的眼角又流下了止不住的眼泪。感动，怀恋，苦涩，心酸，那眼泪点滴掉落在他周围的世界里，再一次泛起了层层的涟漪。

数字女孩

安眠药终于起作用了，剂量增加到三片，梦的屏幕开关被打开，一大堆词汇和概念扑面而来：旋转纠结，拓扑学，高速下坠，红光绿点，02D06H，新世纪电子乐，微观经济学，字节处理，凯恩斯消费曲线，过期的口红，无效代码，二进制，挤进地铁的门，施工停运，换乘，纠缠的蛇，线路，断点，上上上下左右，0101010010000010，光的衍射，波德莱尔，伊壁鸠鲁，夹生的三文鱼意大利面，离散傅里叶变换。

阳光从窗帘的角落射进来，在白色的棉被皱褶之间，光线无限弹跳。潘妮还没起来。在她身边，被埋在黑色头发里的手机像躁狂症病人一样开始抖动。6：15，潘妮半梦半醒，皱着眉头伸出一根手指，划掉了闹钟，然后接着闭上眼睛。6：20，闹钟又响了，潘妮又划掉，接着睡，她太困了，昨夜的文件处理到 2 点。6：25，6：30，6：35，闹钟响了 3 次，潘妮终于坐了起来，眼睛微涨，头痛欲裂，手机里还有三个没有响起的闹钟：6：40，6：45，6：50，如果她 7 点不能起来那么上班肯定会迟到。

她已经觉得不对劲了，她感到眩晕，一切都像是漂浮着，不真实，甚至自己都是不真实的。潘妮在洗手间里用力挤着一支快用尽的牙膏，她觉得她自己也快要被用完了，觉得自己是装着一些什么的容器：高度为 165 厘米，宽度未知。她很好用，她是很好用的吗？潘妮问自己，她想到这些的时候不知道为什么笑了起来。她望向镜子，镜子是在超级市场买的，长和宽是 80 厘米 ×40 厘米。两年过去了，她不知道为什么记得清清楚楚，大概她最初因为尺寸不合适而调换了一次。可是为什么会尺寸不合适，她倒是忘了。浴室的墙明明那么大，大概不喜欢，为什么会不喜欢？潘妮摸摸自己的干涸粗糙的脸，她昨天用了大概面膜包装的五分之一，那是很贵的面膜，一定要省着用。像强迫症病人一样，这些无用累赘的细节不断地从脑海冒出来，像她脸上的雀斑一样，洗都洗不掉，她的脸上有23块小雀斑，最近长了两个痘痘，一个在下巴上，一个在额头。

早上的公交站有很多人，挤在一起，像是潘妮阳台上的过于密集的植物，潘妮有3棵天竺葵、2棵仙人掌、2株盆栽柠檬、4棵茉莉，但是它们现在都没开花，而且潘妮的阳台没有多少空间，所以所有她的植物必须挤在一个大盆种植，因为彼此激烈争夺同一片土壤的养分。有些植物的叶片因为缺乏营养，已经开始出现萎蔫的迹象，但是潘妮也束手无策。潘妮挤在人群旁边，看着电子信息牌，密密麻麻的数字，625电车还有3分钟到站，13号公交车还有6分钟，再下一辆是10分钟，B2公交停运，550号公交车是夜班车，只有在晚上9点之后才运行。潘妮需要坐13号公交车，坐9站，然后再走过3个红绿灯路口，经过两个麦当劳、一个超级市场，换乘687路坐6站到公司门口。她来到公司的前一个月坐错过4次公交，迟到过6次，扣了500块的工资，这些她都记在超市5块钱买的小本本上，为了不让自己忘记。

潘妮的公交卡上还有6.5元，她应该去充值了，公交站上的广告写着，如果充100元的话可以打八五折，如果是大公司的职员可以在此基础上再打八五折。潘妮站在公交车上，默默算着到底充多少可以有一百块。她想把这个消息记下来，以后去充值的话就带着公司的证明信。可是公交车上人太多了，她几乎没有空间拿出自己的记东西的小本本。她是个严谨的陈旧派，她不喜欢用手机来记录事情。她的手机坏过6次，数据被重置过5次，这是她的第4个手机。

潘妮到了公司，发现时间还早，她决定在楼下的咖啡厅买咖啡和吐司做早餐。前面排着8个人，收银台的机器不停发出清脆的咔嚓咔嚓声音。她望向吧台后面黑板上的菜单，早晨的套餐有了她意想不到的新搭配：单买咖啡要19元，购买热狗加美式咖啡加松饼超值价格只要35块，如果有充值卡的话可以打8折，可是这样一来就不能享受套餐价。潘妮并不想要松饼，里面的坚果让她浑身起疹子。潘妮因为在付房租，所以现在经济拮据，她在队伍的后面紧张地计算究竟哪种方法最为优惠，她算不出来。她觉得这一切都是商家的圈套，可是她现在并不清醒，她急需大量的咖啡因来让混乱的大脑变得井井有条，所以只能甘愿跳进去。潘妮最后用了储值卡买了一杯咖啡和一块草莓蛋糕。

周围的所有都是冰冷的，从她旁边经过的匆匆的人的眼神，她接过的咖啡也是，可是她没有力气重新叫吧员换一杯。她上了楼到了自己的公司，已经有 13 个员工到了，他们坐在自己的电脑前忙着自己的事情。墙上有巨大的电子屏时钟，上面显眼而夸张地写着时间，还有一个宛如炸弹爆炸倒数的倒计时，这个时候距离上班时间还有 16 分钟 45 秒。迟到一秒也不行，炸弹就是在那一秒爆炸的，你能让它延迟一两秒再爆吗？这是老板的说辞。男同事们开着电脑看着股票的信息，手里不停按着计算器。几个女同事对比着购物网站的各种化妆品的价格，唇彩在 A 网站卖 230 元、B 网站卖 220 元、C 网站只卖 180 元但是要搭配买 200 元的面霜，D 网站卖 270 元但是会附赠一个眼霜的小样。她们焦虑地划动鼠标滚轮企图看到更多的信息。她们其中一个是数学专业的硕士，在线上购物吃的亏却不计其数，但她仍然乐此不疲。仿佛对她来说，这是比解开复杂方程更有价值的消遣。

潘妮打开电脑。电脑的密码是 0003877，Wi-Fi 的密码是 cfworld312，但是她想不起来上网的密码。她记得以前有人用短信给她发过，于是打开手机，手机密码是 19830309，她的生日。她找到了密码上了网，登录了网上银行，她的网上银行密码是 663872，电子银行的密码却是另外一个必须使用数字和字母的组合，她使用的是 ppsd3145，登录进去还要输入 USB 盾的密码 737849。输完这些密码，潘妮觉得一阵眩晕，仿佛用尽了她的脑容量。之后她看到了她的账户余额只有 340 元，这个时候距离发工资还有 13 天，她要怎么度过，潘妮顿时觉得很焦虑。

旁边的一个同事悄悄地走过来，说经理要找她。潘妮的心怦怦跳了起来，以她的经验统计，经理找她有 65% 不是好事，剩下的 30% 是叫她汇报业绩，只有 5% 的时间能够听到经理的赞扬。她吞了一口口水，走进经理的房间。经理是一个老女人，坐在巨大房间的阴暗的角落，表情像是墙角吹来的冷气一样，看一眼她的脸就让人的心结冰。经理叫潘妮拿了一个遥控器，按下 5 号键打开巨大的投屏，投屏上有巨大的图表，图表上有直线不停下跌的箭头。

三月 233450 元，四月 203847 元，五月 190023 元，六月 148098 元，在五月和六月的跌幅特意用红色标记出来。41925，巨大的 41925，经理要潘妮好好看看这个数字的时候，从潘妮的身体里几乎要流出来这么多克血液。经理对潘妮说要是七月再下跌超过 5% 以上，潘妮就被从这个项目里开除，当然她的工资也会像这个图标一样直线下跌。潘妮出了经理办公室的门的时候，心情已经跌到谷底。41925，148098，200000，全年目标，32000000。数字从她的脑海里像熔岩一样不停喷发出来，越堆越多，好像正在侵蚀她理智的部分。潘妮看到窗外升起楼下商场宣传用的气球，它慢慢飘起来，充气，膨胀。爆炸，爆炸，爆炸，潘妮想看到它爆炸的瞬间，想要看到它像原子弹一样，把这个办公室炸得粉碎，包括她自己。

潘妮用中午的时间在健身房疯狂跑步，速度 10.3，坡度级数 4，设定时间 10 分钟 30 秒，跑完的汗水像溪水一样从头顶往下流，男健身教练在远处鄙夷地看着她。潘妮戴上拳击手套，一下一下痛捶着沙包，想象着上面是经理长满疙瘩的又丑又老的脸。数着捶完 120 下，潘妮觉得心情释然了一些，但是等待她的是最后的试练。她咬了咬牙，还是站上了秤，62.3，潘妮看到数字觉得快要昏过去，重了 1.2 公斤，她一直在进行的节食和锻炼计划没有收到任何成效。从 59.8 公斤到 60.5 公斤到 61.1 公斤再到 62.3 公斤，天知道这几个月她受了什么，她每天严格计算自己吃下去的热量，冰箱上面贴着清清楚楚每样食材的卡路里数值列表：100 克咖喱饭 640 大卡、玉米 335 大卡、燕麦片 377 大卡、红薯 99 大卡。她每天严格要求自己只能摄入 1100 卡的热量，她经常在半夜饿得睡不着觉，可是成果却和她摄入的数字看不到任何的关联。她想瘦下来，虽然她不知道为什么，只要跨进健身房的台阶，就能看见里面的男男女女在格子间一样房间里的跑步机上挥汗如雨，这些汗蒸发出一种使人焦虑的魔力情绪，让人在跑步机上较劲似的往前跑。往前跑啊、跑啊，加油跑啊，仿佛看到明天，有灿烂的未来，多巴胺在瞬间分泌，大脑开始兜售想象，可是当所有的一切在机器停止的那一瞬间结束，潘妮发现她还在原地，日子还是像肚子上的赘肉一样，无聊而臃肿。

像每一天一样，这一天是灰暗的、机械的、无意义的、看不到头的、像是被冗余代码侵占满的程序，可是这一切终究有一个休止符，好的，坏的，一切都会有意无意地结束。潘妮回到家，把自己丢到床上，瘫成像一根失去弹性的弹簧、一片快要枯萎的叶子。她不知不觉睡了一觉，然后被饥饿吵醒，她在吃原味酸奶当晚餐的时候，发信息给自己的男友，这是她唯一的慰藉，一天幸福的来源，可是他最近莫名其妙地冷淡。潘妮给他发了信息，你在做什么？5分钟过去了，没有回音，10分钟，15分钟。没有回音，潘妮一般能接收到回信的时间不超过2分钟，你怎么了？在洗澡吗？我给你打过来？20分钟，25分钟，潘妮有些着急了，她打了过去，没有人接听，电话接着被挂断了。1小时15分钟，2小时45分钟，时间像是厨房里糖浆上越聚越多的蚂蚁，每一只都在啃咬着潘妮的神经。——我们分手吧，我们过不下去了。男友的信息来了。他依然不接电话。潘妮的心突然之间碎成了碎片，补不起来了。

——你真的关心我吗？我对你来说只是个电话号码而已吧。男友的最后一则短信。她想知道为什么，是什么让他做出了这样的决定。——我想跟你聊一聊，你在家吗？知道他在家，潘妮穿起外套，飞奔进门外的夜里，她坐45路公交，然后换乘了C线地铁，坐了5站。走了3个路口，潘妮也不知道怎么过去的，她的脑中想的全部是她的男友，气恼，悲伤，眩晕，脑中雷声轰鸣。走在路上，夜里城市的景色像是飞驰而过的窗边风景。她男朋友的家位于市中心一栋高层的9楼，潘妮进了电梯，上了9楼，转了个角，站到了904门口。那个木门的把手潘妮不知道摸过多少次，她敲门，没有人开门。门上有密码锁，潘妮快速地输入密码，手在发抖。4–0–5–1–0–8，她们俩的生日的组合，错误的警报，4–0–5–1–0–8，4–0–5–1–0–8，门牢牢地锁着，密码错误，密码错误，冷冰冰的电子人声。楼道的灯自动暗了，潘妮被丢在黏稠的黑夜里，温热的泪水从她的眼角滑落下来，4–0–5–1……最后一次，没有用了。密码被换掉了，潘妮的生日被遗弃了，被完全地抹杀在了电子脉冲的洪流里，连痕迹也没有了。也许新换上了另一个人的生日，作为他们新的爱情的证明。就这样吧，潘妮转回了头，走到窗边的时候，门开了。潘妮从窗户的影子看到了，只穿着一条她买的四角内裤的赤裸的男朋友，后面有陌生的女人的侧影。

潘妮没有走电梯，她朝楼梯飞奔了过去。她的男朋友没有追上来，也没有发信息。1，2，3，4，5……45，46，潘妮数着阶梯的级数，企图忘记刚才看到的一切，可是她有一颗背叛的心，它阻挡不了洪水般的痛苦，她的眼泪还是滑落下来。她跑了出去，想逃走，却不知道要逃去哪里，她才发现这个城市的路像是跑步机的履带，一路上的景色都是如此雷同，好像她一直在同一个地方，不曾远离。路上的人们好奇地看着她，像是看到动物园里的大象，好奇的，嘲讽的，看，大象在哭呢。逃不掉了，逃不出去了。潘妮感到窒息，有什么在扼住她的喉咙，没有空气了，只能去更高的地方。她随机跑上一栋大楼，坐到最顶层 15 层，重重地打开天台的门。城市顶端的黑暗和燥热扑面而来，这里也无法呼吸，这里也有那么多像针扎似的记忆。天空没有星星和月亮，四周像浓稠得绝望的牢笼。潘妮蹒跚地走到天台的边缘，弯起膝盖站到了围栏上，她向下看到如同光的河流一般的路，有小如昆虫一般的人停了下来。人们开始注意到潘妮了，开始驻足围观，男男女女大声惊呼、小声议论，交通开始变得拥堵。有的人开始仰起头对着潘妮拍照，然后发布在各种社交平台上，104 次观看、344 次观看、569 次观看、1390 次观看，手机屏幕上的数字疯狂上涨，有人发出了满意的微笑，有人漠不关心地离开。

这个时候，潘妮终于跳了下去。在那一瞬间她觉得自己很轻，觉得一切都在远离，只有城市无数道光在追寻着她，很快它们也将散去，她将拥抱永恒的梦。所有人都看到，潘妮在空中落下的时候慢慢解体，她的身后有数字像发光的粒子一样喷薄而出，像是无数颗微小的彗星，如烟花随风消散在城市的夜里。潘妮的手臂消失了，头发也化成数字飘走。最后潘妮掉在路牙上的时候，她的躯体消失了，落在地上散成了一堆数字，然后被风带走，迅速地开始流动起来，仿佛融化一般，消失在风中，浸透到树叶的脉络中，融入城市的钢筋水泥之中，渗入行走的男人女人的肌肤之中。她再也不存在，也仿佛没有存在过，仿佛这一切都是一个宏大的程序，有一台巨型的电脑控制着宇宙万物一切的发生，每个人的存在只是一串串复杂的微型代码，是数字，是符号，是组成系统的微小部分，并且不停被庞大的运算系统改变着。她是 550、是 32400、是 0003877、是 405108，这样的数字在她的生命里写入、读取，写入、读取。背着这样的命中注定，人终其一生只是在虚幻的数字信号的投射之中蹒跚或游走，当一个人消失了，这串代码就随之被删除，被废弃。可是她不想消失，她不想死。

一股像刀一样的凉风吹来，潘妮清醒了。幻觉像蛇一样溜走，她还站在那里，那个楼顶的边缘。她的痛苦没有减轻半分，是因为觉得她的生命是如此轻薄渺小又无能为力。她不停地思考着存在，她不想活下去，但是她在犹豫，她仍然在寻找着那根救命稻草，她不知道这是生命与生俱来的力量。楼下大批人依然在观看着，他们都在期待着表演开场的刹那。潘妮听见后面有细碎的声音，她本能地回头看。在回头的刹那，潘妮的身体被一双大手迅速而有力地拉了回去。后面的那个男人，穿着消防员的制服，他什么都没说，什么都不需要说。在潘妮就要因为拉拽的力量跌在天台的水泥地上的时候，他一把把她拉起来，拉进自己的怀里，确保她没有摔倒。潘妮的手掌在那一瞬间摸到了他的胳膊，他的背，他的脖子，他的粗糙的厚实的，温热有力的穿不透的肌肤。他们死死地抱在一起，潘妮崩溃地大哭了起来，所有的情绪在一瞬间爆发而至。她不知道为什么第一次有了这样的感觉。人是如此厚实、温暖，她努力地触摸他，感受他的温度，像新生儿发出第一声啼哭，然后张开手掌感受到母亲的肌肤一样，终于第一次确认了自己。她不是宇宙中孤单的存在，她不是一颗螺丝，她不是一道光，不是萎蔫的树叶，她不是一段冗余的程序代码，她的肉体、灵魂不是一串被可以随时抹除的数字，她是独一无二的存在。在茫然无边的黑夜里，她终于感受到了自己，感受到自己的手可以这样握住生命。

陨石

苏在沾满泥水的小径上走，她深蓝色的靴子已经被染成了泥土的棕黄色。这个下雨的山谷也刮着狂烈的风。这个深秋，风把远山的树木也染成了灰黄的颜色，看起来整个世界慢慢失去了生命力。苏的脸上挂满了水珠，雨水像是会爬行的蜘蛛一样，从登山雨衣的边缘向内里爬。苏的裤管全湿了，她喘着气，迎着风的刀刃向山的深处走着，远处山的轮廓，像是沉睡的巨人的阴影，一旦走到跟前，能感受到一股压迫。

苏听人说，山的深处有很好看的瀑布。它在陡峭的悬崖上，有将近 50 米高，但是人需要从公路边上，沿着蜿蜒的小路走半个小时到山边，再登山一个小时才能看到。但是苏并没有强烈的看瀑布的意愿，她只是想一直走，看看这条路究竟能通向哪里，她只是享受这个走的过程，这让她有踏实的感觉，让她一直以来悬着的心暂时地栖息在地上。她只是看着脚下，脚下的溅出水花的水坑，泥泞的小路旁边有一条小溪，小溪旁边密密麻麻地分布着大大小小的鹅卵石。苏仔细地用余光检查着那些鹅卵石，尝试从里面找出一些不一样的质地和色泽，但是它们在雨水的冲刷下，闪着透明的光泽，一颗颗都圆得发亮，倒映着周边景色微小的风景，看起来并没有什么特别。

它们都有重量，这是它们存在的本质属性。它们坚硬沉重，不同于水的轻盈柔软，可就是它的属性决定了命运，它们只能在那里岿然不动，等待着几千几万年，任凭风和雨在永无结束的时光里改变它们的形态。走着走着，雨滴灌进苏的眼里，眼前的世界变得模糊，万物都只剩下浅色的轮廓，那些石头失去了颜色，仿佛变得轻薄。苏想象着它们失去重量的那一刹那，释放了所有的命定的枷锁，一齐飞入空中，就像肥皂泡，在蓝天下，飘啊飘，那么轻，那么无忧无虑。她想起她在吹肥皂泡的时候，上面是暖烘烘的太阳，脚下是一双双看着她的小眼睛。她直到后来才明白，记忆深刻的往事是如此一触即发，如同轻易就破溃的肥皂泡，在脑海中能被一阵风、一粒微尘就轻轻戳破。想到这里，苏的眼睛又红了，她的眼角流出的泪水被雨滴裹挟着，带进风里，坠入泥中。

一年前的时候，她刚从护校毕业，被分配到了儿童临终护理中心，这个名字本身就说明了一切，但是苏当时觉得她不怕什么，她觉得她有满腔的爱，她爱孩子、爱生命、爱大自然，爱是甚至能够战胜死亡的东西，她不知道自己面临的是多么冰冷残酷的未来。第一次见到自己的病人旋旋的时候，她记得那一瞬间，她首先看见他的脑袋，他的脑袋比一般的孩子长，上面没什么头发，像一颗花生一样。她记得，他和另外一个孩子扑倒在地，厮打在一起，像路边两只玩闹的小狗，他的牙齿咬着另外一个男孩的衣服，眼睛里空空洞洞，没有太多的内容，头脑里不知道在想什么。也许是出于一种原始的本能，他脑中没有太多的被灌输的概念，或者说这些已经被抹去了，于是这样地扑倒和玩闹和撕咬就成了他每天的娱乐。苏不知所措，上去把他们彼此扒开的时候，旋旋一口咬上了苏的胳膊。那是夏天，他咬得如此用力，苏的胳膊上很快出现了血印子，留下了让她一生都无法忘记的印记。她的心怦怦跳，吃了一惊，她看着旋旋空洞的瞳孔，没有任何表情的脸，她遇到的是她经验之外的孩子。他看起来好像没什么感情，也没什么作为人的规则，好像一条小野兽。

“他的脑子里生下来就长了恶性的肿瘤，所以头看起来比一般的小朋友大，智力也不如一般的小孩。到现在五岁了，大手术不知道做了多少次，医生说很大概率还会复发，如果再复发了就没办法了。”

苏的工作每天就是负责照料他，喂他吃饭，哄他睡觉。他吃东西的时候只要不爱吃就吐出来，喷得苏满脸满身都是，没有办法，苏只能擦一擦继续哄他吃饭，追着乱跑的他满屋子喂。旋旋喜欢打别的小朋友，经常有小朋友被揍得哇哇大哭，苏只能把他关在房间里。主管只好建议她像拴狗一样用绳子把他拴在柱子边上，让他看着别的小朋友聚在一起玩。可是久而久之，他的眼里会露出寂寞的神色。他只会用简单的语句来交流，“想吃”“不吃”“想玩”“不睡”。苏觉得他可怜，连自己吃饭的时候都一边吃一边陪在他身边，陪旋旋玩。

旋旋半夜大吵大闹，有时会控制不住自己，拉屎撒尿在床上，臭气熏得别的小朋友都没法睡觉。苏每到这个时候都会爬起来清理，让别的男孩女孩爬到自己的床上睡觉，清理完了她自己就睡在地板上，守在旋旋的旁边。冬天的风灌进来，苏冻得发抖。

“那个小女孩全身的皮肤会不停发炎红肿，细菌感染就溃烂，天生的，治不好，所以要一直用绷带和消毒膏药缠住，每天早上都要换一次，要花半个小时时间。”院长用平静的语气对她说。那个男孩子每天要戴呼吸机，他咳嗽了要帮他吸痰，不然会卡住、窒息的。“去年已经走了一半的孩子了，护工也受不了，有的三天就走了。”

每个周末，苏和其他几个护工老师会带着孩子们去附近的公园。秋天来了，落叶满地，苏看着在金黄色的阳光和树丛里奔跑的孩子们，觉得像看一场即将破碎的美好的幻觉。“这是树叶，树叶秋天就变黄。”“这是汽车，有汽车就能开着想去哪儿就去哪儿。”“那个是麻雀，你看它们吃虫子。”“孩子们点头。”“他们也要认识世界的，这是他们的权利。”院长说，“那个是石头，鹅卵石。”

回忆从很远的地方倒流回来。眼前是朦胧暧昧的山川，溪水和光秃秃的树木，溪水旁边遍布的鹅卵石。石头，苏想起来自己要找石头，但不是普通的石头，她想找陨石。普通的鹅卵石属于大地，但是陨石从来不属于这里。陨石从太空来，从神秘不知名的宇宙的角落诞生，从最黑暗的未知降临，穿过亿万光年来到这里。

“但你要知道，它们绝大多数都最终无法降临到这片大地上。”

在穿过地球的大气层的时候，它们的速度太快，要经过漫长的灼烧，大多数的陨石都会壮烈地化为灰烬、化为气体，消失在茫茫的天空中。而那些幸存下来的石块，被大气层灼烧到只剩很小的一部分，每一个都变成了深灰或者黑色，表面凹凸不平，而且有大大小小的熔坑，就像人皮肤上的伤痕一样，这是他们被灼烧的证据。最后它们落在森林里，落在沙漠里，落在湖泊和海洋里，作为平凡和不平凡的存在，丑陋如烧焦的木炭，普通到不为一般的人注意，没人会想到它们为了降临在这个世界上，经历了多么巨大的艰难。

关怀中心的员工休息室的墙上，有两排小小的纸做的红色花朵。每朵花上面贴着一位孩子的照片，大多数孩子都灿烂地笑着。这面墙轻易不会让这里的孩子看到。苏生了病发烧的那一天，旋旋似乎自己从大门跑出去了，谁都找不到。院长找到躺在床上的苏，骂了她一顿，苏大哭，顶着高烧，像疯了一样奔出去找旋旋，在城里各个地方乱转，看到一个像他的孩子就扑过去查看。一直到快要天黑的时候，苏几乎彻底放弃了希望，心如死灰的时候，才在一个商场的角落里看到旋旋。那是寒冷的冬天，而旋旋只穿着单薄的秋衣，他目不转睛地盯着蛋糕店的师傅在做蛋糕。

“想吃。”

苏生气极了，打了旋旋一巴掌，但是像往常一样，他没有任何反应，没有哭，没有气恼，只是直勾勾地看着苏，像是一块石头一样。他被冻得红到发紫的脸上有清晰的白色掌印。苏马上就后悔了，她从旋旋深黑的夜晚一样的瞳孔里看到虚弱又渺小的自己，在那个深不见底的瞳孔反射任何东西都变得无足轻重。她把旋旋抱起来，裹在自己的羽绒服里，打了个车带回了关怀中心。在关怀中心的门口，苏看到一起来的另一个护工正在一边哭一边打包自己的行李。她走进院长办公室，向她报告旋旋找到了，但是院长没有任何反应，苏只能看到她的背影，她正在张贴一个新的小花。最后墙上被贴上了一张新的照片，是那个全身皮肤溃烂的女孩，她像一朵花一样笑着。

“很多孩子都太小了，他们都不知道死亡是什么东西，不像我们大人，面对的时候会恐惧会伤心，但是他们没有任何的感觉，死亡对他们来说是一个很难懂的概念，所以我一开始的时候就不会和他们说，你也一定不要为他们解释这件事情。”

你看那些陨石，在穿过大气层的时候，燃烧，粉碎，崩溃，你能看到什么，你可能什么也看不到，不要说白天，哪怕是黑夜。它们就这样静静地消失了，如果是更大的陨石，如果是一整个小星体，它们会发出剧烈的火焰，拖起长长的尾巴，在夜空中，它就变成了流星，可是也是那么短暂，转瞬即逝，最后结果是连灰都不会留下。它们存在了几万年的时间，大概就为了这几秒钟的时间，你说它们为什么？为什么要冲向大地？只是为了看看这个世界吗？

最后旋旋还是开始发病了。医学的影像显示脑里的肿瘤又长出来了，遗憾的是医生说这次病灶分布太广，真的不能再进行手术了。旋旋开始剧烈地呕吐，吃什么吐什么。苏尽量喂她好消化的东西，但是最后苏用勺子喂白水，旋旋几秒钟后还是立即就吐了出来，只留下苏拿着空勺子颤抖的双手。旋旋开始整天昏睡，苏却整天担心得睡不着。在仅有的旋旋的清醒的时候，苏会尽量地背着他去院子里呼吸新鲜的空气，他已经走路都摇摇晃晃，走不了了。苏想让他尽量多看看这个外面的世界，她觉得这样可能遗憾才会少一点点，哪怕是一点点。

"妈妈，想吃。""妈妈，我痛。"

"哪里痛？"

"头。"

苏背着他，嘎吱嘎吱走过雪掩埋的鹅卵石小路。苏没有再说话，也不敢再回头看旋旋，只是用靴子把雪踩得直响。她想分散自己的注意力和情绪，想说这个雪多软多厚实，可是苏发现她连这样自言自语的力气都没有。她发现背着的旋旋没了动作，没了说话。她情不自禁地回头看旋旋，也许是由于肿瘤对神经的压迫，他又趴在她的肩头睡着了。苏背着他走了好久，不知道走了多远，一边走一边哭，眼泪流下来又风干凝固在脸上。

最后旋旋还是走了，讽刺的是，旋旋走的那天早上反而格外晴朗。他躺在床上，看起来和平常安睡的他没有区别，只是再也不会醒来。早上，殡仪馆的人来接走了旋旋，接到消息，哭成一团的旋旋的家属也跟着去了。本来关怀中心也应该派人一起去的，但是苏过于伤心实在不想面对，就找了别的同事替他去。苏强装镇定地站在院长办公室，看着院长的背影，又一朵小红花被贴上去了，院长的手微微颤抖，最后苏从口袋里拿出了旋旋的照片，这是最后的时刻苏趁旋旋清醒的时刻给他照的。像土豆一样长长的头，依然木然的没什么表情的脸，大大的眼睛，从瞳孔甚至能看到里面的苏拍照片的样子，她还留在他的眼睛里面。苏试了几次，抬起因过分悲伤而无力的手，最后抹了抹胶水，将照片固定在了墙上，这样墙上一共有了 28 朵小花，28 个小朋友，他们最小的 2 岁、最大的 16 岁。

苏抹了抹自己的眼睛，泪水从眼角滑了出来，她又能重新看清这个世界。进山的小路漫长崎岖而人迹罕至，好几次苏都因为道路太滑而差点滑倒。隔着很远已经能听到远处瀑布的水声，伴着山风的呼啸，传来延绵的回响。苏之前听别人说，路到瀑布就到头了，但是她想，这条路永远不会有尽头。只要她想的话，只要她一直走的话，就一直不会有尽头。路边几千万亿颗鹅卵石，那里面她总能找到一颗陨石，被炽焰焚烧过的千疮百孔的黑漆漆的陨石，甚至没有一个完整的形状。可是苏知道，它从荒芜冰冷的宇宙来，最后降落在这个广袤又纯洁的世界，经过黑暗的漫漫长旅和痛苦的煎熬，牺牲了那么多那么多的同伴，终于能完整地看到这个世界。

苏还记得，贴完旋旋的照片后她去了洗手间，趴在洗手间的窗台上开始大哭，鼻涕和眼泪一起像暴雨一样胡乱地落下。苏伤心地哭着，不能停歇，嗓音接近嘶哑。可是这个时候从隔间里突然钻出来一个小女孩，这个小女孩苏每天也都能见到，她得了无法治愈的血液病，医生说她最多只能活三个月。这个小女孩看到苏，呆了一下，然后突然笑了起来，笑得牙肉都露了出来。她的眼神像当时的旋旋一样，茫然，空洞，里面没有东西，但是里面依然映出了苏的侧影，只有她的侧影。她在笑着，嘴角咧开，声音像铜铃一样清脆，天真到让人迷茫，好像发现了世界上最好玩的东西，但是同时又不知道这个东西到底是什么。苏一把抱住她，继续哭着，停不下来，这样空荡荡的厕所里只剩下了两个人，她在哭着，小女孩在笑着。

攻略

他走在街上，捡到了一个奇怪的笔记本。他在捡到的那个时候翻开，突然出现了一行字，“右边的小树丛里——别人掉的一百块钱”，他悄悄地钻过去捡起来，真神奇啊，他想。于是好好将笔记本保存了起来。经过好几天的研究，他发现笔记本上总是预先能出现获得幸福捷径的指引，就好像游戏的攻略一样。“三秒后前面女生的钱包会掉出来——捡起来”，三秒之后果然她的钱包掉了出来。他飞快地捡了起来，本来想告诉那位女生的，但是想了一下，还是将钱包偷偷塞进了自己的包里。

他觉得有这个笔记本太好了。笔记本里的攻略目标变得越来越大，他偶尔也隐隐有一种犯罪般的不安，但是他一个个都完成了，没有出什么事情。“邻居大门没锁，进去拿东西吧”“街角的摩托引擎还开着人不在，开走去卖掉”。他享受着犯罪的快感。终于有一天，在银行的时候他碰到了押运现金的车辆，车开着的时候后门没有关紧，几大皮箱现金掉了出来。“拎两箱现金，快走”，他赶快拎起来，飞奔了起来，可是他一边跑一边涌出了不安和罪恶感。“附近这么多人，肯定会发现我的吧”“也不能全相信笔记本比较好”“钱已经够用了”，他想着，于是返回去把皮箱放在了跌落的原处，自己从里面抽了几张钞票，跑开了。“目标未完成”——“目标未完成”，他打开笔记本，看到了这样的字样几十行不停地冒出来。他害怕了，开始疯狂地逃跑。在一个路口，他突然撞上了一辆疾驰而来的卡车，从他身上轧了过去，一时间血肉模糊。他的笔记本掉了出来，吹过来的风哗哗地翻开了书页，里面出现了最后一行字。

“……任务失败……GAME OVER。”

弟弟

从我记事开始，我的脑中偶尔会出现不一样的感知。有时候我会剥离“我”的意识进入另外一个空间，能感觉到身体是自己的但是无法控制，好像另一个人取代了我的灵魂。我每次都只能眼睁睁看着身体做一系列怪异的动作，大部分都是自己在撞墙，用手抓自己疯狂逃窜，每次恢复我的身体都伤痕累累。

奶奶说我是中邪，医生说我是精神分裂症，但是我觉得并没有这样简单。直到妈妈有一天无意中和我说，生我的时候本来应该是同卵双胞胎，我先出来了，但是第二个因为发育不全所以出来之后马上就夭折了。我在想，我的身体里会不会住着我弟弟的残缺的意识。

那天之后意识解体发生得越来越频繁，不知道是不是因为“弟弟”终于认识到了自己的存在而更加痛苦。每次看着我抱着头撞向墙上，我都能感觉到钻心的痛楚和流淌下来的血液的温暖感觉，我能听见我的喉咙里在发出怒吼，但是我无法制止。

终于有一天，我刚要准备出门，忽然间意识又离我而去。我的身体踉踉跄跄地奔跑进房间，其间打翻无数家里的陈设。走到了写字台前，我看见手拿起笔歪歪扭扭地在桌子上写了“哥哥，再见”四个字，然后我又径直奔进厨房，迅速地拿起一把锋利的水果刀，准备向太阳穴刺去。我想发出怒吼，竭尽全力控制身体不要这样做，但是还是不行，我眼睁睁地看着刀刺了进去。猩红色的血液一下飞溅了出来。我看见我渐渐倒下，眼前慢慢黑暗，失去了意识。

醒来的时候我已经是在医院，我被抢救了回来。出院之后我发现弟弟的意识再也没有回来过。我走到我的书桌前，那歪歪扭扭的四个字还在。“哥哥，再见”，弟弟终究还是放弃了住在我身体里的资格，把它让给了我。

“弟弟，连你的份儿，我以后会帮你一起活下去的。”我这么想着，把那张纸小心地放进了收藏柜里。

哭丧女的故事

小萍坐在盛夏的大杨树下，上半身靠着粗糙的书皮，一边用手中的玉米须驱赶着飞来飞去的蚊蝇。她的小腿袒露在阳光的暴晒中，很容易成为蚊虫袭击的目标，她黝黑的皮肤上已经有很多叮咬过留下的褐色的疤痕了。她的上半身努力向着树干的地方凑着，蜷缩着，争取尽可能让身体能够享受到宽大的树枝和叶施舍的一点阴凉。她看着远处一排排的玉米田，她想在这里、阴凉的地方休息一下，等一片云把太阳遮住的时候，玉米地就能够逃脱太阳炙烤的魔掌，得到一些喘息的机会，她就可以去开始，悄悄地潜入那些高耸的作物之间，把藏在碧绿的枝叶之间的玉米苞一个一个地揪下来。小萍是一个爱幻想的少女，这个习惯从小就养成了，不然她根本没有办法应付这样枯燥的生活，她在掰玉米的时候，就会想象着每一株玉米都是一个个活着的生物，而那长出的玉米苞都是一个个细菌生长成的瘤，最后长成了奇形怪状的有尖牙利齿的小生物，和玉米秆子共生在一起，在夜到来的时候啃食它们的枝叶，攫取它们的营养，让它们都萎蔫蔫的。所以她必须把它们都拔下来，让每一株玉米都不那么痛苦，做这样的事情，赋予了小萍一种额外的成就感。

小萍穿梭在玉米地之间的时候，远远地传来一阵唢呐和敲锣打鼓的声音，这样的声音越来越近。小萍扒开玉米的枝叶向外看，在田边的县道上，一队人从远处走来，他们都穿着白色的褂子，前面的几个男人带着一桶黑色的木棺材，中间的几个男的敲锣打鼓，还有个小孩往空中撒纸钱，撒得像雪片一样。后面跟着十几个女的，她们似乎什么也不做，她们一直在哭，奋力地哭，一边哭一边还念叨着什么，念叨的语句中跟着哭腔，也似乎编排上了诡异的旋律，听着怪瘆人的。她们的这样哭诉声和唢呐锣鼓声悄然地混杂在一起，又互相要比着赛过彼此的声音，形成了一种不和谐的喧闹感。

小萍起初是有些害怕的。她缩在玉米叶后面，像一只受惊的小野兔一样观察着。她记得以前远远地听到过这样的声音，锣鼓喧天的，她开始以为是谁家结婚，但是听姐姐说其实是送丧的队伍，这么近看他们是第一次。如果是更小的时候，和妈妈在一起，他们出现的时候，妈妈会把她身子转过去，或者直接把眼睛蒙起来。记得妈妈说看与死人相关的东西不吉利，但是现在的小萍觉得十分好奇，她看着后面那十几个哭着的女子，她们一直哭着，一边号叫着，鼻涕和眼泪胡乱地流在一起，还要旁边的女子帮她擦，有个女的哭得要昏厥了，一直被旁边人搀着。小萍看着她们，瞪圆了眼睛，她从来都没看过这个场面，她觉得她们一定是死去的人的亲戚，所以才那么悲伤。小萍似乎也听姐姐说过，专业哭丧队都是隔壁村的戏剧团的或者歌唱队的来做，顺便赚点钱，但是她理解不了，为什么和自己无关的人去世能哭成这个样子。

小萍记不起上次哭是什么时候了，她即使被爸爸拿着纺锤打的时候也没哭过，只是红了眼睛。她印象最深的是同桌的女生考试不及格，虽然她自己也不及格，但是她就没什么感觉。小萍对学习成绩从来没有感觉，大概是因为父母也不管小萍的读书成绩，反正也没有让她读大学的打算，觉得他们供不起小萍上大学。小萍看着那个因为考试成绩差而哭泣的女生，她的神态和反应她永远理解不了：她自己蹲到墙角，变成很小的一坨，哭得梨花带雨，整张脸像淋过雨的成熟的红桃子一样，格外惹人怜爱的样子。小萍就站在不远的地方，呆呆地看着，不知道是不是应该说些什么安慰她，还是给她递个纸巾什么的。最后那个女生哭完了，看见小萍吓了一跳，然后径直从小萍身边走过去回了教室，中间还怨怨地看了小萍一眼，好像小萍发现了她不为人知的羞耻的秘密。小萍自从看到那个场面，从此觉得女生哭是好看的，它似乎只能在不为人知的角落进行，带着一种神秘的吸引力，不由自主地让别人产生一种本能的安慰冲动。她有些明白了男生为什么总是围绕在这些娇弱的女孩身边，想要捉弄她们，看到她们哭出来的样子，而对小萍这样大咧咧的女孩从来不管不顾。这样的哭泣是她不曾拥有的某种天赋，因此她有一种奇怪的羡慕。小萍晚上还回家悄悄对着镜子看着自己，她第一次这么仔细地端详自己，她第一次觉得自己的脸好像不好看，她产生了一种奇怪的错觉，她觉得自己哭起来也许会更美一些，于是她就尝试自己哭出来。可是小萍尝试了好久也调动不出来悲伤的情绪，她甚至尝试着自己掐自己，可是除了胳膊红了之外没有任何效果，她的眼睛反而更干了，小萍好气恼。

小萍看着那十几个穿着白衣的女人慢慢远去。她觉得她们像十几个只有在梦中才出现过的白衣仙女，她们也带着那种让人心碎的、让人同情的气场，这氛围小萍觉得又悲伤又美丽，好像那么不真实。她们一会儿就不见了，只留下了一地的雪片一样的圆圆的纸钱。小萍幻想着那应该是她们的眼泪，觉得这是一个不应该被忘记的场景，她被震撼了，但又说不清楚到底是为什么，明明是不吉利的禁忌的东西，但是小萍莫名其妙地觉得有些憧憬，或者说正是因为这样的禁忌，小萍就越想接近她们。

小萍十八岁了，家里供不起她上学，因为家里的钱都供给哥哥上大学了，所以上完高中她就在家里帮着做农活，掰玉米、搓玉米、割麦子、打麦子、挖红薯、摘花生、喂鸡、喂狗。有的时候还会跟姐姐去农贸市场卖自家的产品。每年这些活其实占少数，大部分时间她都坐在田埂边随便看看武打小说书，或者发呆，看着广袤无垠的平原，有时候悄悄睡过去。每个月家里都会给小萍两百块钱。可是小萍发愁，觉得那不够。她每次去县城看到漂亮的衣服都想要买，可是都很贵，尤其是最近看到的一条粉色的连衣裙，挂在农贸市场旁边的外贸店里，小萍每次经过都会不得不看到，她也不敢进去，只是会驻足在门口小心地观察一会儿，直到姐姐发火了在前面走着突然找不到她，折回来找她。那件连衣裙要200块，自己的钱根本买不起，她的姐姐也抠门得很，谎称自己要谈恋爱要用钱，也不借给她。小萍发愁地想多赚一点钱，可是不知道该怎么办。

第二天小萍上午干完活儿之后，她回到家发现家里来了客人，是一个胖胖的头发卷卷的女人。妈妈正坐在高高的炕上和她聊天，小萍去厨房泡了茶端给两人，胖女人直夸小萍懂事，然后小萍就坐在自己的小板凳上，一边做枕头巾的刺绣一边悄悄地听着两人说话。原来胖女人叫作芳姨，是隔壁村子经营小卖部的。小萍听到她无意中说起了昨天做哭丧的事情，说自己能够挣得还不错，她这才认出来芳姨在昨天她见过的哭丧队里，而且是哭得最厉害最动情的那一个。只是昨天芳姨被白色的褂子和头巾裹得像个粽子一样，而且哭得脸都变形了，一把鼻涕一把泪的很难看清楚长相。芳姨在东拉西扯后突然看向小萍，说小萍反正也没事做，可以跟着她一起去赚点钱，还说小萍看起来是个好苗子。在旁边听的妈妈马上摇了摇头，说这种东西多接触了不好，芳姨马上笑了起来，说什么时代了还想这些。小萍觉得她的心被吊了起来，然后又扑通一下掉了下去。

小萍觉得她很喜欢芳姨，芳姨笑起来有一边有深深的酒窝，眼睛眯成一条缝，有些人看一眼就知道是好人坏人，小萍一向看得很准。芳姨走的时候，妈妈让小萍送芳姨出院子。俩人出院子的时候，小萍扭扭捏捏地欲言又止，芳姨一眼就知道小萍想要说什么，她答应小萍有活儿的时候就叫她一起来，而且不告诉她妈妈，小萍很满意。

第三天芳姨就打电话给小萍，说有一个活儿，问小萍要不要一起去，小萍答应了。早上就悄悄地溜出去，骗妈妈说要和好朋友慧慧去县城里买点日用品。小萍骑着自行车，气喘吁吁地赶到了隔壁村的一户人家门口。隔着好远小萍就看到那里锣鼓喧天，烟尘不断，像是着火了一样。院子外都挤满了人，熙熙攘攘的。小萍凑到门口，看到了头上缠着白布、身上穿着白褂子的芳姨，芳姨什么都没说，悄悄地把小萍拉到院子里，给了小萍一套衣服让她去里面换上，小萍拿了衣服进了屋子换上了，她看着镜子里的自己觉得很怪，像个被布随便包着的布娃娃。然后她跌跌撞撞地出来，看着门外一群悄悄抹泪或放声大哭的人，她觉得有些紧张，悄悄地躲在芳姨一旁看着。芳姨突然转过头来说，你待会记得别光哭，别人说什么你都跟着念就是了。小萍点点头。

不一会儿，一口镶着金边的棺材被五六个男人抬出来了，颤颤巍巍的，小萍不是很敢看棺材，她不能确定里面究竟有没有真的死人。她以前听朋友说里面就没有人，放的只是木头拼的纸糊的人偶。在她的脑海中，她怕它突然掉到地上，四分五裂，然后从里面骨碌碌滚出来一些骨头或者头啊什么的。棺材被抬走了。然后渐渐地，一群人就跟着棺材走了起来。抬着棺材的人最前面有那么几个男人，是负责烧纸点香的，后面又跟着两三个七八岁的男孩子，一边哭丧着脸一边撒纸钱。棺材后面有几个吹唢呐打鼓的，然后才是哭丧的队伍，最后跟着杂七杂八的亲戚或者围观的人，整个队伍像一条长蛇，在田埂间的小路扭来扭去前进着。

几乎是队伍走出院子没几步，几个女人就开始做出痛苦的表情放声大哭，她们发出声音的时候，挤在中间的小萍吓了一跳。她看着旁边的芳姨，硕大的泪珠从她的眼里，像炒豆子下锅一样不停地冒出来，小萍觉得又神奇又有些惊悚。没有人管小萍，她就被夹在中间一直走着。过了一会儿，小萍听到此起彼伏的擤鼻涕的声音，然后不停地有女人一边哭一边大喊着一些断断续续的语句，夹在哭声中，含含糊糊的，小萍一句也听不懂。小萍这个时候难受极了，不是因为她被死去的人和这悲惨的气氛感染，而是她又焦虑又失望，她努力地挤出痛苦的表情，可是她怎么都哭不出来，只能配合着眯着眼睛。旁边的阿姨用嘶哑的声音戏剧化地唱出来，“亲娘嘞，你咋这么狠心，把我们抛下不管啊”。然后小萍记得芳姨的话，也怯生生地跟着学她的唱词和语调，可是她说完这些又开始想要笑，觉得自己的语调非常怪异，于是她又要努力憋住笑，撇着嘴做出痛苦的样子。走了大概二三里的时候，小萍觉得她已经精疲力尽，为了要控制自己的表情，又要刻意地努力干号着，她觉得嗓子很痛，从里面都要冒出烟来，她好想喝水。可是她悄悄看着周围的女人，每个人的嗓音还是如初，像学校操场广播的大喇叭一样那么洪亮。一个哭着说：“亲娘啊，我和妹妹当初没有照顾好你啊，让你受了这么大的苦。”另一个和着：“玉皇大帝你开开眼啊，俺亲娘是个好人啊，你可不要亏待她啊！”小萍从里面竟然听出了黄梅戏的调调。而她们的眼睛，像是村东头取之不尽用之不竭的泉水眼一样，泪水不停地从里面涌出来，她们的表情那么悲伤，不时地摆着手，脚面流连着地面拖拖拉拉，做出精疲力竭，快要崩溃似的动作。几个人一边走一边依偎在一起痛哭，互相捶打，好像在怨恨责备着彼此，又好像在折磨着自己，看着她们的动作，让人觉得心被狠狠揪了一把，不明就里的人，大概会以为是死者很亲密的亲戚，才会如此痛苦。就这样，这个队伍经过了成片成片的玉米地、高粱地，一座座残破的小桥，沿着弯弯曲曲的散发着臭气的小溪边，到了一片灰白的房子前面，房子后面有一片围墙。小萍才知道到了公墓。

长蛇一样的队伍重新解体成稀稀拉拉的人群。大家站在大门前讨论着什么的时候，棺材已经被抬进去了。小萍去领了一瓶矿泉水，接着蹲到了墙边，三两口喝完水，却依然气喘吁吁，头上都是豆大的汗珠滚落下来，她的嗓子疼得要命，一句话都说不出来。她很沮丧，因为她从头到尾一滴眼泪都没有流出来，这件事比她一开始想得还要难，她看见刚才一同哭丧的女人们已经把头巾摘了下来，两两三三聚在一起说说笑笑，于是小萍也摘了头巾。这个时候芳姨从远处走过来，悄悄地拍了拍小萍的肩膀，拉着她去到旁边的一间黑屋子里。小萍进了屋子，里面有个满脸都是疤的年轻人，皱着眉头坐在屋子中间的桌子前，她看到刚才队伍里面的人早就在桌子前面排起队，轮到小萍的时候，长疤的年轻人递给小萍一个白色纸包，然后小萍就跟别人一起出去了。芳姨告诉小萍接下来的活动只有长辈和男人可以参加，让她自己先回去。

小萍在外面，在阳光下打开纸包，里面有一张粉色的百元大钞，小萍突然觉得很惊讶，她没想到她能得到这么多钱，这是她在家里干活半个月才能拿到的，她一下把刚才的不好回忆抛到脑后，开始不停地想着在县里的那条粉红色连衣裙，但是她暂时还不能买，因为她怕妈妈发现。

她回到家，看着钱又陷入了惆怅，她觉得自己不是这块料，她根本没法哭出来，没法像别的女人一样表现得那么悲惨，她怕别人在旁边悄悄说闲话说她就是在瞎混，说她一点都不尊重死者。所以她觉得这钱不应该由她拿，她也不会去第二次了。可是她又好想要赚更多的钱，有更多的钱她就能在县城买好看的衣服和零食，况且只是走这么一遭，不到两个小时就能拿一百块，为什么不呢？小萍被两种情绪反复地扯来扯去，在炕上久久睡不着，第二天她在田里掰玉米的时候还一直想着。

第三天芳姨又打电话来说有活儿问小萍要不要去，小萍支支吾吾，犹豫了半天，她打电话的时候姐姐刚好穿着新买的裙子，脸上的妆画得和猴屁股一样，扭着就进来了。小萍转了个身继续说话，不想让姐姐听到，姐姐一边打手机一边笑，进了屋子，小萍满脑子还是姐姐刚才进屋的神气活现的样子。不知道是鬼迷心窍还是什么，最后小萍还是小声答应了芳姨。

这一次的规模比小萍去的上一次还要大，据说是一个做生意的有钱人家为老父亲做出殡，从隔壁的好几个乡里镇里借了好多人，棺材是用最好的木料请了二十个工人一个礼拜赶出来的，也专门去了县城租了好几辆高级的黑色凯迪拉克轿车来专门运送，加上敲锣打鼓的几百号人，将要跟着载着棺材缓缓开着的车浩浩荡荡地走在县道上。小萍觉得没把握，紧张得两脚都发抖，她觉得这次哭不出来，万一被人发现了可不行，她特别好奇的是别人究竟是怎么哭出来的，犹豫了半天，她不敢问，但是在开始前，还是把芳姨拉到一边去，悄悄地问芳姨要怎么才能哭出来。芳姨的眼珠转了转，想了想说，你就想你最难过的事情，然后努力瞪着眼睛，不要眨眼睛，让眼睛又红又痛，憋住呼吸，一直憋着，然后很快就能哭出来了。小萍想了想说实在没啥难过的事情，芳姨就说，你想想，比如说你有个舅舅，可宠你，但是他得肺癌了，躺在床上，你去看他，你知道肺癌晚期的人是啥样吗？躺床上都起不来啦，瘦得跟排骨一样，一呼吸就痛，痛得不行，一咳嗽就吐血，床单上面都是血。吃啥吐啥。坐都坐不起来，得你扶他。

小萍被芳姨的生动的描述吓到了，但是一会儿送丧就开始了，她只得跟着号泣的人群一直走，一边走，一边努力瞪大眼睛，风夹着沙子把她的眼睛吹得生疼，她也不敢闭上，她觉得自己的眼睛正在变得红肿湿润，直到眼前的人都出现了重影。她先是又一次努力地筛选自己的记忆，像在一大堆干麦粒里挑出那些被虫子咬坏的一样，可惜她自己也不知道最难过的记忆出自哪里，然后她没有办法，她终于开始在脑海中构建芳姨说的那个场景，这是她与生俱来的能力，她根本没有舅舅，但是她马上要有了，眼前的穿着白衣的熙熙攘攘的人群开始慢慢消失。她的舅舅住在一个很破很烂的屋子里，白天灯都不舍得开，窗户的纱窗破了好几个洞。那是她上小学时，她走进房间，心怦怦跳，她终于看到得了肺癌的舅舅在硬板床上，旁边的木架上挂着输液瓶，舅舅颤抖着努力呼吸，胳膊都支撑不起来他的上半身，但是还是努力地朝小萍笑。小萍扶着他坐起来喝粥，他没胃口一点都喝不进去，接着他就开始咳嗽，咳嗽得好大声，肺里感觉有什么石子似的萨拉萨拉响，然后血从他的嘴角冒出来。小萍看着他，扶着他又慢慢躺回自己的草席床上，看着他慢慢闭上眼睛。这样的场景在她的脑海里闪烁着，从模糊到清晰，她努力地憋住呼吸，集中注意力，用意念使劲拉着它，开始创造。像画画一样，小萍为它一点点地增加色彩，增加细节，然后在脑海中反复重演着，近距离观察着，她的舅舅满脸都是皱纹和青色的斑块，没有一丝光泽，他呼吸的时候面颊深深地凹陷了下去。她很快就感到了悲伤，看到了乌云悄无声息地开始聚集，她的耳边响起了雷声，很快，她就觉得这样的忧伤像无声无息的雨一样，悄然就从云端落下来。她摸摸自己的眼眶，湿润了，有液体从那里面汩汩地淌出来，她好悲伤，她明知道那是假的，可是它又真实如在眼前，那个舅舅真的死了怎么办？我要怎么救救他？但是她又好快乐，她终于流泪了，这是她第一次有这样震撼真实的感受，像是发掘出了自己身体里潜藏着的某种力量，这种力量允许她把自己的一部分倾泻出来，于是，有那么一个瞬间，她从身体里抽离出来，看着眼前的那个女孩在放声痛哭，在那个逼仄的阴暗的房间，在那张摇摇晃晃的破烂的床前，为一个不存在的即将死去的人而哀悼。她的身体觉得好轻松，好像一片泥土都干出了裂隙的玉米田终于迎来了久违的一场雨一样。她沉浸在这样的悲伤的暴雨里，她跪在那个不存在的房间里，头低着望着地面，那里也淅淅沥沥地下起雨，但是她不怕淋湿，她也不需要伞，她甚至不想离开了，两个世界交叠在一起，她忘了她是那个穿着白衣服胆怯地跟在人群里的少女，她忘了她奋力地哭泣，只是为了想要买一条好看的连衣裙。

这场结束之后小萍又拿到了一百元，在这样短短的几天内能够拿到她之前一个月的钱，小萍觉得很兴奋。但是她忘不了那个场景，这之后她的情绪有意无意地还是陷在里面，让她开心的时候都始终觉得有一种罪疚感。她同时觉得芳姨能够把肺癌的人描述得那么生动，一定有它的来源，小萍和芳姨走回家的时候，小萍悄悄地问了一句，“那个得肺癌的是谁啊？”芳姨只是淡淡地说:“哦，是我爹，去年走了。”

第二天，小萍和姐姐去县里的时候，就买下了她梦寐已久的那条镶了碎花的淡粉色连衣裙。姐姐好奇她突然哪里来的这么多钱，小萍骗姐姐说是妈妈给的。晚上她回家忍不住，把卧室的门锁起来，穿上新的连衣裙反复地在镜子面前照，抖动，扭来扭去，想象自己在给时装杂志拍封面照，舍不得脱下来，直到妈妈来敲门，她才马上把衣服藏到衣橱里面。在此之前，她的衣橱里面全都是普通的长裤和T恤之类的衣服，她平常的打扮是被朋友们嫌弃的，要不是她的一头长头发和秀美的长相，别人估计会以为那是一个男孩子。妈妈看小萍鬼鬼祟祟的，就来检查小萍的衣橱，看到了那条连衣裙后，问是哪里来的，小萍慌忙说是自己求着姐姐，姐姐大发慈悲给她买的。妈妈也没说什么，只是说“穿这种衣服，以后怎么干活？还是说你准备嫁人了？”，然后就走出去了。

之后，小萍又被芳姨带着去连续参加了好几场，小萍也奇怪，最近怎么几个村子里老是有死人的。不过芳姨对她说，“农村不就都这样，是你以前从来不去关注这种东西。大家都觉得丧气、不吉利，这有什么不吉利的，就跟吃饭、喝水、睡觉一样，大家都是要死的嘛。去世的时候弄得体体面面的，有什么好藏着掖着的。”小萍心里仅有的一些对这样活动的畏缩和恐惧也被芳姨打消了。芳姨接着说，“你看电视里演小品、演唱会，唱完了底下人都鼓掌，人走了，底下人为他哭，这两件事不是一样的吗？你说那底下鼓掌的人肯定有不喜欢那表演的人的，心里说，那什么玩意儿嘛，但是脸上笑，手里鼓掌。但是这一点儿都不重要，重要的是为了那个台上的，他能感到他是被敬重的，这不就够了吗？你说是不是这个理儿？我知道有些人接受不了，但是我也理解他们有疙瘩，但是这整个事儿不就是这样吗？”

小萍被芳姨带着哭了四场，又赚了六百块。小萍到现在觉得自己简直是村里最富的人了，走在田里都在忍不住偷笑，姐姐看了也觉得奇怪，觉得小萍是不是瞒着家里悄悄处了一个有钱的男朋友，如果是的话，简直是要在村子里敲锣打鼓的好事，可是她观察来观察去，也没有发现这个人的存在。可是更让小萍开心的是，她现在对哭这件事好像掌握得越来越熟练了，只需要几分钟的酝酿，在脑海里迅速地重构一下她那个不存在的舅舅的场景之后，她的眼泪就唰啦唰啦地下来了，这个场景是越回忆越深刻的，以至于小萍好几次几乎就以为她真的有这个舅舅。而且一直在哭，她感觉自己的身体好像变轻盈了，她也不知道为什么，似乎眼泪带掉了一部分体重，对女孩子来说也是一件好事。现在她觉得自己变得脆弱了，很容易就哭了，有一次被石头绊了一下，摔倒在田间，她都能流泪流个半天。路边经过的骑车的男人纷纷过来，安慰地问她怎么了，然后好心地送她到卫生站，小萍自己也没想到会被这样照顾，她觉得受宠若惊、心花怒放。如果是以前，她会死死地憋着疼，咬着牙到了家，大家才会惊呼地发现，她的小腿底下的裤腿儿，早就全都被血染得红红的。

小萍瞒着妈妈去做哭丧的这件事还是被妈妈发现了，起因还是那条连衣裙。妈妈和姐姐在炕上说闲话的时候无意说起了那件事，两个人对了一下，都以为是对方买的，才发现事情不对。然后妈妈板着脸把小萍叫过来，姐姐就在一边看着，嗑着瓜子，带着等着看好戏的表情。妈妈像训斥犯人一样叫小萍从实招来，小萍只好说了瞒着她们去哭丧的事情。妈妈大惊失色，说怎么做这样晦气的事情，然后开始滔滔不绝地训斥小萍，说女孩子做这种事情怎么嫁得出去，别人看着你都绕着道走的。小萍这个时候气急败坏，但其实她早就想好了要怎么做，不过听到妈妈这样训斥她，她还是流眼泪了，她自己都没想到这样就哭了，她一边哭一边从口袋里掏出那六百块钱，迅速又从容地甩到妈妈面前的桌子上，粉红色的钞票四散着飞着，有两张还弹到了地上，说“都给你了”。妈妈突然间哑口无言，愣着看着小萍。小萍又气又委屈地飞奔回自己房间，扑到自己床上，用棉被把自己裹起来，在里面呜呜地哭。但是她哭着哭着，回忆起刚才甩给妈妈钱的那一刹那，她觉得自己好潇洒，像电视剧里面的那种大款一样，她又悄悄扑哧地笑了出来。

妈妈之后也没有阻止小萍去参加送丧，大概算是一种默许，只是小萍每次去参加送丧回来，妈妈坚持小萍要去洗个澡把衣服换了。她的老一辈人的迷信，是不能让小萍把死人的阴气传染到家人身上。妈妈也没有要小萍的钱，大概是觉得这个岁数的女孩子也是需要一点钱来花了，打扮打扮自己以后也好嫁出去，只要嫁出去，妈妈就算完成了一桩大任务。小萍觉得自己简直变成了一个小富婆，她邀请几个好姐妹去县里的西餐厅吃牛排，这在过去都是每年快到过年才会去吃的奢侈食物。她还和姐妹们一起去 KTV 唱歌，都是小萍请客。闺蜜们也好奇小萍怎么突然变得这么阔绰，小萍也没有告诉她们真实的原因。

没有什么别的用途，小萍每月把哭丧赚来的钱给爸爸妈妈和姐姐三分之一，自己留三分之二，但其实她也花不到哪里去，在村子里生活她也不需要花太多的钱，也不像外边的女孩子那样爱慕虚荣，买大把大把的化妆品和衣服来捯饬自己。小萍有了钱之后逐渐开始喜欢买好看的衣服，但她是有节制的，总觉得好看的衣服有那么几件就够了，她也不化妆，她看够了姐姐化妆的样子，她暗暗觉得很可笑，觉得有时候姐姐的脸像猴屁股一样，另外化妆是一件麻烦的事情，她也没必要化妆给谁看。所以小萍听了妈妈的话，把钱都存了起来，说以后嫁人时候手头宽裕，生孩子就不会捉襟见肘了。不过小萍对妈妈说的这些统统没有概念，结婚，生孩子，她知道妈妈已经隐隐地开始催她开始想这些东西，妈妈眼中的农村女孩就是要早早嫁个好人家，生个娃，这样任务就算完成了，她自己养这个女儿也算没白养，现在姐姐已经快要完成任务了，就等小萍了。可是小萍她自己也奇怪的是，她自己没有同年人的相同的欲望，有心仪的男孩子什么的。相反的她对好看的女孩子要更加崇拜一些，那是一种单纯的向往。她对未来的生活好像也没有规划，眼前的未来好像是一张白纸，她觉得别人眼中的自己就是一个傻兮兮的女孩子。无所谓，就随波逐流好了，反正总有办法的，小萍想。可是一切都会悄悄地改变的。

那一天家里的自来水管被旁边挖地施工的挖坏了，自来水都没得用了，妈妈可急坏了，她洗衣服才洗到一半，于是就让小萍去村东头的河里挑点河水来洗衣服。小萍怨声载道地拎着一大桶回来，气喘吁吁地刚走到门口，就闻到一阵香风从屋里面扑过来。她走进屋子的时候，啥也没看，径直从客厅边上走过，到厨房把水放下。这个时候妈妈从远处客厅的炕上走过来，和小萍说:“你看谁来了？”小萍愣住了，她这才发现炕上还坐着一个女生，微笑地看着她。

她花了五秒才认清楚那是谁，“怡怡。”小萍惊讶地说，“你怎么来了？”坐在炕上的女孩只是微笑着，“我放暑假啊，就回来了。”小萍发现怡怡变得和她记忆里太不一样了，她戴上了眼镜，头发专门去烫出了卷卷，还染成了褐色。她穿了一条看起来就很贵的薄纱连衣裙，上面套了一个很时尚的黑马甲，背着皮质的小方包，脖子上挂着闪着光的钻石项链，手腕子上也是闪亮亮的配饰。“你怎么变双眼皮了？”小萍忍不住问，没想到怡怡身子一缩，害羞又有点反感地转过头去，“你看出来了？”

小萍和怡怡从小就是好朋友。两家住得近，家长互相也认识。记忆中的怡怡原来上中学的时候和她一样闹、一样土，捉泥鳅塞到老师办公室抽屉里整老师之类的，只有坏学生才能想出来的伎俩，小萍还不敢做，一向都怡怡去实行的。她的学习成绩和小萍一样烂，说话比小萍还要大咧咧，把班里的男生当哥们儿，每次俩人都是一身汗一身土地一起放学回家。高考怡怡也没考好，可是怡怡是家里的独生女，她的爸爸妈妈一心想怡怡上大学，虽然家里也不富，但是硬是凑出来了给怡怡上大学的钱供她上了一个省城里的专科。自从上大学了，小萍有两年没见她了，每次她放假都不回来，这次才见到她，却和之前的印象发生了一百八十度的大转变：她彻底变成了一个淑女，比以前更瘦了，说话也是轻轻柔柔的，穿的都是看起来很贵很好看的衣服。相比之下小萍之前日夜想着的在县城买的外贸衣服，简直是像垃圾堆里捡来的一样。

小萍和怡怡简单地聊了聊，心里却一直在犯怵，明明是以前的那个女孩，现在却不知道怎么和她沟通了，仿佛两人之间隔了一道看不见的墙。怡怡学的是广告，说她快要毕业了，在做毕业设计，然后还去了什么设计师事务所实习，将来要和男朋友合开一个广告公司。她说的时候小萍看到她金灿灿的涂过指甲油的指甲在桌上磨来磨去，在太阳光照射下发出耀眼透明的光，让她的手变得都不像真实的了。怡怡不停地和小萍说着城市里的生活，带着兴奋却又习以为常的语气，好像她早就是那里的一个组成部分一样。她说着那里的街上的人们，那里的摩天大厦和购物中心，她吃过的好吃的西餐和糕点。小萍只是听着，像一个啄木鸟一样机械地点头，来化解对怡怡描述内容完全陌生的尴尬，怡怡问最近小萍在做什么的时候，小萍只是搪塞了过去，说是在帮家里的忙什么的。最后怡怡从包里掏出来一支精美包装的唇膏，“这是送给你的，韩国的牌子，反正也不贵，就随便用用好了。”

小萍把唇膏放在兜里。怡怡走了之后小萍还是坐在炕上，妈妈和她说话她也半天没理，好像沉醉在一种幻觉的残余之中。妈妈最后说：“你看看人家，这么会捯饬自己，又找了个那么有钱的男朋友，你呀就也别要求那么高了，找个差不多的就行了，赶紧给我嫁出去让我省省心。”小萍假装没听见，她没有回答，面无表情地走回屋子，但是她心里被妈妈也扎了一刀。

小萍晚上一个人坐在镜子前面，拿出那支唇膏，她从来没有用过一次唇膏。打开的时候散发着温柔的香气，她轻轻地转动唇膏的底部，深桃色的唇膏像春雨过后的嫩笋一样，缓缓地从黑暗的地下高高地耸起，这样转动升起的感觉让小萍感到很舒服，她又转下、旋起反复玩了好几次，然后拿起来涂在自己的干燥的嘴唇上，是美丽的桃红色。她反复地涂了好几次，直到细腻的膏体慢慢地渗透她唇的清浅的纹隙中。她抿了抿，觉得自己的脸色衬得更加白了，她站起来，想去找一条好看的连衣裙，但是她站起来，又坐下去，她觉得没这个心情了，她觉得没有一件自己的衣服能衬这个好看的唇色。这个时候她感到一股复杂的情绪，从心的背面悄悄地生长出来，无力、愤怒、难过、气馁。她不知道这种感觉从哪里来，她也不知道怎么去描述，她只是坐在那里静静看着镜子。镜子里的自己正在努力睁着眼睛，一眼都不眨，直到整个眼球和眼睑都变得酸痛，视线变得模糊。

小萍晚上做了一个梦。她在玉米地中间奔跑的时候，后边的地突然开始变得松软，泥土不停地往内陷下去，小萍差点滑下去。陷下去的地变成了一个空洞，越来越大，小萍就一直跑一直跑，但是最后还是跑不过，她的双脚一滑，整个人掉进了黑暗的深渊里。小萍惊醒了，从黑夜中坐起来四处地摸索，惊慌不已。这个时候蝉鸣的声音从窗外伴着月光流泻进来，她的心扑扑跳。

小萍觉得什么东西被打破了，一开始她觉得丧气、不甘，小萍想着要是爸妈给她钱让她去城里上大学，再找个城里的男朋友，她也会变得和怡怡一样，整天吃西餐逛商场买时尚的衣服。可是她觉得她不能怨恨她的父母，家里毕竟没有钱，于是在心里这样的情绪又转变成了对怡怡的怨恨，小萍也不知道自己在想什么，只是控制不住自己这样的思绪：几年不见，怡怡变得陌生又惹人讨厌，她为什么要送我唇膏？难道是觉得我太丑了或者买不起？她为什么要穿成那样来见我？是故意的吗？是故意要激我妈让我妈嫌弃我？她不知道怎么会变成这样，她觉得怡怡变得像高中时候隔壁班的那些县里的有钱人家的小孩一样，她们的指甲上涂着五颜六色的指甲油，在老师面前就用校服袖子遮起来不被他们看到，说话故意娇声娇气的，在男生面前就显得六神无主的样子，哭得梨花带雨。其实那都是虚假的，都是装出来的，只是为了赢得男生的喜爱而采用的下作的伎俩而已。而她们在对别的她们不喜欢的女孩，觉得她们比自己漂亮，威胁到自己交男朋友的时候，其实凶得和什么一样。小萍当时不理解，为什么同样是女生，为什么会彼此仇视成这样，她现在终于有些明白了。她觉得好像一夜之间什么都变了，好在怡怡不是每天都和她在一起，她也许很快就要回城里了。小萍会有很多的时间拿来忘掉她，但是她错了，遗忘从来都不是一件简单的事情。

第二天，小萍和芳姨又去送丧。小萍在早上穿上丧服的时候，她觉得一种从来都没有过的难受的感觉，觉得这样的衣服很蠢、很紧，她觉得头上绑着的头带一直束缚着她。她觉得不舒服，于是就把带子折起来放在了兜里，芳姨看见了只是皱了下眉头，也没说什么。洋洋洒洒的哭丧队伍绕着村子的边缘行进着，左边是村子的并排列着的土房子，右边是一望无际的棕色的整齐的田野。这片田春天刚播下高粱种子，这个时候只是刚刚长出来一片片嫩绿的小株。小萍在队里，魂不守舍地跟着。眼泪有一搭没一搭地流着，她的思绪还留在昨天，想着怡怡和她的男朋友的事情。队伍就要离开村子，突然间小萍远远地看到从对面的田间走过来两个人，一开始他们只是两个小芝麻点儿，后来越来越大。小萍透过前面的人影，看到那是一男一女，逆着队伍的方向向这边走着，但是她看不清楚是谁，前面的人总是挡着。那两个人看见送丧队走过来，自动退避到田间等着，一副观看的姿态望着队伍。离他们越来越近的时候，小萍才发现那是怡怡和另外一个男的，怡怡依然穿着昨天的连衣裙，挎着手包，旁边的男的应该是她男朋友，他们俩的手挽在一起，站在底下的田间，看起来比送丧队矮了一截。小萍的心开始怦怦跳，怡怡怎么会在这里？她不想让怡怡看到，她努力地往相反方向凑凑，故意别过头不让那两人看到，可是那小路实在是太窄了，路两边又是拖拉机经过翻下来的泥水，又湿又滑。正要经过那两个人的时候，小萍打算快步经过，就不用看到她了，可是她走着走着，一脚踩到了烂泥里，一个趔趄倒在了地上，整个人翻到了底下的田里。旁边的送丧的人惊呼，几个妇女停住了，跳下去把小萍扶起来。小萍站起来，第一眼就看到了对面的田里，她清楚地看到了怡怡的脸，那张脸上震惊、惶惑，又带着一丝嘲讽的表情，小萍看得出来，怡怡想笑，却拼命忍住了。那是一种廉价的怜悯，一种迫于关系的安慰。倘若那是一个陌生人，怡怡一定笑死了，她知道的，怡怡一定是这种人，她以前就是的。小萍的脑海里关于她的记忆像潮涌一样翻上来，那个曾经大咧咧的怡怡，她的每个微笑、每个嘲笑、每个歇斯底里的狂笑，仿佛都是针对小萍，这个世界上突然只剩下了她一个受害者。一条小路将她们俩隔着，隔着她们怎么也跨越不了的距离，送丧队员们走过的步伐的残影，将怡怡的脸定格成了一帧帧碎片，每一张都透露着小萍最不想看到的轻蔑嘲讽表情，每一张脸都像一支针，穿过人潮刺向小萍的皮肤，刺进她的身体，让她痛苦难忍。小萍觉得心像路边的泥一样，被走过的人也踩了个稀烂。她默默地起来，看到自己身上白色的褂子也大片大片地沾上了难看的淤泥，她没有管它，没有掸，只是径直起来走上小路，一直继续向前走着，假装后面什么都没有，可是她的眼泪却一直掉下来。没有人注意到她哭的理由，在这个本就应该悲伤的场合，在这里，仿佛世界上的悲伤都只有一种。

小萍之后没有回家，她只是怕回家了之后妈妈和姐姐问起来，又要多解释一遍，她根本不想理他们。她慢慢地走回村子，在她常摘玉米的那片田间，找了一片树荫坐下，一直哭，可是一会儿，她又想起了怡怡的脸，又想起高中时候那群做作的女孩，她们只有在男孩子面前才会哭得梨花带雨。她又停止了哭泣，转眼间又开始厌恶刚才哭泣的自己，然后她就一直在发呆，眼神呆滞地看着远处，直到傍晚才慢慢走回家。小萍整个人又累又饿，但是她一回家，什么都不说，在厨房抓了个玉米啃了几口，就直接瘫倒在床上呼呼大睡起来，妈妈和姐姐看到她狼狈的样子，都不敢把她叫起来。

那之后没过几天，小萍的妈妈就告诉小萍怡怡回去了，她像说闲话的语气，和姐姐自言自语地说，轻描淡写的，说怡怡和她的爸妈大吵了一架，说她觉得他们对她男朋友不好，觉得她带男朋友本来是来做客的，可是变成了来这里是丢她的人，她后悔了，她在这里待不下去了，就生气地带着男朋友回去了。妈妈还说怡怡成了城里的姑娘，每天好吃好喝的，哪里还能习惯这个破农村，又没啥玩的。小萍听到了，松了一口气，可是她毕竟是善良的女孩，她不断地想，怎么会变成这个样子呢?

可是小萍渐渐地发现，在她自己的心里，怡怡并没有走，原来她早就悄悄地找了一个角落住下了。每次芳姨叫她出去出丧赚钱的时候，小萍越来越不情愿，她总觉得紧张，总觉得有什么人躲在哪里看她的笑话。更要命的是，她哭不出来了，她急坏了，她的想象力再也派不上用场了，她的那个不存在的得肺癌的舅舅，她再也想象不出来了，也许他彻底地死了，也许他正在队伍头上被抬着的那个棺材里面，马上要变成灰烬，变成永恒的虚无了。而那间屋子，那里只有一张空空的床，和风一吹就掀起来的窗上的布幔，冷风灌进来，吹痛了小萍的脑袋，她仿佛看到怡怡悄悄地躲在那床边，露出了半张脸，脸上是她精心化妆过的讥讽的表情。她这时会突然醒来，看着旁边哭得脸色惨白的女人们，纷纷从小萍身边经过，像一群群幽灵一样。她们是谁？为什么会在这里？她们掉着廉价又虚假的眼泪，就像怡怡指甲上黏着的亮晶晶的指甲油，时间一长就剥落了。小萍的心开始怦怦跳，她感觉莫名的焦虑、莫名的不真实，她不知道自己为什么会在这里，为什么被这样的白色的褂子紧紧缠着，在这样热得透不过气的夏天，她的汗水从额头上滚落，她觉得四处都有人在盯着她，她感觉必须逃走，藏到哪个安全的角落里。

她越来越不想去和芳姨送丧了，是因为她再也哭不出来了，她把怡怡送给她的唇膏，把自己那些买的好看的衣服也收了起来，永远丢进了床底的箱子里，再也不用看见它们，因为它们让小萍想起怡怡和她的讪笑，她的做作的姿态，她的亮晶晶的尖尖的指甲。她不想像她一样。小萍也没有把赚来的钱拿去买衣服，而是都给了妈妈和姐姐，她经过县城里的外贸服装店的时候再也不会去看一眼，而是径直就走了过去。

小萍最后和芳姨说了，她再也不去送丧了。芳姨只是点点头，也没说什么别的，只是说小女孩做太多这种也不好。小萍的妈妈倒是有些欣慰，觉得小萍终于不用再接触这种晦气的东西了，她也没有冀求小萍老老实实赚钱，也不用赚多少钱给家里，她觉得农村人老老实实干活儿就行了。小萍对妈妈这种态度很生气，但是又说不出什么来。

秋天又是玉米地收获的季节了，小萍一天到晚在玉米地里帮家里干活，收玉米、晒玉米、收麦子。她在高耸的玉米秸秆中来来回回，很快地就收获了一筐满满的玉米棒子，把头发梳起来，穿着男孩子一样的T恤和休闲裤子，然后把裤管挽起来，就像从前一样。她觉得没什么不好。累了就在大杨树下坐一会儿，喝口水，享受一下秋天金黄色的阳光，这个时候蚊蝇飞舞，整个田野里只能听见风吹着作物的沙沙声和远处传来的青蛙或者蛤蟆的叫声。小萍觉得轻松，但是不久，她觉得这个场面太过于寂静，她总觉得心里空落落的。这个时候她会再起来干活儿，争取忘记这种感觉，直到汗水浸湿了她的T恤。她奇怪的是再也没看到送丧的队伍，后来芳姨来家里坐的时候，才知道县里要创全国文明县，觉得农民这种行为非常愚昧不雅观，于是在小萍不干之后不久，就已经发文件禁止送丧队的活动了，所以永远不会有哭丧和哭丧女了。小萍这才恍然大悟。

这样大家都不需要哭泣了，这挺好。对小萍个人来说，她也完全失去了哭泣的理由，这样她完全回到了以前，有的时候她在田里，被尖尖的秸秆扎伤流血了，她也不会流泪，她会带着伤口继续劳作不去管它，这样血会悄悄地凝固变成一个痂，晚上回家的时候擦洗一下就可以了。小萍完全变成了典型的自给自足的千千万万个农民之一，皮肤粗糙，身体矫健，淳厚朴实，任劳任怨，脸上看起来也没有太多多变而细腻的情感。只是她偶尔从玉米地中走过，拨开那新鲜翠绿的玉米叶为了要检查是不是叶子上有虫害的时候，她会用余光看向远处，总会幻想那里还能看到那穿着白衣的一队队送丧的人群，在田埂边的小路上像幽灵一样渐行渐远。

爆炸

托尼那天早上起来才知道，世界上传染开了一种病毒，只要人说了谎话就会爆炸的病毒。

迷迷糊糊的他从床上起来，看见了妈妈丽莎匆匆忙忙地推开大门，用电视遥控器捶着墙板，咚咚咚，发出了打雷一样的声音。

爸爸昨天夜里躺在沙发上看电视直接在那里睡着了，他像丢进油锅里的虾一样蹦起来。

“快点快点，外面乱死啦！”妈妈大喊大叫。

“怎么啦？”爸爸搓着眼睛说。

“你看看电视！世界末日啦！”丽莎说。

托尼摇摇晃晃地去打开了电视。新闻里直播着街头混乱的场面，人群像蝗虫一样尖叫、飞奔着。镜头摇摇晃晃地对准一个人，然后他活生生地爆炸了，巨大的响声伴着彩色的粉末爆裂开来，像典礼庆祝的白日烟花一样，接着人消失了。不一会儿，另一朵烟花从另一侧升起，镜头疯狂抖动着，只映出了人群的脚，然后啪一声，屏幕变得漆黑一片。

三个人都呆住了。

“你快把银行卡给我，我去把钱取出来。”妈妈说。

“为什么要取钱？”托尼问。

“废话，现在银行已经挤爆了，过一会儿就取不了了！”

“哦。”爸爸犹豫了。“咱们还有现金呢，不用了吧。”

“不行！不取那里面的钱就没有了！”妈妈说。

爸爸沉默着思考着。

“你快给我呀，里面还有多少钱？”妈妈质问。

“不用取了，里面没有了。”

“什么？！”妈妈大叫，“钱呢？”

“我上个礼拜给珊迪了。”爸爸像犯人一样心虚地转过头去，不看妈妈。

“你给她干什么？”妈妈说，“六万都给她了？”

“是。”爸爸说，“她说拿去付成人大学的学费了，会还我的。”

“屁！”妈妈说，“她要是能去读书，猪都能当博士！”

“你说的是珊迪姨妈吗？”托尼问。

“是啊，那个婊子。”妈妈说，怒气像涨潮的海水，手伸出来要去打爸爸，“你给她那么多干什么？你们是不是有一腿？你趁我不在一直去她家，还骗我说出差，我早就发现了，你们是不是上床了？快说！是不是？”

“没有！绝对没有！”爸爸说。不耐烦地推了一把妈妈。

嘣，爸爸爆炸了，消失了，炸成一朵彩色的烟花，七彩的粉末飘在空中。

妈妈呆了，坐在了地上。托尼的脸也白了。

“珊迪姨妈？”托尼愣愣地说，没有人回答他。

托尼把快要呆成一截木头的妈妈扶起来，给她喂了一点热茶。妈妈的脸色好起来了，没想到她清醒过来第一件事就是打电话痛骂珊迪姨妈。

“你这个死婊子，快把我们的钱给我。”妈妈破口大骂，嘴像浇花的喷雾罐一样喷唾沫。

珊迪姨妈毫不示弱，从电话那头传来气势汹汹的声音：“没了，我拿去买项链和化妆品了！反正他不给我迟早也要给别的女人花的！”

妈妈被珊迪阿姨的直白也吓到了，突然语气软了下来。

“算了，花了就花了吧，我也不在乎。”突然间的风平浪静。“下午你要不要过来，我们一起吃个饭，然后一起去那个游艇会，你不是说买了门票吗？”妈妈说。

“啊……嗯，好的。”电话那头的声音。

“对了，你的门票是多少钱买的呢？”妈妈不依不饶。“我好知道给你多少。”

“我……”对面明显沉默了。

“嗯？你忘了吗？”

“我也不知道，是别人送我的。”

紧接着电话那头传来爆炸的声音，然后是占线的声音。

妈妈露出了胜利者的微笑。“她根本就没有票。”

外面的喇叭声音突然大作，市长通知说已经准备好了病毒疫苗，大家赶紧去医院，接受病毒的疫苗注射。

妈妈在一秒钟之内找到了车钥匙，像拖小鸡一样把托尼拖出门去，然后两人飞奔到车旁边，妈妈把托尼扔进驾驶室。

“快开，快去医院！”妈妈尖叫。

托尼轰起了油，车像飞一样向市立医院驶去，可是离医院几百米的地方就开始大塞车，人们像疯狗一样从汽车里钻出来向医院飞奔，看见这个情况，托尼也被妈妈拽离了车往医院跑。

像潮水一样的人围在医院门口。

托尼和妈妈在医院排队。几千米长蛇一样的队没有一个人敢说话，鸦雀无声，大家互相看着彼此，都知道在注射疫苗前万一说错了话的危险。

突然有个穿白大褂的医生走过来拍了妈妈的肩膀。

“杜蒙特医生，您一定忙死了吧？”妈妈勉强地客套，眼睛还是注视着前面的队伍。

“是啊，忙了十二个小时，全是来注射的。”

“嗯嗯，有没有办法让我们……”

“不好意思，大家都是先来后到。”

一瞬间两个人都沉默了。

杜蒙特医生带着不知所措的表情，突然想说点什么，化解面面相觑的尴尬。

“对了，”医生说，“上次你们体检完，我看见您的血型是 A，您的儿子的血型是 AB，那我猜您的先生是 AB 或者 B 咯？”

空气一下子冰冻了，妈妈沉默了，喉咙吞了一下口水。

“其实我……”

“其实我……”妈妈颤抖着说，看着旁边人，旁边的男男女女也似乎在聆听，扫射来关切的眼神。

“……他是A。”妈妈说。

杜蒙特医生一瞬间，露出了看穿一切的表情，然后尴尬地笑着走了。

托尼的心中翻江倒海，终于忍不住问。

“那我怎么会是AB？”托尼说，“难道我不是……？”

“不不不，是，当然是啊。”妈妈慌张地乱挥手，本能地安慰托尼。

一瞬间妈妈的表情变了，像被雷劈了一样，她默默地走出队伍，呆滞地走到空旷的地方，回头看着托尼。

“妈妈永远爱你。”

妈妈要哭了的表情，然后抬起手，抬起手的一瞬间，妈妈爆炸了。

人群发出了尖叫。

托尼的脑子一片空白，然后他的眼泪无知觉地滑了下来。托尼泄愤似的往车的方向跑去，身后的医院门口在他跑的时候又发出了几声爆炸声，所有人都从医院里飞奔出来，像泄洪的大坝。后来托尼听路人说，因为主管疫苗仓库的人在回答别人质问的时候，不小心说了“疫苗都够，所有人都有”这样的假话。

然后炸掉了仅存的一房间疫苗，这样所有人都不能痊愈了。

托尼开着车飞驰，这个时候他不知道为什么，只想见到一个人，他的女朋友安娜，他打电话给安娜，确认她还活着。

“喂喂，你还好吗？”托尼问。

“还在，不过我的弟弟爆炸了。”

“我来找你。”托尼紧张地喘气。

“嗯。”

托尼挂了电话，他的银灰色轿车现在飞驰在城里的快速路，不停地耳边传来远远的爆炸声，像是哪家不停地在放鞭炮。

车被堵在了教堂门口，教堂里也不断地涌出来惊慌失措的人。突然托尼看到有人在拍他的车窗，是他的朋友杰克，托尼让杰克进来坐到了副驾驶位置。

“我说，这太可怕了，”杰克气喘吁吁地说，“大家都来教堂寻找避难所，可是大家没想到，几个牧师对着大伙儿说了几句话，就接二连三地爆炸了。”

“他们说了什么？”

“上帝在看着我们，上帝一定能拯救这个世界之类的。”

“哦。”托尼面无表情地回答。

“然后大家就疯了。”

车子突然嘎吱一下停了下来，引擎盖上冒起了烟。

“怎么办？”托尼说。

“我会修，看我的。”杰克说。

两个人下了车，杰克打开引擎盖，整个人钻到了里面，只有穿着破旧牛仔裤的胖大腿露在外面。托尼不停地递给杰克扳手和润滑剂。

杰克钻出来，脸上被机油沾得漆巴黑，“应该没问题了。”

“谢谢你，帮了大忙。”托尼笑着说。

“哪里，谁让我们是最好的哥们儿呢。”

杰克说完，笑着，可是一秒钟之后，他的黑炭一样的脸上的笑容慢慢凝固了。

托尼的笑容也僵掉了，两个人呆在那里。

“快跑！”杰克站在车旁，突然声嘶力竭地大喊，声音像打雷一样贯穿托尼的耳朵，“快跑！”

托尼吓了一跳，但是凭着一瞬间的直觉就拔起腿跑了起来，疯狂地向马路另一头跑去。

“冲啊！”杰克撕心裂肺地喊叫，露出了悲壮的表情，像是战场上的中尉，化身成为一面汽车旁边的军旗，指挥最后的总攻。

托尼睁着眼睛向前奔驰，后面轰一声，一朵彩色的蘑菇云冒起来，把车颠了个底朝天。托尼觉得自己的心都在抖。

离安娜的家不到几百米了。

托尼像是在地雷区冲锋的士兵一样，发了疯似的跑着。

旁边不断有五彩斑斓的爆炸发生。车站、面包店、停车场，有的人像鱼雷一样向他冲过来，说了几句话，也不知道说了什么，然后砰一声，爆炸。托尼躲避着碎屑和彩色的烟尘，不断地有人被炸得飞起来，有人被别人炸得飞起来然后咒骂着，自己也变成一朵漂亮的烟花在上空炸开，尖叫声不绝于耳。很快就要到大本营了，托尼已经看见了安娜家的窗户。轰，又一朵蘑菇云在身旁绽放，托尼用手挡住自己的脸蛋。

安娜已经在楼下等了，她的头发乱糟糟，漂亮的脸蛋上写满了惶恐和憔悴。

“你知道吗，我爸妈都没了，我要疯了，我该怎么办?！我疯了。疯了。”托尼语无伦次地说。

“我也是，我刚跟我弟弟吵架，他就……我们走吧，我们走吧。”安娜说。

托尼喘了一口气，“现在我才知道我多么爱你，以前我一直在质问我自己。”

“嗯，嗯。”安娜噙着泪水回应。

“现在你才会知道我对你一切都是真心的，我说的没有一点点谎话，你不信的话，我爱你，安娜，我爱你。”托尼激烈地说话，又快又含糊，好像是一个哑巴突然能够开口说话一样。

“我也是，我也是。”安娜的泪水滑下来了，两个人又拥抱在了一起，如胶似漆。

但是安娜把手抽回来了。

在安娜抽回手的一刹那，托尼的脑袋里有雷声炸裂开。

安娜背对着托尼，竭尽全力甩开步子向前跑去，然后猛地刹住脚步，回头，红着眼睛对着托尼说：

“对不起，对不起，你能原谅我吗？”

安娜变成了一个影子，她在托尼面前炸成了一朵烟花，粉红色的烟云久久无法消散，烟透出的背面空荡荡一片，什么都没有了。

托尼的瞳孔放大，嘴唇颤动，脸色煞白。

可是他不自觉地说话，不自觉地那句话就从嘴里悄悄地钻了出来。

“没关……”

托尼还没说完，就闻到了自己身边也开始荡漾起浓重的硝烟味道。

蚊子

他想说出来，他一定要说出来，今天要终结自己三十多年悲惨寂寞的命运。他坐在那里，双腿颤抖，双目迷离，他不敢说出来。他是如此害怕，喉头都紧缩起来，只能小口小口吮吸咖啡，像蜜蜂吸花蜜。这是夏天最热的一天，咖啡馆里的冷气坏了。她坐在他的对面，头上的汗像小溪一样淌下来，她不由自主地擦汗，看着他，一言不发，笑容渐渐消失，耐心像杯中冰块一样融化。

他看到一只蚊子，在他身边飞舞着，发出嘤嘤的声音，他的目光被蚊子吸引了。蚊子盘旋着，在视线与视线的交会中行踪诡谲。蚊子消失了。他四处搜寻，紧接着发现蚊子停在自己的大腿上，疯狂贪婪地吸着血。他要打蚊子，蚊子却在一刹那飞走了。一个包飞速地肿起来，奇痒难忍。

等他抬起头看她，他突然忘了自己要说什么。眼前好像是一个陌生的女人，他们就这么对视着，尴尬地对视着。这个时候蚊子又在她那头出现，提着带血的钢枪，吹着胜利的号角。一定要解决掉它，他想。于是他站起来，在蚊子停在她的脖子上的时候，他“啪”地一声用手掌打死了蚊子。尸骨无存，灰飞烟灭。他庆祝这小小的胜利，他的手在顺着脖子抹开的时候，他故意多留了一会儿。蚊子的尸骸碾过她的皮肤，留下一道鲜血，贴合浸润着皮肤细致的纹理，出人意料地变成了小小的“我爱你”三个字。

手掌在脖子上留了一片红印，像是血痕字迹的大横幅。她惊呆了，甩了他一个巴掌，然后出离愤怒地走出了咖啡馆，头也不回。留下他一个人坐在原地，他却并不沮丧，一个人傻笑了起来：他没有失败，甚至庆幸他的胜利；他想说的话，现在已经成功被她带走了。

虱子

没有人能够否认华莱士是学校最有魅力的教授，这大概源于他风趣的谈吐和优雅的着装品位，时刻让身边的所有人觉得他是一个正派、温柔又体面的人。这天是八月最炎热的一天，教室里没有空调，外面魔鬼般的热浪随时准备把里面听得不耐烦的学生攫出去作为献祭，尽管这样教室还是被学生塞得像个鱼罐头。这个时候，华莱士教授正把一种体虱的标本放到显微镜下观察，显微镜连着投影屏幕，所以整个教室的人都能看到。可是事情不那么顺利，屏幕上什么都没有，底下的学生们大喊，虱子不见了。华莱士回嘴，哦，也许我可以借你的用一下。全场大笑。

华莱士先生眯起眼睛，看着显微镜里寻找虱子，他是专业的，他移动玻片，很快就找到了，那是带着触角，有着巨大的腹部，有三对爪的被人憎恨唾弃的小动物。它绝望无措地在有清水的玻片里游来游去，显然这里不是它能生存的环境，但是华莱士为了观察演示的效果，用镊子反复地拨弄着它让它去到载玻片的中间。华莱士想到昨天在宾馆里并没有睡好，此时一阵阵眩晕冲击着他，这样的眩晕提供给他一个新的观察角度，他看着这只小生物，造物主给它恶魔和野兽结合般的身躯，却那么无助、那么渺小无力，是多么讽刺。他这么想的时候，有一种奇怪的感觉袭来，他的意识像一滴水珠一样，从显微镜的镜头里掉了进去，然后被这个小生物吸了进去，他发现自己变成了这只体虱，他绝望地用六只带着弯钩的爪子游动，寻找逃出去的出口，他不知道他要去哪里，也许他想喝血，也许他只是想找一个黑暗的地方躲起来。他看着上面，巨大的显微镜的镜筒上，一只巨大的眼睛正看着他，那只眼睛被黏液覆盖着，凸透镜的扭曲效果让它变得更加巨大更加可怕，它的瞳孔像是恐怖的深渊，眼白处的红血丝像是喷发出的岩浆。他游去哪里，眼球就转动跟去哪里，时时刻刻监视着他、追踪着他，他从瞳孔颜色知道那是自己的眼睛，可是他从来没有发现过他的眼睛如此丑陋，如此令人作呕。他被闪着银光的尖锐的镊子戳了一下，头部剧痛，他的意识又回到昨天，他正和情人爱丽莎秘密地在酒店的床上翻云覆雨。他突然感觉恶心，他想要见光，他拉开窗帘，外面一个巨大的眼球正在看着他，滴着黏液的骨碌碌转着的眼球，他知道那是他自己的眼睛，可是却像一个外星生物一样陌生。他赤裸着逃了出去，发现商店街上每一个窗户里面都有一个眼睛，每个车窗玻璃的反光也有眼睛，巨大的他的布满红血丝的眼睛，密密麻麻追踪着他，他知道那些都是他自己的眼睛，可是当它们一起出现的时候，就好像变成了别人的。每个眼睛都好像在说话，说他不配他现在的这些荣誉，他应该马上从大学滚开，他是一个败类。他知道他逃不掉，他找了一个窨井盖，打开，跳了进去，无边的黑暗，水围绕着他，他长出了黑色的触角。尖锐的六只爪子，巨大隆起的腹部，他只是一只体虱，现在他只想要喝血，在人发现不到的地方悄悄生存繁衍。

底下学生群里渐渐嘈杂的议论声，把华莱士教授拉出了他的谵妄，他觉得头痛欲裂，他感觉莫名害怕，呼吸急促，无缘无故地流下眼泪。华莱士教授什么也没说，他无从辩驳解释他此刻的感觉。他走下讲台，是想找个地方安静一下，也许去厕所冲冲他的满头大汗，也许靠着窗子抽一支烟，他也不知道要去哪儿。他慢慢走出教室的掩着的木门，没有意识到他的身后是几百双注视着他的或困惑，或讥讽，或愤怒的眼睛。

幻痛

自从退役之后，这十几年来他一直生活在痛苦里。夜不能寐，好不容易睡着了，失去了左臂的那一刻的画面就会从梦境里，狠狠地将他从睡眠中拉到清醒的世界。他时常会觉得他的胳膊还存在着，因为他还能不时感觉到胳膊断裂的那一刹那的剧痛，这种源于幻觉的神经性的真实体验一次又一次地提醒着他那场残酷的战争。

13 年前的那一天，他在执行任务时无意中跟丢了大部队。在边境丛林白天黑夜地寻找方向时，他无意中碰到了敌军的单兵。他们在硝烟包裹的树木丛间互相射击。在都用尽了子弹后，对方开始短兵相接，用军用匕首开始了血腥的肉搏厮杀。然而究竟是敌人占了上风，他本来想利用间隙狠狠地刺向敌人的心脏，但是被一个格挡，只在敌人的右臂上深深地划了一道。敌人左臂一拳挥过来将他击倒，愤怒地将他撂倒在地，用军刀刺向了他的左臂，在关节处深深地插透了进去，仿佛要透过臂膀插进了泥土里。他能听到筋骨断裂和血液流出的声音，然后渐渐失去了意识。不知道是敌人手下留情，还是认为他已经死了，他被战友发现的时候奄奄一息，但是终究还是在医院捡回了一条命。只是左臂已经彻底没了。

这么多年来一直被这样的回忆折磨，他在今年终于决定去接上一条假肢，虽然对实际生活功能增强不大，但是他希望能够或多或少改变现在的状况。他根据朋友的介绍，联络到了城里最好的骨科医生想进行假肢安装手术。

周五的上午，他进行了手术，下午麻药的效果消散了，他醒了才看到了自己的左臂。它第一次有了重量，这个钢铁做的替代手臂末端是一个类似球的物体，尝试抬起来的时候非常的僵硬不能自如转动，但是这让他感到很安心。这时候一个穿白大褂戴着口罩的人走了进来，对他说：

“你好，我是负责你的手术的主治医生，现在你感觉怎么样？”

“很好，我觉得我的手臂好像回来了。虽然没有，真正地回来吧。”

“虽然它是钢铁的，并不柔软灵活，但是好处是不会感到痛，而且会为你以后提供便利，为你感到高兴。”

“总觉得，有时候痛是为了提醒你，有些东西曾经存在过，你不应该忘记。”

“我听说过你的故事，如果我是你的话，我会选择不会囿于痛苦过去，虽然难以抛弃，但是我们是要活在未来的。”

“而且我真的希望你，能原谅。”医生接着说。

说完医生卷起了右臂的白袖子，他惊奇地发现，医生的右臂上有一道深深的伤痕，像是匕首笔直划过的一样。他很快意识到了什么，那些痛苦的片段像海啸一样涌上来，他一把扯开了医生的口罩。正是他，当年他们似乎一样大，现在他有了胡子和皱纹，成了一个平淡无奇的中年医生，但是那副脸庞，他一辈子都忘不掉，他的惊奇现在一瞬间变成了愤怒，他狠狠地抓起了医生的领口。

但医生完全没有任何惊吓和愠怒，仿佛料到这样的事情会发生，只是继续说：“战争结束恢复和平后，我知道你活着后我就一直在找你，我知道我犯了很多错误，但是我想亲自偿还，所以我学了医学，选择做了医生，如果你还是执意要我偿还的话，你现在可以用刀把我的手也砍下来给你。”

“我当时差点就死了！你知道我这几年有多痛苦！”愤怒到极点的他用右手拿起了大衣口袋里随身带着的军刀，准备朝医生的胳膊上砍下去。他只是觉得这么多年的痛苦喷薄而出应该找一个出口，所谓冤有头债有主，就好像杀人要拿命还一样。

然而他终究还是没有下手。刀碰到皮肤的一刹那，他松手了，他的泪顺着脸颊流了下来，他也说不清楚这是什么泪水，不是悔恨也不是感伤，仿佛是为了干涸已久的心降下的暴雨。即使还了又怎么样呢，难道痛苦就会从此被消灭而不会又添上一轮新的悲剧吗？活在世上如果只是为了循环彼此的怨恨，那么活着还有什么意义！

“算了，已经够了。”

他接着说，声音已经变成了嗫嚅，“还是要，谢谢你，给我做的手术。”

医生脸上露出了微笑，眼睛里也流出了泪水。

第二天他就出院了，出院的时候是傍晚，夕阳旁边虽然有乌云，但是从旁边射出了灿烂的橘色光芒，还是照亮了整个天边，他走到医院门口，医生也来送他，但是他们一句话都没说。

“我以后不想再见到你了。”

没有等医生回应，他就先走了，医生目送他消失在了夕阳映衬的街上，露出了如释重负的表情。

那天晚上他感觉到了从未有过的踏实和轻松。从此以后他再也没有做过那样的梦，他的左臂再也没有痛过，因为那里已经有了东西。

相机

你相信有灵魂吗？至少我是相信的，因为我能够亲眼看到，当然不是通过我的眼睛，而是通过我的照相机。

我是一名摄影师，在偶然的一次机会下，我发现我使用的那台老旧的摄像机有一个特异功能——能够拍到死去的人的灵魂。那是在一个庄严的禅意氤氲的古寺前，我本来想拍摄下空无一人的古寺前的静谧的风景，可是胶片冲洗出来，才发现古寺的门前竟然有一个虚像状的僧人在拿着扫把，头也不抬地扫地。受了惊吓的我怎么也回忆不起当时那里有人。后来我再次拜访了寺庙，经过四处打听，确认了扫地的那是拍照时前几天刚刚过世的住持僧人。

在那之后，我又拍摄到了很多灵魂的模样。发现的规律是：他们无一例外的都是刚刚去世的人，在做着人死之前未尽的最后的一个愿望。他们定格在那里，经过 7 天左右就再也消失不见了，大概同人们所说的，头七过后就连灵魂也往生了吧。

令我苦恼的是，这件事情传开了之后，镇子上找我拍普通照片的人变少了，可能都是怕照片里出现了不洁净的东西吧。虽然我能理解，一开始看到那些灵魂的时候我也怕得睡不着觉。但是意外的是，也有一些人专门来找我用照相机来寻找去世的亲人的灵魂。

一对姐妹的母亲因为年事已高，心力衰竭，再也挺不住了，在家中过世了。去世后的第二天，她们找到我，因为想要再看看照片里母亲的样子，我在家里的各种地方左拍右拍，洗出来的时候，终于在厨房里看到了她们老母亲的影子，那是一个站在灶台前尝试要拿起锅铲做菜的慈祥老人的背影，姐妹看到这样的照片哭得稀里哗啦，她们之前每次从外面工作回来都能尝到母亲做的饭菜，躺在病床上无法动弹，能最后给女儿们做一顿饭菜也是母亲的愿望吧。

一个小男孩跑到我这里来，他哭着对我说我要找他的妈妈。我问了他详细情况，得知他的妈妈是前天傍晚因交通事故死去的，他带着我走遍拍遍了事故地点，他的家、购物中心等各种地方，最后还是在男孩的小学校门口前的照片里找到了他的妈妈。我顿时明白了，当时傍晚他的妈妈正要去接他放学，结果在途中就遇到了事故失去了生命，她死前的愿望一定是想要接孩子回来，想要再看到儿子一眼，所以她一直在学校门口等他出来。

还有很多很多各种各样的故事，从这些里面我也学到了很多，人在生前有那么多的愿望，可是人生只有那么短，只有每分每秒都努力去实现它，大概才不枉走过这一生吧。可是我似乎看不到灵魂，他们也似乎不能触碰到我们，要是能够与他们对话就好了，能将愿望亲自传达出来，应该是更加没有遗憾的事情吧。

我一直以为这样的事情不会发生在我身边，直到那一天我家的老猫去世了，我在门外的垃圾桶旁边发现了它的尸体，似乎是不愿让我伤心自己逃出去了吧。我哭得稀里哗啦，然后拿起了照相机拍了各种可能的地方，却一点收获都没有。难道猫没有灵魂吗？不可能的。

最后我灵机一动，把手拧了过来用相机的镜头朝自己拍了一张，我很快地冲去暗室把它洗了出来，果然，它就像往常一样，小小的身体一直趴在我的右肩呢。我望向我的右肩，笑着对它说：

“去那边没人照顾你了，要好好照顾自己喔。”

拯救

我喜欢夜晚，又讨厌夜晚。

夜晚的黑色，仿佛给了很多秘密存在的理由。远处的桦树林，在那片影影绰绰的黑暗之中，一定藏着许多白日未见的秘密，比如连环杀人犯的居所，或者在里面偷欢、行着禁忌之恋的男男女女。但是这种感觉让我觉得安全，因为夜晚给我的丑陋似乎也蒙上面纱，所以在夜里我有时看不到自己。但安全和寂寞是互斥的，夜晚每多一秒，我的心里就空了一点，就好像什么人在把我的血液从心脏之中慢慢地挤出来。

在这样僻静的郊外，我站在桥上，看着凝滞如同稀糖水一样的溪流，在我脚下缓缓地流过，伴着盛夏躁郁的风。水是如此神秘，里面可能藏有生命，活着的死去的生命，死去的水蛭和蜻蜓还有成千上万只蚊子，它们经历过短暂的一生，然后毫无预兆地飘落到河上，轻飘飘地，它们的尸体，在水面上像军乐队的游行一样，随着起伏的浪花上下摇摆着向下游漂去。而水面的下层会有游动的鱼，它们可能毫不犹豫地吃掉上面的昆虫，把它们变成自己身体的一部分，而这种生与死的交替，在透明的水流之间循环不息地进行着。

思考着这样的事情让我觉得超然于物外，让我觉得一切都不是那么重要，淡得如同远处闪烁的、被薄雾笼罩的灯火。关于死，我希望我跳下去之后，我的尸体能够迅速地膨胀、悄悄地解体，变成水，变成鱼，变成石头，变成树，而不是被人发现捞起来，烧得变成一堆灰，然后一半留在火葬场的焚烧炉的缝隙里，一半被罐装陈列在冰冷的水泥之间。

现在是半夜三点，我身后的桥上的马路已经很久没有车或者人经过了，在这个时候会经过的人，一定也像我一样不正常吧。但是有没有人经过真的已经不那么重要了，因为我已经决定跳下去，立刻，马上，摆脱这个世界的黑暗和痛苦，我已经不能再忍下去，我知道我一跳下去就会死掉。从二十米高的地方重重地撞击在河中间的岩石上，如果按我的臆想，头先下去是最快捷的方式，我的头颅骨可能会粉碎，脑浆可能会溢出来。很恶心，但是这是最快的失去意识的方式。

我用手扶在桥边生锈的栏杆上，观察着、盘算着一切的准备措施。栏杆很旧，大概只有我身高的一半高，恐高症的患者离近了一定会颤抖，所以跨过去也不是难事。而令人讽刺的是，古铜色的栏杆上，粗陋地被用刻刀刻上了一对对相爱的人的名字，他们在幸福的同时会感受到别人的痛苦吗？会想到有人践踏着他们的名字跨进地狱的大门吗？想到这里，我就觉得这样的字迹是在嘲弄着我的不幸，我竟然有一些报复式的疯狂。我捡起旁边的一块石块，把他们的名字狠狠地抹掉，毕竟比起他们我什么都没有，没有父母，没有喜欢的人，没有未来，只有盘踞在我灵魂上的痛苦的野兽，将我的一切慢慢地一口一口撕碎。

栏杆在石块的摩擦下，很快地呈现出光洁的银色。我喘了口气，把手中的石块丢入河中，在无边的黑暗中我很快听到“扑通”一声，在月光照映的河面上只溅起了一个微小的水花，随即一切都消失了。生命消逝的时候，也会是这样的声音吗？我扶着栏杆，再次左右看。确认旁边没有人，我正准备用手支起身体来，想要用身体的力量，纵身一跃跨过去。

“哎，你。”就在那一瞬间，我听见一声短促的叫喊，我定住自己的身体，看向右边。不知道从哪里冒出来一个男人。他看起来四十多岁，明明是盛夏，却穿着粗羊毛呢的大衣，他的头发微微秃，眼睛很小，眼珠不时看着我又不时地迷离地看向一边，颧骨凸起。我能感觉到他颧骨上的红晕，即使在夜晚微弱的路灯下，他的身体微微地摇摆着。他应该是喝醉了。

我觉得在这一刻我的心分裂成了两半，一半是在恼怒，他破坏了我的大事，我可能没法从这里跳下去了；一半是失望，最后却也许还有一丝丝的幸运掺杂在里面，这样的心情混杂在一起，然后我继续听见他说：

“借个打火机。”他摇摇晃晃地说。

我不知道他怎么会问出这样的话。我感觉他可能知道了我想要干什么，我觉得很狼狈，我羞愧得想要马上跳下去，但是我不敢，我曾经看见一个少女，在闹市的商业中心的楼顶，对着围观的人跳了下去，我不是她，我没有那么所谓的伟大，所谓的掌控自己生死洒脱，她可能在别人看起来傻，但是我佩服她，也许我能感受到她的痛苦，以及不被世界接纳的寂寞。而现在的我，也许只是一个缩在角落里的负鼠，只能仓仓皇皇地从兜里，摸索出一个金黄色的打火机给他，我也不知道我为什么会有打火机，可能是为了点灶台顺便放在兜里的。曾经我的烟瘾很大，一天要抽到两包，但那是我抑郁症的初期，刚刚和当时的女朋友分手，准备辍学，人生一团糟，到后来的我，对所有一切都失去了兴趣，每天动都不想动，从这个角度来说，戒掉了烟瘾，可能是一件好事。

“很闪亮嘛，酷。”他这样评价我的打火机，一边说一边接过去，同时用右手从兜里娴熟地掏出一支烟。“这个烟，买不到的，很好抽，你要不要来一根？”他说话好像故意把每个字都拆碎一样，有一种滑稽的感觉，但是我笑不出来。

“哦，好。”我不知道要接什么话，大脑似乎自动帮我补完了接下来的部分，没等我说完，他已经把一根烟递到了我的指头尖，我只好畏畏缩缩地接下来。看着他点燃打火机的姿势，这一刻仿佛变成慢镜头。我觉得，我从来没有这样，冷静仔细地观察过打火机的火焰，火光微弱地在那一瞬间冒出头来，喷洒着旋即消逝的蓝色火星，我和他之间的距离变成了微弱的橘黄颜色。

我看着他，我们两个人都抽起烟来。升腾起来的烟，很快地被黑暗吞噬，我的抽烟的姿势远没有他那么潇洒，我仓皇地看着他，仿佛自己做了什么错事。他靠在栏杆那里，一只腿弯着搭在另一只腿上，有一搭没一搭地看着我，笑着。我不知道他在笑什么，也许是酒精麻痹了他的神经。这样的不知所谓的笑让我更加紧张。

“你叫什么？”他问我。

“威廉。”我小声地回答。

“威廉，哦，威廉，你是不是写东西？威廉，我有个表弟也叫威廉，他在超市上班，什么时候你们应该认识一下，我觉得你们很合得来。”他说，口齿变得越发含糊，“但你们也挺像的。”

“哦，嗯。”我皱起眉头，看着他，他说的话里面没有逻辑，口齿变得越发含糊。

“他在超市里当收银员，他的超市里卖很多种东西，你知道吗？”他说到这里打了一个嗝，“巧克力棒，牛奶，软糖，还有里面有很多发臭的橙子。一开始是新鲜的、油光发亮的，散发着好闻的气味，但是你知道吗，橙子如果在常温下，放了一周就会开始变软，然后再过两周就开始长霉，最后彻底就烂了、变臭了，但是他会吃掉。你知道为什么吗，因为他的脑袋被撞了一下，在那个十字路口，被车撞了。”

“什么？”

“他的脑袋被撞了一下，然后就变成傻子了。然后就开始什么都吃，吃腐烂的水果，垃圾站里别人吃了一半丢了的汉堡，只要饿了，腐烂的橙子上面长满绿毛，就那么放进嘴里。”

我觉得有些不耐烦了，我不要他给我普及橙子水果的科学，也不需要他和我说别人的悲惨事，我开始想离开这里，这个醉醺醺的人仿佛不是和我说话，喝醉的人大多数只是自言自语而已，我这么对自己说，在心里，但是我还是回答了他：“我之前，是学生，但是辍学了。”

“辍学了好，辍学了好。”他突然睁大了眼睛，看着我说，“你看威廉，他上了一个有名的大学，但是怎么样嘛，他还不是在卖橙子？你是学什么的，之前？”

“什么也不。”我不想回答这样的问题，这样的问题只会让我感到尴尬和惶恐。我讨厌大学，讨厌别的同学看我的眼神，他们去俱乐部狂欢的时候我只能坐在书桌前发呆，如果我去的话一定会被他们起哄。我讨厌专业老师翻着书讲一些他自己不知所云的东西，我讨厌文学史的论文作业，被要求评论总结一些毫无价值的、我不喜欢的书目，那些东西我一个字都看不下去。大学就是一块磁铁，我也是，我和它处于相同的两极。

“我喜欢你，我喜欢什么都不做的人，我喜欢没有意义，人生不就是狗屎？我喜欢酒，我喜欢……”他到这个时候开始嘟哝。我听不清他接下来说什么，然后他似乎低下头去，重重地叹了一口气，好像突然沮丧下去，但是一秒钟后，又像弹簧一样抬起头，猛地振奋起来，“那种橡木桶装的，金黄色的，真棒。”他回过头去趴在栏杆边，如同大功率吸尘器一样，猛地抽了一口烟。上一口吐出来的弥漫在空中的烟都被他吸了进去，转眼又吐出来一口更大的。轻薄的烟气把他的脸遮住，我看到他望着远方开始咯咯地笑着。

“哦。”我随便应付了一下，然后开始悄悄地往远离他的地方走。我有点生气，这个地方因为他整个都变得晦气了起来。我的计划失败了，看来我只能选另外一块地方，也许另外一个时间，作为我生命终结的最后一站。没想到我刚走出了几步，就被他从后面一把拉住。

“拜托了，拜托了，你一定得尝尝，我请你，我的家很近，就在那边，金黄色的，我家还有香槟和白兰地，都是很好的，超市里最贵的那种，一般的我看不上的，我请你。”他拉住我说。

“我对喝酒没什么兴趣。”我挣脱开他的手，恼怒地随便说了一句“我还有事要走了”。

“这么晚你还有什么事，泡妞吗？泡妞哪有酒好，去我家吧，我们可以一起喝酒一边看电视，我一定要请你一杯，威廉。”

他不依不饶地说，说到这里突然哭起来。在黑暗中模模糊糊地，我看到他的脸部的阴影发生了奇妙的变化，像是脸部的肌肉拧在了一起，我也不知道他是真的哭还是假哭，但是我确实被他的突如其来的转变吓到了。

“哦，威廉，你曾经是那么好的小伙子，我真的想请你喝一杯……我们过去每天都能见到，你是那么好的小伙子，我曾经是那么羡慕你，可惜了。”他断断续续地说，其间用手抹了抹鼻子，像是在擦鼻涕。

他拿着烟头径直丢出去，低着头，糊里糊涂地就要往桥的栏杆上撞。我怕他翻到栏杆的另一边掉下去，赶紧扶住他，仿佛要自杀的是他不是我。我不知道要说什么，只能随口地附和他说“好吧，我去”。

其实我都不怕死了，还怕去一个陌生人家吗？看起来他也并不像是坏人，只是普通的醉汉而已。但是没想到我说完，他却又像打了十毫升的肾上腺素一样，整个人蹦起来，“太好了，威廉，我们这就去，很近的。”看到他这个样子，我觉得我像刚吃了一个臭屁虫一样难受。

然后，他就拉着极不情愿的我，往离开桥的东边走去。我们走在国道的边上，每几分钟才有一辆车“嗖”地一下过去，锋利地穿过两旁树被月光投射下来的荫翳。其间我有点想拿起电话叫警察，但我想了想还是算了。其实在心的深处，我有些好奇，又有点向往，这些年来，我从来没有被人邀请过去他家里，更不要说是陌生人了。

他一路尝试着要攀住我的肩，做出亲密的样子，但被我躲开了，我们抽着烟保持着距离地走着，他一边摇摇晃晃地走着一边继续说着一些稀奇的话。

“威廉，我们一起去喝酒，我喜欢你，我多么羡慕你，威廉，小时候你是我们那里的明星，你是全校班里成绩最好的，你加入了文学社和诗社，你的文章在校杂志上发表。你的家里有大大的花园，还有游泳池，而我呢，我连个屁都不是。”

他这里指的大概是他的表弟。我感觉渐渐从他口中的胡话中听到一点他的故事，好像拼图一块块地被拼起来，这让我稍稍提高了一点兴趣。

“你爸是连锁电器店的老板，哦，我爸只是个垃圾回收站的工人。哦，兄弟也差别这么大，我爸回家的时候看到我又逃课了，或者在背着他偷偷地吸烟，他就用酒瓶砸我的头，我也没有地方躲，酒瓶碎了的碴子，你知道吗，就从我脸上划下来，然后他用体育课的跳绳抽我，他一边骂我一边说，今天垃圾站又遇到那个疯子妨碍他工作。”他说这些话的时候笑了起来，歇斯底里地，我突然觉得有点毛骨悚然。

“我有一次被他打得脑震荡，我在住院的时候，他来看我，他从病床上把我拉起来，穿着病号服的我就被拉拽着往外走，他对护士说我是装的，这个孩子没事。哦，威廉，那个时候你也在，你在旁边好像很吃惊，不，没什么好吃惊的。我们就是这样，相亲相爱。”

这个时候夏天的晚风吹过来，我却从里面嗅出一丝刺骨的寒意。我看了看他，他的脸微微地抽动着，看着前面的路，慢慢走着，路边有一束蒲公英，他一脚踩在上面，然后又用他的马靴来回碾了碾，他走后那一颗蒲公英只剩下了一坨黑色的草浆。

“当然啦，和姑姑不一样，我妈是酒鬼，她是瘾君子，她还去勾引别的男人，我是说，还有什么比这些东西更好的呢？一旦你沾上就放不下了，威廉，你一定得尝尝。”我从他的话中看到了悲剧的人生的缩影，像我一样，但是似乎我的比他还不算什么。

“后来我就发誓，你一定得离开他们，我就离开了撒旦的拥抱，我就一个人，我就和他们一起生活，我想帮他们，我真的想帮他们，因为他们和我从前一样，因为他们，呃，我喜欢……”

他说到这里不再说下去了，但我的好奇心已经被勾了上来，我们两个人都沉默地走着，我不确定他这里说的他们是指谁，我猜测着，但是一会儿他又开口，转移到了之前的话题。“但是威廉，我真的很为你可惜，但是你被车撞了，听说你变成了一个傻子，我为你可悲，但是我又高兴，我也不知道，我觉得很开心，我也不知道为什么，是不是很坏，哦不，不是这样的。”

他一只手举起来，对着空气摇着，好像前面有一个人一样，我在心里盘算着他的表弟，所谓的威廉，我尽量尝试着去共情他的想法。我曾经有一个类似的朋友，小的时候我们一起玩，我们是最好的朋友，他家里富裕，成绩也很好，但是我从来没有想到过恨他，或者有幸灾乐祸的想法。

关于什么人会有什么样的未来，我总觉得在冥冥之中出生之前都已经注定好了，到后来他变得越来越优秀，也离我越来越远，最后他搬去了几千公里外的大城市，拿到了最好大学的录取信和全部奖学金，就彻底没了消息。鹌鹑蛋和天鹅的蛋，我们从一开始就不应该放在一个窝里，最后的结果往往很残忍，看着天鹅展开洁白的羽毛飞向天空，鹌鹑也只能在土坑和粪堆里笨拙地徘徊着。是的，这就是区别，也可能是一次上帝恶意的玩笑。

我们在黑夜里像两个幽灵一样晃着，月光投射下来的影子时不时地潜入梧桐树枝叶的影子，时不时交叠在一起，接着又分开。不一会儿前面的路边出现了几栋房子，看起来除了最边上的一栋，从窗口透出来微弱的暖光，其余的无一例外都黑着。

“我还没问你叫什么呢。”我走着，突然发现我忘了问这个重要的问题，一路上听他说着各种杂七杂八的事情，让我一直被他的带着酒气的思绪牵着走。

“凯文吧，你叫我凯文，虽然他们叫我凯文老师。”他说，“啊，不用这么客气，威廉，我们快到了。”

这句话确实困惑住了我，看他的样子，半夜三点，醉醺醺地在无人的郊区公路上乱晃，加上之前他说的话，给我构成了一个人生失败的流浪汉的印象，没想到他还是个老师。什么方面的老师？也许是那种上课只给学生放录影带，自己在教室前面偷偷和情人聊天的老师？或者是那种荷尔蒙过剩快要秃顶的中年体育老师？这是我能想到的能够投射在他身上的所有答案。

不一会儿，我们走到了那个微微地点着灯光的小屋前，凯文兴奋地对我说："我们到了。"然后牢牢地拉住我的手。

我面前一个很普通的两层小屋，在月光下大概能看出墙的白漆似乎微微地反着光，看起来比别的房子的白漆都亮。屋子的旁边有一个没封闭的车库，里面停着一辆银色的雪佛兰 SUV。值得注意的是，房屋前的一片草地被改成了沙坑，里面放着小孩子玩沙子用的塑料铲子，斜斜地插在里面，沙坑旁边有一个小足球门，两个比正常尺寸小一半的足球被遗落在沙坑旁边。沙坑旁边还有一个双人秋千,一看就是经常被人坐过的样子，秋千的座位被磨得油光锃亮。我还没观察仔细，一声木门开的声音，然后我整个人被拉了进去。

里面的陈设很温馨，客厅不大，但是该有的家具都有，但是也能看出来有些家具很老旧了，灰色现代风格的茶几的边角处，漆已经被磨得差不多了，露出了原始木头的纹理。整个房间到处都散发出说不上来的老旧家具和消毒水混合起来的味道，但是不难闻，昏黄的灯开着，凯文把我按到沙发上，像把生日蜡烛插到蛋糕上一样，然后喜滋滋地一个人不知道跑到哪里去了。

"好东西马上就来了。"凯文的声音从某个角落里钻出来。

环顾四周，大概是 40 英寸的平面电视，低矮的茶几上放着几个杯子，还有几本科普杂志，杂志底下露出线装本《圣经》的一个角，远处是一个布盖着的电子琴，被玻璃片挡着的壁炉，所有的一切都透露出一个正派且整洁人的家的信息。最值得注意的是墙壁上有一个照片墙，上面贴着凯文和各种各样的人的合影，全部是男孩，大概十几岁，一起吹蜡烛，在山上远足，在湖边钓鱼。戴着 3D 眼镜在某个影城，凯文灿烂地笑着，男孩们腼腆地笑着，眼神却似乎看向一边，或者在放空，他们的眼神里好像没有太多东西，说不出丢失了什么，但是却总觉得少了些什么。我的视线胶着在上面的时候，突然听到旁边有脚步声。

一个男孩，看起来十六七岁的样子，留着寸头，穿着宽松的 USA 字样的白色 T 恤，幽灵一样出现在我旁边，我整个人稍微颤抖了一下。从我注意到他起，他就拿着海绵拖把在整个客厅来回来去地拖，然后我注意到一点似乎和常人不一样的地方，他在我身边绕来绕去，似乎没有注意到我的存在，又好像根本没有兴趣理睬我，仿佛我是一个木板凳，在这个地方已经存在了很久。他眼睛很大很好看，眼神却专注而呆滞，死死地盯着手里的拖把，完全没有转移到别的地方。我正想要和他打招呼，然后发现他在茶几的旁边停住了，不停地用手里的海绵拖把拖着同一块木板，像一个执行程序的机器人，那块木板上有被似乎是红棕色油漆沾上的痕迹，看起来只用拖把是拖不掉的。

我伸长脖子好奇地看着，手稍微地伸出来向他轻轻地招了招手，和我预料的一样，他没有理睬我。我感到一阵尴尬，像是酒吧里自讨没趣的呆子。

“哦，约翰，约翰我跟你说过多少次了，那里是拖不掉的。这么晚你应该去睡觉，要拖也明天早上再来拖，小约翰。”

凯文怀里抱着好几瓶各式各样的酒从厨房走出来，一手拿着两个杯子，另外一手拿着一个不锈钢桶，里面大概是冰块。他把一系列东西摆在桌子上，然后拍了拍约翰的肩膀，约翰没有反应，依然僵硬固执地拖着那块地板，然后凯文用手去扳约翰紧绷绷的手。一开始约翰不肯松手，但是凯文接着悄悄地蹲下来，在约翰耳边低语了几句什么，约翰像是触电一样，在一秒之内就放开了拖把，拖把掉到了地上，发出了“啷”的响声。

“好孩子，如果你睡不着，就坐在这边看看书吧。”

约翰自觉地坐到沙发上，远远地故意和我们保持距离，占据沙发的一个角落，他自己翻开了一本科学杂志，翻开其中的一页，仔细地瞄着。他看书的时候整个身体呈现出一种僵硬的姿势，整个人驼着背，变成了弯曲的一张弓，然后脖子伸长着，用眼睛吃力地够着书上的字。他翻到下一页的时候，看了几眼又翻回来，然后又翻回去、翻回来，反反复复地看着这两页。

我看着约翰的时候，凯文突然把酒杯递到了我的嘴唇前面。我喝了一口，金黄色的酒液像一股岩浆，从嘴里直接冲进胃里，我被辣得睁不开眼睛，可是看到眼前的凯文，我又意识到不得不装出微笑的样子。

“这是我一个朋友从苏格兰带来的，最好的那种，二十年的，那个时候他说直接从橡木桶里偷出来的，别人不注意。哈哈。他自己留了一瓶，给了我一瓶。”凯文说，“怎么样，我只给我的贵客喝最好的酒，既然我们这么有缘分，我们一起把剩下的喝了吧。”

凯文努力地咂着嘴巴。在昏暗的暖色光的交织下，凯文的脸上呈现出一种不自然的暗红色的红晕，他一边喝一边看着我，眼睛里投射出歆羡与慈爱的光芒，好像我是一个襁褓里的婴儿。我转开头去。

“那些，和你合照的那些孩子是谁？”

“哦，那些都是我的学生。”

“学生？”

“对，学生。”凯文又喝了一口，突然笑脸放下了，做出严肃的神态，“平时我可不敢喝，因为我要带他们。只有夜里喝一点，嘘，你别告诉他们。”凯文凑近我，用食指堵住了自己的嘴巴。我往远处坐了一点，把眼神抛向约翰，约翰的眼睛依然直直地盯着书页，像一桩木头。我很好奇他怎么可以做到不眨眼睛的。

凯文也看向约翰，用一种柔软怜悯的口吻缓慢地说：“我的学生都是像他一样，都是附近的有自闭症或者精神障碍的，他们的父母都付不起治疗费用，或者去诊所都没有效果，所以就带到我这里来。有的孩子智力有问题，他们的父母就带到我这里来，因为带到一般的幼儿园，或者小学，他们会被欺负、排挤，有的有暴力倾向也会殴打别的孩子，在这里小孩子可以白天一起玩，我也可以教他们一些东西。我的收费比日托便宜很多。”

凯文继续说：“他们大多数都有家，就白天来，不过，好多的孩子家里的确也不怎么样，这样的孩子，看起来没有希望，被父母看不顺眼就虐待殴打，又穷，反正快要崩溃了。好多孩子被父母带过来的时候，就和那些，把快要死的小动物送到动物收容所的感觉，你知道的吧？”凯文努了努嘴。

“不过约翰没有家。他五年前就被父母丢出去，遗弃在路边，他又不肯去收容所，去了好几次都逃出来。别人问他家在哪里，他说他不知道，大概是从别的省带过来丢掉的吧。然后我就在路边碰到了他，把他带回家，我跟收容所说干脆我来照顾他好了，然后我一直把他带到现在。”

“哦，你这里有多少孩子？我说白天。”突然觉得有些不可思议的感动从我心里涌出来。我看了看凯文，在这段话之前我觉得他还是个醉鬼流浪汉之类的人。

“这段时间大概有十五个吧。以往还要多的，有的渐渐能够去上学了，所以就不在我这里了，偶尔还是过来玩，我还是做东西给他们吃。”

“自闭症的孩子，他们能好的吗？或者那些，智力低下的孩子？”我小心谨慎地使用着措辞，生怕自己使用了哪个侮辱性的词语，突然玷污了这个慈爱的氛围。

“你不相信吗？”凯文笑了一下。然后他站起来，我看着他走到书柜前面，抽出了一本巨大的黑色活页册，放到我面前的茶几上。在翻开之前，他突然对我说。

“你相信学校吗？”凯文对我说，严肃地，拍了一下茶几，发出一声清脆的响声，我以为他在打苍蝇。我的头因为刚才的酒精一直眩晕着，但这一拍让我瞬间清醒许多，凯文倒是越喝越清醒的样子。

“我？相信啊。”我支支吾吾地说。

“那你为什么辍学？”凯文用质问的语气说。

“我……”我不知道怎么回答。

“现在的学校，我看就是权威体制下的腐朽。老师和辅导员，就是流水线上工作的工人，把所有的孩子都关在一间屋子里，对所有的孩子说一样的话，教授一样的知识，最后他们变成了合乎标准规范的产品，打上了看起来很好看的标签。最后他们自己都被这样的系统洗脑，最后他们的身边，出现了这样不符合规范的产品的时候，他们反而会认为那是教育的失败，是不容许的存在，理应当从他们身边排斥出去，他们嘲笑、愚弄，把他们赶到社会的角落，他们越来越没有立足之地，他们只能看到自己和与自己相似的人，看不到别人。因为教育没有教会他们宽容和怜悯。”凯文又拿起酒杯，大大地喝了一口，“但是我身边都是这样的孩子……因为我曾经也是，所以我知道，他们的潜能并不比一般人差。只不过，也许是在别的方面，也许只是没有被激发出来。”

说着说着，凯文把活页册翻开来。我的眼睛睁大了，好像里面藏着一个未知的神秘世界，真实地存在于这个世界上：每隔几页都贴了一个孩子的照片，底下有非常详细的履历，性别、年龄、身高、体重，存在的问题，喜欢什么玩具喜欢什么食物，接下来的密密麻麻地记录每一天的日志：比如哪天学了什么单词，学会了用什么样的话来问候人，或者说保持静坐在电视机前，看小猪佩奇看了多长时间，凯文把每一天值得夸耀的瞬间都记录下来，然后我能看到记录上，他们真的一直在进步。凯文老师把活页册递给我，我一页一页地翻着，一个个孩子，从十岁到十七八岁，全部是男孩，各个种族的都有，每个表情都不一样，有的孩子单从静态的照片就能看出来和正常的不太一样。

一个叫皮特·内瑟斯的十二岁男孩，在来之前智力似乎还不到五六岁的孩子。但是在几个月后，已经会口算一百之内的加减法。另外一个叫亚当斯的孩子，从小就被父母虐待，全身都是伤痕，也导致注意力不集中，看见别的孩子就殴打、骂脏话，静坐不能超过两分钟，但是凯文教他学会了静坐和冥想的方法。现在他能够主动和人有礼貌地打招呼，能够心平气和地和别的孩子一起沟通。

按照凯文的话来说，如果在原来的状况下成长，他们一点希望都没有。他们的监护人并不能帮他们改善一丝一毫，最后失去了监护人，会连最基本的生活的能力都没有，但是凯文的努力至少让他们看到了希望，奇迹不是突然之间发生的，也许是每天一点点的累积慢慢地生长成的。

“你知道吗？如果树长歪了，你一下子暴力把它扳正过来，它可能会死掉，但是你将新长出来的部分，把它扳住，让它向正的地方长，它还能生长的。”凯文继续说，沉醉在他的叙述里。“你知道吗，约翰刚来的时候，就和一只小动物一样，只会吃睡和坐着发呆，但是现在，他已经学会了很多东西，会看书，会和人简单地交谈。他刚来的时候，经常摸我的钢琴，我能看出来他很喜欢那个东西，于是我就教他，一直教他，现在他已经能弹得很熟练了。去年还参加了地区的比赛获得了一等奖。”

凯文说着话，从兜里掏出了他的手机，左右反复地滑动着。然后调出来一段视频让我看，视频里是约翰穿着黑色的燕尾服，在灯火辉煌的舞台上一板一眼地弹奏着钢琴，“勃拉姆斯的曲子”。他的全身仍能看出来僵硬和不自然，但这也许是紧张，头部几乎没有随着手的动作自然地颤抖，只有两只手飞快地在黑白键之间，快得模糊掉了双手的轮廓细节，只是像两只蜂鸟的羽翼一样徘徊摆动着。看到这里我看了看约翰，他还在看着那本书，丝毫没有分散注意力，仿佛和我们两个人的世界隔着一层玻璃。

“你一定饿了吧，我给你做个三明治，我做的三明治是最好吃的，来。”凯文说。

我慌忙地想要拒绝，但是转眼间已经被凯文拉起来，饮酒似乎让他越来越亢奋，他把我拉到厨房里，我无法挣脱开他温热而有力的双手。

这是我见过最大、东西最多的厨房，与其说是厨房不如说是某个餐馆的储藏间，整个厨房飘散着橙子的独特的甘酸的气味。我四处转头望望，在靠门接近墙角的地方放着一大筐新鲜的橙子，门旁边还有一个巨大的冰箱，看起来大得似乎能藏进去几个成年人，在某一瞬间这让我想起某些恐怖电影，不过在半秒之中就打消了这个念头，冰箱上面贴着五彩斑斓的磁铁挂件，还贴着一些孩子的大头贴，冰箱最中间挂着周一到周五的食谱，看起来每天都充满了不同的花样。我不知不觉地把手伸向冰箱的把手处，这个时候凯文过来握住了我的手，我突然觉得有些失礼。

凯文笑着把我领到厨房的另一边，让我看他表演如何制作三明治。他似乎早就准备好原料，把堆在一旁的面包熟练地拿出来，麻利地切成薄薄的片状。然后像开爆谷一样，“砰”的一声打开了一罐吞拿鱼罐头，用勺子舀了几勺涂在面包上。

“每天都要做个几十份的，现在突然让我做一个我觉得不太习惯了。”凯文说。

“难怪你这里有这么多原料。”我说。

“每周六我都和约翰去超市，我们像建筑工人搬水泥一样搬蔬菜和肉。”凯文微笑着一边看着我一边往手里的三明治上堆加各种生菜和牛肉。“他真的很喜欢去超市，他喜欢看那些零食，糖果和各种牌子的薯片，也不买，就在那看着，我不阻止他的话可以看一天。”凯文说，“如果我一个人真的忙不过来，不过他现在能够帮我干很多活，也算我的副手啦，我会给他一些零用钱，叫他自己去超市买东西吃。不过他好像也不怎么买，经常是两手空空就回来，钱却没了，我问他，他说，都吃掉了。”

凯文说着，脸上挂着宠溺的微笑，像是刚初恋的小伙子脑海中出现了梦中情人。不一会儿，他把一整个堡垒一样叠得厚厚的三明治，用刀切成了两个三角形，分给我一个，自己一个。

“来吃吃看。”凯文怂恿我。

我看着他，小心咬了起来。到了半夜四点我的肚子也咕咕叫了，我本能地拿住了凯文递来的三明治，有很多肉，一咬，吞拿鱼和牛肉汁水四溅，碧绿的生菜和黄瓜在唇齿间爆发出脆爽的小火花。我和凯文相视而笑，我的两颊鼓了起来，我向凯文竖起了大拇指。无意间一块生菜掉到了地上，我正弯腰下去捡，凯文把我扶住。

“不用了，约翰待会儿会来扫的。”凯文说。

“噢。”我不好意思地笑了笑。

“对了，你不洗个澡吗，在我这里？”凯文从上而下地打量了我一圈，言语里散发着诚挚的邀请，让人不忍拒绝。

我看了自己的衣服，皱巴巴的，裤子上面还有不知道哪天粘上去的黑色酱汁痕迹。自从得了抑郁症，连洗澡都变成了一件艰难的事情，大脑让每一个最简单的事情都变得像翻越崇山峻岭般复杂。“你是不是闻到我的臭味了？”我说。

“哈哈。”凯文说，“你知道秋天下过雨那种漫山遍野长的野蘑菇，你身上就是那个味道。”凯文想了一下说，“不过很好吃哦。说到这里，倒是提醒我明天去买一些蘑菇了。”

我犹豫了一下，不知道接不接受凯文的邀请，结果凯文直接不知道从哪里变出来一条白色大浴巾。等我反应过来的下一秒，我已经在浴室里了，凯文笑眯眯地把门关上。

我慢慢地脱下衣服，看着眼前镜子里的赤裸的自己，从前微胖体形的我变得瘦骨嶙峋。这几年食欲和心情一样，维持在一个基本能让自己存活下来的标准，看见再好吃的食物都变得乏味，但是刚才我无法相信，我竟然吃下去一整个凯文做的三明治。我走到喷头前，拉起浴帘，打开莲蓬头，热水像一道圆形的瀑布一样喷洒下来，四周很快散开来微白的薄雾，一直延伸到窗边，像是攀爬着的藤蔓一样融进漆黑的夜色。我感受着温暖的水流，从我的头顶上如同微弱的电流，或者爬行的蜘蛛，有点痒，有微微的疼痛，沿着皮肤，通过神经传递到脖子、胳膊和手掌，最后一直到脚底。太久没有洗澡，我已经不习惯这种水流的感觉了，但是这种感觉是如此的美妙。我仿佛和水融为一体，互相交织。我抬起自己的手，张开来，小臂上丑陋的伤疤泛着青紫色的一圈圈的圆形的瘀痕，有些已经结出了丑陋的血痂。我经常用烟头烫自己的手臂，我只是想感到那种疼痛，觉得那样的疼痛代表我的存在，看到这些瘀青就想起这黑暗的往事，在偶尔觉得短暂的快乐的时候，也不会忘记疼痛，因为我觉得快乐根本不属于我。而现在，水流轻柔地抚过这些伤疤，扫清了我的负面的记忆，我只觉得这好像是别人的手臂，只觉得那些疼痛的感觉已经远在天边，变成了夏日阳光下的微尘，很快就要消散，很快就要不属于我。

我一边揉搓着自己的皮肤，想着凯文和约翰、他们的故事。我甚至幻想着变成了凯文的一个学生，我幻想着他带着我去超市，我们一起吃着冰激凌，看着来来往往的路人把色泽鲜艳的大大小小的橙子装进自己的购物车。有的橙子外边有难看的疤，可是这样的橙子才是最好的。你总有一天，总有一天你会剥开皮，吃到里面的果肉，发现滋味是多么的诱人。我听见凯文这么说。我听见凯文的声音，像喷头的温暖水流一样柔软而动人，他的声音有治愈的力量，我想，请你治愈我，像我的真正的父亲一样。我这么想。我不自觉地地嘴角向上扬，透明的水流从我的嘴唇边漫下来，多久了，我多久没有发自内心地微笑了。我这么想。

我关上了莲蓬头，用浴巾擦干自己的身体，然后穿上自己的衣服，推开门，我觉得门的把手似乎有点温热，也许是刚刚洗完澡，身体的温度比较高吧。我走进客厅，客厅变得空荡荡的，凯文和约翰都不见了，我四处望了望，也许我真的洗得太久，他们去楼上睡了呢。我觉得我应该离开，我在这个晚上已经受到了足够的照顾，我想是时候应该走了，我应该去找一个温暖的地方，好好地睡一觉，忘掉一切。我走到大门边，尝试打开门，门却从里面锁住了，也许是凯文的习惯性动作，晚上为了防止孩子们乱跑出去吧。也许我应该去找到凯文请他帮忙开门？但是我并不想打扰他，他也许在明天早上起来，看到我会大惊失色，他可能会完全忘记我，毕竟他喝醉了，而我只是一个莫名其妙在半夜的路边想要自杀的丧鬼，这一切解释起来都让人觉得诡异。我四处走着，寻找着是否有其他的出口，但是并没有，我看着客厅的窗户，我试着开了一下，奇怪的是四扇里的三扇都完全地锁死了。我来到厨房，试了试厨房的窗户，还没有锁住，我决定从那里跳出去，我向上扳起了窗户，留了一个我能钻出去的口子，夏天的黑夜伴着晚风从外面探了进来，我快速地跳了出去，然后在外面关好了窗户。

一个人走在黑漆漆的夜路上，没有多少光，背着凯文的房子，我似乎听到了后面房子里传来一些响动，我加紧了脚步，可不想被凯文叫住，这会让我感到尴尬。我跑起来，经过了一片芦苇丛，经过了另一座不知名的小桥，一片废弃的拆了一半的砖瓦厂，我不知道要去哪里，我对这一带并不熟悉，但是我一直跑着，觉得脚步从来没有这么轻松。最后我找到了一个夜间巴士站，能够带我到城里我住的地方，等了半个小时后巴士来了，这个时候远方的天边已经蒙蒙亮，我坐在巴士上，看着城市的灯火离我越来越近，睡一觉，吃一个不早的早饭，读一本书，也许是我新一天的安排，对此我微微地期待着。

从那以后似乎开始了我的生活的转折，我没有再试过自杀。每当我陷入情绪的沼泽里，似乎都会有这样一个信念，有人来找我，有人来帮我，一定会的，然后我有时依然会想起凯文，和那天晚上奇妙的相遇，也许就是这个陌生人的出人意料的温暖拯救了我，如果没有他，我现在可能早就不会在这个世界上了。我靠着这样的信念，找到了一个医生，我开始服药，我开始接受谈话治疗，我的病情好转得很快，很快我觉得生活中充满了动力，然后我开始向学校申请，继续我搁置的学业，让人吃惊的是学校竟然批准了。我继续完成我的学业，在学校里遇到了我的女友蒂娜，她聪明漂亮，让我意外的是她曾经也有情绪上的障碍，但是也走了出来。我们一起互相鼓励，最后我们都用全 A 的成绩毕了业，我也顺利在一家全国著名的时政杂志，就职担任实习编辑。

去年的秋天，我在撰写一桩本地证券公司被大财团包庇联合进行金融犯罪的报道，我约了一个最终进行侦查的警察进行采访，想要挖出一些警察才有的内幕，这样我就能撰写出一篇别人都认可的独家报道，因为我知道这是一件很严重的震惊金融圈的犯罪事件，而跟进的只有我们一家，所以这一篇报道的质量对我的前途至关重要。我和探员克里斯约了在咖啡馆见面，他也是我的朋友的朋友，所以见面也不算突兀。

很多天因为要加班写稿子，吃的一直是垃圾食品，所以我感觉有必要补充一下维生素。我在路边的水果店随便买了一个橙子，打算一边啃一边走到咖啡馆，我特意挑了一个最大、颜色最光泽的橙子，仔细检查了一番，从外表来看，没有任何瑕疵虫蛀的痕迹。捧在手里，时刻都能闻到那股甘香。连开水果店的印度老板都竖起了大拇指，仿佛我中了头彩。可是当我边走边吃，打开咬下第一口的时候，就发觉不对劲儿，一股酸混着苦的臭味在我味蕾上面爆炸开。我赶快吐了出来，我看见被我咬下的果瓤之间，布满了青绿色的霉菌的痕迹，还有十几条不可名状的蛀虫的尸体，紫黑色的，蜿蜒的，和橙子的果肉互相镶嵌共生在一起，变成一坨黏糊糊的微型沼泽。我控制不住自己当街呕吐了起来，街边的路人都好奇地看我。我奔到附近的超市买了一瓶纯净水漱了漱口，喝了一瓶水，口中的微微的苦味却还是像噩梦一样在唇齿之间逗留着。

我坐到咖啡馆里等克里斯，尝试在心里忘记刚才的厄运，那个坏了的橙子的画面却总也挥之不去。不一会儿，克里斯来了，他是一个胖胖的中年男子，穿着警官制服，眼神里似乎就能射出来严肃和刚正，但是隐隐的也有些憔悴，我能看到他和我一样的双胞胎黑眼圈，我在心里苦笑了一下。我站起来和他握了握手。我叫来服务生给他买了一杯拿铁，我们坐着聊了起来。

“抱歉我来得这么晚，我刚刚从总局回来，这几天事情一直很多。”克里斯从进来手里就抱着一堆文件册之类的东西，他把文件册放在书桌上。

“没事，我们也是这样的，一直被催稿。一年到头没睡过几个好觉。”我说。

克里斯赞同似的点了点头，“你要的东西我给你整理好了，关于上游公司洗钱的资料，我们也还在整理归档，所以你可能要等几天。”

“太感谢了。”我说。

“也是终审下来了我才能给你这些，能报道公开的部分我都给你用笔标注出来了，我希望你写的尽量按照调查资料原本的叙述来。剩下的一部分，有些是我们警察内部的资料，不适合也不能进行公开，你千万要记住，我相信你的操守。”克里斯看着我，眼神里有一丝不容挑战的权威和警惕，让我想起了我中学的校长。“我经常听昆西说起你，我也是看在昆西的分上才给你这些，才相信你。别让任何人知道是我给你的，不然你要害我坐牢的。”

“一定一定，谢谢你，哪天我们三个人一起出来……”我还没说完，克里斯就摆了摆手，没想到手一摆，刚好碰到了端来咖啡的服务员身上，服务员一躲咖啡整个落到了克里斯的文件册上，棕色的水渍沾得到处都是。

“你注意点儿！”克里斯大喊，“我就知道不应该放这儿。”

服务员歉疚得说不出话来，接着和克里斯一起，用一堆纸巾歇斯底里地擦着文件夹。文件夹上层被克里斯拿起来，露出了下面一层。下面似乎是一份人的调查报告，夹着一张小孩的照片，与其说是小孩不如说是十五六岁的少年，他有着白净的肌肤，碧蓝深邃的眼睛。但是这张脸似乎勾起了我的什么回忆，我在脑海里努力地搜索着究竟在哪里见过，但是就是想不起来。

克里斯发现我的眼睛盯在那张照片上，警觉地用一张书页盖在了上面。我不好意思地把眼神从上面挪开，但是在挪开的一刹那，我看到一个女子拿着一杯橙汁从我旁边走过。橙汁、橙子、少年，在那一瞬间，记忆的通路瞬间被打开了。

“亚当斯，亚当斯。”我情不自禁地喃喃了起来，我也不知道我为什么会记得他的名字，我就是记得。这张脸的特点，鼻子，眼睛，嘴巴，变成了某种神经传导的信号化学物质，一直和这个名字紧密地相连着，存储在某个细胞里，在浩瀚如烟海的脑内空间，等待着哪天被使用、被唤醒。而在那一瞬间，认知的过程完成了迅速的转化，这个名字突然浮在我的眼前。

“你怎么知道他的名字？”克里斯皱了皱眉头。

“我见过他，不是，我见过他的照片。”我说。

“在哪里？”克里斯试探着问。

“在一本书里，好像，在某个人家里，是他的老师，嗯。”一切的回忆像潮水一样涌上来，我低着头一边回忆一边看着木头桌子上爬着的小蜘蛛。

“他的老师叫什么名字？”克里斯皱着眉头问。

“凯文吧？凯文。姓我不知道。”我说。

“你见过他？哪里？什么时候？”

“三年前了吧，我们只是恰好碰到，他邀请我去他家坐坐，然后我就看到了这个亚当斯的照片。”

“你们不是朋友？”克里斯问，警惕的眼神里射出了锋利的光芒，我想这是警察的职业病，我躲开他的眼神。

“也许，算是吧，但是我就见过他一次，后来就没听说过他的消息。”我说，努力重构当时的场景。“怎么了？”

克里斯看了看我，带着怀疑的表情，然后低下头来，变得有点沉郁，像是思考着什么，然后，叹了一口气，从兜里拿出一个打火机随便点了一下，接着抬起头。

“是这样的，根据报案，这个亚当斯消失了，接着还有好几个少年也是，我估计，这几个人你也都看过他们的照片。”克里斯说话的语气变得很慢。“接着我们根据线索，发现所有的共同目标都指向了这个凯文老师，于是就去调查了他，一开始他不承认，但是我们搜查之后发现了，嗯，他把那些孩子的尸体都藏在了他家里，抓到他之后他认了全部的罪行，七个孩子，嗯，他强奸之后杀了他们。”

我听完这话抖了一下，不可置信地笑了一下，但那也可能是脸颊肌肉的痉挛，“怎么可能？”然后我喝了一口咖啡，尝试让大脑慢慢地消化克里斯说的讯息。

“但是为什么？”我的眼神飘向一边。

“你知道的，那些正人君子，他们的很多人的隐藏的欲望，很多人都看不到那一面。”克里斯面无表情地看着窗外，西装革履的上班族们匆忙地从窗口经过，外面下起雨来，蒙蔽着玻璃的水蒸气，让那些人看起来像是经过的一群群的、黯淡的幽灵。“从我接触过的很多犯罪的凶手来看，很多人有反向补偿的倾向，比如说，一个喜欢家暴的男人，那么他就对外界尽可能表现出他很爱他的妻子，目的就是伪装，让他的欲望在外表之下深深地被掩盖住。这个凯文老师就是这样，他所做的只是为了掩盖他的罪恶，他从最开始就知道，他喜欢那些小男孩，绝对不是单纯的想要帮助他们，他选择这些少年，是因为他们也许是自闭，也许是有智力障碍，相比较一般的孩子，他们更有可能顺从，不会说出去。而最开始其中的一个男孩想要反抗他的猥亵，被他不小心掐死了，也许这就彻底开了一扇门，他发现了快感，从来没有的强烈的愉悦，于是他走进去了，没有回头路了。你知道吗？大多数罪犯连环杀手就是这么进去的，地狱之门。起初还有一点光，从门缝里面透出来，可是他们在黑暗的沼泽里面越陷越深，享受着这样的快感的时候，这扇门就已经彻底地关上了。”

“你们是怎么发现的？”我觉得我的声音开始颤抖，忍不住地咽口水。

“是他的邻居，杰克逊太太，和警官闲聊的时候提到了好久不见了隔壁的某几个孩子，但是当时还没有引起注意，直到问凯文说孩子已经不来了，被父母接回家生活不再来了。警察和他们的父母对质才觉得不对劲，孩子已经不见很久了。”克里斯苦笑了一下，“你知道最可怕的是什么吗？你知道那些孩子，自闭症、智力障碍的，他们的父母都很穷，本来已经快要抚养不起他们了。你知道他们的态度吗？告诉孩子失踪后，他们的表情，松了一口气的表情，我能看出来，他们对孩子的失踪都不以为意，也许他们在内心里都觉得，孩子失踪了对自己才是一个解脱。”克里斯说着说着手中的拳头握紧了。

克里斯继续说：“我们最开始在凯文家搜查的时候，什么也没发现，直到有一次发现邻居家的狗老是在他的门前的沙坑那里嗅，我们才起疑。挖起了那个沙坑，他把孩子的尸体都藏在里面，很深很深的沙子里面，七个孩子的尸骨。”克里斯的眼中充满了哀伤，哀伤里面又夹杂着怒火。

我觉得嗓子里面也被沙子堵上了，我快要不能呼吸。

“为什么会这样？”

“我常常在想，在我当警察之前，我觉得这个世界是简单而直观的，我能轻易看到这个世界的美好，只要我想。但是我在当警察之后，这份工作唯一交给我的就是去怀疑，在简单的事件后面也许往往藏着更深的秘密，毕竟人是如此复杂的动物，有的人行善的目的是伤害别人，有的人想要做好事却不得不伤害别人，律师也有可能是杀人犯，高中老师也可能是毒枭，他们都有他们自己的理由，这是生而为人的复杂，但是你也许往往处在后知后觉的位置。比如你看到枝叶都已经慢慢开始枯萎，这个时候才想起来，才去挖开根检查，而这个时候发现根早就已经坏死了，已经太晚了，只能看着整棵树坏死。很多时候我都痛恨自己，为什么不能早一点发现，这是我们身为警察的悲哀。”克里斯有些激动地说着，疲惫的眼眶似乎有些红了。

我后来忘记了我和克里斯说了什么，也许是我把话题都岔回来了，随便聊了一些我工作上的事情，但是我的脑中一直嗡嗡作响，浮现着挥之不去的这样的画面：在沙堆中所有的黄沙开始慢慢地消退，慢慢地露出了白得可怕的骷髅手掌。克里斯说的这件事几乎要占据我的全部思考力，我必须克制着我一直微微颤抖的双手，以至于我最后和克里斯道别的时候，差点忘了克里斯给我的文件。

我从咖啡馆出来的时候，阴冷的绵绵细雨打在我的脸上，我没有带伞，一边走在街边的屋檐下，一边看着水滴慢慢地从睫毛上落下来，模糊住我的双眼，我努力地回忆起当时的一幕幕，心开始狂跳起来，如果我当时不悄悄地走的话，我的下场是否也会像那些男孩一样？我想起了橙黄色的威士忌酒、温热的浴室手柄、紧锁的窗，觉得突然一切有了联系，顿时心里狂跳起来，是我神经过敏，还是为了麻痹我的神经，骗我上钩所用的伎俩？我想起了约翰的脸，他当时的动作，努力地僵硬重复拖着地的动作，心底又是一惊，我忘记问克里斯，是否他也是死者七个少年中的一个。这个时候刺骨的秋风不知道从什么地方吹过来，仿佛直吹进了我的脊骨里，我打了一个寒战。

我想去看看，当时的那里，我突然有这样的臆想。克里斯说凯文上个月就已经被逮捕了，那里现在怎么样了？那些别的孩子，还有约翰，他们现在在哪儿？

我不知不觉走到了公交站，上了一辆通向郊区的公交车。公交车上拥挤的人来来往往，我坐在窗边看着他们的脸，他们从来都没有像现在这样陌生过，只因为我的脑海中塞满了太多杂乱的负面的信息，像结满了蜘蛛网的布满灰尘的墙角，上面结满了猎物，那些死去的孩子的身体，一个个被藏住了裹在上面，死活不能动弹。

在茫茫的细雨中我下了车。我用黑色帽衫的帽子遮住了头，让自己的头发不至于弄得太湿。在郊区山路的转角处我看到了凯文的房子，我快步走向前，空荡荡的房子，甚至连门都开着，门口摆着一块牌子写着出售的字样。让我更加在意的是门口的沙坑，里面所有的沙、玩具和足球门都不见了，只剩下了空荡荡的一个长方形的空坑，活像一个空洞的墓穴。站在边缘上向底下看，雨水打在底部的泥土上，角落里的小石子边上已经长出了青草。联想到克里斯和我说的话，眼前仿佛出现了七具腐烂的尸骨，并排着平整地躺在下面，然后一点点地被流沙掩盖，在黑暗处悄悄腐烂，我顿时觉得一阵窒息的感觉，我觉得无法再看下去了。

我一边快步走开，一边思索着，那些剩下的孩子去了哪里，他们接下来的命运会怎样。我尽我最大的善意在我的脑中揣测，他们的父母在这样的事情发生之后，会加倍更加爱护自己的孩子，会把他们送到更好的福利治疗机构，他们的病情会有好转，他们将来能够独立生活，会有光明的未来。可是在我的内心深处，我觉得总有那么一股黑暗，随时准备动摇粉碎我的确信。

我突然觉得肚子饿了。我在附近找了一家小饭馆，要了一份汤和一个汉堡，我迅速地吃完后打算一会儿就坐车回去。出了小饭馆的门，我站在不远处的霓虹灯标牌底下，这里有一个简陋的小棚子，估计是为了旺季让泊车的服务员站在这里，可以遮一遮雨。我点了一根烟，看着远方高速公路上来来去去的车辆，看着空无一人的郊区小镇广场，看着阴霾的天空，我尝试放空自己的脑袋，让不同的杂念彻底地远离。

右边有一排垃圾回收筒，附近餐馆和商店的垃圾似乎都把废物和垃圾丢到这里。这是一排黑色的长方形大铁箱子，我站的地方刚好是背面，看不到正面丢垃圾的口子。我听见了从那边发出了窸窸窣窣的声音，好像是有人在那边走动。刚好我的一支烟抽完，我想把烟头丢到垃圾桶里，于是我走到正面，走到一半的时候闻到一股橙子腐烂的味道，裹着蔬菜水果不知名垃圾的腥臭味冲进我的鼻腔。我打了个喷嚏，随手把烟蒂弹到垃圾筒的口子里。正准备走，却发现旁边有一个人蹲在地上，是一个瘦骨嶙峋的少年，他蹲在那里不知道干什么。我走近了，发现垃圾桶的旁边有一大堆腐烂的橙子，不知道被谁丢弃在地上，没有丢进去。好多橙子都长出了恶心的绿毛，流淌出了黏糊糊的橙色液体。让我更加吃惊的是，那个少年在捡拾着那些烂掉的橙子，也不剥皮，狼吞虎咽地在吃着，仿佛享受着大餐。这个时候他似乎看到了我，侧脸转过来，我认得他，一股强烈的震撼和惊讶像闪电一样击中了我：那是约翰，绝对是他，他比那个时候我看到的他更加瘦了，脸上的轮廓也变得更加突出。这个时候我才注意到，他仍然穿着那件 USA 的长袖 T 恤，不一样的是那件T恤已经发黄，并且变得到处都是污渍和灰尘。这个时候已经初秋了，普通人都会穿一件夹克外套来御寒，而从他的T恤，我都能直接看到他背部的皮包骨。他迷茫地看着我，脸上嘴边还到处都是橙色的果肉的残渣，他的手里拿着啃了一半的橙子。

“约翰。”我瞪大了眼睛，不经意间叫了出来。

他听见了我叫他，像被电击一样，也瞪大了眼睛，身体抖了一下，然后快速地站起来，丢下了手上的橙子，向着远处狂奔起来，仿佛有什么怪兽在追赶他一样。我不知道为什么，但是也不由自主地追着他跑了起来，也许我想问他，我想知道他现在在做什么，怎么样。但是因为他跑得出奇的快，我追着他，气喘吁吁，跟着他跑过了一座桥，就再也跑不动了，我看着他消失在了远处弥漫着雾气的树林里，我的心像被刀绞一样难受。

我努力地让我恢复自己的心跳，我趴在桥的栏杆上，气喘得像一头牛。看着桥下混着泥沙的浑浊翻滚的河水，我突然意识到，我当初就是在这里想要自杀的，然后在这里碰到了凯文，我被他拯救了。是这样吗？从现在看来，这一切好像一场电影，情节荒诞得让人战栗。那是一个夏季的漆黑的夜晚，夜空中甚至还有点点繁星，现在是一个初秋的下午，我却感受到了比那个夜晚还要浓郁的黑暗。我看着旁边的杉树丛，伴着远处灰色山峦的背景，屹立着不动，唯有这身边的一切像什么都没有发生过一样。

我看见，突然间一只死去的蝉，从树梢上掉了下来，在河畔的泥土上弹了一下，然后顺着陡峭的岩石一路滚落下去，掉落在了浑浊波涛汹涌的江水中，浮在了水面上，像是一只随时要解体的孤零零的小船。它无望地漂啊漂。就在一瞬间，水里闪过了一道黑影，浮起一小片银色的波纹，那只蝉的尸体被一只巨大的灰色鱼一口吞了下去，彻底消失在黏稠又浑浊的河流里。

气球

玛丽今年五十五岁，她在做梦的时候，梦到了自己的心脏。

玛丽发现自己在一个幽暗隐秘而与世隔绝的地方，她裸着身躯，笔直地躺在地上，不安地感受着冰一般冷得刺骨的地面。靠着尾椎骨的地方，像一把针扎着似的尖锐地疼痛。她无法动弹，她也不知道如何动弹。过了一会儿她听到了响声，像淙淙的水流，她不知道这水流来自哪里，似乎来自自己的脑里，声音越来越大。这个时候玛丽发现几个蒙着面的黑衣人走到她前面，他们高大又瘦削，像古代雅利安人的祭司。当他们走来的时候，水流也发出了一致的节拍和韵律，玛丽这才发现，原来这隐秘的流水声是他们的脚步声。祭司们从袍子的黑暗里伸出一双双瘦骨嶙峋的手，其中一双手有着尖利的指甲，在她的胸前肌肤上画着神秘的符号，然后刹那间划开了玛丽的左胸，从里面取出了玛丽的心脏，她的心脏像一枚巨大的雨林中的果实，外面盘踞着毒蛇一样的青色血管纹路，在一张一翕之间暗红色的汁液缓缓地滴下来。祭司们像摘掉树枝的枯枝败叶一样，把心脏连接着身体的血管和结缔组织拆下来，然后捧在手里。

祭司们庄严地唱诵着仿佛来自远古的歌谣，和声交错起伏，他们中的一个人捧着心脏放到玛丽的面前，让玛丽近距离地观察着，她的心脏仍旧跳动着，在祭司的手中微微颤抖着、摇晃着，玛丽甚至能看到主动脉上泛出的小血泡。不一会儿，这枚心脏越来越大、越来越大，不知道因为什么而迅速膨胀着，像是充了气的气球。最后，心脏完全占据了玛丽的视野，她的眼前只是一片暗红，玛丽觉得惶恐，她的眼前出现了心脏透明血管，密密麻麻地交织着，像是雨林里灌木丛里的蜘蛛网。而那血管里面，爬着无数只红色的圆形的小虫，忙忙碌碌地前进着，而其中的血管里面的小虫停住了，堵住了后面，密密麻麻的虫子就这样堆积停滞在那一处，血管开始膨胀，膨胀成了一个小球，越来越多的纵横交错的血管出现了淤塞的小球。小球变成了黑色，小虫子还在不停地向着堵塞前进着，马上就要爆炸了、就要毁灭了。

无数水流声叠加在一起，加上了吟诵声，又出现了金属摩擦的声音，最后还有盘子摔碎的声音，这样的声音叠加在一起，锋利地划开玛丽左边的耳膜，像箭一样射进大脑，摩擦着她的每一个脑细胞，玛丽感到如爆炸般的恐惧和疼痛，她醒了。

玛丽从床上坐起来，目光呆滞地咀嚼着刚才发生的梦境。看着窗外阴云满布的下午的天空，她的房间潮湿而逼仄。不一会儿玛丽才露出惶恐的表情，意识到真实的世界从地面上慢慢浮起来，而死亡的恐惧感像窗外的乌鸦，从未如此低地飞过地面。她听到了一些声音，从厨房里传来。她把自己的身体直起来，在直起来的时候她感到一阵钻心的疼痛，从心脏处闪电一样穿过横膈膜扩散到全身各个角落。她翻开潮湿的被褥，逼迫自己用全身的力量站起来，然后趔趄地走出卧室的门。木地板咯吱咯吱响，她碰翻了茶几上的冷茶，茶倒了下来沾湿了旁边一本破烂的《圣经》封面，但是玛丽来不及管它。

窄小的厨房里一地的陶瓷盘子的碎片。杰克坐在轮椅上，穿着白色的睡衣，领口有黄色的污迹，头歪歪斜斜地靠在一边，两手握着拳放在轮椅两边的扶手上，整个人紧绷着扭曲成了一根干燥的树干。他的脸上没有任何表情，玛丽进来的时候，只有褐色的眼珠随着玛丽的移动而在转动。不明白的人不知道杰克在干什么。但是玛丽知道，玛丽知道杰克的嘴唇闭得比平时更紧了，哪怕只有一点点，玛丽都能看出来。自从十五年前的那场车祸，杰克瘫痪了，不能走了也不能哭和笑了。而当杰克生气了、杰克饿了，他的嘴唇会闭紧，微微地往下，表现出一些愤怒和悲伤的样子。当他吃饱了，看见了窗外的小鸟等，只要是让他开心的事情，他的嘴会很放松，嘴角微微地往上翘。但这些事情一般人是看不出来的，他们只会觉得杰克彻底变成了一个生活不能自理的傻子，像整天躺在轮椅上的一块石头，偶尔发出断断续续的别人听不懂的音节。然而玛丽知道，他想要吃、想要睡觉、想要出门、想要撒尿，玛丽都知道，所以杰克才能活到现在。玛丽把这一切归于上帝的祝福，他会每周日推着杰克去教会聆听所谓的圣恩，他觉得只有虔诚奇迹才会出现，玛丽心中一直没有放弃那一天。

这个时候明显是杰克饿了。玛丽睡午觉睡得太晚了，杰克中午又没怎么吃饱，他最近似乎食欲总是很小，作为一个三十二岁的成年人这个是不正常的，所以杰克这个时候想要吃东西，玛丽还是很高兴的。玛丽去翻找橱柜和冰箱的时候，发现只剩下两盒水果燕麦粥了，而这是杰克早上才吃的东西，她这个时候感到异常焦虑，因为她领到的保障金和杰克的残疾人保障金已经所剩无几了。他们能领到的钱本来就不多，但玛丽总是会把一部分通过教会捐给所谓“比他们更困难的人”，她一直相信着只有帮助别人自己才会获得拯救这样的信条，无论比他们还要困难的人是不是已经不存在了。所以他们的日子一到月底都会变得异常困难，但是玛丽都扛过来了，所以她相信不管怎么样都是有办法的。

玛丽不确定杰克现在会不会想吃这个，但是她还是点起炉灶煮起了麦片粥，因为没有别的选择了。锅子里面的水沸腾了之后，玛丽把麦片仔细地用量杯量好杰克一个人的量，然后才慢慢地倒进了锅里。不久麦片粥也慢慢地沸腾了，白色的翻滚的麦片浓汤里点缀着小小的红色草莓粒，锅里升起的白汽顺着窗外飘出去。玛丽选择这种麦片也是精心对比的结果，她会在超市里的货架前待上半个小时，仔细对比所有的各种产品的营养成分和性价比，确定自己买的是最合适的选择。这个时候杰克的眼睛目不转睛地固滞在锅子上，他的身体又拗成了另一个不自然的姿势，嘴巴微微地张开着，像是等待哺食的雏鸟。玛丽回头看了看杰克，朝他苍白地笑了一下，眨了眨眼睛。

这个时候电话响了。电话在另一个屋子里，每次电话响起来的时候杰克都会发出咿咿呀呀的叫喊声，玛丽觉得杰克是要提醒她赶快去接电话，于是她顺手拧了拧，关了炉子的火力，然后擦了擦手，转身走出了房间。而她没有想到的是，她没有注意到自己没有关上炉子，只是转到了最小火力。杰克依然目不转睛地看着炉灶。

玛丽走到客厅的转角，在接起电话前又擦了擦手。

“喂。”

“喂，你是玛丽·佩林吗？”

“是的，我是。”

“我是圣克鲁斯医院的唐宁医生，您现在方便说话吗？”

“方便。”

“关于您上次做的健康检查，我们详细检查了 CT，我发现您的情况非常不好。”

“怎么了？”玛丽的声音开始变得不确定，她从单手变成了双手接电话。

“您上次说的您不舒服，我们以为是普通的气喘，但是我昨天看到您的 CT 片，您的心脏的情况已经非常不乐观了。您患的扩张性心脏病，因为已经出现心律失常症状了，代表已经很严重了。现在我建议您马上住院治疗观察，不然放任的话随时有死亡的风险，我建议您马上……”

“扩张，什么？”玛丽打断了医生，声音变得颤抖，“怎么会？”

“扩张性心脏病，就是两侧心室渐渐扩张，非常危险，死亡率很高。”

“是吗？”

“建议您也告知一下您的家属，做好心理准备。”

“家属，”玛丽这个时候嘴角抽搐了一下，竟然笑了一声，“我最好什么时候去？”

“下周一您就可以，我跟心外科的梅恩医生联系了，让他给您预约好……您去只需要……”

听到的电话那边的声音越来越小。玛丽的双眼开始变得迷离，她觉得自己渐渐地正在失去力气，电话筒从玛丽的肩膀滑落，砸到地上发出了清脆的撞击声音。四周变得如此寂静，玛丽的眼睛木然地转向周围，觉得周围突然正在消失，仿佛被冬天的暴雪掩埋过了一样，白得让人刺眼。一阵尖锐的耳鸣声从远处传来，玛丽觉得自己的感情和思绪也渐渐地消失，马上要变成一棵冬天的光秃秃的桦树。

钻心的痛苦伴着杰克大叫的声音一起传来。玛丽周围的世界慢慢地恢复了，破旧的家具陈设、停住不走的时钟、十一月暗淡的光，现实的意识像是针一样扎着玛丽。她赶紧跑到厨房，铝锅之中的麦片粥像白色的岩浆一样，从铝锅的边上一直流到灶台上，密集暴烈的白色泡沫吞噬了一部分煤气的青蓝色火焰，从那里面发出了一阵阵烧焦的臭味。玛丽冲过去关掉了煤气，转眼看到杰克躺在轮椅上，眼睛张得比平时更大。他恐惧地叫着，嘴角都流出了口水，身体努力地侧着、扭曲着，仿佛要远离灶台做着徒劳的努力。过了一会儿，才慢慢放松下来。

玛丽魂不守舍地盛了一碗麦片粥，拿起白色勺子在碗里面搅了搅，然后嘴对着碗里吹了吹气，自己尝了一勺，然后又舀了一勺，对着勺子里的粥吹了吹，然后轻轻地弯下腰，把勺子凑到杰克的嘴边。杰克慢慢张开嘴，轻轻吮吸了一口，大约是半勺的量，玛丽看着杰克的喉结轻轻地动了一下。然后，就再也没有然后了，杰克停了下来，把整个头机械地撇向一边，勺子的边缘从杰克的脸颊轻轻地划过。玛丽以为是太烫了，又给杰克盛了一勺。这次他的头向哪边转，玛丽就递向哪边。她依稀地回忆起，自己好像二十多年前也是这么做的，然而这样的再次重演的场景，像杰克吞下去的麦片粥。对玛丽来说，被咽下去的是熟悉，另外吞不进去的是苦涩。玛丽好不容易地又喂进去半勺，然而杰克似乎有了脾气。杰克皱起了眉头，眼神直直地看着玛丽的眼睛表示抗议，全部吐了出来，白色半黏稠的麦片粥从嘴角往下流，一直流到他的黄色衬衫上。玛丽没有注意到，杰克的手起初在乱挥着，但是在生气后攀上了玛丽的裸露出来的胳膊。在玛丽喂他的时候，为了表示抵抗的苦痛，杰克本能地掐紧了玛丽胳膊上的肌肤。当玛丽再一次把勺子递向他的时候，杰克又不知所措地，狂乱地用指甲死死地卡住了玛丽的胳膊，像是溺水的水手企图抓住最后一块赖以求生的木板。一次又一次，从触摸到拼死的抵抗，在本来就伤痕累累的玛丽的手臂上又留下了几道鲜红的抓痕。玛丽感到钻心的疼痛，从皮肤的末梢正迅速地蔓延到心脏，在痛觉到达了那个最脆弱的位置之后，她的头“嗡”地一下炸开了。

炸药被点燃到爆炸只要短短的几秒。玛丽左手死死地伸过去抓住了杰克的头发，她能感到自己全身的血都在往头顶上涌，变成火焰的狂潮扑向几十年的屈辱的回忆的草原，马上就要天崩地裂了、一无所有了。她的右手死命地把勺子向杰克的嘴里戳进去。杰克死命地抵抗着。勺子戳到了杰克下颚，狠狠地划过了那些没有被刮干净的胡子茬儿。玛丽用左手粗暴地固定住他的嘴，让他不要乱动，让他的嘴被迫地张开一些，然后把右手的勺子狠狠地戳进去。杰克的手在玛丽的胳膊上慌乱地抠着，指甲简直快要抠进玛丽的肉里，但是她没有停，她以这样强硬的方式咬着牙，往里喂着，一勺一勺。杰克根本无法抵抗，他尝试移动头来对抗，但是死死地被玛丽的左手卡住。他尝试要发出声音但是被麦片粥噎住了嗓子，只能凭借身体的本能吞下去，他的眼睛变得通红，血丝像是密布的蜘蛛丝一样。在玛丽强喂了四次的时候，玛丽停住了，她的手颤抖得无法再继续下去，每呼吸一次都是钻心的痛，空气也凝固了。

一切变得死一般寂静，杰克呆呆看着地面大喘气，玛丽慌张了，罪恶的感觉像毒蛇一样从心底攀援上来，死死地攫住了她的静脉，喷出了歉疚的毒液堵住了玛丽的气管，让她不能呼吸。玛丽从来没做过这样的事，她的眼神惶恐地扫过杰克乱糟糟的头顶，对不起，对不起，刚才不是妈妈，妈妈错了。时间从没有过得这么慢过，四周从来没有这么安静过，墙壁上秒针仿佛石块撞击着地面，妈妈错了。玛丽晕眩了，快要站不稳了。这个时候杰克发出了哀鸣，像受伤的小狮子，低着头轻轻地叫着，他的声音越来越大，逐渐从低弱的带着喘息的哀鸣变成了号叫。最后他抬起头来，整个身体不受控地抖动起来、痉挛起来，手狂乱地乱抓，抓到什么就要撕得粉碎，通红的眼神向四周喷射着无定向的愤怒，空气仿佛要变得炽热狂躁起来，充满了膨胀到极限的破坏欲，扭曲到骇人的生长欲。杰克把玛丽手中的陶瓷碗一把丢到地上砸得粉碎，然后手一挥，桌子上的玻璃水杯、果盘也刹那间向地上飞去，银色的玻璃如水银般四溅碎裂，盘子里的番茄也重重地砸到地上，迸出血腥的岩浆。杰克的动作幅度越来越大，快要失去重心了，马上整个人要从轮椅上摔下来。玛丽慌了，玛丽只有紧紧地抱住杰克，只能这么做，让自己的躯体压制住这狂暴的化身。杰克被束缚住了，自由的感觉被夹在肉体与肉体之间，没有缝隙可以离开了，没有氧气可以喘息了。他的手在玛丽的背后撕扯着玛丽的衣服。玛丽紧紧地咬住牙，闭着眼睛。他的脸从埋在玛丽胸前的姿势移开，他看到了玛丽的胳膊，带着斑点的枯瘦的胳膊，像是秋天水中的一截树干，他终于找到了猎物，找到了二十年被压制住的无奈和痛苦，找到了深黯的隧道的出口。他终于张开了嘴，紧紧地咬了上去。玛丽哀叫了一声，她并没有闪躲、移开胳膊，她任凭着杰克咬着她的胳膊，右手不停地抚摸着杰克的后脑勺。玛丽小时候也是这样抚摸着他，在睡觉之前，睡吧，我的宝贝，睡吧，梦里有彩虹、碧绿的草地和果树，在那之间我们俩自由地奔跑着，你想飞我们就可以飞起来，睡吧。杰克依然死死地咬住胳膊，整个脸通红。玛丽痛得钻心，眼泪不停地流了下来，一直滴到杰克的后脑勺上，但是她不能松开，她不想松开，松开就是放弃了救赎，所有挣扎努力过的时间和记忆就要飞走了，像风筝一样。最后杰克终于累了，松开了口，只是扶住玛丽，头低着顶住玛丽的胳膊大哭。玛丽也一起哭，杰克的鼻涕和眼泪一起流出来变成了晶莹的一条溪水，颤抖着流进了玛丽带着血痕的，胳膊深深的伤口的沟壑里，打着转流进了暗淡的时间里。

玛丽那天晚上辗转反侧，思考着脑中每个可能，每想一次她的心里都像被砍了一刀一样疼痛。她查看了医学书，知道死亡的帷幕已经缓缓地拉下，扩张是逆转不了的，治疗也很难有什么作用。她并不害怕死亡，但是杰克不是，这孩子从小就怕死，到了十五岁还是害怕打雷，下雨天不敢一个人睡。她要一个人好好地照顾他，没有别人他自己活过一个礼拜都是问题。玛丽想到了露西亚姨妈，她每次推着杰克去她家做客的时候，虽然她表现得很客气，但是她有洁癖，她对别的亲戚关系的冷漠，从她背后的表情能看出来她不能更讨厌杰克了。“要是让我养这么个大孩子，我干脆就自杀得了！”玛丽从别的人那里听到露西亚阿姨曾经这么说过，她在听到了这样的话后，再也不能够目光直视她，甚至连经过她的家门都要绕路走。

玛丽又想起了自己的远房表亲科蒂。这个时候是凌晨两点，她躺在床上，想到她的时候简直要从床上跳起来，她的直觉告诉她半夜就要去找她，一刻也不想再等了。但是她坐起来的时候，夜晚的冷风从窗户缝隙里像魔鬼一样飘进来，把玛丽吹得清醒了。科蒂是个好女人，对他们一家都很善良，热爱孩子和残疾人，经常送给玛丽自己做的苹果派。但是她并不富裕，家里更是要照顾三个孩子，自己在周末还要贴补家用，哪里有时间照顾杰克这样麻烦的孩子?

玛丽沮丧地又躺了下去，深深地塌陷在带着潮气的床榻中，继续裹着被子任凭自己陷入无限的纠缠。她隐隐觉得心脏又开始疼痛了。气堵在嗓子口拍不出来，但是她不敢大声咳嗽，怕吵醒睡在房间另一边的杰克，只好用手捂住自己的嘴，让声音从指甲和手指缝里悄悄地溜出来，藏进漆黑的空气里面快速散开。咳嗽让她想起了雷明顿牧师，雷明顿牧师也有咳嗽的毛病，雷明顿牧师一个人住，也有时间能够照顾杰克。玛丽突然觉得有了希望，但是她和雷明顿牧师又非亲非故，玛丽好怕他拒绝，她的心脏承受不了被拒绝的痛苦和决绝，虽然她知道雷明顿牧师怎么样都会摆出一副和善的脸。玛丽已经想象出了那上面的难堪和犹豫。将慈爱和圣洁放在天平的两边，才是玛丽不想面对的，可是还有什么办法呢，还有谁可以找呢？玛丽翻来覆去，看着月光摩擦她满是皱纹的脸，而杰克在另一边墙角的床上，也许被漆黑的梦魇蹂躏诅咒着，被寂静的恐惧和孤单的野兽慢慢吞噬着，要是玛丽不在了，他从此以后再也没有光明的机会，想到这里玛丽又惊惶地坐了起来，剧烈地喘气，必须做一个决定了，玛丽想。

玛丽蹑手蹑脚地起来，在书桌旁坐下点了一支蜡烛，伴着飞扑而来的细小的飞虫，玛丽皱着眉头开始尝试写一封信。但是写到一半又不满意，玛丽折叠起来放在一边，又开始重新写了一封。这个时候杰克发出了一声哼叫，玛丽的手抖了一下，紧张地看着后边。杰克还在睡，她觉得自己好像一个小偷，要背对着杰克把自己隐秘的负罪感藏起来，虽然现在的杰克永远不知道她想做什么，但是玛丽仍然害怕，害怕杰克突然站在后面，蜡烛的光束把玛丽的罪恶摊开、照亮，一览无余。他会明白的吧，上帝会宽恕的吧？最后玛丽写好了信，用一个信封装起来，然后悄悄藏在台灯下面。她回去躺在床上，眼睛仍然睁着，焦虑的视线穿过蜡烛的光线，仍然停驻在信的位置。

第二天起来后，玛丽先是帮坐在轮椅上的杰克全身擦了个遍，还特别喷上了橙花香味的古龙水。玛丽特别帮杰克换上了许久不穿的白色衬衫，这件衬衫是他研究生的毕业典礼上穿的，被玛丽洗得白得发亮，之后就躺在衣橱里作为一件陈列品，很少再有机会穿着。自从杰克出事之后，玛丽都是尽量给杰克穿宽松舒适的衣服，但是这件衬衫今天杰克一定要穿上。在扣上扣子的时候，玛丽能看出来杰克嘴角上扬，好像也很高兴。然后在两人视线交错的刹那，玛丽还是把眼神移开了，朝着窗户的角度轻轻笑了一下。刚好一只黑色的乌鸦停在窗户外不远处的围墙上，散开翅膀用嘴清理着羽毛。玛丽接着又回到了自己的房间，用手拿起清晨就准备好的双肩包，她打开又一次检查了一遍。杰克的药瓶、换洗的几件衬衫、大学时代的学生证和徽章、收音机、几张百元的纸币被谨慎地包好，玛丽又把它塞了塞，确保它藏在包的最底部。这应该是全部了，最后玛丽把那封信放在双肩包的最上面，然后拉好了拉链。

玛丽出来把双肩包挂在轮椅的背座上，坐在上面的杰克显然知道要出去了，拍着轮椅的两侧表达他的兴奋，嘴里啊啊地叫着。玛丽打开门把杰克推了出去。早晨的空气中带着清寒，夹杂着栀子花的香味。玛丽却觉得寒冷，十点的太阳光也变得刺眼，她停住了，背后的门不由自主地关上了，发出重浊的响声。玛丽回头看了看，杰克不为所动。这是她第一次注意到门会自己关上，而且会发出这样大的声音。

玛丽慢慢地推着轮椅上的杰克走在人行道上。一排排相似的红墙住宅单调地排列延伸在马路两边，像这个城市把人困住的、没有尽头的迷宫。在白日就让人眩晕和惶恐。这天玛丽走得格外地慢，连对面公交车站的等车的路人都投来关切的眼神。几个黑人高中女生背着书包一边彼此打趣一边从他们身边擦过，其中一个还一边编着鞭子。但她们一闪就在拐弯的小径消失了，像并不存在的影子一样，只留下了春天淡淡的樱花瓣，带着泥土的味道，零落地飘洒在人来车往的路口。在过街的时候，人行道和马路有几厘米的落差，玛丽需要小心地用尽力气把轮椅撑起来，然后缓慢地放下去，每次都是这么做的。这个时候骑着单车的送信小哥看到玛丽吃力的样子，过来把车放在一边，然后用力和玛丽一起把轮椅撑起来，接着放到地上。玛丽突然想紧紧地抓住他的胳膊，只是那样紧紧地抓住，像溺水的人看到了浮木一样。玛丽想要抓住他大喊，然后没有理由地不停哭泣。好像他就是那个人，用自己的坦白，能把他们揪出来，哪怕获得一点点安慰，就能把他们从阴暗的泥沼和生活的惨淡中救出来，解除刺痛玛丽心脏的惶恐。但是玛丽还是没有这么做，她害怕，害怕他的不可置信和谴责，怎么会有人要遗弃自己的骨肉，她怕自己的罪被发现，换来更无可救药的自我苛责，她只能小心地隐藏。最后他还是走了，小哥朝玛丽微笑了一下，接着骑上了车哼着小曲儿继续送报纸的行程。他们终于没有交集，除了玛丽和杰克的所有人都像箭一样射向不为人知的角落，在时间的公路上往前飞奔着，不会为任何人多停留哪怕一秒。

前面就是市政公园了。玛丽已经隐隐约约地闻到了喷泉潮湿的水汽。一大群人零零散散地聚在公园的大门口，他们坐在彼此之间，手中捧着苦涩的咖啡香气。绿色的帷幔缓缓地逼近玛丽和杰克。一个小丑穿着五彩斑斓的衣服，手中拿着几个棒球表演杂耍。旁边的小孩子和年轻人谨慎而专注地围观着，不时发出爆发性的喝彩。玛丽推着杰克从他们之间穿过，低着头小心地走过，生怕玷污了彩色而纯粹的欢乐。这个时候玛丽看到一个六岁的小男孩，左手拿着一个蓝色的氢气球，右手牵着母亲的手，朝他们走来。

蓝色的气球随着男孩的手上上下下浮动着，在空气的海洋里像飘摇不定的浮标，随着浪漫的音乐和都市的喧嚷似乎有节奏地沉沉浮浮。玛丽突然想起了那些往事，在杰克小的时候他也最喜欢气球。在十二岁的生日的时候他们全家给他办了派对，他们为杰克打了几百个气球，把整个房间变成了沉沉浮浮的彩色的海洋，杰克抱着气球和小伙伴们在欢乐中蹦蹦跳跳，从这个房间跑到那个房间，尽情跳着舞。而现在那些记忆，现在看来也像阳光中的气球，始终隔着一层虚幻的表情，一不小心就在脑海的深处随风飞得很远了。而现在杰克会喜欢吗？他的脑海中还有那个时候的记忆吗？

玛丽推着杰克向前。她不知道怎么了，下定决心想要买一个气球。他们站在卖气球的摊位前，几百个气球拴在一起，被串作一串变成一串巨型的葡萄，在风中摆动着，后面是一个长着棕色胡子的大叔，正在卖力地把气球套在氢气泵上。他看到玛丽推着杰克，先是露出惊讶的表情，然后露出和蔼的笑。杰克呆滞地看着那一串气球，没有露出任何的表情。玛丽给了店主大叔一个硬币，指了指一个红色的气球，然后店主把气球从串上解了下来，把绳子递给了玛丽。

玛丽看着牵在手里的红色圆形气球，她迫不及待地把手中的线递给杰克，然而杰克并没有接，仍旧只是呆滞地看着气球摊。玛丽把绳子放到杰克的手旁边，杰克没有接，哪怕红色气球遮住了他的整个脸，他的眼睛因为对焦变成了斗鸡眼，他依然没有接。杰克的嘴角向下撇，他有点不开心，他不喜欢吗？玛丽掰开杰克的手，把绳子放在杰克的手心，然后把杰克的手合起来。他会攥紧吧？杰克看着眼前的红色气球，一秒、两秒、三秒，他的手松开了。玛丽赶紧抓住气球，又让杰克抓了一次，一秒、两秒，手又松开了。气球不喜欢被抓住，气球要逃跑了，然而又被玛丽抓住了。每升起一次，她的心就慢慢地，又沉下去一点点。杰克似乎根本意识不到气球的存在，最后，没有办法，玛丽只好把气球拴在扶手上，让气球成为整个轮椅的一部分。没有人注意他们，他们好像被气球牵着、飘着，缓慢地向教堂飘去。

教堂的附近都是树林，很僻静，从远处看只有尖尖的灰色穹顶，从葱茏之中骄傲地顶出来，笔直地挑战着太阳光射来的角度。因为不是周末，教堂所在的这条小路上几乎没有人。玛丽在街角停下来左右张望，反复确认，他们的轮椅像是小船，在阳光的海浪中缓慢前行，红色的气球升起在他们之间，格外显眼。最终他们在教堂前面的小广场上停了下来，玛丽又看了看周围，空无一人，根据她的经验，教堂里面没有人，门还锁着，雷明顿牧师十二点才会过来打扫和阅读经文，然后他就会发现杰克，然后他就会读到那封信，最后带着无限的慈爱接收了杰克。玛丽看着二楼插在水泥檐上的彩色玻璃，在阳光下反射着五彩的刺眼的光芒，玛丽突然感到无限的愧疚和惶恐：她是如此阴暗和丑陋，这些光的裁判仿佛已经站在她的面前，她的罪恶显而易见。她不能再久待了，如果她以后还能活下来，她再也不会进教堂一次了，罪孽如此深重，似乎上帝也原谅不了，她甚至想要乞求立刻死去以作为惩罚，她无法呼吸了。玛丽迅速地背过身去，离开杰克，朝另外一条小路的尽头走去。

杰克慢慢地抬起了一点头，仿佛意识到了哪里不对劲儿，意识到了空气中的分离的气息。他挪动头，看不到玛丽，然而他也没有过多的反应，只是坐在那里静静地等着。玛丽停住了，在杰克身后二三十米的地方，眼泪不受控制地掉下来。手开始发抖，但是她不敢回头，她怕一回头，就会以自己的完全崩溃作为结束。杰克这个时候慢慢意识到了什么，他开始摸索，棉麻的裤子，自己的大腿，轮椅的冰凉的铁质扶手，还有一根线捆在上面。杰克顺着线，摸到了气球，他把气球抱下来，抱在自己的怀里，像是小时候那样，他的嘴角终于不可抑止地向上扬。他的大手抚摸着气球，揉着，掐着，气球的红色柔韧的表皮开始变皱，吱吱，吱吱，气球和手的接触中发出了声音。玛丽听到了，细碎的声音，像耗子在叫一样，让人不快，却又让人怀念。玛丽知道这是什么声音，记忆像是刀片一样从她的皮肤割开，流出了鲜明的痛觉，痛苦，又是那么让人愉快，像是吗啡在一瞬间起了作用，她的皮肤像是被掐着、被揉着、被撕扯着、被蚂蚁啃噬着。昨天的一幕幕扫过眼前，杰克的手指、手指上的指纹，她都能清楚地感觉到了，他的指甲，马上就要嵌进玛丽的肉里了，马上就要渗出血来了。然而玛丽却好像期待着，在剧烈的痛楚之中享受着。玛丽快步跑起来，她要逃离这样的感觉，飞快地跑着，躲避着这被蛊惑的中毒一样的感觉。她的眼泪像雨一样流下来。她经过一片小树林，有一对男女坐在长椅上，看着玛丽经过，露出了惊讶和害怕的表情。玛丽快要精疲力竭了，明明才跑了没多远，好像有一根弹力绳用相反的力牵着她、拉着她，渐渐地她的心脏也开始觉得疼痛，像被什么咬着一样，血腥的味道从遥远的地方传来，仿佛死神的号角。静脉和动脉承受了太多的力，快要断裂开了，血液瘀滞着，在胸前像是旋涡一样打着转。这样的剧痛，玛丽一生都没有经历过，好像胸膛被什么活活撕开一样。她越走越慢，捂住胸口，快要跪到地上。脑海里的记忆像鬼魅一样却无端地闪现开，在每个细胞之中绽放罪恶的花朵，那里面清楚地显现了杰克的脸，他哭了，他笑了，他坐在轮椅上，哀号着、哭泣着、抚摸着、撕咬着。玛丽终于跪在了地上，旁边的情侣之中的男生走了过来，紧张地走到她的前面，问玛丽需不需要救护车。玛丽摇着头，用虚弱的手推开男生，然后站了起来。一道闪电突然击中了玛丽的心，她开始往回走，脸上的泪开始迎着风干涸，阳光刺眼，玛丽眼前却是一片漆黑，仿佛漫长的隧道，只有那尽头有一丝光亮。她奋力往回跑，用尽全身力气，她又哭了，然后又笑了。终于，教堂的棱柱离她越来越近，那里有光明，红色的生命力在那里涌动，跨过黑暗。玛丽终于又走到教堂前，杰克依然坐在轮椅上，懵懂地咬着红色的气球，他的牙齿摩擦着感受着原始的探求的冲动，祈求着灵魂与灵魂之间的链接，像小豹子第一次吃到了母亲的奶头，在那一瞬间会发现到爱的源泉。可是气球剩下的部分膨胀到夸张的程度，马上就要爆炸了、就要结束了，杰克并不知道危险，眼前这个柔软润泽的物体不可能被他俘获和掌控。他不知道的是，在这样柔软的外表之中隐藏的是深深的虚无，抱得越紧，爆炸来得就更加迅速。

玛丽冲到杰克身前，用尽最大的力气抱住他，号啕大哭。杰克显然被吓到了，愣愣地看着玛丽，手也顺势松开了。红色的气球终于飞了起来，伴着风飘摇、舞蹈起来，经过教堂的门，经过五彩的窗户，经过绿叶和树枝，经过层层的风和层层的云，一直到虚无缥缈的宇宙，那么显眼，那么闪亮。所有的痛苦都烟消云散。他们俩就这样拥抱着。最后他们两人都累了，玛丽笑了起来，杰克也扬起嘴角，玛丽又哭了，然后玛丽推起了杰克的轮椅，顺着小路往西走。他们从来没去过那边，玛丽也不知道要去哪里，可是玛丽心里决定了，只要和他在一起，去哪里都好。

船

我和鲁诺面对面坐着，在路口喧嚣的火锅店，我们坐在大门外面的座位上，被斜阳照着，被微风挡着，破旧的椅子，摇摇晃晃的木桌，脏兮兮的铜锅，穿着红色工作服的服务员在我们身边穿梭，不断地递来红色的牛肉、棕色的口蘑、青色的菠菜。铜锅长脖子的排烟口中，腾腾冒出白色的热气。热气的后面，是宛如虚幻一般的行色匆匆的路人，在我们身边穿梭，他们并不在乎我们。初秋的微凉的风中，他们是我们背后的风景，我们是他们生活静止的装饰画的一部分。

“来，干了，把这瓶干了。”

“好。”

“咱俩认识快十五年了吧，今儿咱们把过去的账都算了，一年一瓶。”

鲁诺和我一瓶一瓶地灌着啤酒，各种品牌荟萃，雪花、燕京、青岛，它们一定是玻璃瓶，一定要冰的，气一定要足，打开的时候要听见清脆的“嘭”的一声。我们也不怎么说话，大概在啤酒翠绿色的瓶子碰撞的刹那，我们心里的话已经通过这样的触碰，神秘而又直接地传递到了对方的瓶子里，而一饮而尽的，大概都是我们这么些年来，未曾传达给对方又憋着不得不说的故事。鲁诺看着我，醉醺醺的红眼睛带着笑意，点了点头暗示说他都知道、他都知道，我也对他笑笑，好像我们互相了解，心照不宣。

但我心里逐渐明白，这一切都是假的。三十出头的两个男人，被时间不约而同地欺骗得死去活来，逐渐明白这样的日子原来还有那么长。我们喝下去的再也不是对彼此的关怀，而是像啤酒表面漾起的白色泡沫，带着苦涩的自我感动和纠结，他们破裂了之后里面就再也没有什么，既没有过去，也没有未来，可是我们还是一直喝着，咂着嘴，好像品尝着最后剩下的那些让人成瘾的共同回忆。

鲁诺是我高中时候同宿舍的哥们儿，他睡我的上铺，他的一切我都知道，包括他晚上在黑暗中做的那些事情，在摇摇晃晃的床板上抖搂出的一切他的秘密。他的学习成绩一直比我好，包括他喜欢上的女生，也比我喜欢上的漂亮得多，不过我一点都不羡慕和嫉妒他，大概因为我了解他太深了，大概是因为他每天躺在床上后，一直不管我爱不爱听，他都会把他的每天的全部事情都抖搂给我听，包括那些最骇人听闻的大事，还有最微不足道的小细节，就像他摇摇晃晃的床板上抖落下来的灰尘一样，全部降落到我的床上。最初我感到很烦，可是渐渐地，我发现他的诉说开始变得有意思，而终于这变成了我的一个习惯，听他讲他的故事，以至没有听到他的故事我会感到失落，黯然神伤。而我一直好奇他的倾诉欲望是来自哪里，直到有一天他邀请我去他家里的时候我终于明白，有些洪水泛滥河的堤坝，它的裂缝被死死堵住了，却终究是要通过另一种方式倾泻出来。

高中时候他一直说要考到全国最好学校的海洋专业，因为他喜欢水，他是游泳健将，高中时候他成绩最好的科目就是地理，他一直想研究海洋，但是高考的时候却失败了，大概是因为那之前他和女朋友一直在争吵闹别扭，无心学习，讽刺的是他被另一所不太好的学校的地质专业录取了，然而他似乎不介意的样子。

“你知道吗，我们所在的陆地都是孤岛，只是被海洋拥抱在怀里的时候，才慢慢地形成了现在的样子，所以我们所踏足的任何角落，都有海触摸过的痕迹。”

他似乎总是那么乐观，和当时的女朋友说着这样浪漫却恶心的话，来安慰她对他的失望的时候，我在一旁听见了都有些被感动了，当然最后他们还是分手了。就像后来我和他也终究分道扬镳，去了不同的城市读大学，每两三年大概见一次，然后他在当地大学的研究所里工作了，我在另一个城市的互联网公司工作，我们见面的时候仍然是知无不言、言无不尽，然而我知道，这一切都是有尽头的。

这次见面时间间隔被拉得更长，距离上一次已经是三年前了。人都是有变化的，我已经结婚并且有了孩子，而他却还没有结婚，根据他的早熟恋爱经历，我一直以为他会是先成家的那一个。另一个变化，让我感到遗憾的是，现在的他，再也不是那个习惯于把一切倾倒、诉说给我的高中男生了，他和我说的话变得越来越抽象、越来越含糊，仿佛被漂白粉褪色的衣服失去了所有颜色的细节，而我却一直等候着听他的故事，这让我感到些许失望。

但是我理解，本来这就是不公平的，我不太愿意说太多我自己的故事，更愿意说别人，一直是他问我才说，所以这种信息的不平衡让我一直有一些愧疚。而时间终究悄悄改变了人，我能看出来他也习惯于把东西藏在心中，紧紧地包裹起来，他的床铺终于不再悄悄晃动，抖落灰尘或是一些奇怪的东西了，而也许在我心中，我突然发现的是，睡在上铺的那个人也许早就不在了。而我还在想，那确切的日期究竟是哪一天，他的身影彻底消失在我的寝室里，只留下他空空的床铺，是大学毕业他搬走行李的那一天，还是我结婚的时候他来参加婚礼喝得烂醉的那一天，抑或是这次我们相遇的昨日？我真的不知道。

火开得太大了，铜锅里深赤色的汤汁一直像岩浆一样翻滚上来，裹挟着一些看不清是什么的肉类的残渣，而锅的旁边摆满了绿色的空啤酒瓶，见缝插针地堆在一起，整个桌子看起来像一个后工业时代的艺术品。“我们……把白菜解决了吧。”他说，我点头，然后用筷子夹了一片没切的巨大的白菜，横着轻轻放在红汤里，白菜就这么浮着，在翻滚着的浓汤里，不知所措地颤抖着。

“看，多像一只小船啊，漂啊漂啊漂啊。”他突然神经质地笑起来，念着。

突然他开始驼着背伏下去，从我的角度刚好看不见他的头，我吓了一跳，紧接着传来他剧烈的呕吐声。我赶紧站起来走到他身边去，其实我也晕晕乎乎的，但是我还是蹲下去帮他拍了拍背，看着黄绿色的瀑布从他的嘴里喷溅出来，我也一阵恶心。旁边的路人经过的时候也投来鄙夷的眼神。他吐完后，笔直地坐起来，眼神放空，像一个木偶，红色蜘蛛丝一样的血丝爬满了眼白，他大喘气，胸部微微颤动。然后我也回到自己的位置，担忧地看着他，我的头也晕晕的，我好像在梦里看着一个真实的人，在梦里感到自己的担忧。

“我要跟你说一个故事。”他说，喷出了毒液一样的酒气，熏得我喘不过气来，但是他似乎又想强装镇定。

“我要和你说一个故事。这个故事，别人都不知道，谁都不知道。”他又重复了一遍。本来我对他的这个故事并没有抱什么样的期待，我只是想要静静地坐在那里听他说完，就像酒醉的人要吐，是一定要把肚子里的东西都吐空才会好些的。

“我听着呢。”我说。

然后他在那里沉默了大概五分钟，不知道酝酿着什么东西，我一度以为他忘记了他要说故事，正准备要去找服务员埋单，然后叫个车给他送回宾馆去，没想到这个时候他却开了口。出乎我意料地、清醒地，将这个故事娓娓道来。

“四年前我有一个课题，去一个沿海的小镇子考察那里的地质环境，你知道的，考察岩石、地貌地层构造什么的。那个小镇子特别偏，坐火车下了大城市再坐轿车开大概四五个小时才能到，还都是那种颠簸的土路。我才知道也不是所有的沿海地区都是发达的。

“那个镇子不大，大概也就七八百人住那里吧，住得也比较分散。那里大多数人主要还是以捕鱼为生的，整个村子是围绕着一个浅水的海湾的，风景还是很好的。但是那个海湾水太浅，礁石太多下不了船，所以他们捕鱼是在邻着的另外一个海湾，船都停在那边。

“然后那里只有一个旅馆。那个时候也是秋天快入冬了，很冷，那旅馆也只有我一个人住，就是很普通的二层小楼里改造的。灰色的房子，背后有个院子，院子里种了一棵枇杷树，底下有桌子和椅子，大概是为了旅客休息什么的，但是平常没人，都是旁边的妇女在那里洗菜和打麻将的。

“旅馆很便宜的，一天才五十块。我就第一天去一下子订了十天，第一天就全部交了，然后接待我的是一个很可爱的女孩子，大概不到二十岁，十八九的样子。她说她和她舅舅一起在做这个旅店，然后她就送我去房间，房间不大但是很干净，虽然有一股霉味儿，但是也可以忍受的。女孩子说是因为南方海边太潮了，还老是下雨，没有办法。我问她叫什么名字，她说她叫阿洁。

“我问她说她这个年纪没有去上大学吗，她说上不起，反正她也不是读书的料，不过她说她高中都读下来了，她说这个的时候很骄傲。她说至少记账写字没问题的，看书也是没问题的。她还向我说她读的书，刚看完的是《月亮与六便士》。我问她怎么看这样的书，她说都是住的时候客人留下来的。

“然后接下来好几天，我都是白天出去做考察，快傍晚的时候回来填表格对比数据、写报告，有的时候会看一些带来的专业书。我不喜欢坐在房间里，因为那里面的潮气太大，我就一直坐在院子里，然后阿洁就会过来和我聊天。她看我写的这些东西，又看不懂，她还是要看，有的时候就叫我解释给她听。解释了之后还是不懂，她就静静坐在那里假装消化，很可爱的，也有可能是觉得她一直问会干扰我。

“有的时候我也会和她聊天，我问她的父母去哪里了，她想了一下说他们去大城市里，在打工，然后说很少回来。接着我们熟悉了，就问她说她这么大了，应该会想要恋爱，有男朋友了吧，事实上她这个年龄在农村里结婚有小孩的都很多的。这个时候她舅舅平哥出现了，他叔叔身材很矮小，寸头，长得很结实，但是人看起来很严肃，不爱笑，我问阿洁说怎么她舅舅叫平哥，她说全村人都这么叫他，她也就这么叫了。平哥好像不是很喜欢阿洁和客人聊天，看见她和我聊天就板着脸，他觉得阿洁应该干正事，在旅馆忙这忙那才对。阿洁和我说一般是她负责白天，她舅舅平哥负责晚上到半夜，两个人有分工的，然后她就不好意思地走了，回去拿着扫把到各个房间开始扫地。

“然后第二天她还是主动回答了我的问题，她说她有男朋友的。她的男朋友叫许亮，比她大两岁，我问阿洁许亮在哪里，阿洁说他不在，他在捕捞船上工作，一去就是一个月，然后忙个几天又要去捕鱼了，所以他们俩的见面时间相当少。不过阿洁说他们快要结婚了，我问阿洁他什么时候回来，她只是说很快就要回来了，她一直在等他。

“我问阿洁说她喜欢许亮哪里。阿洁想了很久，然后才说，他忠厚老实，不说谎话，然后长得比她高。我问阿洁说他这么久才能回来见一次她不寂寞吗，她说有点的，可是没有办法，他要赚钱的。

“这个村子不是围绕着海湾建的吗，整个比海面高出很多，就算涨潮了也不会淹到镇子上，然后岸边有一条路，路旁边底下是沙滩，有的时候我会和阿洁一起一边走一边聊天。阿洁好像很喜欢赤脚走路，不知道是不是她这里的习俗，然后她就会经常和我说起她的男朋友，她说男朋友就是从这里坐着渔船出去的。她很详细地形容，说许亮给一个叫多哥的人工作，另外还有好几个船员，他们叫大志、花爷、六叔，坐的渔船是白色的，上面有065的字样。我问她说有没有坐过这个船和他一起出海，她说从来没有过，她说她也不想，因为太危险了，万一有台风来了就会有很大的浪，把船摇得晃来晃去的，她不喜欢，她会吐。然后她会指给我看，指着那个海湾的海说他们的船就是从这里出去的，然后慢慢变小，到很远的地方去。

“关于这一点我当时就觉得有点怪了，阿洁说，他们出海的时候她会站在岸边看着他们出海，他们回来的那天，她也会站在那个地方等他回来。她还特意指给我看那个角落，那里的海滩上有块青色的大石头，人可以站在上面，就会很显眼，他的男朋友在很远的海上就能够看到她站在那里。可是之前一到那里我就发现了，那个海湾的水太浅了，还到处都是礁石，你在那里游泳都嫌硌脚的，当然涨潮之后可能会好一点，但是也不可能停船的，何况是那种中型的捕捞船。

“我在想是不是她搞错了，船停的不是这块儿而是别的地方的海湾。不过她那么确凿地指出来，带有那么多细节，而且是他男朋友的话怎么可能搞错，不过我也没有直接对阿洁说出来，我还是听她一直说，我就一直听。

“还有一点比较奇怪的是，她每天好像都会忘记昨天说了什么。每天和我说的话之中，肯定有昨天说过的内容，比如说她男朋友长得什么样子，每天都会和我说一遍，但是每一遍好像都不太一样，比如说有一天说，许亮不喜欢剪头发，在海上也没有机会剪，所以就留着很长的头发，然后老是油油的，和艺术家一样。第二天和我说的却是，许亮喜欢把头发剪成寸头，因为他很喜欢干净，他的头发会出油，一有机会就自己剪或者叫别人帮他剪，有的时候她也会帮他剪头发。

“她说过她很喜欢画画，都是她自己学的，她有一套水粉颜料，是舅舅买给她的。我说想看看她的画，她第二天就拿过来了，一个很大的写生簿，里面有各种画，但是老实来说她画得并不算好，不知道是不是没有受过专业的训练的缘故，她的画颜色都是很单调、很阴暗的，和她活泼的样子好像并不是很搭，大部分都是一些奇形怪状的动物，有的有四只脚却有翅膀，还有鳞片像鱼一样，它们都是被锁在笼子里，在鱼缸里，或者在房间里，只有那么一幅看起来是一个男人和一个女人，我问她，画的是什么她说是画的她和许亮在他们的房间，坐在床上，一人一边，房间的后面挂着一幅挂画。我问她那是什么挂画，她说那是观世音，保佑平安的，然后我发现男人只有身体，没有头，我问她说怎么不画许亮的头，她说她还没想好怎么画，脸太难画了。

“然后有一天半夜我在睡觉的时候，突然听见外面有女人的哭声。我打开窗，看到阿洁一个人站在院子里。我就赶快下去，我问她怎么了，她只是一直哭，然后说有很多小偷，有很多小偷，从四面八方围过来，站在边上看她，想要打她，把她抢走，带到很远的地方。我看了看周围，什么人都没有，就安慰她说什么都没有。这个时候阿洁的舅舅来了把她带回她的房间，拉回去的时候她又开始笑，歇斯底里的那种笑，看得我毛骨悚然的。

“我其实有问过她舅舅关于这些事情。她舅舅就说她小时候得过脑瘤，差点死掉，后来救回来了，但是就是留下一些后遗症，有的时候脑子不是很清楚，但是日常的事情都是没问题的，他会照顾她的，我就明白了，但是隐隐约约觉得有点儿不放心、有点儿不对，我也不知道为什么。

“我的这个考察做到第八天的时候，报告数据就快要采集完成了。那天阿洁早上跑过来，说我快要走了，她和我说她去海边捡了一些蛏子，她想亲自做给我吃，品尝一下她的厨艺。我平常都是去旁边的小饭馆里吃的，所以那天晚上，阿洁就炒菜，可是炒菜的时候，她把袖子撸起来，我才看到她的胳膊上有好多瘀血，还有伤疤。我当时有些疑惑，问她她一开始也没回答我，后来只是说半夜睡觉乱动，不时从床上摔下来。不过我觉得她应该在说谎。

“她做好菜，我和阿洁的舅舅和她三个人一起吃。蛏子，还有炒海带、豆芽炒猪肉，三个菜，很好吃，我们还喝了酒，大家都很高兴，我就把刚才那件事忘了，也没问她舅舅，她舅舅很豪爽地说这次可以让我再住几天，不收钱，反正这里也没什么客人，我笑着说不用了。

“晚上大概十点的时候，我刚准备睡觉，突然开始肚子疼，不停上厕所，又吐又拉，可能是因为海产不干净吧，脸都青了，快要没力气了。我就起来出去，想着问问阿洁或者她舅舅有没有药，黄连素什么的，但是我下去了找不到人，本来应该是她舅舅晚上值班的，但是人不在，我想这也没什么。我肚子实在很痛，就出去想找个诊所，晚上镇子的诊所应该有人值班的吧，虽然我不知道诊所在哪儿，但是镇子就那么大，多转几圈总能找到，或者碰到人问一下就行。

“然后我在外面乱转，天很暗然后又没什么路灯。我走着走着，没什么人，大概都回去睡觉了。我就很急，也找不到诊所，心想着要不回去算了，歇一歇也许会好呢。正准备回去的时候，我在一个巷子，看到前面有两个人在走路，急匆匆的样子，仔细看了一下，好像是阿洁和她的舅舅平哥。平哥牵着阿洁的手很快地走，像要赶时间一样，阿洁有点不情愿拖拖拉拉，平哥就那样不停地拉着她。阿洁穿得特别少，好像只有一件连衣裙，白色的，那个天气肯定很冷的，我都穿上两用衫了。

“我当时也不知道怎么的就想追上去。一方面好奇他们这么晚要去哪儿，一方面也想问问诊所在哪里。我七弯八拐地跟着他们，最后他们在一个看起来是没人住的小平房前停下了。阿洁先进去了，里面亮起灯，平哥就在外面守着，不知道在等着谁，我觉得奇怪，就停下远远地看。然后一个穿着花衬衫的看起来不怎么正经的、很瘦的一个中年人，从那个黑的地方走过来，跟平哥打招呼，然后悄悄地给了平哥一沓钱啊还是什么的东西，平哥就收下了，然后那个中年人就进屋子去了。平哥在外面守着，东张西望像防止有人进去一样。

“我一下觉得事情非常不对头，我快要吓死了，这么晚一个陌生的男人进去和阿洁会干什么。我想办法，想要绕开平哥，我绕了好几个房子，最后终于绕到了那个平房的后边去，后边有一扇窗，但是窗的后面被窗帘都挡死了，什么都看不到，我尽量不弄出声音被前面的平哥看到，一方面肚子又痛得要命。我最后找到了一个缝隙，那种老的房子搭得不结实，砖和砖之间有缝隙的，缝隙被小石块挡住，我悄悄把小石块移开，看到了一点点的里面。

“从里面看到的，接下来那个男的进去，阿洁靠着坐在床上，那个男的去了就很粗暴地把阿洁的连衣裙扯掉，开始亲阿洁，然后阿洁就一点反抗都没有似的，任凭他亲，就跟木偶一样的，我看到她的眼神都死了，最后阿洁的胸罩和内裤都被扯掉了。后来的事情，那样的事情，你也能想象得出来，我不想讲了，太可怕了。

“我的心那时候就在狂跳，震惊，恶心想吐，被这样的场面，我在想怎么回事，我想为这样的事情找一个合理的解释，结果发现我想不出来，我悄悄回去了，我实在看不下去了，回去的时候一直在想该怎么办，结果在海边大吐了一场。我回了房间，坐在床上，我拿起手机想着一定要帮她，我手在发抖，我打通了报警电话把那晚看到的事情说了出去。

“那一晚都没睡，我几乎把我生病的事情都忘了，一直在想着各种可能性，一直在想着阿洁的事情，一直到天亮。结果第二天早上宾馆就被警车包围了，我看着阿洁和他舅舅被带走了，阿洁特别无助，又特别淡定的表情。我想走，离开这里，我怕被人报复，但是我又担心阿洁，我就一直把自己锁在房间里，我想着谁敲门我都不能开。然后快到晚上的时候，我又听到了警车警笛响，但是我不知道是在哪里。警车没有来宾馆，大概去了镇子别的地方。之后几天我都没有看到阿洁，整个宾馆是空的，只有我一个人待在里面。

“后来几天我渐渐敢出去了，我还有最后的几个数据和标本要采集，我见到了镇子里的别人，他们经过了宾馆都摇头，原来这件事情早就已经传开了。有从县里来的人说，阿洁一直在县里的警察局做口供，警察一遍一遍地问她这些事情是什么时候开始发生的，警察一直在诱导她，她开始一直不说话，或者随便说一些谎话，但是最后终于承认了，警察还要阿洁把所有细节时间地点都说出来。

“原来阿洁是孤儿，不到十岁就被开旅馆的平哥在镇子外捡到，收养了她，对外人谎称自己是他舅舅，这件事情很少人知道，随着时间过去了，阿洁长大了，变得亭亭玉立，平哥就对她有了非分之想，还有村子里好几个没有结婚的中年男的，他们平时根本没有机会接触这样的女孩。平哥看到了这里面有利可图，而阿洁又是自己的‘财产’，她就把阿洁带去和那些人定期发生关系，一次平哥就可以赚好几百，算是旅馆之外的一笔大收入。

“阿洁一开始怎么都不愿意，平哥就和那些人一起打她，一直打到她听话为止，有几次都打出了幻觉，身上伤痕累累，别人都觉得阿洁开始疯疯癫癫的，好几次阿洁都尝试过逃走，可是每次都逃不远，就被平哥捉了回来，继续打她，直到她逆来顺受，对这件事情麻木了。这个镇子一边环海，三边都是丘陵，到县里还要快五十里地，她又不能逃到海里去，她倒是希望能从海里逃出去，她唯一的希望就是海了。

“最让我心碎的，她从来没有过男朋友，所有的都是她幻想出来的。她幻想着海，渴望着逃出这样的地狱，所以她幻想了一艘船、一个男朋友，可惜这个男朋友始终都没有能够接她走。然后我就发现了她幻想的东西，所有的都是有现实的根源的，她说她男朋友的船，侧面有 065 的船号码，其实是那天看到她和男人发生关系固定房间的门牌号，那是她‘舅舅’以前住的地方，就改造成了这样一个地方让她接客人。她说的船上的船员，大志、花爷、六叔，都是她‘服务’过的老主顾，我慢慢想起了那个画中的观音壁画，也是那个房间里真实存在的。只是我之前一直在困惑，我不知道这一切的根源究竟在哪里。

“我本来早就应该走了，可是我想到阿洁，我好担心她，我不知道她在派出所会发生什么事情，听说她被要求一遍一遍地叙述，一遍一遍地回忆这件事情发生的过程和细节，她还被要求去指认所有和她发生关系的村民，这对她的内心又是多么大的二次伤害。她本来也许是刻意想要忘记掉的，可是又不得不从记忆里翻上来，和浪底的泥沙一样。我想象这样的过程，我想我必须要等她回来，看到她安好才行。

“她去县城之后的第四天早上，就回来了。她面无表情，看起来好像没有太多的感情在心里，没有太多的变化，可是镇子里包括县里市里都知道了这件事情，报纸已经登出来了，虽然没有写具体的名字，但是所有人都猜出来就是她。我注意到镇子里的人都在议论纷纷，大家在同情的同时，好像都在保持和她的距离。平常给旅馆送水送备用品的小哥也不来了，路上玩的小孩看到阿洁来了，父母都慌张地把他们赶到一边去，好像看到一场瘟疫逼近一样。我知道他们都关心她觉得她可怜，但是又不知道怎么接近她和她像以前那样说话。阿洁淡淡地和我说她的‘舅舅’不回来了，我问她下一步打算怎么办，她说她也不知道。

“我差点就和她说我可以带她走，去别的地方找个工作然后生活，这个地方看起来已经不适合她生活了，可是我最后还是没说出来。我恨我自己，我要是当时带她来这里，就不会发生后来的事情了。

“因为要赶回去交报告，还要上班，领导已经催了，我已经不能留在那里了，我买好了第二天的火车票，定好了包车第二天送我去市里搭火车的司机。那天下午阿洁突然问我说，是不是你举报的，是不是你看到了，我很慌，就说谎搪塞过去了，但是我看她的表情，很淡漠很阴沉，整个脸都没有什么血色的，她一边洗菜一边整个垂下去了，然后默默地说他们都被抓起来了，都被抓起来你不用怕的，我就知道她肯定知道是我说的。我就趁机大胆地说，你明天要不要跟我去省城，去那里找份工作，有什么事我也看看能不能帮你，不要再待在这里了。她只是摇摇头。也没和我说什么。

“那天晚上我收拾完行李，下楼去抽根烟，我在底下看到阿洁蹲在门口，她看到我下来就站起来，问我要不要去海边走走，我就答应她了。然后我们一直在海边那个海湾的沙滩那里走，很暗也没什么灯光，她一直在问我抽烟什么感觉，我说没，就是很舒服的感觉，她问我要了一根，也没抽就只是叼在嘴里，她说这么闻还挺香的，然后她问我要火点着了烟，她也没抽就一直拿在手里，看着烟一点一点被烧完。我们就在那里坐着。她说这么样也跟抽烟差不多，因为放在嘴里吸进去，身体也没得到什么东西，最后还不都是剩下烟。

“我都不怎么敢和她说话，胆战心惊的，我怕我说什么，会突然触及她的神经。我也不敢安慰她，我什么都不敢说，反而是她一直问我，问我为什么要回去，是不是因为女朋友在等你，问我女朋友长什么样子，问我女朋友不在身边是不是会想她。我说是的呀，两个人真的爱彼此的话，不管离得多远都会感受到对方的想念的，所以分开无论去哪里，都会想着另外一个人，哪里都不能久待，就想着要回去赶快和她见面才行。她若有所思地说这样啊。

“然后我们又说了些有的没的。主要是她问我城市里是什么样的，问我以后还会不会回来什么的，她还问我这次来是不是准备调查，以后把这里改造成城市什么的，我笑着说暂时不太可能，因为这边太闭塞了。后来太晚了，我们就慢慢地走回去，到宾馆门口，最后我还是又说了一遍叫她有条件还是要离开这边。她笑了，她说会的，她说以后会去省城玩，会来找我。

“最后她突然冒出一句说，暂时不和你去，是因为我男朋友明天要回来了，我要去等他回来。我就惊了一下，我脑子里拼命地在想这是怎么回事，她为什么会说出这样的话。但是我最后还是回去了。她最后还祝我明天一路顺风。

“第二天早上起来，我看到旅馆围满了人，远处的海滩也围了好多人，还有警察。阿洁的尸体被发现了，在海滩上，是清晨一个在海滩上捡贝壳的渔夫发现的，后来叫警察来，警察判定说阿洁是溺死的。而究竟是自杀还是意外他们也不清楚，因为半夜涨潮的时候如果在岸边走，也是有可能突然被浪卷下去的，比如在那块最高的礁石上面，如果半夜站在上面，水会一直没过石头，又很滑所以很可能会摔下去。

“那个时候我整个人都觉得要被撕碎了，就觉得和淹在水里那样，没法呼吸。可是我必须走了，我包的车的司机在等我了，我看着警察和村里的人抬着担架，阿洁的身体被盖在白布里，被抬进警车里。我看到旁边人都哭了，好多妇女在旁边，她们都觉得她可怜，为她不值。最后我还是走了，我那个时候都没有记忆了，我不知道我怎么坐车到市里的，也不知道怎么就突然到省城了，整个人是懵的，途中我手机掉了我都不知道。

“那半个月我都没睡好觉，我都觉得自责，我经常会梦见她，梦见我和她坐着船，只是坐着一个那种简陋的小木船，在无边无际的海上，然后突然船开始渗水，慢慢地往下沉。然后我就醒来，我经常自责，自责的时候心就绞痛，好像是我害死她的，她要背负的太重了，这么年轻她受不了的，我在她有那些幻觉的时候就应该问清楚的。那些幻觉是她的寄托，是她的保护伞，可是它们破裂了就真的什么都没有了。

“我经常在想如果当初我不报警会怎么样。我假装没有看见没有发生这些事情会怎么样，她是不是就会现在还活着，我一直在想，这些年我一直想不通这个问题。”

鲁诺说完这个故事的时候火锅店已经快要关门了，街上的人潮也逐渐变得稀疏，夜凉的气味从鼻孔中慢慢侵袭进去，我在听他说这个的时候我们又干掉几瓶啤酒，然而故事到最后的时候我怎么也没有心情喝下去了。我觉得咽下去的啤酒的凉气从脚跟慢慢冒上来，逐渐渗透我的每一个细胞里，让我冷得浑身颤抖。鲁诺说完这个故事的时候头低下去，似乎再也没有精力做出多余的姿势、说出多余的话。

我只是想要打破这样沉默僵冷的气氛，我拿起筷子尝试要去夹火锅里的菜。

“把最后的菜吃了然后走了吧。”

我发现我的手不受控制地微微颤抖，我拿筷子在黏稠红色的汤汁里搅啊搅，之前放下去的白菜已经完全沉没下去，变成了一堆碎渣。我不停地搅啊搅，我也不知道为什么，但只是觉得一定要做一些动作才行，哪怕是无意义的，可是我逐渐发现，筷子仿佛也搅动着我眩晕的感觉，之后地平线也开始变得不稳，我越来越想要吐，最后叹了一口气。

“走吧还是。”

我把变成思想者的姿势的鲁诺抬起来，我们互相扶着肩，我们走在稀疏零落的街上，摇头晃脑，像两个没有家的野鬼，头顶上是橘黄色的路灯的光，透过密密麻麻的槐树枝温柔地洒下一些来。后面的偶尔经过的骑车的路人疯狂地按着铃，只差一厘米他就要撞上我。远处的小孩赖着坐在小卖部门口，哭着喊着叫妈妈买一包巧克力给他。

直到这个时候我才开始彻底享受着我们之间的沉默，我开始理解一些事情。我搂着鲁诺，像搂着我的女朋友一样，我知道我们什么都不必说，不会暗暗再苛求他和我说他的故事了。他这次来只是短暂地停留，哪怕他下次来一句话也不说他也仍然是我最好的朋友。我们只是需要简单的寒暄，然后一瓶一瓶地开啤酒，各种品牌的，洋酒也好，倒酒，碰杯，喝下去，咕噜咕噜，再开一瓶，喝到整条街都没人在走了，喝到忘记白天都做了什么，从哪里来要去哪里，这样就可以了，足够了。

我叫了一个车，正准备把鲁诺塞进去的时候，他坐了进去，然后突然从幽暗的车厢里面伸出头来问我。

“如果是你的话你要怎么做，你会报警吗？”鲁诺问我。

“我不知道，我刚才就在想，我真的不知道。”我想了一会儿，但是不长，也就几秒，然后回答他。

鲁诺点了点头，还是钻进去，跟我做了一个挥手的手势。然后我把车厢门关上，看着车缓缓地动起来，然后逐渐变快，最后消失在黑夜里。

微小的部分

○镜子

“要是能逃离这个世界，在镜子里的世界多好。”她这么想的时候，把手伸向了洗手间挂着的大镜子，没想到真的伸进去了。她整个人都跳了进去，里面的世界空旷得很，一个人都没有，她为此愉快地跳起舞的时候，一阵风刮来把镜子吹到了地上碎成碎片。从此，再也没有人见过她。

○小丑

小丑老了，再也没有力气演下去了。他看着终于谢幕的灯光逐渐黯淡，直到一片黑暗，他没有悲伤，只是照例平静地看着在他面前出现时光机的门的入口，入口的那一边是二十年前的那个辉煌夺目的舞台。他犹豫了一会儿，强挤出在观众前出现的招牌式笑容，最后还是义无反顾地跨进了那道门，开始他第二十五个陈旧却崭新的人生。

○猫

老旧的医院里住着一只猫，每次当病人病情危急到再也撑不住的时候，它就悄悄地蹿到病人身上，把疲惫不堪的灵魂吸走，让他们再也没有痛苦地死去。而猫也慢慢老去，直到它的身体也托不住灵魂的那一刻，身体里所有被吸进来的寄存的无数灵魂，闪着光芒，慢慢地向着夜空上面飘去，变成新的、点缀天空的繁星。

○手

她无处可躲，抱着孩子不停地颤抖着哭泣着，手中的襁褓里是刚刚满月的孩子。这是一个没有希望的中午，天空下面没有一丝阳光，在乌鸦群凄厉的叫声中，日本人进城，开始了惨无人道的奸淫屠杀，他们像豺狼一样恶笑着闯进每一个破落的民家，见人就杀。她听到日本鬼子的脚步声越来越近，心中的恐惧如阴影一样成倍放大，带着哭腔轻声安慰着孩子："好的……好的……没事的。"小婴儿在襁褓里不解即将到来的灾祸，却还是甜甜笑着。日本人终于破门而入，看到了躲在墙角瑟瑟发抖的她，淫笑着一把把她拉了过来，孩子仍在她手中，却由于剧烈的颠簸开始哭了起来。一个日本鬼子硬要把她拉出门外，另一个日本鬼子已经在门外举起了枪。"留下……我的孩子……"她明知道已经逃不了，出乎意料的是她用尽了全身的力气伸出左手拿起了桌上的刀，刺进了日本鬼子的腹里。紧接着又把刀拔了出来。把自己抱着孩子的右臂，生生砍了下来。

浓重窒息的硝雾散去，街上已经是空无一人，她的家里满目疮痍，遍布惨不忍睹的血迹，只有屋里的角落，刚满月的婴儿抱着她的那只砍下的手臂，熟睡着，仿佛正在做着醒不来的美梦。

○画

中午在市场上买了一幅油画，画上是一只憨态可掬的小乳猫玩着线球，神态很生动，我高兴地挂在了客厅里。午睡起来，突然发现画有点异样，线球似乎离小猫远了一点儿。几天后我踏上了出国留学的旅途，一去就是半年。回来的时候，我吃惊地发现那幅画上，当初的那只小猫长大了，而那只线球，已经不见了踪影。

○萤火

"人死的时候，生前的回忆和愿望会化成萤火虫，继续燃尽它们最后的光。”他说，我俩困在黑夜的雪山中，周围只有黑暗和凛冽雪风。“这样下去我们都会死。”他说完把一把匕首笔直地插进心脏，突然一大股萤火虫从那里喷薄而出，形成像极乐世界一样温暖的光，那光笼罩着我，一直向山下延伸下去，那是通向生命的路。

○金鱼

某一天惊奇地发现有金鱼在我面前游动，它似乎在空气中肆意来回穿梭，骄傲地炫耀火红的鱼鳞，而我想摸却也触及不到它。究竟在哪呢？晚上睡觉的时候突然之间觉得眼睛剧痛，痛得我失去意识昏厥过去。第二天早上起来，日光温暖地射在房间，我看不到那只金鱼了，却突然发现枕边躺着一条微小的金鱼的尸体。

○戒指

在水中快要淹死之际，突然觉得后面有一只手在推我，靠这力量我游回岸边终于得救。回头却发现江中根本没人，而脚趾上套了一只银戒指。几天后江中被捞起一具腐烂的男尸，调查是半月前镇上一个准备结婚却不幸遭意外溺死的男子。在想到了什么后，我把戒指轻轻地放在那名男子未婚妻的家门口，但愿她能够看到。

○玫瑰

我跟那位美女一样，之前总是很喜欢去买街角那家花店的玫瑰，那是与众不同的像心脏一样血红的炽烈的颜色，有一种仿佛生命燃烧的美。然而自从无意听到店主热情地邀她去参观玫瑰种植园后，我就再也没有见过她。听说某天那家店突然被警察包围，店也易主了。而以后买到的玫瑰，再也没有那样璀璨的颜色了。

○稻草人

那个下午，为了建商品房，推土机推过了早已荒芜的农园，推平了其中一幢木制破旧小屋，它属于一对老夫妇，然而没有人知道他们去了哪儿，有人说他们死了，尸体在哪儿都找不到。推土机最后推过了农园边缘的两个稻草人，它们被狠狠地铲起然后被丢到一边倒在地上。没人注意到，在它们脸部的位置流出了晶莹的泪。

○沙

沙人在夜里步履蹒跚地向那扇亮着灯的窗走去，看到那个生病的小男孩孱弱地躺在床上。沙人想，他再也不能和我在小沙堆里玩了吗？它决定敲几下窗子，刚敲了一下，突然刮起了一阵狂风，沙人整个被卷到了风中变成了四散的粉末。小男孩听到了动静，睁开了眼，发现了月光照映下的窗台，几颗晶莹的沙子正在闪闪发亮。

○机器

为了防止超越人类智能，国家在这天发布了禁令，下令收回销毁所有的具有高度智能的机器人。它看着眼前的流水线碾压销毁机器，安静地躺下，机器碾过身体的时候发出刺耳的响声。四分五裂的零件被扔到垃圾箱中。里面有只几近破碎的机械手，紧紧握着一块存储芯片。没人知道，那是它在人间仅存的最珍贵的记忆。

○目

他是我一个不喜欢的同事，我总是暗自觉得他脏脏的又有点猥琐。“为什么总是不懂别人在想什么，尤其是女孩？”我清楚地记得那天聊天他跟我抱怨。“要是能知道别人脑海里想的就好了。”今天下班的时候他急匆匆地狼狈地向我冲来，“我好像能看到别人在想什么！别人想的事都会清楚浮现在我眼前了！”“哪有这种事？”他不断向我诉说。真讨厌啊发疯了吧我还在忙呢，我心里想。之后的几天每当经过他面前，他都会以惊讶的表情看着我，随即转过头去好像在自言自语。这样不正常的几天过去后，突然他再也不来公司了。“他在家自杀了，可惜了，他一直喜欢你的。”一个别的同事和我说。我一惊，好像突然明白了什么。

○二重螺旋 I

我之所以相信有另外一个世界和另外一个我存在，是因为我偶尔能隐约看到那个世界的事情，比如在写试卷的时候，就能隐约看到另一个一模一样的试卷的虚像，虚像的试卷上也是我的名字。“他也和我在考一样的试呢”。我想。所以遇到不会答的题我会故意写得慢一点，看看那边的我写的作为参考，这样每次都拿到了难以置信的高分。“看来那边的我，成绩比较好呢”。在中午吃饭的时候，也会看到一个模糊的影子。“啊，原来那边的我吃的是咖喱啊”。上生物课的时候，看到了 DNA 的模型，我突然明白也更确信了这件事情。两个世界的时间线好像二重螺旋一样，永远不会交汇，只是中间有一根细细的几乎看不见的线联系着。

○二重螺旋 II

放学后我经过河边，夕阳暖暖地照在身上。突然，一个在河边玩耍的孩子“扑通”一声掉进了水里，他奋力地挣扎着踩着水花。我不会游泳，但是按照本能反应，我还是跳进了水里。这样做的结果是我和孩子都在水里挣扎着，随时就要沉入水底淹死。就要被呛入的水弄到失去意识之时，突然不知道从哪里伸过来一只手，奋力地把我和孩子推向岸边。等我反应过来的时候，我和孩子已经湿漉漉地躺在岸上了。我发现我旁边留下了一张纸条。“以后不要太逞能了”。字迹和我的一模一样。

我感觉在那一刻，时间线被拧在了一起。所以我们真的相见了。我想向那个我道谢，但后来我再也没有见到另一个世界的虚像。但我知道，一定有办法，将我们联系在一起的。

○舌

从那次手术出院之后，我的身上发生了不可思议的事情。无缘无故地在嘴里会漾上各种不同的味道，仿佛真的在吃一些确切的东西，但是实际上却没有，而实际上品尝的食物的味道却一点也感受不出来，这让我困扰不已，连吃饭也没有了胃口。比如说，在外面好端端地在街上走，舌上却泛起一股辣味，紧接着各种肉啊菜啊的味道甚至触感接踵而至。我有一种荒诞的猜想，我的舌头是别人身上的。

周五的中午之前在医院的同病房的病友说想要和我聊聊，她也遇上了让人困惑的事情。我们约好在街角的咖啡馆见面。然而在我见她之前，我就有了一种莫名的预感，关于我的和她的困惑。在刚要踏进咖啡馆的门口的时候，我的舌尖突然被一股柔滑的卡布其诺咖啡味牢牢地攫住。我立马冲了进去，看到我的病友果然在喝着一杯卡布其诺咖啡，静静地等着我，这马上证实了我的猜想。

是的，我们的舌头，被调换过了，在医院的时候。

岩石之下

在夜里的那一场地震之后，村里的所有人都被埋在了地下。

日光照射进来的时候，一半的人已经去世了，他们被建筑的巨大的钢筋和山洪带下来的泥水，死死地压在了不见天日的黑暗里。有些人一瞬间就失去了生命，另外一些人和死神赛跑了一会儿，最后还是遭到了命运的永恒的嘲笑。另外一半的人被压在石头下面，大部分的人半截身子露出来，像一只只被按住尾巴的龙虾，哪里也去不了，只能用上半身进行着基本的活动。其中有一些人没夜没日地哭喊，身体失去了水分、失去了力气，最后也是沉默在了永恒的绝望和悲伤面前。

最后生活着的那一批人，大概是拥有最顽强的生命力的，像沙漠中的仙人掌一样。在五天、十天之后，他们逐渐习惯了这样的生活方式，他们的上半身露在重重的废墟里，下半身的骨骼或者肌肉被死死地嵌在了建筑物的钢筋和水泥块之中，日子久了，似乎形成了人的身躯和无机物所组成的诡异的嵌合体，在围绕着愁云惨雾的废墟上坚强地生长着。日子久了，他们都忘记了怎么哭，反正流泪也是耗费能量且无用的一件事情，活着变成最简单又最意义重大的事情。反正也没有别的事情好做，他们会和过路的人大声打招呼和攀谈，路人也会过来给他们提供生活的帮助，给他们水和食物，而他们通过下半身岩石之间留给他们的隙缝来排泄。在下雨的时候，别人会给他们的身边支起一把把伞，在周围盖上七彩的塑料布，以防止雨水落入身体的伤口造成腐烂。村子很小，他们被埋得都离得不远，彼此都能听到彼此的说话，而埋得最近的两个人甚至可以打牌，他们也可以给彼此梳头，把对方脏了的脸擦一擦。间隔远一些的人就不是那么方便，不过每天总有很多很多的路人和专程前来帮助他们的人，给他们吃喝，给他们擦脸和洗头，最后陪他们聊天聊很长的时间，所以他们也都不那么寂寞。晚上他们会看着猎户星座在黑夜的天空中慢慢地移动，从春天到冬天他们维持着一样的姿势看着。

事实上，大家一开始都哭着喊着想要出去，可是救援的团队看到他们的情况也都心里打鼓，一来他们并没有那么高的技术能把他们搬出去；二来，压在底下的人一旦被抬出去，压迫受损的组织血液重新流动起来，会给身体造成致命的负担，他们很可能就会渐渐死掉。最好的情况也只是把他们的下肢整个锯掉，然而废墟的医疗环境不可能做到。所以所有的救援组织都不敢贸然行动。

慢慢地，埋在底下的村民们接受了自己的处境，毕竟时间像是镇静剂，再怎么样的心也会麻木的，他们只是等着它起作用的一群可怜人而已。从灾难发生之后，他们现在接受着不计其数的关注，不停地有电视记者会出现在他们面前，让他们面对着摄影镜头出现在全国人民的电视机前。哭着的长发女记者会声情并茂地给他们每个人念来自全国的祝福和鼓励，他们的周围摆满了鲜花，没几天就被迫要丢掉一些又换了一些，以防止花的腐烂，也是为了在摄影机前好看。会有心理医生来叫他们做冥想排解掉压力，也会有从山上的寺庙的佛教徒来给他们念经超度死去的同胞们，甚至有从各个国家来的外国人，带着翻译来看他们，宣称带来某某国家总统的慰问。

在这段时间里，他们觉得比几十年看到的人还要多。当然，他们会有最高级的食物供应，只要他们想要吃什么，一定在第二天就会有专机从很远的地方送过来给他们，还是热腾腾的，因为他们被压在下面理应得到最高的同情，因为他们本应该像同胞一样差点永远地死掉。他们是奇迹和希望的结晶，关注和赞美是自然而然的。他们每个人都有专门的网站和微博账号，有专门的人进行采访直播录入他们的感受。每个人有专门的捐款账号，他们可以看着给他们捐款的人的名字滚动着，他们的账号里的钱呈几何级地飞快增长，而最后他们当然是看腻了，毕竟那些只是数字而已。

最后他们不需要雨伞和塑料布了，每个人被埋的地方，被用轻型的建筑材料修起了漂亮的小棚屋，里面配备了科技公司专门为他们研发的，最新型的电子辅助设备。只要他们一按其中的按键，就会有专业的帮助人员火速出现在他们面前，二十四小时待命满足他们的所有需要。

这些被埋着的人，他们有的是农村的妇女，有的是在外面打工的工人，有的是小偷，有的是穷得上不起大学只好种田的年轻人。他们之前的人生惨淡如云，甚至吃完一顿就要盘算下一顿的来源，他们一辈子都没有上过电视，没有见过外国人，没有吃过这么好的东西，更没有那么多钱在他们的名下。渐渐地，他们在嘴上会装出痛苦的表情，对着别人诉说自己的心情，可是心里，他们都不想出去了，出去意味着回到原来的生活，意味着再也没有人看你了，而最可怕的是死亡，他们能看见每晚死去的亲人的亡魂，缠绕在黑漆漆的废墟之间，他们每个人都故作坚强地说要活下去，他们似乎也比每个人都害怕死亡。所以他们不想冒这个险，最重要的是，虽然不能动，可是现在的生活已经挺好的了，也许不能再好了。

他们其中的有个年轻人叫作D，他是他们之中唯一的异类，他也没上过什么学，十几岁起就在村子里帮忙收菜，可是他喜欢看书，这让他的思维和全村子里的人都不一样，这也让他屡遭嘲笑，他的不切实际的梦想，有些说出来的话让村里的别人觉得他是精神病。在埋着的时间，他会一遍遍地要求救援队把他救出去，不停地扒住别人的手，流出真诚的眼泪，他是真的想要出去，别人问他想要出去做什么，他说他还没有看过沙漠和海，也没有去过大城市看到高楼和车流，他想去看看。这个时候别的埋着的人就笑了，别人说你出去会死掉，可是D说他并不害怕，哪怕一秒活着都值了，这个时候别人又笑了起来。一个村子里埋着的老者，隔了很远情绪激动地向D喊话，劝D趁早抛弃这样幼稚的不成熟的想法，并劝D要知足，这个时候D都会用沉默来抗议，慢慢地村子里也没什么人愿意和他说话了。

日子就这样过去了，一年又一年，来村子里的人只增无减。有些人打着志愿者的名号，结果拍着照转了几圈就消失了。更多的人似乎是带着游客的心态来到村子里。女孩子们看见被埋着的人们，仿佛进到了动物园看到了珍稀的白老虎或者企鹅，远远地射过来惊奇的目光。被埋着的人会和来的人合影留念，甚至会索取他们的签名，他们挤出如偶像明星式的微笑，他们不知道的是他们的签名照片在网上也被高价贩卖。他们的专题节目被全世界流传，被做成了纪录片得到了奖项的肯定，全国中小学生的作文上不停地出现他们的名字，他们的故事是“坚强”“善良”“勇敢”等作文题目的最佳模板。渐渐地，他们村之中有文化的一群人，开始盘算着如何让更多的人来这里，要把自己的劣势化为优势，他们要当作一门生意来做，几个人甚至为此吵了一架，他们在盘算着为这个村申请国家级旅游景区，毕竟这是在别的地方哪里都看不到的景色和“人文”奇观。他们选了几个人要成立景区公司的董事长和经理人，他们还在盘算着更宏大的蓝图，最终这个地方要国际知名然后上市。他们说自己是困在泥洼和沼泽里的鹌鹑，可是拥有着白天鹅的梦想。每当一伙人在废墟之间激动地滔滔不绝地说着这个的时候，D 都不说话，他心里只有一个念头，他还在盘算着怎么才能出去，他问每一个来村子里的救援者、志愿者和普通访客，每天都问，可是他们都只是摇摇头说帮不上忙。

终于有一天一队穿着橘色衣服的救援者，过来对他们说他们从国外借来了最先进的岩石粉碎机，可以帮助他们出来，但是还是要送到镇上的医院马上进行手术，也就是说这段时间内有死亡的风险。救援人员问他们谁愿意第一个获救的时候，所有人都沉默了。他们看着彼此，露出了尴尬的表情，畏缩地看着一边，而其中只有 D 兴奋地握着手中的碎石，高高地举起了手。

救援 D 的那天，工作半夜就开始了。这个时候村子来了比往常更多的人，所有的电视前都进行了铺天盖地的不间断直播。从半夜开始，救援人员把钻孔机架设在压着 D 的那一大块岩石上，电机轰鸣，火花四溅，四个小时后岩石终于出现了裂缝，灰色的粉末在空气四周，随着断裂的声音喷薄而出，整个岩石裂成了两半，从左右的废墟中分别滑了下去，最底层的 D 的腿露了出来。这个时候救援者七手八脚地把 D 抬出来抬上了担架，D 兴奋极了，虽然他的下肢整个被砸扁了，血和肉凝固在一起，但是他一直在说话，他不停地对记者说着要去这里、要去那里、要去看海、要去远方的草原。他的脸上挂着灰尘，抹去灰尘底下阳光照耀一样的微笑，D 说他感觉很舒服。村子里被压着的其他人也一直紧张地远远看着 D，带着狐疑的不确定的表情，仿佛检查着自己一场昨天的梦境。而在担架上，D 逐渐开始说着不着边际的话，说要去宇宙，在上边开一家图书馆，在火星和月球，海王星上边也有森林，宇宙之外有另一个宇宙这样的语言，他失去了组织和逻辑，声音也开始慢慢变小。医护人员意识到事情不妙，赶快给他做人工呼吸，而这个时候医护车还没有被准备好。最后终于，D 还是死去了，轻轻地闭上了眼，带着一缕微笑死去了，好像睡着了一样。所有医护人员和围观者都哭成了一团，而其他的村子里被埋着的人，心里终于轻轻地松了一口气，他们彼此望望，带着隐秘的透彻而满足的神情，然后像潮边的寄居蟹一样，慢慢地缩了回去，回到自己岩石和灰烬的穴里。这个时候天就快亮了，橘色的微光从远方的山上射过来，新的平常的一天又开始了。

黎明之前

不到6点，北京春天的朝阳，倚靠在环路旁边密集的筒子楼上。杨萍和李禹夫妻坐在一辆破旧的白色面包车上，飞奔在宽敞的四环路上，40岁的李禹开着车。杨萍昨夜又没有睡好，带着疲倦又忧虑的眼神看着窗外，没有多少车行驶在宽敞的灰色马路上。而路边，如同鸽子笼的高楼里，一些窗户反射着东边正要升起的朝阳，变得灿烂夺目，而没有映出阳光的窗子则像冰冷的黑箱。这些窗子的共同点，就是都死死地关着。里面的人，似乎唯有这样被严密地阻隔在里面，才能得到安全感。拒绝车辆鸣笛，拒绝粉尘，拒绝雾霾，拒绝初春的微冷的空气。离开家之前，这个城市的真实的面孔，突然从窗户的缝隙钻进来。杨萍看着这些高耸的房子，它们是没有感情的，淡薄的颜色，但是她做梦都想拥有，哪怕是那么一小套，一家人拥挤热闹地住在里面，最好是高层，这样就可以俯瞰这个城市的熙熙攘攘。而且她想着自己要是能够拥有这样的房子，一定要装上厚厚的玻璃窗，双层的，隔音的，冬天就要严严实实地关起来，这样就不会冷，睡觉的时候，孩子也不会被外面的卡车声半夜惊醒。不过如果只是他们夫妻俩，这一切倒是无所谓了，杨萍也知道，按照他们夫妻现在这样的生活状态，他们永远也不会拥有那些窗背面的陈设和风景，所以她只能这样痴痴地看着，看车奔驰在马路上，在这样的高楼房屋，在车窗上一闪而过的时候，做一场很快就到终点的白日梦。

他俩坐的车座的后面，紧紧地压着一大堆各种各样的蔬菜和水果，多得让这辆车似乎随时要挤出窗外一些东西，更不要说多坐一个人了。

杨萍和李禹夫妻俩在社区里开了一间果蔬店，每天早上五点他们都要起来，开车去四十里外供应菜的基地拉货，这样才能正常地让这家店运转。蔬菜和别的商品不一样，新鲜是第一位的要求。到了夏天下午，白菜的叶子就开始垂头丧脑、萎缩变黄，所以这简直像消防员一样，进货是争分夺秒的工作。他们必须在七点半之前把所有的菜和水果从车上卸下来，规规整整地摆好在货架子上，然后等待着早起的顾客来采购，期望尽可能多的顾客将蔬菜和水果，在它们坏掉之前一扫而空。

而在他们开车把货运送到菜店之后，开店之前还有一件事情要做：叫两个孩子起床，叫大的那个去读书，给小的那个去做早饭。他们一家五口人：杨萍，李禹，两个孩子和他们的奶奶，住在这个高档小区的两间地下室里。小区租金平均都在七千元以上。因此这两间每间四五平方米的地下室是他们的庇护所。地下室是物业提供给他们暂时居住的，它们一般是作为居民的仓库用，没有窗，没有阳光，没有水，厕所只能用公用的，洗澡要去整个小区保安的公用洗澡间，夏天要排半个小时才能洗十五分钟。洗衣机在外面，好几户人共用一个，电饭煲也架在阴暗的楼道里，杨萍和老公及两个孩子挤在一间屋子里，孩子奶奶怕吵，睡在另外一间。别人不要的两张单人床板拼在一起变成一张大床，四个人并排挤着睡觉，身贴身地挨着，不然一定会被挤到地下。孩子抱怨挤得满身出汗的时候，李禹就在地上铺个毯子睡到硬得硌人的水泥地上去。楼上居民享受着从东边来的朝阳，睡得正香，夫妻俩却像地穴的蚂蚁一样开始了一天的工作。

七点半了，杨萍摆好了货物，开了店门，就有几个老太太从门口走进来买菜。她们都是早上散完步再顺便过来买点菜，红的西红柿、绿的青椒、紫色的茄子。杨萍站在柜台，热心地拿出塑料袋帮他们仔细地装起来，可是她却觉得自己怎么也不像往常一样，充满了活力，精力怎么都用之不竭的感觉，一会儿她就觉得累了。这个时候她看到门外的样子，几个小学生穿好了校服，戴上了红领巾，握着大人的手，背着书包往车库走去，准备去上学，脸上写满了期待和喜悦。这个时候悲伤从杨萍的心上慢慢溢上来，浑身的力气像被扎了孔的气球一样慢慢泄下去，她的动作越来越机械，笑容越来越僵硬，昨天晚上的记忆从脑海中浮现出来。

昨天半夜，杨萍死活都睡不着，反反复复地翻着身子，想着那件事。她看着打着呼噜、睡得正香的李禹，越看越火大，于是轻轻地从床上起来，把李禹拍起来，李禹像是被雷劈似的一惊，身上的肥肉一抖。

“干吗？”

“你起来，走廊。”杨萍的声音刻意保持很小，轻得像一缕烟一样，怕吵醒孩子。

李禹被杨萍拉到走廊，门关起来，李禹还是迷迷瞪瞪的样子。

“干吗呀？”

“你说怎么办呀？”杨萍在黑暗中说，声音带着颤抖。

“什么怎么办呀？”

“孩子上学啊，30 号再弄不成，就上不了学了。”

“我知道啊，你半夜把我叫起来也办不成事儿啊。”李禹说。

“你能不能上点心啊？”气恼着老公，不经意间杨萍的眼泪从眼角滑下来，掉在黑暗的空气里，从远处微弱的灯光反出一点儿亮来，被李禹看到了。

“我不是这几天一直在想办法呢。”李禹带着安慰的口吻。“咱们睡觉去，明天我再去找找人，中介那儿我也去问问。”

“你认识几个人啊，这附近。”杨萍充满气馁。

“行了，”李禹说，故意装出一副宽慰的样子，杨萍也知道他心里也急得很。“先睡吧，醒了再想办法。”

李禹搂住杨萍的肩，在黑暗中像是相互接驳的两条船，一前一后地安静地划进房间。两人蹑手蹑脚地爬上床，又躺了下去，不一会儿就听见了李禹的鼾声。杨萍还在睁着眼，皱着眉头想着种种，她知道躺在这儿怎么想也没有用，可是她就是控制不住。外面皎洁的月色从窄小窗户的缝隙射进来，照在她疲倦焦虑的脸上。

8 点，社区的花园广场上，绿意盎然，几个穿着白衣服的老人用音响放民歌音乐，伴随着这样的旋律舒展着身体，打着太极拳。广场旁边有一条小道，几个老太太由保姆陪着，拄着拐杖慢悠悠地走，一边走一边聊天，对他们来说一天最大的运动量都来自早上的这半个小时的走路。因为是高档小区，所以这里的绿化率远超一般小区，配套的设施也是最好的，她们觉得能从绿色汲取的纯净氧气有助于健康。但是，突然其中一个老太太看到了远处，那里不知道什么风景，让她皱起了眉头。

“你看，那个杜，她又在那儿了。”

在一片楸树下有三个用颜色区分的分类回收的垃圾桶。垃圾桶的盖子开着，旁边一个穿着灰色宽松衬衫的、弯着腰的老人正在专注地趴在垃圾桶边缘，费劲地往里攀着。她的手在里面不停地翻动着，寻找着什么。过了一会儿翻出了一个巨大的纸盒子，她的左手和右手吃力地把纸盒压扁叠好，然后放在旁边的地上，显然那里已经有了不少她的“战利品”：一些药盒、几块用过的脏兮兮的毛巾，甚至一把破旧的二胡。

“那个是二号楼的杜阿姨吧？又在捡了。”散步的某个老人悠悠地说着，带着些许嫌弃的口吻。

“是啊，每天早上就这个时候。”几个老人议论起来。

“她家里是怎么了，需要捡这个？她家里人不反对啊，多脏啊。”

“她就一个人住，老伴早就去世了，女儿也不和她住，听说挺困难的，退休费没多少。女儿在天津当老师，一个月也挣不了多少，自己还得付房租什么的。”

“都住上这种小区了怎么会困难呢？把房子一卖不就什么都有了？”某个老人诧异的眼神。

“哪能啊？人家女儿还没结婚呢，以后这房子给女儿的。”语气仿佛在嘲弄着天真。

几个老人同时沉默，似乎想说什么再也说不出来了，空气中弥漫着些许窘迫，但是这种窘迫里又夹杂着大量的同情和理解。这个时候捡破烂的杜阿姨抬起头来，似乎结束了早上的搜寻，她左右手同时拿着一堆花花绿绿的废弃物，视线向几个老人这边扫过来，仿佛知道了她们谈论的对象。几个老人也不约而同地看向另外的一边，避免着尴尬的视线交集，也许再互相对视也会被捕获，捕获他们内心也有的恐惧，恐惧被发现，除了拥有更多的财产，也许他们的内心想法和杜阿姨别无二致。到了意外的时候，也许有一天自己也会像她一样，从垃圾桶里拣出别人的一把破椅子，回家擦擦就用，这也是有可能会发生的事情。

杜阿姨其实也不愿与她们为伍，自从老伴去世之后，这么多年她一直一个人过着，过着我行我素的生活，老人的生活其实就是那么单调：其他的老人会去参加各种理疗和健康讲座，在这些结束之后会签约和购买各种保健产品。这个社会充满了利用老人的焦虑设下的陷阱。杜阿姨觉得自己比他们要聪明，所以从来不信这些，也许她信的只是自己，她只要守护着囤积着这一切，就获得了愉快。等自己过世的时候还有她攒下的这些家当能卖一卖，然后连同房子一股脑给女儿，以完成伟大的继承，是她的终极的期望：反正人都是要死的，两脚一蹬，两眼一闭，什么都带不走。她早就想开了，别的老人去哪里买房或者旅游的时候，她就在家看电视，这是最不需要成本的活动。她回到了家，一股陈旧的不可言说的刺鼻气味扑过来，似乎是一种氨水混合着旧报纸的气味，不过她早就习惯了。把捡来的东西里面的纸箱叠一叠，放在客厅里的角落，她的家里在白天从不开灯，昏暗的空间里，诡异地同时保持着凌乱和整洁两种状态，凌乱是因为堆满了各种捡来的杂物，几乎没有落脚的空间，但是整洁又是因为她能把这些东西整理成一堆堆，各自安好地安排利用着空间，占据彼此的位置，互不干扰。她的家里几乎没有什么家具，一张破旧的红色尼龙布沙发，一个三十英寸的电视放在简约的电视柜上，一张圆形的旧木餐桌。这几年一直是她一个人吃饭，所以这样的圆餐桌对她来说还是有些大了，有天她也许会卖了换一个小的，不过她也知道不会有这一天，她永远不会卖这些东西，她要把所有的都尽可能留下来给女儿（因为她还没有嫁人），囤积对她来说有一种仪式感，已经形成了她生活的意义。

她把捡来的二胡用抹布擦了擦，笑了一下，小心地放在墙角，然后拿起一个碗盛了一碗粥，伴着咸菜慢慢地吞了下去。吃完了早餐，杜阿姨从柜子里掏出一瓶药，小心地捻出一片，伴着白水吞了下去。她五年前得了心脏病，需要一直吃这种药控制着。然后她慢悠悠地坐到沙发上，打开电视看着戏曲频道，津津有味地看起来。从房门口打开的话，只能够从一堆箱子和瓶瓶罐罐的杂物之间看到杜阿姨的满头白发，伴着京剧的唱段在暗淡的光中慢慢摇晃着，这就是她的简单而安稳的一天。

杨萍苦着脸整理着埋在箱子里的葡萄，她把最好看的摆在上面，然后把底下一粒粒的快要烂掉的丢进垃圾桶。她在做这些的时候，文文上学的事情不断浮上心来，好像葡萄上的白色糖霜，擦了干了又出现，让它们斑斑驳驳不那么透亮，让所有美丽的事情都不那么完美。她心里最坏最坏的打算是，如果没办法找到人帮他们，他们就只能送文文回山东读书，让大嫂照顾他。可是，自己不能陪伴在他身边看着他成长，是莫大的遗憾，更可怕的是文文以后自己会怎么想，他的哥哥武武已经在北京上了小学，教育的天差地别让他们一定会见识不一样，文文长大了会不会恨妈妈，会不会恨哥哥，恨他们没有让自己留在北京接受好的教育，万一以后他成为了一个平庸没什么出息的人，这件事会不会成为他一辈子的阴影？会不会永远地拿这个作为要挟，记恨着自己的父母，记恨着自己的哥哥？想到这些，恐慌像是胃中泛上来的酸水一样，让喉咙都灼得生疼，她胡乱地摆弄着葡萄，也顾不上好的和坏的了，只是像丢了魂的人一样，手也不知道被什么控制着，她的灵魂早就跑到外面去了。

这个时候一双粗糙的手伸到她旁边，放在葡萄上，杨萍的思绪这才猛地被拉回来，被旁边的手吓了一跳，身体都抖了一下。

“怎么了，魂不守舍的？”旁边的声音。

杨萍看到旁边的是居委会主任魏大姐。魏大姐和她差不多年纪，是个好人，当这个小区的居委会主任已经快十年了，当初正是她准许他们夫妻进小区开便民菜店，目的也是方便居民，而看到他们生活比较困难，就和物业商量，减免了他们开店的全部房租。后来看到他们没地方住，就又和物业公司商量着让他们住在地下室里，然后又砍了一半他们俩在地下室的租金。这样一来，让他们夫妻的生活成本降低了快八成，他们才能勉强地立足在北京这个贵到吓人的黄金地段。

魏大姐的眼神专注在葡萄上，久久没有移开，可是当眼角的余光看到杨萍的表情，似乎不那么对劲儿，就渐渐地转过头来看她。

“没睡好？脸色这么差？”魏大姐关切地问。

“这葡萄新鲜，刚到的。”杨萍装作若无其事地说，“没事儿。”

人遭受着痛苦还要不得不假装镇定，这个时候心理是最为脆弱的，因为掩饰住情绪本来就是更加消耗能量的行为。杨萍终于绷不住了，眼泪突然不受控制地漫出了眼眶，她赶紧转过头去用手抹了抹。魏大姐显然发现了什么，扶着杨萍的肩，杨萍转过来，拼命挤出笑。

“怎么了？有什么事儿？”魏大姐问。

“没事儿。”杨萍脸皮薄，不想让自己的事情被别人知道，成为别人的负担，虽然魏大姐是个好人。

“你都这样了，什么叫没事儿？你跟我说说，有什么事？我们居委会，我都能帮你啊。”

杨萍听到了帮你这两个字，突然觉得有那么一丝安慰，像溺水的人看到了有人远远地游过来救她，她的泪水随着委屈又一次决了堤，在魏大姐面前。

“到底啥事儿，慢慢说。”魏大姐刚硬却和蔼的面孔。

“就是那个，我怕我家文文上不了学。”杨萍的眼泪像小溪一样流，但是她又怕别人看到，拼命地捂住脸。这个时候菜店里其他买菜的人看到了，好奇地瞟了一眼，杨萍话匣子打开了，“今年不是新出一个政策吗？外地人要在北京本地租正规的房子，有租赁合同，出示有户主的户口本，之后还要核查，看你是不是真的住那儿，子女才能有小学上，不然只能回去原籍。之前还没这个规定。我们住在地下室里，我问教委，教委说住地下室不行，不算正式的住所，所以小孩上不了学，没资格。这个资格审查十天后就截止了，过了这个期限就上不了小学了，现在还没找到人愿意帮我们的。”

杨萍滔滔不绝又含糊不清地把一切都倒了出来，然后停顿了一下，喘了口气，接着无助地说：“您能不能帮帮我？”顺着焦急的情绪，杨萍自己也不知道怎么就说出这么一句话，她说出来立马就后悔了。

魏主任先是愣了一下，想了想，看了看周围，然后拉着杨萍的手走出了店门，“咱们去外面说吧。”两人走到了菜店旁边的拐角处，确定没有别人在听，才继续了对话。

“你是想用我家的户口本帮你孩子登记入学？”魏主任微微皱了皱眉头问杨萍。

杨萍之前根本没想到这个点子，但是魏主任主动提了出来，杨萍就如同黑暗中看到了光一样，仿佛有了希望，就点了点头，拼命地攀住。“嗯，那个，我们能借您家的名额用一下吗？”

“你听着，今年的入学的新政策我知道，你的情况我也都知道，”魏主任看了看旁边，杨萍的儿子文文，此刻和别的孩子嬉闹着，他跑着跑着躲到一个小树丛的后面蹲起来，带着狡黠又天真的笑不断地看着旁边。这个时候另外一个孩子发现了文文，跑到树丛那里一把把文文拉出来，两个人在地上滚作一团，衣服上一下子就沾满了灰尘和泥土，“不许闹！你看你，还在地上蹭！你等着回去我打死你！”杨萍也看到了，不自觉地大喊起来。文文看见妈妈，一下子就和小伙伴往远处跑，像两只被撵走的小老鼠。“这调皮的孩子。”

“你想用我家的户口本，我和你说，”魏主任慢慢地，一字一句地说，“不是不行，我要是不当这个主任的话，我的户口本肯定借你用。但是你要知道，你要用我家的这个名额，实际上你不住我家，等于作假，之后教育局的人要上门来核查的，要是发现居委会主任帮忙作假，你让我以后怎么做工作？你知道的，”魏主任说，“我不是不想帮你，但你得替我想想。”

杨萍的脸一下红了，羞赧一下子从后背蹿到脸上，她就知道，刚才都不应该和主任说这档子事情，主任已经帮了她这么多，她突然觉得自己是个得寸进尺的人，可是又不知道说什么，只好在原地默不作声，窘迫的情绪让她恨不得马上找个缝儿钻进去，可是说出去的话就像泼出去的水。

魏主任看穿了一切，“我知道你们夫妻俩挺难的，还要带两个孩子，住那么点儿地方，也不认识什么人住这附近的，我尽量帮你去问问，哪个居民愿意帮你的，你别着急，肯定有办法的。”

“谢谢，太谢谢了，有您帮我太好了。”杨萍语无伦次地说。

“不过，”魏主任话锋一转，“不排除有好心人愿意免费帮你的，可是我估计你们还是得准备点，”魏主任的手指抬起来捻了捻，“毕竟，现在这个世道……”

“肯定、肯定的，我们都有准备。”杨萍不住地点头，她甚至都没完全理会刚才魏主任说的。

“行吧。”魏主任转头准备走，杨萍赶快从屋里面拿出一串最好的葡萄，用纸包起来，飞快地塞到魏主任怀里。“麻烦您了。”杨萍说。

魏主任笑了一下，然后慢慢地走了，正要准备转头走的时候，杨萍突然想起了什么。

“那个，魏主任。”

“嗯？”魏主任转过头来。

“您说，大概得多少钱啊？”杨萍不知所措地笑，脸上的皱纹带着淳朴憨厚。

魏主任也微笑应和了一下，然后笑容瞬间就消失了，“这个我不知道，你得具体和居民商量去，我又不专门做这个，只是想帮你个忙而已。”魏主任放轻了声音，谨慎地说：“要是成了，你可别和别人说啊，这是你俩的事儿，和我没关系。”

杨萍看着魏主任带着爽利的步伐走远了，她觉得内心的阴云散去了一些，感觉有些太阳出来了杨萍。从兜里掏出一枚葡萄，剥了皮吃了起来，然后赶快走回店里。店里好几个顾客都选好了菜等着她结账，表情明显不太高兴。杨萍赶紧低着头快步走到收银台干起活来，脸上带着歉疚，心里却有微微的满足感。

菜店的后边被割了一小块，大概两三平方米的样子，用布帘遮了起来，里面的地上摆了一些锅子和电磁炉，锅和电饭煲都是居民不要了，送给他们的。还有一张一碰就摇摇晃晃的小桌子，也是不知道哪个居民丢在楼下不要的，正好被杨萍捡个正着。中午，杨萍切了几个土豆，用锅子炒了个醋熘土豆片，然后有昨天剩下的一点豆角炒蛋，从饭盒里倒出来再回锅炒了炒。从电饭煲里装了饭，一顿简单的午餐就做好了。杨萍从外面像抓小鸡一样把文文从太阳底下抓回来吃饭，文文手上还拿着不知道哪里拿来的木头剑，杨萍一把把文文按到小板凳上，几个人就坐在窄小逼仄的空间里准备吃饭。

“你再不吃就冷了。快吃饭。”杨萍板着脸。

文文坐着还一边耍着剑，扭动着身体像菜青虫一样。“又是昨天的呀。”

“昨天的怎么了？没吃完。”

“不吃昨天的。”文文故意看着旁边，嘴都要嘟出门外了。

“不吃啊，那你就都别吃，你今年也别去上学了，饿死最好，还省学费。”

“我不上学，我要去玩儿。”

“行，你不上学，就把你丢回老家去，让你在田里晒死，看你只能吃蚯蚓。”

“蚯蚓，我爱吃蚯蚓。”文文伸出舌头。这个时候门外闪过一个小小的黑影，文文站了起来，“许天阳来找我了，我走了。”

杨萍一把把文文揪回来按在桌子旁边，“不吃中饭你哪儿也别想去。”文文只好丧气地塌陷在桌椅之间，抗拒地拿起勺子。这个时候李禹进来了，坐到他们旁边一起吃饭。

“哎，我看到主任了。早上她是不是来过了？”李禹抹了抹头上的汗，问。

“嗯。”杨萍面无表情地说，还盯着文文的碗监督着他。

“哎，对了，你问了吗？她能帮咱们吗？她能不能借咱用一下？”李禹眼睛亮了起来。

“不行，没办法。”杨萍说。

“你问了？”

“我问了。”杨萍没好气地说。

“我就知道，她肯定挺难办的。”

“你知道，就你知道。”杨萍突然生起气，皱起眉头，锋利地瞟了李禹一眼。

“不过啊，有办法了。”李禹一边大口往里扒米饭，一边含含糊糊地说。杨萍突然停下了，看着李禹。

“什么，你找到人了？”杨萍问。

“我就说有办法的。”李禹神秘地一笑。“我早上找到以前咱们同村的一个男的，在北京做生意，挺成功的，也没孩子。他正好买了这边一套房住着，我跟他商量了一下，他愿意给咱们用。”

“真的？”杨萍不可置信地露出了惊奇又兴奋的表情。

“但是咱们得给他点钱。”李禹说。

“多少钱？”

“三万，要是咱们定了，明天就给他钱，他给咱们户口本，再签个租赁协议。”

“三万。”杨萍犹豫了，她就知道事情不会这么简单，“怎么这么多呀？用这钱都能租个房了。”

“想得美，这附近的房，再便宜再小也还不得五六千？去哪儿找三万一年的房子？”李禹夹了一片土豆丢进嘴里，“你想，人家也是要付出的，给了你户口本，以后还要帮着咱们应付教育局。现在这物价……”

“你觉得呢？”杨萍说，带着犹豫的语气打断了李禹。

“我觉得值。人家住这边的大都是有孩子的，或者准备要孩子以后上学的，这个名额一户六年一次，被占了就没有了。我觉得值。”李禹说，“而且他说了，要是办不成，钱退咱的，都是老乡，不用担心。”

杨萍噙着白米饭，思绪又一次化成了烟飘散开来，她的眼睛望着前面的门口。门帘外面，阳光照着绿色的树林，屋里的蔬菜和水果堆在一起，五彩缤纷，渐渐地变得模糊，在视力所及之处和墙壁混杂到了一起，变成了无足轻重的脑海中的背景，甚至文文跑着出去的背影，杨萍也没有理会，没有去抓住他，看他渐渐消失在门外。杨萍想着，三万……自己和老公加起来一年也就赚个八九万，这一下就是要去掉三分之一，以后的日子还要盘算盘算，还有两个孩子的学费要负担。杨萍在心里默默想着，脑海里的天平七上八下，可是最后，杨萍还是决定了，她看到了小区里穿着校服的孩子，他们像小鸟一样骑着电动车从她眼前飞过，每个孩子眼神里都闪着自信和快乐的光芒，上学对他们是多么愉快的事情啊！杨萍一咬牙，如同鬼迷心窍一样，她决定了，杨萍下午关了店，拿着银行卡，去附近的银行取出了三万块，三万块像层层叠叠的雪片一样，从取款机里接连不断飞出来，粉色的钞票沉甸甸地落在杨萍手上，落在她的心上，粉色是杨萍喜欢的颜色。像杨萍李禹这样的普通的夫妻，一辈子都在努力，尝试弄懂这颜色后面的含义，他们之中的无数人，都被迫在亲手构建的城堡或是牢笼，在里面或是漫步，或是被围困，或是享受人生，或是咒骂现实。人生，没有别的办法，所以她只有把沉甸甸的它们，紧紧握在手里不放，一遍又一遍数着，检查着，生怕数字出了问题或者一张有了破损，然后她把它们紧紧地用牛皮纸包起来，藏在怀里，唯恐外面的春风把它们吹走，吹到很远的地方再也不见。

杨萍第二天又是比往常更早就起来，李禹惺惺忪忪地从床上坐起来，看着杨萍蹲在地上，用绳子包扎着什么东西，他起来才看到地上有一个纸箱子，杨萍正在用彩带把它精美地包装起来。李禹问杨萍那是什么，杨萍说给别人办事，昨天晚上就装了一些有机的水果进去，做成一个礼盒，里面有火龙果、芒果、百香果什么的，都是最好的。说是给钱的时候顺便一起送去，表示自己的诚意，毕竟以后还要麻烦他。

李禹点点头，发现杨萍心情好像比前几天好点了，眉间也比前几天舒展了，她装完水果就给武武熨了熨上学的校服，熨的时候还哼起了小曲儿。李禹一辈子也没听杨萍唱过几次歌，前几次都是迫不得已，像是在二嫂的结婚宴上，喝了酒，被别人逼着在包厢卡拉 OK 唱的，不动听，但是还挺有感情的。此刻他觉得铁树都开花了。

“唱的什么呀？”李禹说。

“不干你事儿，你还不去卸车？”杨萍停下了，假装生气地扫了李禹一眼。

杨萍还亲自给武武穿上了校服，帮他别了别校徽在领子上，这个时候文文还在床上，蜷缩在凌乱的被褥里，呼呼大睡。

“你得告诉弟弟，以后不能这个点儿还睡，不然上学就得迟到了。”杨萍一边整理着武武的领子，一边说。“他不听我，他听你的，你给他说。”

武武点了点头。

杨萍准备好了给两个孩子和奶奶的早饭，稀粥，白馒头配着咸菜，一人一个煮鸡蛋，看着他们吃完，自己也吃点儿，然后两人到菜店，打扫、整理、铺货、收银，忙完了一个早上。11 点半，杨萍把店里的菜用布盖上，准备和李禹去找老乡。

“他住哪儿啊？”杨萍问。

“就住这附近，走着去就行。”李禹说。

“那你带路啊，你把水果拿着。”

“钱你别忘带啊。”

“我又不是你，粗心大意的。”

李禹正准备扛起水果箱，突然兜里的手机响了，他放下水果，走出去接电话。杨萍把怀里的牛皮袋子又拿出来，厚厚的牛皮纸袋，杨萍本来还想点一遍，可是转念一想还是算了，都点了好儿遍了，应该没错。她又把钱塞回了衣服内侧口袋里。

这个时候李禹打完了电话，进来了，神色却变了，从刚才的从容憨厚，到现在的脸整个耷拉下来，焦虑地闪着眼睛看着杨萍，不敢直接面对杨萍的视线。

“谁啊？是他吗？他说什么？”杨萍马上就察觉到了，赶紧问道。

“嗯，他说……”

“你快说啊，你这人怎么那么让人着急呢？”杨萍皱起眉头，不耐烦的样子。

“他说，后来早上中介找他了，说有个别人五万要买这个名额，叫他先别出手，中介会帮他卖。”

“他就不给咱了？”杨萍诧异地说，怒火悄悄地被点燃。

“中介说现在市场平均价就五万，他说，要是咱们同意五万就……”

“这些中介怎么这么缺德呢，这都管？”

“估计是又发现赚钱的门道儿了，中间他们还得收手续费呢，你又不是不知道，就跟苍蝇一样，哪里不钻？”李禹说，带着扫兴和无奈。“五万，现在五万，干不干？”

“他和你昨天不是说好的吗？你说这些人，一个个的，还老乡呢，欺负人哪。”杨萍的手都颤抖了起来，一瞬间天旋地转，她大声地咒骂了一声，仅有的一点点愤怒也逃走了，剩下的是更剧烈的惶恐、焦虑，铺天盖地山雨一般席卷而来，“五万，还叫不叫咱们活了？”

“是有点多了。”

两人沉默了，看着灰色的水泥地板，一只小蜘蛛爬过，寂静像是被蚊子咬过之后的瘙痒。

“行吧，我再去找找别人。”李禹张开了嘴。

“不都要这么多吗？“杨萍说，然后泄气地看向一边，做出自暴自弃的表情，“行吧，学也别上了，都别上了。”

“你别泄气，再想想办法，肯定有办法的，有好心人的。”李禹安慰着，用苦笑掩饰自己的手足无措。

杨萍两眼放空，无意识地摆弄手边的一根黄瓜，这根黄瓜放了好几天，杨萍忘记了丢掉，现在像是她的心一样，皱巴巴，萎蔫，毫无水分，一挤仿佛就要断掉。

接下来的几天对杨萍和李禹来说是更难熬的几天，除了日常的菜店工作之外，李禹每天都出去向各处打听让文文能够上学的途径，去中介挨个儿问价格；去居民家里，趁着送水果，或者趁着送纯净水的时候，顺便悄悄地问有没有名额能借用，甚至亲自去教育局，问有什么途径能让孩子上学，可是答案都是拒绝、否定，没办法。杨萍的心每天七上八下，经历着难以忍受的剧烈的滑坡，像是坐上了情感的过山车。她是个脸皮很薄的人，好几次她终于觍着脸，问来买菜的小区的居民，能否给他们户口本让他们登记上学，让他们帮帮忙，一开始好几个都同意了，可是后来，不知道怎么的，大家又突然变卦，找出各种各样的理由搪塞拒绝了杨萍。杨萍和其他人讲起来这件事的时候，他们悄悄地和她说，现在的人警惕性都很强，户口本可不是小事儿，不能随随便便借给不太熟的人，万一被拿去干这个干那个，后果谁都担不起，更何况是让个别人家的孩子无缘无故登记到自己家名下读书，以后万一孩子学校里有什么麻烦，学校甚至派出所找上门来，这种责任谁都不想担。

杨萍体验着前所未有的焦虑，眼看着登记截止的日期一天天靠近，她觉得有什么甚至掐着喉咙，越来越紧让她不能呼吸，她好几次都在半夜哭了出来。这种焦虑找不到出口，她只能找离他最近的人发泄，她觉得文文也越来越调皮，尽管她冷静下来发现这也许只是错觉，文文一向都是这样，可是她忍不住，忍不住大吼，甚至狠狠地打了文文一次，导致文文越来越不敢直视杨萍的眼睛。眼看着只剩下六天了，文文还是没有学上，杨萍看着小区里的小学生每天早上上学，傍晚高高兴兴回来，再看看文文，每天在小区花园里疯跑、乱晃，心里就像吃了一斤苦瓜一样难受。

这天晚上快要关店的时候，没有顾客来买东西了，杨萍拿着笤帚仔细地扫着地上的灰尘和菜叶子，李禹坐在收银台旁边，脚高高地架在装白桃的纸箱上，手里拿着一叠百元钞票一张张地点。突然遮着门的塑料门帘响了，有人来了，杨萍抬起头来，看见魏主任不慌不忙地镇定地从夜色里走进来。

“我看你们这灯还亮着，就过来了。”魏主任说。

“嗯，您看看有什么自己挑，晚上都不剩什么了。”杨萍一边扫地一边殷勤地说，李禹把架着的脚从箱子上收下来。

“我不买什么，我来跟你说事儿的。”

“啊？”杨萍扫地的动作停住了，撩了下遮住眼睛的头发，看着魏主任。

“你们不是要上学的名额吗？我帮你们找了一个居民，她应该能帮你。”

“谁啊？”

“哎，那个十号楼的杜阿姨，你知道吧？”

“我知道，我经常在小区里看到她，她也过来买菜。人挺好的。”

魏主任走进来几步，站到杨萍旁边，“那天晚上吃饭的时候我想着你们这档子事儿，我就突然想到她了，然后我给她打了电话，去她家坐了坐，跟她说了下你们的情况，她同意了。”

“是吗？”杨萍不可置信地扬起了嘴角，李禹听到了也站起来凑过来听。

“那个杜阿姨听说是一个人住？”李禹插了一嘴。

“对，我了解她们家的情况，所以才想到她，你也知道她也挺困难，所以我就想，能不能帮到她也帮你们，你懂我的意思吧？”魏主任看着旁边，一只飞蛾在身边的台灯边扑棱着。

“懂，懂。”杨萍赶快回答。

“我跟杜阿姨都说好了，你们明天去找她面谈，具体细节我就不参与了。”魏主任说。

“行，行，太谢谢您了。”杨萍感激地说。

“没事儿，我们都是帮助居民呗，你知道她家在哪儿吧？ 10号楼1003。”魏主任一边回答一边准备走。刚走到门口，她突然想起什么，又回过头对两口子说：“你们商量好的多少钱，就给多少，别抠啊，孩子上学。”

“是，是。”两口子一起回答。

等魏主任从门口走了，杨萍小声地问李禹，“魏主任说的杜阿姨，是谁啊？”

“就是你经常看到那个捡破烂儿的老太太。”李禹漫不经心地回答。

“是吗？”杨萍呆呆地站在一筐一筐的蔬菜中间，如梦初醒的样子，脸上闪过一丝复杂的神情，不过她还是很快回去，拿起笤帚继续扫地，嘴角抑制不住地向上扬。

第二天一早，杨萍和李禹就去拜访了杜阿姨。杨萍头天晚上又装了一箱水果，和李禹争论了半天应该什么时候去，太早怕杜阿姨还没起，太晚又怕老人要做饭了。他们还因为杜阿姨会要多少钱吵了一架。早上十点她们准时站在了杜阿姨家的门口敲响了门铃，客客气气地站在外面。

门铃响了半天。两人几乎都以为老人已经出去了的时候，门开了，轻轻地开了一条缝，杜阿姨皱着眉头的脸出现在门后面，警惕小心地看着门外的两人。

“杜阿姨，您好，我们是菜店的杨萍和李禹，您应该认识我们。”杨萍抢先说，脸上堆满尽可能多的笑意。

等杨萍说完好几秒，杜阿姨的表情才放松下来，门缓缓地开了，“哦，进来吧。”说完人背过去，从墙壁旁边的橱柜里拿了两双拖鞋，夫妻俩小心恭敬地走进门廊。

“我家乱，你别介意啊。”声音从杜阿姨驼着背的身上传来。

杨萍走了进去，当穿好拖鞋的时候抬起头才第一次看到这个家里面的陈设。她是农村来的人，穷过来的，按理说不可能比她家里更窘迫了，可是看到杜阿姨家里还是震惊了一下，也许是那种预料之中和现实之间的落差，让她脸上的笑容凝固了半秒。接着杨萍唯恐被发现，赶快又把笑容戴了回去。两人穿过一堆堆叠起来的废纸箱，躲避着碰到不知道干什么用的废旧童车，折着靠在墙上的一些破椅子，穿过地雷区一样，小心地尝试不碰到任何东西而到达客厅。李禹走过的时候，胳膊肘还是把一个脏玩具熊碰到了地上。

“没事，不用管它。”

“这是给谁买的呀？”杨萍小声地问。

“给我女儿，她不得以后结婚生孩子吗，留着以后就不用买了。”

“您看您，真细心。”杨萍嘀咕着，空洞地赞美着，“这是我们店里新鲜的水果，我给装了一箱，不知道您爱吃什么，就各种都装了点儿。”

“太客气了你们。”杜阿姨站在电视机前面，颤颤巍巍地说，“就放那边地上就行。”

李禹弯下腰去把箱子放到墙边的地上，尽量不占走路的空间，这个时候杜阿姨招手示意他们去沙发上坐，两人蹑手蹑脚地走到沙发前，然后坐下去，杨萍坐下去的时候沙发发出了嘎吱的响声，吓得她以为沙发要塌了，又变换了姿势坐在沙发上，用一种别扭的姿势杵在那里。

“我给你们倒点水。”杜阿姨转身就要去厨房，被杨萍站起来拉了回来。

“不用，可以了阿姨，我们坐一会儿就走，店还有生意呢。”

“行。”杜阿姨也坐下来，坐到他们对面的板凳上。

一瞬间气氛有些尴尬，三个人坐着突然沉默了一会儿，杨萍和李禹谁都不知道，谁来提出最重要的那个问题，还好杜阿姨主动提起来破了冰。

“你们的情况昨天主任都和我说了，我挺同情你们的。孩子今年九月上学？”

“对。”李禹说。

“你们想上哪个，旁边那个小学，哎哟我想不起来叫什么了，那个挺好的。你们要是能去那儿……”

“唉，哪还留着我们挑啊，能在北京上小学，随便什么小学，我就谢天谢地了。”

“那种给外地人排位上的小学，都是不太好的那种，你得有户口、房，有钱才能上好的小学。”李禹补充，杨萍不太高兴地看了他一眼。

“行吧。”杜阿姨摊了摊手，“你们要我怎么帮你，我都配合。”

“就是过几天有个资格审查，要拿着户主的户口本，咱们再签个租赁协议，去教委那办，就等于假装我们租了您的房子，住在这儿了。接下来还有个入户调查，您帮着配合一下简单和他们说说情况就行了。”杨萍说。

“行，我明白了，可以。就是有个问题，户口本在我女儿那儿，她拿着用呢，她过两天回来，一回来我马上找你们，给你们办这个，什么审查。”

“行行行，都看您的时间。”杨萍热情洋溢地说。

接下来他们东拉西扯聊了些家常，杨萍也忘了他们和杜阿姨说了些什么，只记得她脑海一直沉浸在文文上学这个事情上面，兜兜转转，以至于他们一离开，这些别的记忆就不那么重要了，像空气中的灰尘一样悄悄消失了看不见了。最后他们站起来，准备走。

“杜阿姨，咱们得说说这事儿，您帮我们这么大忙，我们也得有点准备，您看您要多少钱？您尽管说吧。”杨萍小心地试探着，逼近最重要的话题。

“我哪知道啊？我又不是专门做这个的，这也不是什么大忙，能帮上你们就是再好不过了，你们真是客气。”

“您，您看三万够吗？”杨萍拿出了之前就准备的那个牛皮纸信封，厚厚的一包，“我们之前就准备好了。”

“哟，你们真是客气。”杜阿姨脸上露出不好意思的笑，脸上的皱纹沟壑伴着笑容从眼角一直延伸到嘴边。

两人半推半就，牛皮纸袋被推过来推过去，气氛一半是尴尬，一半是喜气洋洋。得尽快终结这样的场面才行，李禹伸出手合力把纸袋塞到杜阿姨怀里，杜阿姨露出了极度不好意思的笑容，然后收下了，折在怀里。

杜阿姨给两人开了门，然后两人走了出去。

“以后常来坐啊。”杜阿姨笑着说。门慢慢地关上了。这个时候杨萍停了一下，似乎突然想起了什么，可是她感受到背后渐渐变暗的光影，那关上门带出来的屋内的潮湿气，她又开始继续往前走。

“这算是解决了？”李禹在电梯里问杨萍。

“是吧，钱都给了，还不解决了？”杨萍带着微笑说，心里却有些什么冒了出来，却又迅速地被压了下去。

接下来的两天，大概是这段时间以来最为安稳的时刻。两人的心情如同海上的帆船，在静止无风的水面上悄悄地向前划行着，马上就能看到岸了让他们觉得充满希望。能够在北京扎上根了，至少看起来是这样，虽然住的是蛋壳大的地方，可是自己和老公都有工作，孩子都能在北京上学了，还有什么好顾虑的呢？一切都会越来越好的，一定会这样。杨萍在有空的时候就用手机上网，看看购物网站，她想着是不是要给文文买点什么，她看了一个阿迪达斯的书包，是红蓝两色帆布的，他一定会喜欢。文文，就是李崇文，这个名字，就是希望他能够有文化，他以后一定很会读书，以后和哥哥一起在北京拼出一片天下，农村的亲戚们一提到他们，脸上一定会泛出骄傲羡慕的神色。可是杨萍转念一想，毕竟还没正式定下来上学的事情，还是以后等正式上学前再给他买吧，毕竟书包三百多块，对他们来说也不便宜。

黑夜里，他们睡觉的时候，两个孩子小小的身体挨在一起，文文的手搭在武武的身上，细嫩的肌肤在月光下面闪闪发光，像玉一样润泽透明。杨萍侧躺在旁边，宠爱地看着两个孩子，摸着他们因为出汗而湿漉漉的头发，觉得天底下没有比他们更加重要的事物，他们一家永远也不要分开。这个时候李禹的粗大的双手从后面伸过来，神秘而贪婪地解开了杨萍的内衣，愉悦像是水一样，从杨萍的指尖，从杨萍的后背，慢慢地没过了这个辛劳的女人，她赤裸着，被李禹抱在怀里，看着窗外碎粉一样的月光洒进来，她贪婪地吸吮着晴朗的月色、这无边的舒适感。

可是谁都意料不到，乌云几乎是很快就来了，几近毫无预兆。第二天中午，本是吃饭的时候，杨萍还在忙碌着，四五个顾客在店里买菜，杨萍正在帮一个四十多岁的大妈，称着她刚买的油菜。大妈忽不急然地就开口，“哎，你那个孩子上学的事情，解决了吗？”大妈带着关切的语气，有一搭没一搭地问，一边摆弄着手里的黄瓜，“这个不错。”

“哦，这是昨天新摘的，新鲜。”杨萍的目光从自己的手上移上去，看着眼前的大妈的脸。“解决了，找到人了。”

“谁啊？是咱们小区的吗？”大妈带着好奇的口吻。

“是啊，居委会主任给我们找了一家，就是那个10号楼的，叫什么来着，杜阿姨。”杨萍坦诚地把一切都回答了。

“是吗？她啊。”大妈的脸上闪过一丝狡黠的疑虑，然后悄悄地把身子往杨萍那靠了靠，小声地问：“哎，多少钱？”

杨萍疑惑地看了看她，然后犹豫了一会儿，皱了皱眉，“三万。”

“哦，那还行。”大妈说。捡着自己在秤上边的西红柿，一个个地捡回塑料袋里，然后拿出一沓一块的钞票，“你看现在啊，啥都要钱，不过也好，有些事情清清楚楚的也好，明算账。”

“是啊。”杨萍假装积极地应付着。

大妈突然脸色沉重起来，几乎带着警告的语气和杨萍说：“不过你们办成了还好，那个杜阿姨啊，我们都觉得她人挺怪的，一个人，谁都不理，而且特别抠。你以后得小心点儿。”

“哦，知道了。”杨萍假装轻松地回答。

杨萍从门口，看着外面，天边阴沉的云像鬼魅一样悄悄地融入蓝色的天，侵占，替代，阳光在一瞬间陡然消失了，雷声仿佛打鼓一样闷响，预示着夏天的第一场雨，很快就要来了。吃中午饭的时候，杨萍问李禹：“你说，应该没事儿吧？”

饭塞满李禹的嘴巴，李禹只能用喉咙说话：“什么？”

“也不知道她户口本什么时候能给咱，两天了已经。”

“应该没事。”李禹漫不经心地说。

“你怎么这么不担心啊，是不是你儿子啊？整天只知道吃。”杨萍皱着眉。

“你不放心，要不你下午去她家再问问呗。”

“哼。”杨萍小口吃着菜，目光涣散地看着远处的墙角落，一只蜘蛛正在顺着看不见的细丝爬下来。

很快豆大的雨点打下来，敲击着震碎了闷热的空气，坠落在地上酣畅淋漓地溅出水花，仿佛对大地的一场报复，没带雨伞的人披着脱下来的衣服，在雨中的世界里疯狂穿梭着。杨萍撑着伞，用伞背躲避着迎面而来的气旋，走到了10号楼门口。

杨萍站在杜阿姨门口，犹犹豫豫地观察着，门上的福字红色都几近褪色，底下小小的字上写着“2014”，这个字挂在这儿已经四年没换了，按照杨萍农村的习俗，这是绝对不行的。今年过年就给杜阿姨送一个新的，杨萍想，她想了半天，终于鼓起了勇气敲了敲门，半天了没有任何人来开门的迹象，也许是不在吧。杨萍没有死心继续敲着门，这个时候隔壁的门却先开了，出来一个中年微胖的男子，拿着奇怪的表情打量着杨萍。他看着是敲隔壁的门，又关上了。

这个时候应该不至于不在吧？外面还下着这么大的雨，杨萍扶着杜阿姨家的门，几乎想趴在门板上，顺着小孔往里看，正想这么做的时候，门悄悄地开了，杨萍赶快调整了一下姿势站好，藏起狼狈的表情。

门开了一个小缝儿，露出了杜阿姨的半张脸，杜阿姨皱着眉头，眯起眼看着门外的杨萍。那带着皱纹的半张脸上，似乎浮现着比上一次更多的阴霾，几乎要溶解在幽暗的楼道里。

“啊，那个，杜阿姨，您是在午睡吗？不好意思打扰您了。”杨萍慌忙地问，音量一直在向下滑坡。

杜阿姨依然皱着眉，头轻轻地晃动了一下，杨萍也看不出来究竟是肯定还是否定的意思，正想开口的时候杜阿姨突然剧烈地咳嗽起来。杜阿姨用手扶着墙，然后背过身去不看杨萍，杨萍的心里越来越慌张。

“那个，上次说好的那个户口本，您拿来了吗？”杨萍语气颤抖着问，心悄悄地被什么吊了起来。

杜阿姨没有回答，只是背着杨萍，后背剧烈地起伏着，仿佛在努力地尝试喘气。杜阿姨的表情藏在黑暗里面，屋里的奇怪的潮湿气味，从里向外扑出来，伴着外面突然的雷声，几乎要打杨萍一个趔趄。

没有回应。

“那个我儿子上学这几天要登记了，您能不能麻烦催一下您女儿户口本……”杨萍匆忙地继续说，脑子里慌乱地整理着思绪，闪过的话像过山车一样疾驰，杨萍努力控制着它不要脱轨。

“那个，如果您这两天实在是没法拿过来，您就把钱退给我，我找别人。”

“什么钱？”杜阿姨的脸突然转过来，像是从海底里升起的巨像，面色苍白而无表情。听到这一句话杨萍突然觉得天旋地转，脑子突然变空，血液瞬间被抽干了，刷刷地流向身体外部的某个角落。

“那个，那个上次，上次我们给您的三万您还记得吗？”杨萍语无伦次地说。

“我今天不舒服，头很晕。”杜阿姨的话像是从天边传来。

说完这句话，门却突然被关上了。一瞬间，从杜阿姨家里传来的，仅有的光源也消失了，杨萍被狠狠地丢在走廊的黑暗里面。

杨萍呆住了，僵直着伫立在门口，虽然只有两分钟，却好像一个世纪那么长。有那么一瞬间，杨萍很想再敲门问个清楚，但是不知道怎么的，身体却自动地开始拖着她往回走，上了电梯，沉重的脚步，呆滞的身躯，杨萍觉得自己变成了一个木头人，喃喃地口中念着不知道什么字句，脑中的感情也被蜡封住似的。杨萍走出了楼门口，连雨伞都忘了撑，雨水淋湿了她本就凌乱、油乎乎的头发，冰一般的水像针一样扎着她的皮肤，可是她似乎都感觉不到了。李禹站在菜店门口抽烟，突然看到杨萍远远地，从雨的帘幕里像个幽灵一样晃过来。李禹惊讶地望着她，把烟头甩在地上，赶快撑了伞把她迎回来。

两人坐在板凳上，像两只受伤的小鸟一样蜷缩在一起，李禹问她发生了什么，杨萍支支吾吾地把发生的事情告诉了李禹。

“这可怎么办？”李禹皱着眉头，急促地问。

“你还问我，我还问你怎么办呢，你个男人还问我！”杨萍急得要哭出来，掐了一把李禹的大腿，李禹露出手足无措的表情，慌乱地四处看看，目光变成四处逃散的游鱼，脑子飞快转着，汗珠从他的额头上像黄豆一样滴落下来。

“要不这样吧，咱去问问魏主任吧，看看她怎么说。”李禹说。

魏主任坐在办公桌前，电脑开着，里面的蓝色桌面闪着刺眼的荧光，两人站在办公桌一边，低着头，像两个犯了错的孩子。

“你们说我有什么办法，你们怎么不早告诉我？”魏主任双手盘在胸前，带着责备的语气，皱着眉头。

两人都想说话，但是又被魏主任憋回去了。

“我只是想做个好事，帮你们个忙牵个线而已，毕竟你们这么不容易，没想到你们……”魏主任说，脸上写满了无奈和气愤，手也气得发抖，仿佛在看到自己不争气的两个孩子闯了大祸，“这是交易，不是你家亲戚管你借钱。更何况现在，你家亲戚管你借钱，都得写个借条，你们那天从她家出来了，就空手出来了。等于你们是给人家送钱去了？现在人家怎么说都行了，就说根本没拿你们的钱，你们有什么办法？你们有证据吗？”

“我们，我们，”杨萍脸色煞白，像一张纸，“我们以为她人看着挺好的，就相信她了。孩子上学也急，我们也脑子都乱了，也没想这么多。”

“真是没法说你们，你再让我怎么做工作？”魏主任似乎微微冷静下来，“不是住这个小区的就跟你看到的一样，这个社会上什么人都有，好人坏人，表面上看不出来的，多着呢，你们怎么这么没心眼儿呢？”魏主任接着说，

"我尽量帮你们去和她沟通，我也不太了解这个大妈，没想到她是这样的人，你们也最好做好心理准备。"

魏主任一边说一边开始打电话，杨萍和李禹紧张地看着魏主任，吊到嗓子眼儿，耳朵几乎想要挂在电话的听筒上，唯一的希望似乎命悬一线。等了半天，没有人接。"你看，电话都不接了。"魏主任拿手指不停地叩着桌面。"你们要不先回去吧，在这等着干什么？我有消息告诉你们。"

魏主任站在窗台上看着底下他们走出了居委会的办公室，在阴天灰色的阴霾下，地上刚下完雨的水塘映着他们的影子，快要把这两个孤单的人影吸了进去。魏主任摇了摇头，把百叶窗拉起来。

"你说说现在怎么办？"杨萍看着李禹，坐在铺着凌乱的被子的木板床上，李禹坐在底下的凳子上，看着比杨萍矮了半个头，接收着自上面倒下来的埋怨，"你说说你，上次你咋不提醒我写呢？刚刚上个礼拜，别人欠你五百斤白菜的时候不都打条子吗？你这时候咋想不起来了？"

"行啦行啦，你这时候说这个有啥用吗？事情都已经这样了，就知道埋怨。"李禹皱着眉头看着杨萍，声音故意重了些，把杨萍压了过去。

"行了，三万块钱也甭要了，学也别上了，下个月就送回去吧。"杨萍脸更阴沉了，头转向窗边，眼眶悄悄湿了。"我就知道这地方咱过不起。"

李禹看到杨萍哭丧的脸，态度又软下来，拿手指去擦了擦杨萍的脸，可是被杨萍的手挡了回来。

"要不这样吧。"李禹突然有了一个主意，"咱们明天找几个人一块儿去她家，咱们把钱拿回来，也别要什么户口本了，把钱拿回来再加点找中介算了，不就添个两万吗，咱咬咬牙也就下来了。"

"找几个人一块儿去就能让她还给咱啦？到时候说咱们欺负她，可怎么办？"

"咱都是去好好说话的，又不是去干吗，再说，理亏的是她，你说呢？"

杨萍犹豫了。可是事到如今，实在是没有办法，以至于李禹说的显得如此具有可行性，她不知道该看哪里。这个时候突然小孩子哭的声音从地下室的走廊里飘过来，文文出现在门口，手捂着额头，整个脸红成绛紫色，号啕大哭。杨萍和李禹看到他，赶紧起来冲到了文文身边，文文把手从额头上掀开来，肿了一个大包。杨萍心痛地吹了吹，赶紧拿来碘酒在额头上涂了一圈儿。

"怎么弄的？谁打你了吗？"

文文没有回答，后面又冲过来一个年轻的阿姨，她好像是某一个孩子的家长，担心文文，来看看文文的伤势。根据她的解释，据说七八个孩子一起挤在儿童乐园上，不知道谁不小心推了文文一把，文文从滑梯上直接掉了下来，头撞到了地上，还好地上是用海绵软包的，不然后果不堪设想。现在那些孩子都跟着家长回家了。

"以后别跟他们一起玩了嘛。你跟哥哥玩儿不是挺好？"杨萍心疼地看着文文。

"哥哥不是去上学了嘛。"文文说，两道鼻涕从鼻孔里悄悄钻出来。

在潮湿的黑暗里，杨萍孤零零地抱着文文。

第二天早上，七八个男男女女围着聚集在杨萍的菜店里，叽叽喳喳地围着苦着脸的杨萍，义正严词地讨论着什么，这或许是因为头天晚上杨萍就开始和他们诉苦，和每个稍微熟络一点的买菜的客人叙述这整件事的经过，这彻底引燃了引线，也许是即将点燃他们的正义感，或者只是想打发些时间，或者只是抱着看好戏的心态，毕竟别人的事情像是布娃娃里面填充的廉价棉花，从别人身上抽一点，自己也会看起来更加充实一些。杨萍听着他们叽叽喳喳地讨论着，看着眼前的一副副气愤或是惊讶或是冷漠的表情，觉得好像有一种不真实感袭来，他们脸上究竟是戴着表情的面具，还是有血又有肉的真人表情呢？而她自己，不知道是应该感到高兴，还是难过，抑或是恐惧。

"我和你说，我要是她女儿也不住她那儿，太臭了吧！那什么时候的东西啊。"

"我是听说别人挂那儿的衣架，被她拿走了，人家要在那晒衣服的哎。"

"都投诉了好几次了，她就是不肯扔了。"

"你说不是她家人欠钱了，搞上什么高利贷了吧，以前不是挺有钱的吗？"

“特别抠，那次她要我还她给我买水的钱。”

“我觉得这钱啊，八成是要不回来了。”

墙倒众人推，大家纷纷调取着和杜阿姨有关的记忆，唯恐自己称不上这里盛大的批斗仪式，即便真真假假也是都可以接受，插着腰，板着脸，推推眼镜，任何一种姿势都有助于营造气势，毕竟为了渲染着一种气氛，不加点佐料尝起来毫无味道。杨萍看着他们，着急忙慌地说着，行吧，谢谢大家了，大家一起走吧。

几个人像组成了一支游击队一样向10号楼进发，一路上还是叽叽喳喳，像是一群义愤填膺的麻雀。大家分两批上了电梯，把逼仄的楼梯间挤了个水泄不通，杨萍敲了敲门。

门悄悄地开了，里面杜阿姨的半张脸缓缓地现出来，她的脸色看起来比前两天更加憔悴，她看到了杨萍，然后转头看到了楼道里的其他人，顿时毫无光泽的眼神里映出了惊讶和恐惧的神色。

“杜阿姨。”杨萍轻轻地喊了一声，不知道为什么杨萍一瞬间，一种内疚感像闪电一样袭击过来。

“怎么了？”杜阿姨皱起了眉头。

“那个，我想问……”杨萍轻轻说。

“我说老杜啊，你这能不能办得成事，你得跟人家说一声啊，毕竟人家钱都给你了，你办不成得退给人家啊。”一个大妈的声音先开了口，急不可耐地发起冲锋，举起了正义的权杖主持公道。

“跟你有什么关系？”杜阿姨惊讶了，沉默了好几秒，然后似乎突然明白了眼前的一切是怎么回事，眼神里射出了恼怒，狠狠地扫向杨萍周围的人。转瞬间看了看杨萍。

“你叫他们来干什么？”杜阿姨接着说，冷冷地，“你是不是看我好欺负？”

“不，不是的。”杨萍赶忙解释，脸都要涨红了，“我就是想……”

“您怎么着也不能私吞别人的钱啊。”一个年轻的男子也发声了。

“我干吗了？”杜阿姨的声音放大，手开始颤抖，眼睛直直地盯着那个男子。“用得着你们来说吗？我说你们这么一帮人来，气势汹汹的，想干吗啊？

看我一个老人孤苦伶仃的，好欺负是不是？”

杜阿姨说完背过去，咳嗽了一声，身体抖了一下。

“不是，您怎么这么说话呢？您老了也不能欺负别人啊。”

“我欺负谁了我？”

“您要用钱也不是这么着啊。”

“拿了别人的钱好意思吗？真是为老不尊。”另一个大妈尖厉的声音从人群里传出来，彻底点燃了大伙儿的怒火，杨萍急忙去拉那个大妈的手让她不要再说了，可是另外的声音此起彼伏地窜出来，像汹涌的波浪一样扑向杜阿姨，大家你一言我一语射出了声讨的利箭。完了完了，杨萍心里想，她看着杜阿姨像是暴风雨中的孤舟，被正义却狂妄的语言无情地撕扯着，在这样的暴雨中杜阿姨的身影越来越渺小、越暗淡，像一堆被水打湿的木柴，眼看着就要被吞噬在波浪里面。杜阿姨的脸越来越红，整个身上都开始颤抖，看着眼前的一张张锋利刻薄的脸颊，说出来的话像刀子一下下地割着她的心，身上的每一寸血管都开始随着自尊心和愤怒而膨胀。

“行！我就是没拿她的钱！怎么着！啊？你们有本事骂，有本事找警察来啊！你去找……”

杜阿姨面对面前这群人，用尽力气，发出了最后的抵抗，然后突然沉默了，接着开始趔趄，向后挪了几步，接着头一歪，慢慢地向右后方倒了下去。

杨萍的瞳孔放大，心突然像玻璃杯一样开始出现裂缝，逐渐粉碎，好在残存的意识还在，杨萍箭步一冲扶住了杜阿姨，所有的人在一瞬间，声音都被冻住了，死一样的寂静。三秒后有大叫声从人群里传出来。

杨萍的手颤抖着，把昏倒的杜阿姨扶着躺倒地上，“快叫救护车！”杨萍大喊，后面躲在黑暗中的一帮人终于有了动静，开始慌乱地拿出电话打急救。

杨萍蹲在那儿看着躺在地上的杜阿姨，恐惧占据了她的大脑，她只能睁大眼睛看着，像木头人一样，呆呆地看着。后面有一个男子冲了过来，检查了杜阿姨的脉搏和呼吸。

“还有，但是很弱，救护车来了吗？”

“说是正在路上。”

“不要动她了。”

杨萍瘫坐在楼道里，看着居委会的几个人也听见消息过来了。魏主任首当其冲，看见躺在地上的杜阿姨，也惊呆了，转而对着站着的几个人歇斯底里地大喊：你们来干什么，谁叫你们来的！！我不是说我联系她吗？她老人家心脏病你们不知道啊！杨萍的眼珠转到魏主任那边，她没有意识，只能感觉到自己的眼泪像溪水一样从脸颊留下来，灼得脸颊的皮生疼。震惊，悲伤，悔恨，堵住了她的喉咙，甚至呼吸，眼泪和鼻涕糊作一团，她说不出话来，像被丢到岸上的鱼一样，用嘴绝望地喘气，只能看着魏主任愤怒又焦灼的眼神，看着旁边的人乱作一团走来走去。跟着她一起来的人好几个现在已经不见了。

救护车终于来了，几个医生护士七手八脚地把杜阿姨抬到担架上，送到车里，杨萍看着救护车远去，觉得自己从来没有像现在这样无能为力，她觉得自己像一片纸片，只要一丝风吹来就能把她吹得七零八落、狼狈不堪。

接下来的几天杨萍一直坐在家里哭，也没法做生意，她逼着自己和李禹每天都去医院照看杜阿姨，好像这是唯一的赎罪的办法。很快上学资格期限到了，听说中介那里的上学指标资格涨到了七万,一家人没有钱也没有精力帮文文办这件事情了，文文在北京上不了学了。而杜阿姨在医院住了十五天，心脏手术做完，全算下来的钱扣掉了医保还要交四五万元，杨萍把自己的存折里的钱全部取了出来给杜阿姨付了医院的钱，而杜阿姨住院的第三天，她的女儿就把杨萍的三万元还给了她，还带来了户口簿，而这个时候学校的资格审查已经过去了。

杨萍在医院里日夜都守候着等着杜阿姨醒来，她醒来的时候杨萍却哭得比以往都厉害，杜阿姨醒来第一句话和杨萍说的就是，“我没要私吞你的钱，我记得呢，我那几天是真的不舒服啊。我本来想着，女儿很快就来了，就把户口本给你们了，我那天看你们那么多人，我也慌了。”

杨萍转过头去，眼泪又滑落下来，她不知道是什么样的感情驱使着这样的泪水，只觉得自己的心又一次变成了一堆灰，窗口吹来了一阵冷冷的风，吹得它连一丝痕迹都不见了。

八月底的一天，太阳还没有升起。仅有的微光给东边的高楼里镶上一层美丽的金边，很快那些高楼之间的空地里，又会盖起来新的高楼，又有很多人会住进去，看着东边灿烂的朝阳，那些人一边欣赏这个城市逐渐热闹起来的黎明的时候，一边消耗着另一群人的毕生的梦想，城市的意义不就在于此吗？杨萍催着文文起来，她前几天刚刚给文文买了那个很久以前就要买的阿迪达斯的书包。书包不便宜，她一狠心，还是买了，算是给他的新学期礼物。杨萍在里面塞满了零食和文文的日用品，至于衣服放在了另外一个旅行包里。杨萍帮文文穿衣服，在地下室里把他拎来拎去，刷牙洗脸，吃早饭，然后两人独自踏上了路。这个时候武武还在床上呼呼大睡，李禹已经出去进货去了，都来不及和文文打招呼，只好亲了睡梦中的文文几下当作道别，说一定会经常回去看他的。

杨萍扶着文文，麻利地上了公交车。很快公交车开了，斑驳的镶着金边的树影映在他们的脸上，街上空旷的景色在窗外粉碎，又变成模糊的残影，文文和杨萍坐在座位上，拎着大包小包，只有几个晨练的老人在车上，有个坐在后面的老头突然开口问文文。

“小伙子这么早去哪里呀？”

“去火车站。”文文回答，然后突然转向杨萍。

“妈妈我们马上就回来的吧？孟晓鸥还等着我给他做尚方宝剑呢。”

“对，我们去看看爷爷，然后就回来，爷爷可想你了。”杨萍的脸上挤出一丝苍白的微笑，她的脑海里已经浮现出了如果和文文说实话，现在是怎样的一个惊天动地的场面了。想到未来的事，杨萍的额头觉得烧灼一样的胀痛，想起一件事，无数件烦心事就会像连锁一样一起涌上她的心头，像是拉起陷在泥浆里的渔网一般，可是还有什么别的办法呢？

很快火车站到了。他们下了车，惊讶地发现火车站和都市静谧的别的角落不同，这里熙熙攘攘塞满了人，每个人走路都带着风，涌动地给杨萍扑面而来一阵阵城市的灰尘。杨萍看见无数张陌生的面孔，从火车站的旧楼里蜂拥而出，带着麻袋、旅行包、纸箱、沾满灰尘的破衣服、憔悴的眼睛，仓皇的神情，好奇地看着这个陌生的未来，焦虑地看着和他们一样的无数人，在这个城市会发生什么，谁都不知道。可是他们还是来了，像被巨大的磁铁般的狂热吸引一般，在这个城市里，未来如此地有吸引力，什么都可能拔地而起。杨萍紧紧拉着文文的手，在拥挤的人潮中逆流而走，努力不被冲散。有几个女孩坐在巨大的柱子旁边，放声大哭，没有人看着她们，警察来了，她们哭诉她们一出来就被抢了。杨萍没有时间看她们了，只是抓紧了自己的包，火车快开了，必须进站了，文文听话地把行李放在安检带上，接着静静地从另一端等着出来。两个人拿着行李就开始飞奔，一刻都不能逗留了，火车马上就要开了。文文看见旁边的卖东西的小摊儿，大喊着要买一盒奥利奥在火车上吃，可是杨萍还是坚决地拉住了文文的手奔向检票口。他们两个人像鸟一样在充满汗味和灰尘的候车厅里飞奔，穿过一片片的座椅，座椅上的旅客东倒西歪地躺着。杨萍知道也许有一天，文文还是会回来，像那些第一次见到这个城市的异乡人一样，还是看见什么都充满好奇的兴奋，也许还是重蹈着杨萍和李禹一样四处碰壁的艰难的人生。她都知道，可是他们现在必须走了，趁着黎明来之前离开这个地方，一刻也不能再等了。

杨萍和文文坐上了火车，文文很兴奋。火车缓缓开了，窗外城市的风景被慢慢甩在窗后，高楼大厦像水彩一样褪色，取而代之的是北方黄土和间接的绿色交织的平原。文文兴奋地一刻不停地看着窗外，生怕错过一秒外面的风景，杨萍带着疲惫的表情看着文文，欣慰地笑着。接着她站起来，穿过座位一排排的乘客，走到了洗手间门口，在门上面有一个罩着钢圈的灭蚊灯，闪着蓝幽幽的光，几只飞蛾围绕在旁边，不停地尝试向里扑棱，突然间一只飞蛾碰到了蓝色的光，发出了电流的嗞嗞声，一股青烟冒了出来。

飞蛾残破的尸体掉在了地上，没有人注意到。厕所里面有人开了门出来，杨萍趁着间隙扶住了把手，走了进去，然后背过身，轻轻地关上了门。

终结感

“你在过去有没有看到过这样的景象？我是说，哪怕是一瞬间，哪怕是在电影里面看到的一幕。”

神经内科医生徐舸略带不耐烦地说，外面已经有人在敲门。

“并没有。”

“叫他们等一下，我是说，人的大脑是一个巨量的存储库，可能你最近的工作或者生活上的情绪压力已经很高，你的过度焦虑将导致短时间的大脑一部分功能的紊乱。你知道，很多焦虑症和抑郁症患者在急性发作时候，也会产生短时间的幻觉。”

“我不焦虑。”我说，“一切都很正常，如果说我焦虑，也只是因为在我眼前出现的画面而感到焦虑，毕竟它这么真实，我甚至能听到那海浪的声音，我开始怀疑现实。”

“是吗？”徐舸转着笔看着我，似乎在竭尽全力展示出自己很专业的睿智表情，但我知道他解决不了我的毛病。“除了你眼前出现的画面，你有短时间的失忆，任何头痛或者眩晕的情况吗？”

“嗯，有时候睡不好第二天会头晕头痛，我想这也是比较正常的吧，每个人都有过。”

徐舸医生咬了一下笔。

“嗯，那么你愿意做一个 MRI 吗？”

“为什么？”

“可以检测出你的脑中血管和结构组织的病变，有时候也许恰恰是这样的病变导致了你的症状，这都是有可能的。”

“如果它对我的病情有诊断价值的话，我愿意。”

“现在一切都不好说，但是对器质性疾病排除还是有意义的。”徐舸说，“我看一下，今天好像已经做不了了，太晚了，你明天过来好吗？”

“可以。”

我背上包，徐舸已经开始伸懒腰为接待下一位病人做准备。我其实很理解他，我毕竟也是他每天要接待的多如牛毛的病人中间的一位罢了。大脑连接着人的主观感受，而到现在为止还是一片医学上半未知的领域，所以什么症状的病人都会有，医生也不一定解决得了，但是解决不了也要装作能解决的样子，这大概是当代医生的准则。即使如此，我还是冷漠地说了一声“再见”，然后都不回头看就出了诊室。

我确定不会再回来。在人潮涌动的医院门口外走廊，我点了一支烟，然后缓缓地朝外面走去，我经过挂号的窗口，无数带着焦急表情的人一队队排在窗口前，有的人面色并不好看，但是还是忍着站在里面，这真是企图获得救赎前的最后的煎熬。

我还是反复地想着那个出现在我眼前无数次的场面，每次毫无征兆地出现在我眼前，上班路上、盯着屏幕、喝咖啡时、和领导说话时、做汇报时、吃晚饭时，突然眼前的画面猛烈地转变，变成灰色的海、阴霾的天、悬崖、砺岩、远处的冰山、狂风咆哮，没有一丝生命的场景，透发出世界末日般的悲凉，我就在那样的悬崖上，仿佛要迎来一切终结的悲壮感。

却好真实。

扔掉了烟头，回家的 87 路公交车从远处驶过来，我赶快朝公交站跑过去，与此同时有两三个男生也开始向那边跑去。

及时赶到了公交车站，好不容易挤上了回家的公交车，觉得自己像一只被压扁的沙丁鱼，透不过气。下班时间的夏天的骄阳照着车厢，整个车厢会不会突然爆炸开来？

车窗外的行人似乎还想不停挤进来，焦躁的售票员不停地向他们摆手示意这辆车再也塞不下任何人了。日光泻下的树的阴影打在底下每个人的头上，给他们一种仪式般的斑驳感，车最后还是开了，他们懊恼地走回公交车站。

可是还没开出几米，车就被堵住了，车上的人都开始做着自己的事情，我低头拿出手机和耳机，插上线打算听音乐来度过无聊的时光。

刚一把耳机插上手机的插口，仿佛有细碎的电波进入了我的脑袋，我开始晕眩，然后听见一声巨响。

我抬起头，公车的窗外，远处的医院似乎整个开始摇晃，从顶部开始剥落下墙皮，钢筋逐渐开始显露出来。

尖叫、惨叫，医院里的人像潮水一样涌出来，窗的玻璃碎片像雪花一样飞溅出来，其中有些人显然被伤到了，一下子倒在了地上，随即被飞下来的水泥碎块一秒钟吞没，永远葬在灰尘与土的无间地狱。

大地似乎都在震颤，其底下似乎有什么在发出愤怒的哀鸣，然后医院的整个楼梯从左边一下子散架开来，从中间裂开一个大口，可以清楚地看到一层层的结构，可以听见钢筋噼里啪啦断裂的声音，像人的骨头被拍断的响声，三秒之后右边的部分也像软泥一样变成一堆废墟，灰尘像是帘幕一样把整个地区罩了起来。

接着我听到了隆隆的响声，不确定响声是哪里来的，但是它越来越大越来越沉闷，几秒后我看到连天的巨浪从远处扑过来，一下子就吞没了远处医院的废墟，而那样的巨浪正在猛烈朝我扑过来。

心脏狂跳，我禁不住捂住自己的胸口，整个人都在颤抖。无法相信眼前发生的一切，我的眼角泛出泪来，努力控制自己不叫出来，但还是小声地叫了出来。

两三米高的灰黄色的浪打到公交车窗口的那一刹那，我闭上了眼睛。

“嗡”的一声。

“你怎么了？”

“你怎么了？”

有人在拉我的手臂，我睁开眼睛，两个穿着校服的中学女生好奇地拉住我。

“医院……”我颤抖地说。

“医院？”其中一个女生说，“怎么了？”

我放眼望去窗外。

医院完好无损，还是那个红色的超高大楼，人们从里面熙熙攘攘地穿行，进进出出，没有一丝毁灭的迹象。

“你要去医院吗？要不要让司机停一下？”

“啊？不，不用了。”

在觉得诡谲的同时，也有那么一点点羞耻，我觉得在公交车上犯蠢还是第一次，那两个女生找到了座位，在后面一直小声地看着我议论，其中一个还投来关切的眼神，让我觉得更加不好意思。

我的大脑一定哪里有毛病。我这样默默地对自己说，大概只有这样才是让自己从这样疯狂的症状中获得理智的唯一方式。

扶着公交车把手，我随着公交车晃动，像是海浪中的水草，觉得慢慢地，身体自下而上袭来一阵疲惫，差点要站着进入了梦乡，但是我还是拼命忍住了。

手机突然响了起来，打破了我昏昏沉沉的晕眩。

“喂？”

“喂，甲方说图还有一点问题，要我们赶快修改一下然后明天给他们。”

“怎么早不说？那等等我回去。”

“谁知道呢？”

这意味着又是一个加班到半夜的夜晚，本来还想借请假去医院来获得一个好不容易放松的机会，能陪陪女儿珍珍。

刚放下电话，珍珍就打电话过来了。

“爸爸，你什么时候回来啊？”

“今天可能要晚一点哦，珍珍你先睡觉吧，明天爸爸送你去上学。”

“啊，好吧。我买了小兔子，我还想等爸爸回来一起玩呢。”

“小兔子？活的小兔子吗？”

“是的，我把它养在卧室里了。”

“不能放上床哦，珍珍会生病的。”

“好的，爸爸。”

“嗯，对不起咯，珍珍。”

我明显听见女儿语气中的失望，珍珍明天就是小学开学的第一天，她现在大概有点紧张，又有些兴奋，我也很遗憾今晚不能陪她。

我在路边的小店随便点了一个快餐吃了几口，然后匆匆地赶到办公室，八点了果然全员都还在拼命地加班，我赶快到自己的电脑前，查看着甲方传回来的图。

甲方苛刻的要求让整个公司的人都很为难，听说老板还赶了回来主持大家开会商讨，整个会议怨声载道，等会议结束的时候已经快十点了，大家为了排解郁闷的心情集体到走廊里抽烟。

我和同是设计部门的小张站在一起，站在走廊里透过玻璃看着窗外的车流，外面下起了淅沥沥的小雨。

“你的部分多吗？”同屋的小张问我。

“他们要求的是大堂的面积现在太大，还是要缩小，这样其他的地方也全部要修改。”我抽了一口烟。

“这些人根本就不考虑我们的难处。”

“谁叫他们有钱呢？”

“也不是有钱，就是喜欢要人，让你不能过得太滋润。”

“对了，你看新闻了吗，说有一颗彗星好像进入地月轨道，说有多少概率撞上地球。”

“科学家老是做这种不靠谱的预测，每年不是都有吗？”我又抽了一口，“结果概率比中彩票还小，你看我们不是还是活得好好的？”

“说的是啊，不过最好能撞上来，这样我们就不用干了，哈哈。”

“你醒醒吧。”

“你下午去检查，怎么样了？”

“我？没什么事，医生说，也许就是累了。”我说，“再说，就算有什么疑难疾病，这种医院也检查不出什么来。”

“别开这种玩笑了。”小张严肃地说。

我说完准备走回到办公室去，刚走了几步，走廊的灯突然暗了，我顺手去摸了一下开关，灯又亮了起来，明明没有人动开关。

四周突然开始颤抖，我的耳畔有电流的微弱的响声，眼前突然变得模糊，我的耳朵里逐渐充满巨大而尖厉无比的鸣响，逐渐变成一股股浪潮的声音，拍打在巨大的岩石上的水声。

眼前又变成了那个熟悉的场景，我发现我孤身一人在岛屿的悬崖上，我坐在轮椅上，无助地看着眼前，咸湿的海风伴随着某种焦油的气味入侵我的鼻孔里，我禁不住要打喷嚏。

悬崖底下的青灰色的海浪击打着礁石，海水里隐约夹杂着各种废弃的垃圾废料，不远处的岸上堆满了死在上面的鱼，有些已经高度腐烂，露出了嶙峋的白色鱼骨，吸引着几只海鸟和成千上万只苍蝇前来获取战利品，一艘被撞烂的木船翻倒在沙滩上。

我的头痛得宛如要裂开一般。我尝试动起来，但是发现我从腰以下根本动不了，我四处拽着轮椅，扭动着，最后我从轮椅上摔了下来。

小张和一大群同事围着我，在我的上方十几张好奇又惊恐的脸。

“你醒了？”

我挣扎着爬起来。

“我怎么了？”我问。

“你刚才昏过去了，我看你摇摇晃晃地在走廊里，走了几步就倒下去了，我都吓死了。”

“哦。”我望着四周，“我昏过去了多长时间？”

“两分钟吧，我们刚要准备打电话叫救护车，还有人提议先给你做心肺复苏，然后你就醒了。”老板说。

“对不起啊。”

“你太累了吧，你先回去吧，你的部分我们大家一人帮你分担一点。”

“真的可以吗？太不好意思了。”我说，“要不我还是留下来吧。”

“不行，”老板说，“你赶快给我回家好好休息一下，不然这个月工资就不发你了。”

快到十一点了，我打了一辆出租车回到了家门口，说实话对于这样我并不觉得高兴，我也觉得别人是担心我，但是这样给别的同事带来更大的工作量，让我非常过意不去。转而更让我觉得沮丧的是，我越来越想知道我的头脑里发生了什么，我甚至开始诅咒它，想要敲碎它看看里面是不是长了什么。刚才我在出租车里猛敲自己的头，把出租车司机都吓了一跳。

梅给我开了门，我对于我要晚回来这件事竟然忘记和她说过了，我觉得非常抱歉，不过她也没有半点责难我的意思，也许珍珍和她说过了。

我打开珍珍的门，一打开就有一只白色的兔子蹦跳到了我脚边，我吓了一跳，说实话这只兔子我总觉得在哪里见过，仿佛唤醒了我大脑深层的一些记忆，它的轮廓我绝对在哪里看到过。

不过也许兔子都长这样，也许我最近真的是太累了，也许是别人所说的既视感。

珍珍从床上蹦跳着下来，我已经看到她很困了，强撑着下垂的眼皮来迎接我。

“爸爸，你看见小兔子了吗？”

“看见了，很可爱，你不会把它放到床上了吧？”我说。

“没有。”珍珍说，“好吧，就放了一下。”

“你看，不听爸爸的话了吧？快回去睡觉，这样多冷啊。”

我把珍珍又抱回床上去，我半坐在床边，把珍珍的被子盖好。

“明天就要去上学了，兴奋不兴奋呀？”我问。

“有点儿害怕，我不想去上学，我想在家里和兔子玩。”

“去上学可以认识很多新的小伙伴，到时候就会忘了小兔子了，多好。”

“那我就更不要去了，我要和小兔子在一起。”

“上学呢，是每个人都一定要经历的阶段，只有上了学才能变成聪明的大人，像我一样。”

珍珍慢慢地把自己的小脸埋到了被子里，我轻轻地拍拍她。

“没事，无论珍珍去哪里，爸爸都陪着你。”

“真的吗？”珍珍从被窝里钻出脑袋来。

“嗯。”

我哄完珍珍睡觉，自己回到了卧室，刷完牙洗完脸就爬上了床，梅正在床上点着灯看书。

“你在看什么？”

“《真实的世界》。”梅说。

“什么叫作真实的世界？怎么可能还有虚假的世界？”

“大概就是说人脑是怎么对周围的事物产生影响的，你看到的东西不一定是真的，只是头脑信息处理过给你的一种，怎么说呢，感觉的数据。”

“像我这样摸你，难道还是虚假的吗？”我假装轻佻地摸了摸梅的锁骨，“这样的感觉，难道不是一切存在的证明吗？”

“你真讨厌。”梅说，我接着脱下了梅的内衣。“你加班了一天，还有力气做这个？”

“当然了，我要为了证明你是真的呀，不做这个怎么行？”

在上下的交合中，梅尽力地配合着我，我享受着每一寸梅的肌肤带给我的快感，从大脑中枢直接散布到全身四处的愉悦。

然而在最后这种快感到达最高潮的那一下，有一种感觉像闪电一样击中了我。

咸湿的海浪像龙卷风一样把我的意识吹得粉碎，然后似乎将我的整个躯体刮入几千米的上空，又狠狠地拍下。

然后我直抵黑暗的深渊。

我坐在悬崖边，坐在轮椅上，看着远处灰青色的海。

我意识到我能动，我感觉到自己头上戴着某种箍紧的设备，我举起手摸了摸，其间我的手碰到了我的脸，我的脸上全部是深深浅浅的皱纹。

我回头看四处，这是一个孤岛，四面都环着海，岛的正中间有一座小房子，房子外到悬崖这边有一条只供一个人行走的小径。

R2 正在走过来。我想起来，R2 是一个机器人，极其逼真的外观呈现出成熟女人的样子。

“先生，系统检测到您的现实模拟设备 RSS 有故障。”R2 说。

“啊？”我转过头。

“先生，系统检测到您的现实模拟设备有故障，已经无法使用。”

“不可能吧。刚才还好好的。”

“先生，您的现实模拟设备有故障，系统已经为您自动切断电源。”R2 一字一顿地说。

“请对故障进行具体的描述。”我说。

“收到，故障分析中。”R2 的眼睛开始闪烁着蓝绿色的光芒，手腕上的显示屏开始飞过大量代码。

“故障：现实模拟数据部分丢失，造成间或性的读取失败，可能造成用户大脑损伤，为了您的安全，已经为您切断电源。”R2 机械的声音。

“怎么可能？”我把 RSS 从头顶上摘下来，这是一个类似头盔的设备，上面缠绕着复杂的电线，裸露在外面。

“请交给系统进行保管。”R2 说，我只好把头盔交给 R2。

“营养供给警报时间已到，请到操作空间进行注射。”R2 继续说。

“好的。”

R2 把我的轮椅边走边推回屋子内，屋子里有一排排的铁制的一人高的柜子，上面都标着看不懂的符号，远处陈设着几台闪烁的电脑，还有一张简易的床。

R2 打开其中一个壁橱，里面散发出寒气，其中摆放着一排排的注射用药之类的东西，R2 拿出其中一支，然后又拿了旁边的针管，搭配在一起，我露出胳膊，R2 为我注射下去，淡蓝色的液体从针管里慢慢降下去。

“营养供给完成，下一次营养供给时间，2302 年 5 月 4 日，15 点。”冰冷的机械声音从 R2 毫无表情的脸上传来。

我静静地坐在房间里，看着周遭的一切思索着混乱而空洞的现实。

记忆，真正的记忆像潮水一样向我疯狂地席卷过来，我害怕这样的现实，它让我颤抖、让我手足无措、让我无法呼吸。

根据 R2 提供的历史资料，地球在我出生前，就已经被彗星撞击，大部分的大陆已经被海水淹没，而我似乎生下来不久，父母就死了，我被机器人 R2 照料着。

我是地球上最后的人类了，我仅有的记忆就是这座孤岛，这座孤岛上有着之前科学家为了人类避难用的全部装置，可以提供十个人生存二十年所需要的全部能源和材料，可惜的是最后只有我一个人存活了下来。R2 记载之前，在我的父母把我送到这里来之前，曾经还有一个和我一样生活在小岛上的人，可是他最后自杀了，所以现在只有我一个人生活在这里。

为了逃离这样巨大的空虚的现实，科学家发明了 RSS 现实模拟设备，戴上头套就可以模拟并无死角沉浸于一段虚拟的人生，在里面完全可以成为另外一个人，过一个不一样的人生，算是一个困境之下终极的“消遣”，戴上 RSS 头套，会在大脑中产生电波脉冲，扰乱大脑中枢产生不同的知觉体验，说白了，就是让大脑产生幻觉，歪曲真实成另外一个世界。是梦也好，幻觉也好，在那样的世界里会完全抛弃掉对于真实的记忆。

原本是要在宇航器上的太空舱，为了人类迁徙到另外星球所要度过的漫长旅程，所使用的 RSS 设备，据 R2 记载，120 年前，却因为太空火箭发射失败而人类永远地告别了宇宙，至此，人类永远地被困在这个蔚蓝的星球上直至毁灭。

“下一次活动时间，3 小时 45 分钟 55 秒，现在系统自动进入休眠状态，5、4、3、2、1。”R2 自动倒数着，五秒后，R2 手臂上的机械灯光开始熄灭，然后整个人僵在那里，开始变成了一具真正的机器。

我的右手控制着轮椅的遥控器，操纵着轮椅四处在房间里转悠，这是个巨大的房间，四周有精密的防水仪器设备，和各种监测四周环境的机器。据说为了抵御最后的沦陷，防止小岛被水淹没，这个房子可以整个漂浮起来在海上，成为真正意义上的挪亚方舟。

我拿着遥控器打开电视，调动着里面的磁盘存储设备，里面放的是地球在遭到小行星撞击前一片繁荣的电视纪录节目，里面各种人在高楼林立的街上行走，公园里绿树成荫，一片祥和，可是现在这些景物早已经被深深地掩埋在一片泽国下面。

不忍看这些画面。我关掉了电视，在四处寻找可以供消遣的玩物，可惜，什么都没有，我拿起了哑铃举了几下，但是，再轻的哑铃我也举不动了，这是长期坐在轮椅上并且静止不动带来的后果，肌肉已经萎缩，失去了百分之八十的力量。我看着带着钢片的哑铃砸在了我的腿上，却没有任何知觉，最后掉在了地上，发出了清脆而刺耳的响声。

夜幕渐渐降下，房间里的自动感应灯亮起来了，所有的供电似乎是通过潮汐来发电的，所以并不用担心电能不足，而外面的天空，还是那个天空，上面闪亮着星星，它们从几亿年前就没有变过。地球所经历的变化，对于广袤无边的宇宙来说，也只是如同微尘的浮动而已。

我操纵着轮椅到了卧室，里面只有一张床，上面甚至连一丝灰尘都没有，我开始恐惧这样的清洁感。床边有一面大镜子，我靠近的时候镜子旁边的灯亮起来，荧光刺眼地照在了我的脸上，让我看清了我现在究竟是什么样子，镜子里面是一张扭曲而苍老的脸，布满了深深浅浅的皱纹，没有一丝血色，头发稀疏，眼睛泛着浑浊的黄色。我颤抖起来，把镜子随手打到地上，镜子碎成了碎片，里面却映出了几百个苍老丑陋的我。

我在床边发呆，我开始想着在RSS里的记忆。珍珍，那是我的女儿，我想着在床边给她讲故事哄她睡觉的场景，她笑着给我开门，撒娇着给我打电话，生日为我做蛋糕的场景。我想起了梅，我们第一次认识的时候，那是她突然在大学的课桌上流鼻血的场景。我是第一个扶她去洗手间的人，我想起了我们约会，我们结婚，梅挺着大肚子抚摸着说这是我们的孩子，这样的一幕幕在我脑海中慢慢地被揭开。

而这一切都是虚假的，都是我脑中的错觉，是凭空捏造出来的，是不可能出现的。

我开始陷入深深的怀疑，歇斯底里地在脑中否定存在和不存在的可能性，我看到的现在呢，说不定现在才是幻觉呢。这座小岛，这间房子，这个世界已经彻底毁灭的现实说不定才是大脑给我的错觉呢。我拼命地在脑海里尝试向自己灌输这样的观念，可是看到的仍然是死寂般的墙壁，窗外是绝望的海屿和一望无际的汹涌的波浪。

我突然理解之前的那个人为什么自杀了。

我突然累了，只想好好睡一觉，毕竟除了这样还能干什么呢？

我用轮椅的遥控板让整个轮椅横放下来，然后凭借最后的一点力气滚到了床上，慢慢舒展开腿脚，肌肉连带着骨骼发出了响声，是太久没有活动的结果，远处的操作室里的监测环境状态的仪表还在闪着蓝光，我慢慢闭上眼睛。

一只白色的兔子从外面蹦蹦跳跳地爬进来，径直爬到了轮椅上，然后朝着我跳过来。我不知道这是哪里来的兔子，这个海岛上从来没有出现过除了我以外的生物。兔子爬到了我的身上，它的三瓣嘴动啊动，最后径直到了我的耳边，我能感受到毛茸茸的触感。

“走吧。”兔子说。

“走吧。”带着回音的细嫩稚气的声音，这是珍珍的声音。

“走吧。”兔子爬到了我的手边，变成了一只小手，拉住了我的手。

我一下子惊醒，眼睛睁开，周围什么都没有，没有兔子，没有人说话。

我决定了，我要这么做，我一定要这么做。

我吃力地爬起来，让自己再滚到轮椅上，然后支起轮椅，向外边驶去。

我一定要这么做。

R2 伫立在墙边，像一个钢铁做的雕塑一样，毫无生机。我敲了敲 R2 腹部的存储仓的盖子，刚才看到 R2 把 RSS 头戴器放在了这里，但是 R2 不启动，未经过授权，是无法打开的。

“R2 请启动。”我镇静地说。

R2 的眼中和手臂上的指示灯开始发出绿色的荧光，胸部的扩音器开始发出声音。

“AXIS 辅助系统开始启动，启动完成，请输入指令。”R2 的手臂机械且不协调地张开，手臂上的显示屏开始变亮。

“请打开存储仓。”

“存储仓已经锁定，未经允许的操作。”

“请打开存储仓。”我又重复了一遍。

“存储仓已经锁定，未经允许的操作，请输入初始密钥。”

我不知道初始密钥是什么，大概只有发明机器人的人才知道。

反复试了好几遍 R2 不肯打开存储仓，我打开旁边的工具柜，拿出一把起子一把小斧头，我掂了掂小斧子不够重，又换了一把大规格的。

我使劲地用起子开始撬 R2 的存储仓壳子，由于设计的缝隙太小起子根本伸不进去，我只好换用斧头。

我真的不想在这样的空虚无聊和绝望中死去，宁愿向不是现实的幻觉妥协。

我用斧头一下一下地敲着外壳，可以看到金属开始慢慢地变形，出现了凿痕，砍到一半的时候 R2 的扩音设备开始发出刺耳的警报声。

“未经允许的操作，未经允许的操作，存储仓外部损坏。”

我无视这样的警告，一下又一下砸着 R2 的外壳。我已经做好了这样的准备，假如 R2 彻底坏掉了，我就会失去一切帮助，帮我注射营养供给液，提醒我各种潜在的危险，包括疾病的诊断和治疗，所有的一切都要我自己来，哪怕最坏的结果是死亡，毕竟世界末日不就在眼前，我已经做好准备了。

存储仓的外壳已经严重变形，从右边已经开了一个弯曲的小洞。我再用起子伸了进去，用尽力气撬开了 R2 的存储仓，拿出了 RSS 头戴设备。

我把 RSS 戴到头上，深呼吸了一次。

“请启动 RSS 设备，读取档案。”

“检测到现实模拟设备故障，未能启动。”

“启动 RSS 设备，快。”

“设备存在故障，未能启动。”

我开始用斧头疯狂地砍着 R2 的躯体，其间发出了刺耳的金属碰击的声音，仿佛绝望的蝉鸣。R2 的胳膊被我砍得整个凹陷了进去，显示屏的液晶开始变花。我也不知道我为什么要这么做，也许是一种愤怒的意志，加上似乎绝望中反抗的本能，对于机械的这样的程序，我也并不知道是否管用，但这是我唯一能试一试的方法。R2 的头部被我削下来一半，眼睛里面的弹簧伴随着玻璃眼珠的掉落整个蹦了出来。

“外部损毁严重，外部损毁严重，请立即启动修复程序，请立即启动修复程序。”

“你快给我启动 RSS！”我歇斯底里地大喊。

“设备存在……外部损毁严重，未能启动——启动修复——205 代码 QXRT2——故障发现，故障发现，液晶屏未能检测到，损毁严重……”

“电池续航不足百分之十，请立即进行充电。”“进入待机模式。”R2 发出这样的警报。

最后 R2 发出了混乱的杂音，我用斧头疯狂地削掉了 R2 的整个胳膊。R2 失去了平衡倒在了地上，发出了“砰”的响声，右侧的机械壳翻了出来，掉出了各种零件，螺丝，金属板，电路，还有纠缠在一起的电线全部都裸露了出来，倒在地上像一只没人要的洋娃娃。

然而还是没有被启动。

我把整个 R2 举起来，放到轮椅上，其间 R2 的扬声器里一直在发出断断续续的警报。

我戴着 RSS，手中捧着 R2 的残骸一直往外面驶去，出了门迎面而来的是咸湿而腐臭的海风，阴沉的天空为一切增添了壮烈的终结气息，我不知道我是不是失去了理智，我的头脑中充满了疯狂的想法和残忍的毁灭欲望，这大概是人的与生俱来的本能，生或死在心中在这个时候已经化成无关紧要的概念。

我到了那个熟悉的悬崖边上，望着周遭的一切，死气沉沉的大海，海中呼啸着翻滚着建筑的残骸，悬崖下面的海滩布满了鱼和海鸟的尸骸。

我捧着 R2，然后举起，然后朝着下方的大海使劲扔下去。

R2 在空中最后点亮了一下指示灯，然后像一个破碎的洋娃娃一样，往永无止境的深渊坠落下去。它的残留的左边的眼睛，在下坠的时候似乎在盯着我，露出空洞而迷茫的眼神，像是要把我也拉下去。

一声小声的清脆的响声，底下的海滩飞起一堆猎食腐鱼的海鸟。

“哔”的一声，头上有什么东西响了。

眼前的画面逐渐灰白，一切都在慢慢褪色。我转头看了看周遭，一切都在变得无关紧要，我就这么一直坐在这里，坐在轮椅上、悬崖上、世界末日的前一刻。

我醒来，窗外九月的朝阳夹杂着些许尘埃，从窗口射进来。

我的周围，微暖的被褥，摆放舒服的家具，窗外有不知名的鸟儿在鸣叫，有汽车汽笛的声音。

我好像做了一个很长的梦，但是我也不知道做的梦是什么，我无法具体描述出来，以至于我努力想，越想却越丢失了它唯一的一点点的细节。

我伸了个懒腰，走出了卧室，珍珍坐在了餐桌边上，正在努力啃着一块面包，梅在一边煎着鸡蛋。

“爸爸是懒鬼！”珍珍挤着鬼脸对我说，嘴里含糊不清的样子。

“你一般不都比我先醒的吗？”梅说。

“我也不知道，感觉昨天晚上特别好睡。”

吃完了早饭，我擦嘴的时候，白色的兔子突然从房间里蹿了出来。我一刹那间恍了神，白色的兔子，好像是我梦境中的一个细节，然而除了白色的兔子，我什么都想不起来，正当我努力回忆的时候，珍珍拍了拍我。

“爸爸，我该去上学了。”

“对哦，珍珍今天第一天上学，书包整理好了吗？”

“整理好了，爸爸你送我吗？”

“当然，第一天爸爸当然要送你。”

“真的吗？太好了。”

我一边穿衣服，一边四处找我的公文包，还好梅从屋里面走过来递给了我。

“你放在厕所里干什么？”

我和珍珍一起走出了家门，走在路边的人行道上，邻居家的保姆推着瘫痪的老人出来晒太阳，他们亲切地和我招了招手。

我不知道为什么，一直盯着那辆轮椅看，觉得它好熟悉，觉得和我好像有一些关系，但是却不知道在哪里出现过。

这个时候珍珍的手拉住了我的手，迅速地将我抽离了思绪，她的手又小又温暖，那一刹那，有一股感动的力量直抵我的心里。

“怎么啦，珍珍？”

“嗯，爸爸你昨天说过的话是真的吗？”珍珍小心地说，“我有点害怕。”

“嗯？不用害怕，珍珍是最勇敢的。”我想了想继续说，“我说过的是真的呀，无论珍珍去哪里，爸爸都陪着你。”

远处一切都充满了生机。和煦的阳光，轻柔的微风，摇动着的树影，散步的行人，看起来是漫长的一天的开始。

耳朵

她在洗手台前，连气都不敢出，不是因为她躲藏着什么，只是因为哪怕简单的呼吸她都觉得胸口疼，觉得有什么在敲打她的横膈膜。她看着镜子里的自己，突然觉得里面的人变得陌生，意识在这一刻短暂地飘离，在一个随机的肉体里栖居。

她看着镜子里那个陌生的影子：丑陋粗鄙又憔悴的女人，棕灰色的正装像火腿肠的塑料包装一样箍着她，让里面的那个人张开嘴巴狼狈地喘气，像是要淹死的鱼。她选择不去看镜子，她选择低下头来，脑子里已经快要膨胀到炸开，想到还要回去处理那山一样的文件，今天又是一个不眠之夜。她的所有时间被丢给了工作，她觉得耳鸣，右耳火辣辣疼，像被人拉扯着一样的感觉。她想起小时候偷偷去玩游戏机，被父亲发现，他巨大的手把她的耳朵拎着，像拉小狗一样拉着过街。对，痛和羞耻，就是那样的感觉。她把耳环取下来，摸了一下自己的右耳，双手打开水龙头，捧了一些凉水，在耳朵边上洗了洗。水的清凉洗掉了一点耳鸣的杂音，和脑海中回荡的晕眩。她觉得好了些，可是还不够好，她从口袋里拿起一包烟、一只打火机，她穿过一排排米黄色的厕所隔间，走到窗前，厕所里不让抽烟，可是，管它呢，再不抽她就要憋死了，她打开窗户，七月的炎热的风伴着阳光猛烈地扑进来，打得她措手不及。她点起烟，放到嘴里抽起来，可是风从外向里吹，香烟的青色的烟气被风裹挟着扑到她的脸上，向着厕所的隔间里延伸着自己的触手。这个时候一个女人从里面走出来，带着厌恶的表情看着她。她只好把头伸出十楼的窗外去，让烟尽量不扩散到室内去，路过的男人仰头看到了十楼伸出来的脑袋，朝她吹了吹口哨。

这个时候一阵狂风吹来，把她的头发吹得盖住了眼睛。烟头的灰烬四散，她尝试去用右手拿着烟，左手整理头发，摸到右耳的时候，她觉得像摸到了一块橡皮，明明摸到了耳朵，却一点也没有感觉。耳朵在哪里？她使劲地揪了一下，什么东西掉了下来，她看了看揪下来的东西，在手掌里躺着的，是自己的右耳，仍旧温暖柔软的右耳，耳洞旁边有一颗痣。她吓坏了，手猛地弹开，耳朵飞了出去，飞到了空中，几乎在阳光的照耀下闪闪发亮，美妙的几个旋转，她的耳朵自由落体。

这个时候刚好一辆搬家公司的大卡车经过楼下。她清清楚楚地看到，耳朵落在了车斗上，接着弹了一下，钻进了一大堆破破烂烂的沙发和电视中间，消失不见。她呆住了，血液瞬间凝固，脑子里的思绪一下子像烟一样散在风中，她在隐隐约约之间听到了一个声音，像橡皮掉在地上的声音。“啪嗒”。

呆住了好久，炎热的风将她慢慢解冻。她不知道怎么办，车已经开走，消失在城市的尽头，她像僵尸一样走回办公室，面无血色，头脑中一直在反刍刚才发生的事情。

还好，没有人注意到她的异样。她有长发，可以用来遮住丢失的耳朵，那底下，本来应该是耳朵的位置，现在就像一片平坦的沙滩，连一个小窟窿都没有了。她坐在自己的工位上，那个像鸟窝一样的隔间，她打开电脑，打开电脑的时候她向左右看看，她能听到旁边人在窸窸窣窣地交流工作，甚至闲聊的对话声音。而与此同时，马路上车来车往的声音，鸣笛的声音，汽车发动机轰轰作响的声音，木头家具互相挤压发出的嘎吱嘎吱的声音，从右边，某个虚无的遥远的角落里发出来。

她是个聪明的女人，她一下子就想到了这些声音的来源，右耳一定还在工作着，也许像一个收录机，通过某种神秘的电波，跨越空间，还在冥冥之中将信号传回她的大脑。想到这个的时候，她突然神经质地笑了起来，这样无奈又荒诞的桥段只在科幻小说和电影里面出现过。脑子里声音像凌乱的毛线球，胡乱地缠在一起，可是想起那个落在车后边的耳朵，小小的耳朵正在进行它神秘的旅行，她突然觉得不那么烦闷了，甚至开始学着忽略周边，专心地听着右耳接收到的声音。人生之中从来没有发生过这样的事情，很刺激，不是吗？

她一边打着字，机械地修改着工作报告，注意力却完全在那个既远又近的声音上。汽车似乎停了，似乎停在了某个僻静的角落，某个小区吗？工人开始搬着家具，咯吱咯吱，然后“嘭”的一声，什么带着玻璃的东西掉到了地上发出了粉碎的声音，然后几个男人开始互相责怪的叫喊的声音，吵架的声音越来越愤怒、越来越大，最后好像打了起来，木头棍子挥舞着扇着风的呼呼声，掉在地上乒乒乓乓的声音，更加清脆的玻璃碎裂的声音，男人们互相咒骂脏话夹杂着惨叫的声音，衣服被撕裂的声音，吐口水的声音，几个人躺在地上哀叫的声音，旁边的女人劝架的声音，听到这些的时候她坐在电脑前也焦虑起来，“不要打了。”她大叫。旁边的人诡异地看了她一眼，她不好意思地低下头去，闭上嘴，专注听着那些离奇的声音。接着五分钟后，警笛伴着汽车的声音越来越近，脚步的声音，警察大声呵斥的声音，手铐在一起摩擦着的声音，人被在地上拖着的声音，衣服被撕开的声音，车关门的声音，发动的声音，车开走的声音，警笛渐渐变弱的声音。一切恢复了安静。只留下了风摩擦树木的沙沙声。

不久，寂静被悄悄打破了，她听到了木头摩擦的声音，吱吱呀呀，人在抬起什么，接着是人喘息的声音，上楼的脚步声，开门和关门的声音，木头箱子被放在地上的声音。“妈，我捡了一个柜子挺好看的。”一个中年男人的声音，没有人回答。几分钟后，门吱呀关上的声音。一切又归于安静，在无边的安静中，有粗拙的呼吸声音，点滴液滴下的声音，偶尔人翻身时床木头咯吱咯吱响的声音。

她日日夜夜听着这样的声音，她知道她的耳朵被锁在了一个柜子里面，旁边好像是一个躺在病床上的老人。她有些失望，她想要听到更有趣更猛烈的声音，现在的声音和她的生活一样无聊。可是她仍旧日日夜夜关注着，也许是她不得不听，也许这些声音已经变成了她生活的一部分。她能够确信自己的右耳仍旧在这个城市里，她能在密闭着的没有窗子的办公室里面，听到隐秘的淅沥淅沥的雨声，她知道外面一定是下雨了。她想听到人的说话声，可是并没有，她只能听到小声的哀鸣，擤鼻涕，吃饭喝粥的窸窸窣窣的声音，喝水时候咕嘟咕嘟的声音。坐地铁的时候她听到的小声哼哼旋律的声音，和老板汇报工作的时候打呼噜的声音，这些都变成了她生活中的背景音，产生的微妙的不和谐，在她每日的枯燥生活中加了一点意料之外的乐趣。

没有耳朵在别人看来毕竟是一件奇怪的事情，她不想让同事们议论纷纷，也不想一天到晚提心吊胆用头发遮住那里生怕被人看出来。过了几天她就去影视道具的工厂定做了一个仿真的塑胶耳朵，她对老板说自己是一个魔术师，要表演和耳朵有关的魔术。她几天后拿到了塑胶耳朵，她用皮肤胶水把它粘到了自己的右耳丢失的地方，它看起来如此真，以至于照镜子的时候她都几乎相信了，那就是自己的耳朵。

周五的晚上她惊醒了。迷迷糊糊她从床上坐起来，她听到哀叫的声音，喘息的声音，越来越大，越来越急促，呼吸里好像被什么堵住了，呼吸声都变得嘶哑，喘不过气，要窒息了，手乱挥的声音，床咯吱咯吱的声音，越来越剧烈，她害怕了，她觉得发生了什么，可是不知道究竟是在哪里。紧接着玻璃瓶掉下来的声音，在地上摔碎的声音，老人努力地想要发出声音。她四处望，她想打电话报警，但是在举起电话的一刹那，耳朵里面的声音渐渐微弱下去了，呼吸声变衰弱了，变平静了，床不摇了，最后一切都又恢复了寂静，死一样的寂静，只剩下了夜风呼呼地从窗户吹起来的声音，她呆住了，放下了电话，手不住地颤抖。十几分钟以后，敲门的声音，砰砰砰，门被撞开的声音，急促的脚步声，膝盖“扑通”一下跪到地上的声音，“妈！妈！妈！”男人洪水般的嘶吼声，暴雨般的哭泣声，几个女人嘤嘤的哭泣声，一直持续到快要天亮。她坐在黑暗里，看着自己空荡荡的房间，眼泪不知道为什么，不知不觉从脸上流下来。

接下来的几天又是寂静，如此安静，以至于她甚至觉得耳朵被碾烂了，从而失去了自己的功能，以至于她觉得短暂的奇妙遭遇可能只是一个梦，她面对的还是枯燥平淡又正常的生活，然而她想要的并不是这些，她一直有些疯狂的想法，她想辞职环游世界，她想去一个没有人知道的小岛，开一间小店，她想和一个大她十岁的男人谈恋爱，然后马上结婚，生完孩子他们马上又离婚。她在脑子里每天都在谋划，她梦想着把辞职报告信拍到经理脸上的时候，她想象着经理的表情。可是接着她理智的部分告诉她，困在办公室里的生活才是真实的世界，她的手上有一万份的报告要整理，她有昂贵的房租要交，她被这两件手铐牢牢地铐在一成不变的时间里。

可是某一天，那些声音又回来了，她兴奋极了。那是搬家具的声音，咯吱咯吱，人纷纷走动的声音，锯木头的声音，人们抬着什么东西下楼的脚步声，喘息声。她觉得自己的耳朵正在移动，开始了新的征途。车开动的声音，街上熙熙攘攘的声音，鸣笛的声音。突然，“啷”一声，类似橡皮掉落在地上的声音，糟了，耳朵掉下车了。车轮碾过马路的声音，刷刷的车带起狂风的声音，什么东西咕噜咕噜滚动的声音，人脚步的声音。突然她听到了小孩的惊呼声，“哇。”耳朵被捡起来，被捏来捏去发出的软软的咯吱咯吱的声音。“把玩具放起来，赶飞机来不及了。”一个大人的声音。紧接着她听到的是耳朵和尼龙布发出的摩擦声。跑步的声音，儿童呼哧呼哧喘气的声音。

她听到了熟悉的声音，熙熙攘攘的人声，机场播报的声音，传送履带的声音，“哔哔”的安检仪器的声音，“您前往圣地亚哥的航班马上就要起飞了，请您在 32F 口登机。”“快走，那边。”“爸，我跑不动了。”“快点。”飞机机舱的机械发出的嗡嗡声，行李架打开的声音，箱子挤来挤去的声音，行李架被合起来的清脆的声音。隐隐约约传来的机长广播的声音，“马上要起飞了，请您……”空调吹气的声音，飞机起飞的发动机的嗡嗡声，海拔升高的时候，耳朵里面被塞了什么东西一样的不舒服感觉，她似乎也能感觉到。

飞机似乎出现了气流，上上下下每一次颠簸，都有模模糊糊的广播，以“哔”的一声为开始。紧接着传来一些孩子的尖叫声、父母的安慰声。“请您不要慌张，系好安全带。”机长的声音，可是颠簸越来越厉害，尖叫声此起彼伏，男人的女人的，接着各种行李撞来撞去的咔嚓咔嚓的声音，什么塑料部件清脆的碎裂的声音。

她这个时候正在坐电梯，听到这样的声音惊恐不已，她也禁不住捂住自己的头，旁边人不解地看着她。电梯到了一半她就下来了，她在三楼的阳台上拿了一支烟开始抽，想让自己也平静下来，同时专心听着声音。机舱的机械的声音越来越大，嗡嗡嗡，混杂在其中众人的咒骂的声音，飞机摇摆的蜂鸣声音，杯子掉在地上碎裂的声音，孩子鬼哭狼嚎的声音，女人不停地哭着的声音，接着一声巨大的似乎是钢筋断裂的声音，“我们的飞机正在紧急迫降，请您按照指示穿好救生衣，所有人请抱住低下头做好……”机场还没说完声音就消失了。人的叫喊声彻底消失了，只剩下了巨大的机械轰鸣声，飞机划破气流的声音，机舱里的行李撞来撞去的响声。

紧接着更大的什么断裂的声音，急速的空气灌进来的声音，哔哔哔，警报纷纷作响的刺耳的声音，什么燃烧起来的声音，在这其中，似乎有人微弱的尖叫声，可是只是一瞬，在那一瞬之后，什么都消失了。只剩下微弱的耳鸣声，空气呼呼在耳边划过的声音，最后，一声巨大的爆炸般的响声，仿佛在她耳边炸开，她整个人剧烈抖了一下，头的右侧，耳朵消失的区域呈放射状剧烈疼痛。她又什么都听不见了。

预感到发生了什么，她手颤抖着，丢下烟，钻进了楼里，从楼梯拼了命地向上爬，回到办公室，办公室的正上方的电视屏幕，反复播着客机在太平洋上失联的消息，她的脑子里一团乱麻，头埋在手臂形成的枕头上，趴在桌子上。她不想再听了，不想再听了。她想堵住耳朵，可是耳朵根本就不在那里，怎么也无法抑制住这样的声音，她不知道怎么去停止。她趴在桌子上，一直到下班的时候，所有人都走光了，只剩她一个人，孤零零地坐在办公室里。

她不知道怎么形容自己的感情：她每天都能看到电视或者网络上发生的惨剧，但是她似乎早已对那些麻木，而现在的超自然的体验，让她成了一部分的事件的当事者。这样的感觉，让她觉得无助，困惑，又痛苦万分，她又觉得罪疚，如果在能听到有异样的时候，就通知航空公司，或者管制台，也许有那么一点点的可能，飞机就不会出事。她又想，也许一开始就找回来自己的耳朵，就至少可以不用去感受这些事情，在某种程度上就和她没有关系。总之，她真的不想再听见这些东西了。

她不能跟所有人诉说这样的感情，所有人都会以为她在说一个笑话，如果她去找精神科医生，只有一个可能，她会被诊断为妄想症，精神分裂症，会同情地看她，给她开一大堆药。接下来的几天，她一直待在家里，没有去上班，她选择自己一个人消化一切。她躺在床上，不做任何事情，她看着雪白的天花板，隐隐约约她能听见温柔的波浪声音，风拍打着水的声音，一些鸟类的鸣叫的声音，在某些时刻，她能听到水中传来某种低沉的嗡嗡声，她记得在哪里看过，海里的鲸鱼、海豚还有其他的鱼类也会发出声音。这些声音让她的心变得柔软，渐渐地让她平静下来，她笑了，她觉得天花板都闪着太阳射在海面上的，粼粼的波光。

不知道过了多久，她的生活一直伴着海的声音，她以为她的耳朵就要一直漂流在世界另一头的汪洋大海中，直到最后慢慢腐烂、分解，或者直接被鱼吃掉，这样她就不用听见了，她想。可是她又有某种期待，期待着还能有什么更有趣的事情发生。结果，某一天的中午，就在她一边吃着快餐盒饭，一边盯着电脑，读着客户发来的邮件的时候，她听到了木头吱吱呀呀的声音，水流被划开、溅起的声音，小船的桨插入水划动的声音，越来越近，越来越响。紧接着，她听到了孩子的声音，兴奋地叫着的声音，两个男孩子对话，咿咿呀呀地说着某种她不知道的语言，接着他们似乎捡起了耳朵，因为一直传来他们的对话声。她多么希望能够听懂他们在说什么，可是她依然很高兴，她专心地听着，好像一个困在海上的水手突然发现了大陆一样兴奋地笑了起来。

赤脚踩着沙滩的声音，风吹着椰林的沙沙声，某种号角的声音，生火时候木柴烧得噼啪响的声音，一群人大声聚在一起说话的声音，咀嚼着什么的声音，喝着什么的喉咙咕嘟咕嘟的声音，一群人拍手的声音，大声唱歌的声音（依然是她听不懂的语言），跳舞的脚踩着沙的声音，拍着鼓的有节奏的声音，孩子大叫的声音，混杂着海浪碰撞着沙滩的声音。这些声音纷至沓来，一层层地像海浪一样清洗着她的意识，慢慢地，她感到无以言喻的兴奋，仿佛开了窗，从外面看到了新的世界的轮廓。

在接下来的几个月内，她听到越来越多的离奇的声音，她听到了她以前从未听到的声音，有些甚至是那么难以用言语描述，她刻意地训练自己，听到了什么样的声音，就去想象自己的耳朵在一个什么样的地方：古铜的大钟鸣响的声音，十八下，鸽子飞过的声音，吱吱呀呀的木门的声音，那应该是一个夕阳下的教堂，有着神圣的十字架，黄昏来临的时候鸟群在上划过夕阳。汽车轰鸣的马达声，重型卡车巨大的轮毂碾过钢板的声音，粗嗓子人的激烈的喊叫，钢管互相撞击的清脆声音，最后几声枪响，一切归于寂静，那应该是工厂之内黑帮火并的场面。微小的推车的声音，刀子和镊子轻轻撞击的声音，几个人隔着一层布小声对话的声音，某种电子仪器“哔哔哔”的声音，轻轻的喘息的声音：也许自己的耳朵正在某个手术台，至于究竟怎么被带到那里，她也不知道。她一天天变得越来越开朗，她觉得自己再也不是那个憔悴焦虑的女白领，声音组成的世界，在现有的空间内，似乎又给她开辟出了另一个与众不同的空间，她随时可以逃进去，这个安全隐秘的领域，在她的大脑中，有着无限延伸的疆域，最重要的是没有人会发觉。

从来没有谈过恋爱的她，随着自己的越来越放开，经别人的介绍，顺利地认识了一个男朋友，她第一次发现了爱上一个人的快乐，她明白了自己的世界还可以更加五彩斑斓，她和他不断地约会，诉说着自己的经历，说着自己的老家，自己的哥哥和父母的故事，说着自己的糗事，自己的苦恼和困惑，他们互相分享着彼此的秘密，像不停地被剥掉皮的橘子，马上就要到达最甜蜜的，可以食用的部分，可是她还保留着、隐藏着一个秘密，她打算随着关系的进一步发展，她要把全部都说给他听。

那天晚上，他们第一次赤裸地躺在床上，尝试用最坦诚的方式面对彼此，暧昧的气氛随着体温升高，马上要到达顶点，他抚摸她，从上到下，从嘴唇到肩膀到乳头。她鼓足勇气，让他第一次把自己的头发从右耳掀开，让他摸了摸自己假的右耳，这个时候他已经开始皱眉头，他已经开始感觉到异样。她对他说：“我的耳朵是假的。”她伸出自己的右手，把那个粘贴的假耳朵一把摘了下来，那底下什么都没有，像是月光照着的平坦的水泥路面，她看到了男朋友惊讶恐慌的眼神，她看到他的手抽得离她远远的，她似乎已经明白了一些，心悄悄破碎了一点。她试着向他说自己的耳朵的去处，她能听到的声音，所有神秘的事件的完整脉络。他刚才亢奋的激情，彻底消失在空气中，他坐了远一点，皱着眉头听着她讲话，仿佛是听着大学时代一位困惑的学生，听着讲师说着天方夜谭似的理论。她说完了，他们之后什么都没有做。过了几天他就消失了，两个人再也没有联络。

她还是能听见声音，这几个月内，她仿佛听见了全世界的声音，可是她好像已经厌烦了，不知道为什么，她突然感到自卑，她之前觉得这很酷，或许有些人会喜欢这样没了一只耳朵的她，可是她错了，她现在彻底觉得，正常人大概会觉得她是怪胎，是精神病。她还是一个人，喜欢一个人吃饭、一个人逛街，每天晚上一个人出去跑步。在朦胧黑暗的江边，神秘的江水的波浪像是沉浮着万千个鬼影，岸上的世界，无数毫无生命力的高楼无端地耸立在她的身边，好像随时都会压下来，她看见经过她的人们，骑着自行车，走着，面无表情的人们，捉摸不定的行踪，但或许她才是捉摸不定的那个。她听见机械的声音，齿轮转动的声音，咔嚓咔嚓，电流的声音，这个现实的世界好像不是她所期待的样子，玻璃被碾碎的声音，铜制的撞针撞击着金属板的声音，模具在履带上被传送的声音，工人们细微的防护服摩擦的声音，每个人都努力着，只是为了要成为符合规范的制品。她厌烦了，她想要回自己的耳朵了，要回来，然后找个好点的医院装回去，做个正常人。既然能够一直听见，说明耳朵也并没有失去它的功能，装回去也不是难事吧，她这么想。

她想试试，她写了很多消息，登载在本地的报纸上、在各种论坛上，因为她知道自己的耳朵去了很远很远的地方，所以她找了外国的朋友帮助自己发布了讯息，那是一条奇怪的，并不是那么详细的信息。

> 我的耳朵掉了，如果你发现或者捡到了它，请寄给如上地址，或者给我打电话。

她实在不知道怎么描述这个奇怪的事件，包括形容自己的耳朵，大多数人都会觉得这是一条恶作剧，她想。所以也没有抱着什么期待。可是，在登出来的一周之后，她震惊了，她开始不断地收到大大小小的许多包裹，当她打开它们之后，她发现里面有大的小的，各种样式的耳朵，有白人的黑人的，甚至还有毛茸茸的狗的和猫的耳朵，还有一些奇形怪状的、沾着黏液的、嵌着肉瘤的、不知道是什么动物的耳朵，它们都是温热的。她看了看地址，这些耳朵从全世界被寄过来，千山万水远渡重洋。她哭笑不得，她不知道怎么处理这样的耳朵。她反反复复仔细地检查过了，她确定这里面没有自己的耳朵。可是她却很高兴，她也说不上来为什么，也许她冥冥之中知道自己的耳朵终将回到自己身边，也许她发现还有那么多和她一样的丢失了耳朵的人，她不是人群中最奇怪的那个。她把这些耳朵陈列在自己家里的橱柜里，精心地摆放起来，像一个博物馆的标本陈列架，她想，自己总有一天要把它们全部还回去，可是她不知道怎么还，寄回原地址似乎行不通，因为寄来的也不一定是本人丢的。

最后，在某个星期五的早晨，她期待的事情，终于有了结果。坐在办公桌前发呆的片刻，她听见了包装纸的声音，盖邮戳的声音，旁边没有人在做这些事，那一定是有人捡到了耳朵，而且看到了她发出的消息，它的耳朵要被寄回来了。

果不其然，第三天她就收到了自己的耳朵，它被小心地包装在红色的包装纸里，做成了一个小礼包，外面还用蝴蝶结装饰起来。和耳朵一起的还有几张明信片，几张照片，明信片是美丽的海滩，赤色的夕阳，高耸的棕榈树，一对老夫妇站在风景如画的木屋前，他们一定是捡到耳朵的人。后面还有几行字，用英语写的让她一定要拜访一下他们，做他们的客人。她很激动，自己的耳朵能被如此珍视。

现在她有了将近四十个耳朵，她已经决定好将它们怎么处理了，它们应该要进行一次长长的旅行了，它们应该去世界的各个角落，像她自己的耳朵当初一样，希望它们的主人为此不要太伤心难过。她把自己的耳朵挑出来放在办公桌上，把剩下的耳朵捧在怀里，她去了那个洗手间，她打开窗，窗外是明媚的阳光，阳光底下是熙熙攘攘的世界，车与车的洪流像是流经血管的城市的血，她想让这些耳朵像自己的耳朵掉的时候一样，被车流带走，可是正准备扔的时候她后悔了，她的手缩了回去，她怕自己丢不准，怕耳朵们被车轮碾过。

她想了个办法，她去了楼下的儿童玩具店，她买了四十个氢气球，将每一个耳朵都绑在气球上，然后让它们慢慢地飞起来，跟随着风飘走，她站在天台上，一个一个地放飞气球，蓝的红的黄的，她看着气球们越来越小，飘到和云一样的高度，像点缀着云的小小的芝麻。气球全部消失在空中的时候，她笑了，松了一口气，可是，紧接着她的眉头却皱了起来，远处的灰色的云团聚集在一起，马上就要下雨了，她听见了风的声音，湍急的气流的声音，云的互相挤压轰鸣的声音，有一种仿佛坐飞机一般，耳朵孔被塞住般的不舒服感觉，仿佛她也在和气球一起上升、飘浮。她大喊起来，疯了一样跑回办公室，她拿起那个放在桌子上的耳朵，那不是她的，她搞错了，在那堆气球之间，她把自己的耳朵又一次放走了，它的旅程又开始了。

不过，这份沮丧只持续了短短的几分钟，她摆弄着那个手里的耳朵，看着西装革履的同事们在迷宫般的写字台前走来走去，她觉得她在看一群蚂蚁。接着，她做了一个决定，她从办公桌前跳起来，把那份早就写好的辞职报告从抽屉里拿出来，她走向老板的办公室，那里大门紧锁，但是她知道他在里面，那里面阴云密布电闪雷鸣，她知道他会坐在风暴的中心，用苦瓜一样长满疙瘩的脸对着她。可是她已经决定了，她要把现在这个假的耳朵丢掉，然后把这个不知道是谁的真的耳朵放上去，然后她要辞职，她要来一次真正的长旅，去她想都没想过的地方，做没做过的事情，让这个耳朵的主人能够听听这个世界的声音。

幸运

自从毕业了之后，因为找不到别的工作，我就来城里图书馆当图书管理员了。

一开始的时候我很享受这份工作，我不喜欢和别人说话，爱读书，虽然这份工作相当符合我的性格，有时候我觉得平淡地过完一生就好了，不过日子长了，我也得承认，这工作有时候让我感到相当沉闷。

每天我的工作就是为来访的读者刷卡登记，然后为每一本借出去和归还的书做记录的工作，最后在图书馆闭馆的时候，开始清点书目和整理被摆放凌乱的书籍。因为现在是四月，借书读书的主力军——学生们还在学校里上学，所以一天之内也并没有很多读者，没有很多工作要做的我，工作相当清闲。

我在空闲的时候喜欢观察读者们，什么样的人会借阅什么样的书，经过几年的工作经历，我已经大概有初步的了解，所以在借阅的时候，也通常可以在心里猜对七八十——谁的名字是什么，他们今天会借什么书。白天来的大多数都是退休的老人，所以健康养生类的书籍被借阅最多。晚上会来一些公司上班的职员和白领，还有业余时间过来的学生，所以热门的专业技术类、教材辅导类和小说类在晚上比较受宠。周末则是这段时间的高峰，阅览室的座位经常被占据得满满当当，经常有读者向我抱怨周末没有位置坐，我只好无奈地建议他们将书借回去阅读。

阅览室有六张长方形的巨型橡木桌子，每张桌子左右侧都有十四把高脚凳子。平常的时间零零散散地会坐一些读者，其中常客我大多数都已经认识了，他们大多数是每天会固定时间前来阅读的老人，偶尔有几个在家SOHO

办公的年轻人，他们有的时候不会借阅书籍，而是坐在那里用自己的笔记本电脑飞快地敲着字处理着文件。

在这么多的读者中，有一个特别的读者让我印象深刻，她是一个二十岁出头的小姑娘，似乎和老人一样，不用工作，所以每天都会来，而且是从早上图书馆开门，一直待到下午清场。她的个子不高，却有着长长的披肩的黑色头发，好看的齐刘海，明净的大眼睛衬在白里透红的细嫩肌肤上，看着很难让人不心动。在这春光迷醉的四月里，她每次都选择坐在有阳光直射进来的窗边，窗外的绿意巧妙地成了她低头侧脸的背景，她的头发镶着金边，在阳光下闪闪发亮。

有的时候我怀疑上帝造人的时候为了保持绝对的公平，不会把所有美好的都奉献给一个人，这个姑娘是一个聋哑人。

我依然深刻地记得，她第一次来的时候，她只是默默地看着我，我在柜台里，她在柜台外，我问了她几遍“你好！需要借书吗？”她都不回答，这样的沉默持续了几分钟，其间她的大大的眼睛一直忽闪地对着我，直到我沉默并且尴尬地红了脸，她才拿出一张纸和一支笔，在纸上慢慢地写了几个字。

——我想办会员卡。

之后我们就一直用纸和笔交流，说是交流其实只是把最简单的业务对话，变成了在纸上的文字进行交换而已。她每次来都会带一张纸，这张纸上面有她预先写好的书的名字，来了之后直接递给我，然后我就会告诉她书的位置具体在哪里，或者我去帮她取来，然后她坐到阅览室一个人静静地翻开看。我曾经建议她把想看的书列一个单子，我可以把它们全部找出来，然后带回家去借阅，然而她从来不这样做，她每次只看一本书，还是在阅览室里看，看完了之后就交回给我，我放回书架上书原来的地方。

她读的书籍，也绝非是一般这个岁数的小姑娘所喜爱的，诸如校园文学区、小说区的地方似乎她从来都不去，她借的一般都是艰深难懂的哲学或者科普著作，有时候心理学，有时候也有医学。对此我印象深刻的有康德的《纯粹理性批判》、卢梭的《忏悔录》，一直到达尔文的《物种起源》等，这样的书放在架子上几乎是很少有人去碰的。

我很想和她交流，很想知道她是什么样的一个人，因为她和别人都不一样，在万千种人常规的行为组合里她是最不同的一种，或者也许只是因为她的相貌和气质吸引我，然而似乎并不如想象的那么容易。一来因为我是这里的职员，我在一天的大多数时候只能待在服务台里，所以我没有和她交流的机会；二来，其实和聋哑人交流就仿佛要跨越一道墙，只靠书写的形式也让我感到奇怪。

也许就是因为这样的墙，在外人眼里他们的生活变得异常孤独，他们的感觉只有他们自己知道，但是我却异常想要了解。于是我在她借书的时候，故意把写好一句话的纸塞到她所借的书里面，这样她看的时候就有可能会看到，慢慢地，仿佛在墙之间开辟了一个我们彼此之间沟通的小缺口。

——这样的书有趣吗？

我把这样的纸条塞到她所借阅的《判断力批判》里。从清晨到日暮，她来归还的时候，我终于等来了她的回信，这种感觉奇妙得让自己感觉回到了古代，正是这样的等待的过程，让人心动不已。

——有趣。

虽然只是这样的，几乎没有任何感情的两个字，却让我感觉整个人都兴奋起来，我也不知道为什么，但是感觉就像是某个终年阴暗的屋棚，终于有一天屋顶破了一块，有了阳光射进来。从那以后她每天来我都会在她借的书里面夹上自己的一句话，而她在傍晚还书之前，都会在我的纸条的背面写上回答。

——学习哲学对自己有什么帮助吗？

——有。

——不喜欢看侦探系列的书籍吗？

——不喜欢。

基本上是这样的对话，隔了将近十个小时，一开始收到的都是简短的一两个字，对事物的单纯的肯定或者否定。但是我并不失望，我突然觉得自己的工作变得充实了起来，因为这几个小时时间里面大概填满了我对回答的期待，所以就显得格外短暂。而渐渐地我们围绕书籍展开了更深入的探讨，要知道，我也是喜欢读书的人，她的回答也越来越长，基本上也都是她对于书籍和知识的理解。让我吃惊的是，我觉得她的心理年龄和学识，和她的外表一点都不相配。

但是我渐渐地发现，她似乎不想聊她自己的事情，很多时候她都是选择转移话题或者直接略过。这其中的故事让我越来越好奇，但是我觉得我可以理解，因为也许她人生中所经历的心酸，并不像我一样，不是那么简单，随随便便对外人就能说出来的。我的心中似乎越来越对她感到向往，有一种被她吸引的感觉。晚上下班回家后，在一个拥挤破旧的卧室，我会花一些时间来想明天要问她什么样的问题，我的脑海里会浮现出她的侧脸，有时候想象她会给我什么样的回答，都会觉得紧张，或者微笑，也许，这就是喜欢一个人的感觉。在这样的充满惊喜的生活里，日子就这样一天一天过去。

在炎热的八月的晚上，我一个人下班走回家，戴着耳机听着音乐，感受着傍晚炎热中带着一丝丝清凉的风。马路上有三三两两的人经过，摇着蒲扇在散步的老人和慢跑的年轻人。左边有一大片体育场，里面银色的灯光映照着来回飞奔的身影，大学生们在踢足球。右边是一排二十多层的高楼。

我心里想着白天上班时候发生的事情，就禁不住翘起了嘴角，我终于下定决心约她下周一起出去吃饭。

她竟然同意了，这大大出乎我的意料，我握着那张写有一个小小的“好”字的纸片来回翻看着，不敢相信这是真的，纸片都要被我手中的汗弄湿了。

在高楼底下走着，我看到前面似乎有两个人的身影。因为光线微弱，所以我等走近之后才看清楚他们，是两个工人拼命摆着手，口型张大似乎在对着我喊些什么，我的耳朵里塞着耳机所以我根本听不见他们在说什么，我赶紧摘下来左耳的耳塞，尝试去听他们究竟想要说什么。

“不——要——过——”

我只听清了这三个字，就感到头上一阵闷痛。一声沉重的巨响，什么东西砸在了我的头上，眼前的风景顿时在我眼前天旋地转，我能依稀看到两个工人惊恐的脸，在一秒后伴着微弱的光扭曲，翻转。我感觉意识还在，身体却倒在了地上，然后在一瞬间，一切都变得漆黑。

等到醒来的时候，我发现自己躺在一个房间里。这个房间是一个密室，没有窗户，房间的布局让我恐慌，四周都挂满了没有画面的液晶显示器，密密麻麻就像科幻电影里面的监控室，我的床旁边有一台闪着各种数据的电脑，我感觉自己的头上插满了各种花花绿绿的电线，头皮发麻。我感到惊恐，想要动动，却发现自己除了头部以外，已经没有任何知觉。

在恐惧中度过了三十秒钟，却好像度过了一年。这个时候有一个穿着白大褂的男人走进来，他的嘴也包裹着口罩，头戴着白色的帽子，只能看到他细长的眼睛。他径直进来坐在我身边，开始快速地操作着电脑，里面的画面和数据以正常人看不清的频率闪动着，我慌张地开口问。

"你是谁？我在哪儿？"

"你不需要知道你在哪儿，只需要知道，你的人生需要再被重置一次。"

没有任何感情的声音，我突然被他的语气和所说的内容震惊到了。我停了好几秒，尽力思考这不是恶作剧或者别的什么，随后各种科幻片的情节在我脑海中纷纷闪过。

"你说，我需要重置？我怎么了？"

"你本来应该死了。"

"所以这里是天堂？"

"哈哈，不是，你想太多了。"

"所以我还活着？"

"对，我要帮你解决的是，你怎么继续活下去。现在你的问题是，你的身体机能被整个重置了，就像计算机格式化一样，唯独记忆帮你保留了下来，你要选择新的身体机能，才能继续活下去。"

我觉得他说的话像做梦说的胡话一样，但是他的语气又那么冰冷且一本正经，我只好将信将疑地问他："那么我要怎么重置呢？"

"你看，这里有很多机能栏，"他指了指电脑屏幕，里面有各种空白的栏位，前面分别写着"体能""智慧""耐性""决心""想象"等，"现在里面的都是零，你可以分配你现在剩下的被重置的机能点数，以便在未来的生活中发挥作用。"

"就像网络游戏一样？"我突然觉得自己变得兴奋了起来。

"对，就是这样。"

"可是，这些都太普通了，我不想要。"我扫了一眼然后说。

“那你想要什么？我们的所有项目都是按照普通人的生命规律，通过调控人的基因片段发挥作用的。你说的太过于夸张的能力，我们不可能帮你做到，类似于超能力之类的，是完全不可能实现的。”

既然不能够拥有超能力，我觉得自己会有重新获得一次人生的可能，而且是完全不同的人生，那么我想要的是彻底不同于以往的活法，不同于以前的平平常常，庸庸碌碌，生活按照预定的轨道前进。我想要充满刺激的生活、未知的未来。

“我想要，嗯……运气。”

“运气？抱歉，我们……似乎无法做到。我们是第一次听到这样的请求。”

“你再帮我想想，有没有可能做到，求你了。”

“你所说的运气，是各种人本身的能力、人与人的互动、人与环境和时空的接触所产生的综合产物，单从基因的角度来说，很难帮你实现运气的提升。但是你既然提出了这个要求，”他眯起了眼睛，飞快地操作着电脑，电脑似乎进入了编程界面。“我可以尝试帮你调控一些基因片段，这些基因片段可能和运气有关系，我说的是，有可能，这是有风险的，所以你要好好考虑。等等，你除了运气不想要别的吗？”

“不想。全部加在‘运气’上面。”

他吸了一口气，说：“嗯，全部运气，好……我看看。”他的键盘按得噼啪响，“如果你把点数全部加在运气上面，那么你会损失百分之六十的智慧、百分之八十的体力、百分之三十的想象和百分之四十的决心行动力，你确定吗？等你真正回归了生活，就再也没有办法更改了。”

如果能有真正好的事情发生，这些又算得了什么呢？我深吸了一口气，说：“我确定。”

“你真的确定？”他不放心地又再问了一遍。“我这么说是因为最后的关头，有百分之八十的人会后悔。现在改还来得及，如果我按下这个键，一切就再也没有余地了。”

“我确定。”我坚决地说。

“好。”他看着屏幕，“你在我执行这个操作的时候，要保持大脑的活跃性，一定要想尽可能多的事情，和最近印象最深的事情，这么做是为了保证在执行机能重置的过程中，记忆能够完整保留下来，以往有极为少数的案例在重置后出现了极其严重的失忆现象，所以一定要注意。”

“好的，开始吧。”

“开始了。”他按下了计算机的回车键。“请躺好，眼睛闭上。”

我感到头部开始微微发麻，感觉有一些小蚂蚁在我的头皮上乱爬，好想用手去挠一挠。然而随着我忍耐越久，头部越来越痛，似乎有无数电流正在我头上流过，我能感觉到电流一直在往下流动，因为我的身体也渐渐开始有了知觉，能够感觉到电流经过的刺痛，我宁愿失去知觉，因为实在太痛了。不一会儿我觉得整个身体震颤起来，头部像要裂开一般地疼痛。

我想起了医生对我说的，要保持大脑活跃，想一些事情，然而如此的疼痛让我根本不能集中注意力，我的脑海里闪过飘零的树叶、儿时玩的木马、父母抱着我在公园里玩耍、上初中时被同学和老师羞辱，最后还有，在图书馆里默默读书的她，头发镶着金边低着头的她，害羞地递给我书和纸条的她。记忆似乎定格在了这个片段，随即脑海里的画面，随着震颤的感觉开始慢慢褪色，我感觉自己的身体慢慢失去了痛觉，进入了没有重力的区域，像是轻飘飘浮在海面上，然后在这种意外的安逸感之中，我慢慢失去了意识。

我醒来发现自己躺在一个医院的病房里，这是一个普通的病房，窗外能够明显地看到春天的柳树，坐在我旁边的是一个护士小妹妹。原来一切只是梦吗？

“你醒了啊？”护士看着我，微笑地说。

“嗯，我怎么了？”

“脑震荡，加上外伤，昏迷了一天，没什么事情。”她一边看着我，一边记录着什么。

“我什么时候可以出院？”

“我们再观察一下，如果没别的状况，最快后天。”

我带着裹着纱布的沉重的头在周六出了院。果然如我所想的一样，那一切只是梦吗？

正当我想要一如既往地生活下去的时候，接下来的事情似乎狠狠地打了我一耳光，我发现自己的体力明显不如以往，家里就在三楼，通常情况下我爬三楼楼梯气都不喘的，但是现在，我发现自己每爬几步就要歇息一下，活像一个体重严重超标的胖子，或者得了绝症的病人。

我在上班的时候也明显状态不如以往，读者顾客要求的书籍，我往往走到书架前面就忘了是哪一本，只好又回去再问一遍。于是我只好每次把书名记下来，写在纸上，才不会在寻找书籍的时候忘记，为此我闹了好几次笑话。另外，由于体力的严重不足，我在图书馆晕倒了好几次。

这些是让我沮丧的事情。然而最让我感到难过的是，自从我出院回来上班，就再也没有看见过那个聋哑女孩。而在之前，她简直是我在这里工作的全部意义，在这样了无生趣的工作推了一个月之后我就辞职了，想谋求一份更加轻松更能胜任的工作。

这些的发生，让我悲伤不已又胆战心惊，原来在那个房间发生的事情真的是真的，我不应该那么草率地做出决定，我不应该把自己的身体搞得如此狼狈。

与此同时，我又深深地怀疑，我自己选择的好运气，究竟去了哪里呢?我觉得我的人生在直线下滑，我被图书馆长批评，被读者责备，只好辞职。我特地去一期不落地买了彩票，想要验证这个“好运气”的实现，然而连一块钱都没中过。另外我上街还被狗咬伤，走路掉到了井里，被当成小偷，就没有一件事情，使我的人生出现向好的转机。每当这些时候，我就格外后悔当初自己的选择。

直到有一天。

没有工作的我，瘫倒在家里百无聊赖地看电视上面不咸不淡的娱乐节目，重复着家里蹲的每日生活的时候，门铃突然响了。

通常在上午这个时间敲我门的，都是来收水费或者推销的。我没想什么，就走到门口。

我打开了门。

那个聋哑女孩，那个消失了好久的读者站在门口。

我万万没想到是她，怎么会是她呢？

我呆住了五秒，正想要怎么和她交流，想要自己去拿一张纸和笔的时候，突然听到了这辈子让我最震撼的三个字。

“不用了。”

“啊？”我甚至没反应过来，我的大脑在这个时候仿佛已经超出它的运行功率了。

——谁？是谁在说话？我的心里这样想，拼命地固执地不接受眼前发生的事情，然而我的大脑用自己仅存的一点智慧和判断力告诉我，说话的，就是眼前的这个女孩。

“我说，不用了。”她微笑地说，眯起了眼，“我能说话了。”

她的声音清亮柔软，但是对我来说却充满了陌生，因为我实在无法把声音和人对上号。

“怎……么会……”我支支吾吾地问，觉得自己在做梦。

“国外有一项新的手术技术，治好了我的耳聋，所以，我也没必要去图书馆打发时间了，我现在能够做正常人的工作了。”

“可是，你是怎么知道我家的地址呢？”

“图书馆的员工告诉我说你生病了，所以我来看看你。”她甩了甩头发，轻盈地笑了一下。

“而且，你不知道吧，你在医院昏迷的时候，我还去看过你呢。”

她拿出了那张之前我拿在手里的纸，那张纸早就被捏过，皱皱巴巴的。

纸的上面，有她娟秀的字迹，一个小小的“好”字。

我的幸运，大概从今天开始，就要显灵了吧。

幽灵

我深深地记得，在我人生最初的那二十几年，我一直追随着一道光，那道光让我觉得自己如此渺小，却又如此充满希望。在旷野的跑道上，我固执地想着，我失去的所有，他们都在前面等我，我如此不知疲倦地奔跑着、追寻着，花光所有力气，气喘吁吁，挥汗如雨，直到夕阳慢慢下山，直到这个世界上再也没有光明。

我的父亲是一名游戏设计师，所以我从小最大的乐趣就是和他一起，坐在松软的沙发上，握着手柄玩各种电子游戏。我五六岁的时候还不能坐在电视机前太长时间，玩的也只是一些简单的为幼儿设计的益智游戏，我经常因为超过了规定的时间而受到妈妈的呵斥。而渐渐地，随着我长大，大脑变得可以处理复杂的事务，我能玩一些具有复杂操作性的射击游戏、挑战战略思维的解谜游戏和角色扮演游戏。

爸爸经常会带一些他自己设计的游戏来，企图听听我的建议，他对我说我的意见非常重要，而我对那些游戏都十分痴迷，几乎挑不出毛病来，可以说爸爸是天才级的游戏设计师。渐渐地我去了学校上学，而每日最期待的时光，就是放学之后，在家里等爸爸回家，然后我们一起联机玩各种双人合作的游戏。

然而我永远忘不了那一天，在我十四岁的那天中午，炎热的太阳炙烤着大地，我和同学们在教室里进行着老师布置的科学实验，这个时候班主任急匆匆地跑过来对我说，你妈妈来找你了。我赶快放下试管跑了出去，我看到妈妈的脸上满是惊恐，她心神不定地对我说，爸爸在工作的时候昏倒了，现在在医院，我们一起去医院吧。

在医院我看到爸爸虚弱地躺在病床上，我心里七上八下地问爸爸怎么了，而他只是笑着说："我没事，我只是太累了。"

然而结果让我们的心里都蒙上了阴影，医生在检查之后发现爸爸的脑里长了巨大的恶性肿瘤，如果不尽快手术的话情况会相当不乐观，而即便积极干预的话估计存活时间也不会超过一年。

晚上我睡不着，我的心里也很悲伤，在本该睡觉的时间里我听见妈妈在抽泣，而爸爸却在旁边一个劲儿地安慰她。我也想安慰妈妈，我也想为爸爸做些什么，如果这个世界上有治愈一切疾病的药就好了，我天真地想。

从那之后爸爸就辞掉了工作没有去上班，等待接受定期的手术和药物治疗。在家里的那段时间，每天放学的时候还是我最期待的时间，因为爸爸一直在家里等着我和我玩游戏，但是我内心一直觉得不安，又不敢说出来，这样的日子究竟能维持多久呢?

我们最爱玩的是《荒野赛车》这个游戏，我和爸爸驾驶两辆赛车，选择不同的地图，和网上的十二名选手一起争夺冠军杯。爸爸最开始很骄傲地对我说，因为这个游戏有我设计的一部分，所以我对关卡结构和操作了如指掌，你们大概一辈子都赢不了我。事实也的确如此，最开始永远都是爸爸第一名，他一直使用的是尼桑的银色跑车，从一开始我就被远远地甩在后面，每次都只有十一二位的成绩，但是我不气馁，我也无意去拼命争个高低，只要爸爸肯一直和我一起玩就好了。

而渐渐地我发现情况不太一样了，爸爸似乎经常会有那么一瞬间不能控制自己的操作，比如说不能控制地向左拐，导致车整个卡进土坡里，或者不小心撞向桥边的护栏。我担心地看着他，他的手出现了微微的颤抖，姿势不那么协调了，但他还是笑笑说，没事的，一会儿就超过他们了。即便是这样，他还是可以轻松地赢过我。

在接受过一次开颅手术后，爸爸的情况变得有些严重，吃饭的时候他喝汤的调羹总是不由自主地掉下来，导致里面的汤全部洒到了桌子上，或者说话的时候不由自主就有口水流了下来。这些我全部都看在眼里，我的情绪慢慢地变得低落，上课时也打不起精神，一直想着爸爸的事情。

每次我放学后他还是坚持和我一起玩《荒野赛车》，而他的控制力现在变得越来越差，经常地撞车、熄火，翻倒在拐弯处，最后甚至不能在规定的时间完成比赛，但是我能从他的眼中看出，他是真心想玩，真心想操作好，但是也许脑中总有那么一部分机能已经永久地损坏了。我再也不想看到这样残酷的画面，每次放学回到家总想让他干点别的，不要打游戏了。可是他总是笑笑对我说，爸爸行的，不要小瞧爸爸哦。

只有一次也是那唯一的一次，他在翻车的时候失去了控制，他把手柄狠狠地砸到了地上，什么也不说，在那里哭了起来，像个孩子一样大声地号啕。我有点吓到了，妈妈从厨房里惊惶地跑了出来，我们三个抱在一起，一言不发，尝试让时间治愈漫长而深刻的伤疤，然而我们都知道，时间并不是万能的，这个时候时间成了最大的毒药，我多么希望它能倒流。

最后我干脆不用自己的手柄了，而是和爸爸共用一个手柄操作，因为看他一个人费力地搓着手柄，我实在有些心痛，我干脆把手放在他的手上帮他一起按键，这样我们就能够完成比赛了。

“你看，爸爸还是很厉害吧。”他说话的声音都有些含糊了，我点点头，努力不让自己眼眶的泪水涌出来。

到了最后的时光，他只能躺在床上了。他每天看到我一回来就咿咿呀呀地说话，我也不太知道具体他说的是什么，只能从他的话里面听出大概的意思，他说等他病好了再一起玩游戏，他还要做出世界上最有趣的游戏，而我能做的就是只有静静地陪在他的身边听他说什么，自己的心如刀割一般，他还回忆起我小的时候，如何可爱，如何让大家都喜欢，说我是全家人的骄傲，说到这里我的泪水再也忍不住了，我跑出去，对着寂静的夜空大哭了一场。

在检查出脑癌之后的 8 个月零 23 天，爸爸还是走了，他走的那天是我人生中最灰暗的一天。讽刺的是，早春晴空万里的天气里，我却觉得寒冷刺骨，一切都是灰白黑的。我都已经忘记流过多少泪了。

再也不习惯回家之后没有人坐在沙发那里了，总觉得空落落的，我因此晚上选择去便利店打工来让忙碌麻木自己的神经，同时帮妈妈还一些账单，毕竟爸爸的治疗费有一部分到现在还没结清。我把游戏机收到了箱子里，放在储物间的角落，我大概永远不需要它了吧。我想，那段时间我甚至一看到电视机，或者带着屏幕的东西，我就从心底感到刺痛。

四年很快就过去了，这个时候我上了高中，同时也谈了自己人生中第一个女朋友，带她到家里的时候，我们面对面坐着谈了好多，最后她说有些无聊，有没有游戏机可以玩。我最开始不情愿，但是最后还是在她的软磨硬泡之下，把那台吃灰的游戏机又搬回了客厅。

我们玩了一些别的游戏，而《荒野赛车》的游戏我却是无论如何也不想打开。在女朋友走后，我鼓起了勇气，还是打开了那个游戏，这个时候思绪像流星雨一样划过脑海，回忆起点点滴滴和爸爸的岁月，这个时候的我觉得，已经没有那么悲伤了，但是若有若无的想念，依然紧紧地抓住了我的心。

依然是熟悉的画面和音乐，然而，我吃惊地发现，在单人模式的关卡下，有了一些奇妙的变化，在个人模式的计时赛下，本应该是我单人跑完全程的模式，却意外地出现了一个对手，对手永远都变成了一辆银色的尼桑跑车，而那正是爸爸以前最爱用的车，它变成了半透明的状态，一出场就狠狠地把我甩在了前面，好像一个幽灵一样。

我努力地想要追上那辆车，却发现我根本做不到，因为它实在太快了，或许也因为我好久没碰这个游戏感觉有点手生了，那一定是爸爸弄的吧，我心里暗暗这么想。

那之后我一直尝试着追逐爸爸的车，而我的技术也越来越好，眼看着好几次都要险些超过它却最后还是落败，但是我的心里却感到无比的温暖，仿佛那些过去的岁月又回来了，我和爸爸一起坐在沙发上，互相大叫着玩着游戏的岁月。尽管现在坐在屏幕前的也许只有我一个人，我却有这样的感觉，爸爸在他那辆银色的幽灵车里，永远地等着我。

我终于能超过爸爸的幽灵车了，但是在终点线前，我犹豫了，我停了下来，因为我心中隐隐约约有这样的担心，是否我超过了爸爸的幽灵车跨越了终点线，它在游戏里面就再也不会出现了呢？因此我每次都会在即将跨越终点线前，慢慢地停下来，等着最后爸爸的幽灵车唰地一下冲过终点线，然后自己再慢慢往前开去，或者第二名。

我一直觉得这样的羁绊还存在着，只要爸爸永远地走在我的前面，永远地做我的领路人、做我的光，这样我的人生就有意义。在困难的日子里面，每当想起爸爸的样子，感觉心里马上就有了安慰，每当想到家，家里还有那个藏在游戏机里的父亲在等待着我，我感到自己就再也不孤单了。

然而这样的日子终究还是走到了终点，在我十七岁那年，从别的城市来的表弟一家来我家做客，来看我和妈妈。因为那天有高中的棒球部社团活动，我一直到很晚才回到家里。回到家里的时候我就看见电视开着，而电视里正是我最爱的游戏——荒野赛车。而我回到家就听到他说："表哥，你的赛车游戏我帮你通关了，刚才有一辆幽灵车紧紧跟着我，我试了四五次终于把它超了过去，它之后就再也没出现了。"

我看着他懵懂却又装作骄傲的笑脸，心中升腾起来了一股无名的惊讶，在转瞬间变成了狂怒，我大喊着："谁让你玩的！"然后在他的面前把游戏机举起来，丢到地上砸得粉碎，《荒野赛车》的光盘从里面掉出来，在黄色的客厅灯下反射出幽幽的光。我看到他吃惊扭曲的脸，心中似乎反而有种安慰。妈妈在旁边似乎说了什么，但是我完全听不进去。我转身就进了自己的房间，反锁起来，大哭了一场。

过了一天，等到自己慢慢冷静下来，我才发现，表弟一家因为被我的行为吓到提前回去了，我自己也在反复地想，努力让自己变得客观，也许那只是一个虚构的游戏而已，那只是一个程序的意外，那只是通过调控就可以出现的设计。心里却始终不肯承认，自己和爸爸之间的线，也许是永远地断了。

那之后我再也没有碰过游戏，也许是长大成人了，对那样的东西不再感兴趣，我去了很远的大城市念大学，痴迷辗转于学校、社交、酒精和女朋友，以为这样的生活能够覆盖以前的一切，事实上，也真正做到了，我只有在格外空虚的时候才会想起父亲，而那样的记忆也变得越来越遥远，对于这点，我甚至感觉不到惶恐。

二十二岁的时候我从大学毕业，在一家媒体公司做企划工作。二十六岁的时候我遇见了玛丽，这个我日后的妻子，我们一见钟情，随机变得干柴烈火，我们交往了一年就决定订婚了。而就在结婚典礼前的两天，我们却大吵了一架，为了一些无关紧要的琐事，我甚至开始怀疑自己是不是要和这个女人结婚，甚至心中在咒骂她，在极度苦闷之时，我点了一支烟，开着自己的跑车向着自己不知道的地方漫无目的地驶去。

那个时候已经日薄西山，晚霞透过远山将大地照耀成金黄色，旁边的幽暗的树林伴随着车里大声的摇滚乐，竟然也有节奏地从窗口拂过，我越开越远，到了四周都无人的郊外，我从来没有来过这片区域。

但是出乎意料的是，我觉得窗外的景象变得越来越熟悉，是在梦中来过吗？还是，最后我终于想起来了，是在当年的《荒野赛车》里面，最经典的场景，简直一模一样。

在我左后方的后视镜里，我悄悄地发现有一辆车在跟着我，这辆车全身呈银色，但是在夕阳的照耀下已经变成了橘黄色，它的车身呈半透明，感觉能透过车身看到旁边的景色。我一眼就看出来，它是当时爸爸最爱的尼桑跑车，那辆出现在游戏里的幽灵跑车。

它开得奇快无比，在一瞬间就超过了我。然而我也不甘示弱，我对自己的奥迪 R8 的性能有着充分的自信，我将油门踩到了最大，和那辆幽灵车肩并肩来了一场追逐赛。我们互不相让，在连续七八个弯道之后还是紧紧地咬在一起，我努力回忆起游戏中的场景，在下一个弯道之后，有一条直道下坡，然后就是终点线了，现实中也有终点的设定吗？

我努力地又踩了一脚油门，能感到窗外四周的风，伴随着巨大的引擎声音，缠斗在了一起。夕阳下的两辆车在旷野奔驰着，然而终点越近，我就越紧张，因为我不知道会发生什么。

前面就是游戏里的终点所在，我隐约看到，有一个巨大的岩石悬在峭壁的半空中，然而游戏里还有欢呼的人群，和恢宏的终点标牌。现在这里只有寂静的，远山和夕阳。

我们并排着往终点飞驰去，然而出乎意料的是，我能感到旁边的幽灵车在慢慢减速，我也对应地松了一下油门，想看看对方有什么反应，然而在终点线那块大岩石前，幽灵车却停了下来，永远地停了下来。

我也想停下来，我甚至想下车冲到那辆车里看看那里面究竟是谁，但是我的另一半的理智，却和我说，继续吧，继续开吧，你的道路还很长，你还能看到无数的风景，你还会有心爱的女人、自己的家庭、自己的未来。

我从后视镜里看着后面的那辆半透明银色跑车，它那样静谧地停在那里，好像要永远地停在那里，好像在目送，好像要和我说“再见”。

好像在说，“我只能送你到这里了”。

夕阳慢慢地收起柔和的光芒，眼前就是黑夜了，而在我的后视镜里，那辆车越来越远，越来越模糊，直到消失不见。

“爸爸，我终于超过你了。”

我对自己说。

信

要不是因为拆迁，我可能永远都不会再靠近那栋老房子了。老实说我连它具体的位置都要好一阵才能想起来，在附近拿着钥匙彷徨地转了好几圈，才找到了那一栋熟悉又陌生的房子。

从大学毕业到现在，已经25年过去了，房子周围我记忆里的绿色草地早就变成了高楼大厦，这一栋简陋的小平房和别的几栋好像在风中瑟瑟发抖的可怜孩子，在都市化的改变中，好像随时要被钢筋水泥的浪潮吞没。

可是真正再一次看到它的时候，好像一扇记忆的门突然又被打开了，从里面流淌出青苔色的记忆。我在门口站着，迟迟不肯进去。似乎是等待着什么从里面出来迎接我，也许是来自童年的熟悉的一阵风，也许是小学时候养过的小黑狗，也许是童年保姆阿姨的微笑。时光好神奇，没改变的好像仍然在那里。

“你好啊。”

我正在呆呆伫立的时候旁边走过来一个送报的邮递员。

“你是不是以前住这里的李老师的儿子啊？”

我吃惊地回头看了看他。

“我是啊。”

“都长这么大了啊，你长得和他真像，这里马上要拆了吧？”

“对的，我过来收拾一下，还有一些小时候的东西。”

“你们有好多年没来了吧？里面的东西不会都被小偷给偷了吧？”邮递员笑笑说。

“没什么值钱的东西，要偷，就让他偷了吧。”

邮递员突然想起什么。

“对了，你们这么多年的信件还要吗？我记得有很多还放在邮局里，因为李老师是老熟人所以我们没扔，怕哪天回来了他要。这里拆了可能以后那些信就要销毁了。”

虽然我想可能没有什么重要且珍贵的东西，但是信件这种东西，好歹是记忆的象征，看看以前的信件或许能有一些有趣的发现。

“好的，那么我要去邮局拿吗？”

“你随时可以去附近那个邮局拿的，拿着身份证，不过不拿也行，你说出李老师的名字就行啦，大家都认识的。”

“好的，谢谢你哦。”

把旧家里的东西扔的扔、卖的卖，处理了好几个小时，身上已经沾满了灰尘。最后留下了一个空荡荡的屋子，我最后站在门口又看了一会儿，再过几天可能这里就要变成一片废墟，然后是平地，然后是工地，然后是高楼，然后会有很多新的人住进来，他们的脚下会是他们不知道的别人的记忆。

我回家路上顺便去了一趟邮局，我的想法是随便看看，如果没什么重要的就让他们给销毁了吧。

邮局工作的年轻小妹看着我说，我们不可能存那么久的信的。我正打算走的时候，旁边走过来一个年长的女工作人员，过来跟我说，“你是李老师的儿子吧？”

原来他们把我们家的信都还留着，放在储存室，那个大妈拎出来一个巨大的布袋。拎的时候她直喘气。

“这个是一部分，1990 年到 2000 年的，很多，还有一部分被锁在大储存柜里了，你想要的话过几天来拿吧。”

“谢谢了。”

反正下午也没什么事，我就在邮局供客人填写表单的桌子上翻看那些信，没有用的我随手丢到垃圾桶里。20 世纪 90 年代左右的信已经变得泛黄，上面似乎还有一些小小的水渍，是保存的时候受潮了吗？我翻看着，大多数是一些没有用的信件，比如电费水费单子之类的，这些都能扔掉，还有一些远方亲戚写来的信，我分拣着放在另一堆，打算拿回去给爸妈看看。

里面大多数都是收件人给爸妈的信，然而我翻着翻着，突然有一封信掉了出来落到了地上，我捡起来，上面的收件人竟然是我。这是一封很普通的黄色牛皮纸信封包裹的信，我看了看上面的字，很娟秀的字体，好像是女生写的。

底下也没有写从哪里寄过来的，我好奇地打开了信封，里面空空荡荡，我使劲掏了掏，发现里面有一张小小的纸片，像是公交车车票一样的东西，拿出来一看发现是一张 Z 城火车站的月台票。

里面的日期写着 1989 年 6 月 29 日。

看见这个日期我懵了一下，随即马上想起来那天是我最后离开上大学的城市 Z 城的日子，可是我实在想不起来了，为什么会有人给我寄来一张火车站的月台票，我那天好像是自己坐火车回来的，没有人来送我呀。

我又翻了翻信件，发现还有与这相同的信件，分别是 1990 年 6 月 29 日、1991 年 6 月 29 日、1992 年 6 月 29 日，一直到 1998 年 6 月 21 日……之后的就没有了。信封上无一例外地没有署名，里面无一例外地，是一张 Z 城火车站的月台票。

我急于想知道之后的日期有没有再有这样的信寄过来，因为按照这个时间的顺序来说，极有可能后面的信件里面还会有这样的信寄过来。我再次问了一遍工作人员后面的信，又被告知了一遍被锁起来了，只有过几天才能过来取。

我的心开始不安起来，我惶惑地想这里面是不是埋藏着一件我不知道的故事，而我隐隐地觉得，这是让人伤感的故事，不会有人无缘无故给我寄月台票的，再缩小范围的话，只能是我大学当时的同学其中之一了。

带着很多疑问我走出了邮局，回家以后我小心地把这些信放在抽屉里，好像一件珍贵的秘密。

说来也巧，第三天我就被派到Z城出差，拜访当地的一位客户，我家在的城市到Z城因为开通了高铁，现在只要4个小时可达，可是我记得在当时上大学的年代，纵贯南北的两地，只有超级慢的绿皮火车，两地要连续开20个小时才能到达，所以在当时，是一段很远的距离，不是想去就能轻易去的地方。

在拜访完了客户之后，因为还有时间，我决定去学校的原址逛一下。由于学校早就已经和别的学校合并，已经搬离了原先的地址到了郊区去了，原来的学校现在是一片新建的居民住宅，大概有三十层的高档公寓，旁边熙熙攘攘。

我还能记得当初的校门和当初的教学楼在哪个位置，几栋古老的教学楼总是被密密麻麻的青藤缠绕着，在正午的阳光映照下，好像一座座隐藏在森林里的古老城堡一样。我还记得和隔壁的室友在夏日的正午趴在别的教室的窗口偷瞄里面的可爱女生，偷偷闯进女生宿舍被宿舍管理大妈赶出来的时候，一想到这样的记忆，嘴角总是会不自禁地上扬。

物是人非就是这样的感觉吧，大学毕业的那天，我一醒来发现大家都不见了，整个宿舍空空荡荡，好像我第一天第一个到一样。自此以后大家都去了不同的城市，虽然有再见面，能聊的也只有往事，而该去的人生再也没有交集了。好像眼前的城市高楼一样，做一个梦醒来的时候，发现一切都变了。

订了下午两点回城的高铁火车票，十二点在火车站附近吃完饭之后，我就随便逛起火车站附近来，一般来说人到第一个城市最先看到的是火车站，所以我也是对Z城的火车站最有印象，可是现在和当年完全不一样了。当年上大学的时候，所有都是破破烂烂的，可是我却对那样的景色独有好感，在早晨的阳光下，赶路的旅客出了小教堂一样的火车站，在旁边的小吃铺喝一碗豆浆、吃一个茶叶蛋，然后满足地走进旁边的宽宽窄窄的小巷。

现在的火车站旁边都是高楼大厦，所有的人都行色匆匆，谁都没再有时间慢慢悠悠地坐下来安安静静地吃一顿早餐。

快要两点了，我检了票进了候车的站台。让我欣喜的是，别的都变了，可是站台似乎没有变，我站的地方，是我二十多年前站的地方，我和这个城市说“你好”和“告别”的地方。

站台左边的列车已经轰隆隆地开走了，可是右侧我们要等的列车还没有来。

突然，我看见从进站口飞快地奔过来一个年轻的女孩子，大概二十出头，急匆匆地从我身边奔过去，一刹那间我没反应过来，她的身体径直擦过我背的行李，我背包里的东西纷纷散开掉到地上。

我恼怒地喊出来，随即我用了一秒钟思考了她会不会是小偷的问题，于是赶快蹲下捡我的东西，可是我蹲下的时候发现她的手里一张纸一样的东西飘落到了地上，我捡起来一看，是一张月台票。

我拿在手里继续捡我的行李，可是没有捡完我就听到了旁边传来哭声。我抬起头来，发现刚刚和我擦肩而过的那个女孩正蹲在我左边的地方哭泣，旁边有一位妇女安慰她：车都已经走了，你就别哭了，快回去吧。

那一瞬间仿佛尘封记忆的盒子突然被打开，很多东西像潮水一样奔涌到了我的眼前。我想起来了，在我毕业要回家的前一天，有一个女孩说要来送我的，她是我们班里最腼腆的女孩，我们在大学四年里面很少说话，但是我总听到别人窃窃私语说她喜欢我什么的。

“怎么可能呀？为什么喜欢我从来都没有对我说过，也不和我说话呢？”

“你毕业去哪里啊？”

“我要回老家工作，家里叔叔的厂子叫我帮忙的。”

我答道，在毕业前的晚会上我们聊起了这样的话题，大家都交流了这样的话题，有人对自己的未来早早找好了方向，有人还在寻找着。

“你要去哪里啊，小妹妹？”

“我家在这里，所以家人叫我就在本地工作了吧。”

被人叫作小妹妹的她依然腼腆地回答着。

我毕业那天晚上同学聚会完了，大家都喝了很多的酒，很开心，女生也是。我们正醉醺醺的时候，她突然跑到我的面前，语气一本正经地对我说：“你明天什么时候走？”

在黑暗里我被吓了一跳，我看不清她的表情，只得支支吾吾地说：

“哦，是明天九点，早上。怎么了？”

“我，我明天来送你。”

“啊，好啊。”

因为酒精的作用我没有多想，就爽快地答应了。

可是第二天我带上全部的行李到了火车站，并没有看到她，我自己左顾右盼看了好久，她还没有来。火车来了，我将行李放到行李架上，透过列车窗看外面，她依然还没有来。

我自己安慰自己，她大概已经不记得自己说的话了，毕竟昨天喝了那么多酒。也懒得去追究那句话底下隐含着什么样的深意，就没有想太多。

火车开动了，窗外的风景被风撕碎一般飘动起来，好像把记忆也撕碎了一样，我一直没有等到她。

我突然明白了很多事情，看着那个蹲着哭泣的女孩，哭得撕心裂肺的女孩，傻傻地等一辆已经走了的列车，爱一个等不来的人。

我回去的时候特意去了一趟邮局，为的就是看看还有没有她寄过来的月台票，工作人员又拿过来几大袋装满了信的布袋，我飞快地翻找着，完全不顾别的信会是怎么样的内容。

最后找到收件人是我的名字的。笔迹差不多的信件有四封，前三封没有留下地址，第四封有了地址。

我把几封信摆在一起，一封一封地拆开看，前三封果然还是三张火车站台月票。1999年、2000年和2001年的。

我摸到最后一封信的时候突然觉得信里面的内容扎实了很多，我急忙打开看，里面是一张婚礼的请柬。

时间写的是2002年的6月29日，依然是我离开那个城市的那个日期。然而距离现在，也已经有12年过去了。

我又翻了一遍所有的信，后面的日期里，再也没有类似的信出现了。

那天晚上我翻来覆去睡不着，起来独自喝酒，看着孩子睡得香，眼泪在黑暗中，毫无防备地就流下来。

她在哪里，她现在怎么样，她也成了孩子的母亲吧？

要是当天她没有迟到，我们会是怎么样的命运呢？

命运让我们互相亏欠，好在我们似乎已经扯平了，她没有赶上我的火车，我也没有去得了她的婚礼。

第二天我去了邮局，想寄一封信，我不想找她的联系方式，如果我想找，很快就能联系到她，手机或者别的什么，但是我只是想寄信。

我把第一张寄来的火车站月台票拿在手里，那张月台票的日期是 1989 年 6 月 29 日，是我离开 Z 城市的日子。

想来想去，想要在那上面写点什么，有好多的事情想问，但是觉得那些都已经不重要了，或者说，已经不能再说出口，只能埋在时间里面了。

最后只写了三个字。

——你好吗？

信的收件人是她，地址是她在结婚请柬上留的地址。

我也没有留下我自己现在的地址，然后把信折好，悄悄放进了邮筒。

我沿着夏天正午浮着热气的柏油马路走啊走。

远处的工地响起噼里啪啦的大型机械作业的声音，高大的起重机不停地忙碌着，新的高楼就要被造起来了。

旁边的陆上轻轨的火车经过轨道的声音，“嗖”地一下经过我身边，像火箭一样划过燥热的空气径直向前，不知道要去向哪里。

想象

“柯尔维特。”

柯尔维特又陷入了半死不活的沉思状态，他瘫软地坐在椅子上，双目一直凝望着窗外灰色的天空。我知道他在想什么，他在回忆着思索着，记忆的片段一直把他拉向那天晚上的情节，像风筝一样不受控制，他的脑海里满是悲伤和哀恸。

“柯尔维特，你该去医生那里报到了。”我悄悄地提醒他。

“柯尔维特，今天的药吃了吗？”看他没有反应。

半分钟过去了，我才看着他面无表情地从椅子上面缓缓地站起来。

“莎莉在楼下等你了。”

“知道了，我先去洗个脸。”

柯尔维特在厕所里洗了把脸，然而他还是忘记了刮胡子，从厕所里怔怔地出来之后，整个人呈现出一种萎靡的状态。我也懒得提醒他，毕竟跟医生的约定要紧。

我和柯尔维特一起下了楼，莎莉裹得厚厚的迎着寒风在楼下等他，十一月底的巴黎已经下过几场雪了，空气中漫布着小刀般的水分子。

“昨天睡得好吗？”莎莉关切地问着。

“没有，不好，前半夜又没睡着。”柯尔维特回答。

“也许你应该听医生的，吃点安眠药也没问题的。”

“总觉得能睡着，但是好多画面一直在眼前飘。”

“为什么不相信医生的话呢？你太自我了。”

柯尔维特沉默了半天。

“我觉得我有责任，要是我不办演唱会，或者说不在那里办，也许就不会……”

我看到莎莉眼睛红了。

“柯尔维特，我爱你。”莎莉抹了一把眼泪继续说，“但是你要是继续这么想，你迟早会被压垮的，我不想看你继续这样下去，我想永远和你在一起。”

“这个世界上你不能控制太多事情，你只能看着他们缓缓地发生，都是由上帝安排的，我们不要自责了，这不是你的错啊，柯尔维特。”莎莉继续急迫地说。

柯尔维特只是摇了摇头，欲言又止的样子。

“你答应过我的，我们要在马赛老家结婚的，答应我，听医生的话好吗？”

“我不知道，我不知道做不做得到。”柯尔维特的两行眼泪掉了下来。

莎莉走到她面前狠狠地抱住了他，两个人在清晨的巴黎街头紧紧地抱在一起。远处教堂的钟声响起，一群鸽子飞了起来。

他们哭了一会儿继续行走，不久就到了圣克拉拉医院的门口，这是一所私立的医院，整个布局小但五脏俱全，以心理咨询在巴黎知名。

“亨利和泽维尔呢？”莎莉问。

“我不知道，这几天自从出事之后都没有再见他们。”

“他们也背负着和你一样的心理压力吧？希望主保佑他们。”

“也许你应该见见他们。”我在旁边悄悄地说。

约翰逊大夫的咨询室在一楼的最后一间，莎莉把柯尔维特送到了门口。

“我去上班了，就不陪你了。如果你想我就给我打电话。一定要打给我。”

莎莉依依不舍地和柯尔维特吻别。

我和柯尔维特进了约翰逊大夫的房间，这是第三次了，他的房间又宽敞又明亮，靠近窗台的位置有温暖的阳光射线笔直地照射进来，窗子旁边是一棵松柏科植物的盆景。

“我的大明星，你来了。”约翰逊大夫站起来给了柯尔维特一个大大的拥抱，我看出柯尔维特的表情略微显得有点别扭。

“请坐吧，让我们来回顾一下这周的进展。”柯尔维特和约翰逊大夫都坐了下来。

“睡得还好吗？”约翰逊大夫问。

“嗯，还是不太好。即使睡着了也经常做噩梦。”

“关于什么的噩梦呢，可以告诉我吗？”

“我也说不上来，但，仿佛是人群聚在一起一个接一个地倒下，我看到我满身鲜血，我仿佛回到了小时候，耳边响起了很大的风声，我仿佛被什么提起来，从很高的地方坠落下去。诸如此类的。”

“我能理解，这是 PTSD（创伤后应激障碍）患者最常遇到的一件事，梦魇，但是请你相信我，时间会改变一切的。”

“还需要多少时间，我觉得我很煎熬，我想起那天晚上的事情，我就觉得自己被丢到了地狱里面。我控制不住自己的感情。”

“过程当然很痛苦，所有人都这么说，但是你要有战胜自己的决心。这次我要对你提一个要求，你在那个时候演唱的是什么歌？或者说，恐怖分子进来之前你中断之前唱的是什么歌？”

“我们的歌，叫 *Free Us*。”柯尔维特的声音显得越来越疲惫。

“虽然听起来有点残酷，我知道你现在害怕音乐，更不要说唱歌了，但是我想要你在家里的时候经常能够听它，也能够听一听你们别的专辑，比如说，在你做饭的时候，在你看书的时候，耳边能够响起这样的音乐，这是唯一让你能够回到原来的办法，如果你还想唱歌的话。这是暴露疗法，对创伤后应激障碍的患者是最有效的。”

“我会尽量去做的。”柯尔维特低着头说。

“当然，接下来我有一个新的请求，也是治疗的一个环节，就是请你讲述一遍，告诉我一遍那天晚上的经历，你可以慢慢地和我说，但是一定要说得完整。我知道会很辛苦，我会在旁边放一些轻柔的音乐，如果你觉得你说不出来，你可以加上旋律，把它唱出来也是可以的。”

“我觉得我做不到。”柯尔维特说。

约翰逊大夫没有回答他，转头摆弄了一下自己连接着音箱的Ipod，顿时轻柔的音乐从房间的四面八方流淌了出来。

“是 BOYS Ⅱ MEN 的 It’s So Hard To Say Goodbye 啊。”我暗暗想着。

约翰逊大夫把自己的双手捧在下巴上，假装自己是一个诚恳的听众一样，专注地看着柯尔维特。

“开始吧。”

“当时……当时……我们表演正到高潮……突然听到……枪声……有人大喊有人倒下了……全场乱作一团……”柯尔维特结结巴巴地开始回忆那天的经历，他的表情痛苦得像一个失魂落魄的孩子。

说到一半的时候柯尔维特开始大颗大颗地掉泪。约翰逊大夫拿起了放在一旁的纸巾递给了他，脸上却没有呈现出一丝表情的变化，依旧是冷静而坚毅的样子。

“他们……他们……恐怖分子……”

柯尔维特的嘴巴张着，像一个急于想要说出话来的哑巴，我能感觉到，一股喷涌而出的强烈感情堵住了他的嗓子眼，他最终也没有再把剩下的故事叙述完。

“嗯，好的，我了解了，辛苦你了。”我看到约翰逊大夫一边说一边在纸上记录一些东西。“你不用太有负担。”

“实在是，太痛苦了。”

“我明白。”约翰逊大夫说，“你有没有听过战场上归来的士兵呢，他们患有的 PTSD 严重性不亚于你，甚至到了自残的程度，但是经过治疗，他们很多都走向了正常的生活，你知道他们其中的一个环节是什么吗，就是给他们一遍遍地播放战争残酷的纪录片。人是神奇的生物，经过这么多遍的刺激会形成一种疲倦感，不如说是抵抗力或者适应性。这样精神的创伤的来源在他们的脑海中越来越淡薄，很神奇吧？但是我想跟你说的是，这项工作绝对不是一周或者一个月能完成的，所以你要对自己有信心。”

“嗯，好吧，我明白了。”柯尔维特说，“我还有一个问题，我现在承担着很大的负罪感，我总觉得恐怖袭击是我的错，或者说我要负很大的责任，这种想法是对的吗？如果是错的，我应该怎么破除它？”

约翰逊大夫笑了，接着说："如果说我要告诉你，这件事情和你一点关系也没有，你也是受害者，这样的话，你估计是听不进去的，在接下来还会自责，因为你的脑中已经形成了这样的思维定式。这件事情，是要你自己去学习的，见的人多了，你自然会明白、会形成判断，你是不是该为这件事情负责。总之，你的问题，只有一句话，时间会告诉你答案的。"

"好的。"柯尔维特总觉得心里不踏实。

"可以向我描述一下你的日常生活吗？现在你有朋友吗？"

"嗯，我和一个朋友住在一起。"

"嗯？我记得你第一次来的时候说自己一个人住。"

"啊，最近和朋友在一起住。"

"嗯，那就太好了，适当的时候向朋友倾诉吧，今天的谈话就结束了，那么下周的时候我们再见。"

约翰逊大夫站了起来，柯尔维特也站了起来，大夫又给了柯尔维特一个大大的拥抱。

"什么时候请我去看你的演唱会吧？"约翰逊大夫问。

"好的，近期也许是不能了，如果有的话我会和您说的。"

柯尔维特和我走出了医院，他闭上眼，做了一个意味深长的深呼吸，然后从包里拿出一支烟，缓缓地抽了起来。

我和柯尔维特一起坐在医院旁边公园的长椅上。看着烟圈缓缓地向上升，混着初冬的氤氲，一直上升到人看不到的地方。

眼前经过的，有老人拄着拐杖前行，有健硕的运动男女跑步，有坐在不远处的垃圾桶旁边的流浪汉，这个城市还是如同以往一样静谧。

"你知道人为什么会死吗？"柯尔维特突然问。

"是上帝的旨意吧。"我回答。

"帮我把烟蒂扔了吧。"

"你知道我做不到的。"

柯尔维特瞄准了前方的垃圾箱，把烟蒂用力地一投，烟蒂在空中画出一道弧线，散落出零星的灰尘，准确地降落到了垃圾桶里。

回去家里的电车上柯尔维特接到了一个电话。

经纪人乔安娜给柯尔维特安排了一个新的工作，公司商量的是怕之前的人质枪击事件让乐队的人气受到影响，在后天安排他们上电视节目，做一次简短的访谈，然后进行一个现场的LIVE唱两首歌曲，据说在给柯尔维特打电话之前，就已经和电视台敲定了这件事，再进行更改或者取消会给电视台造成非常不好的印象，对前途无异于自掘坟墓的做法。

轰隆隆的地铁上，柯尔维特愤怒地把手机摔到了地上，旁边站着的乘客纷纷吃惊地望向这边。

“好像那是Wedfire的主唱。”我听到旁边有人窃窃私语。

“这个女人从来不考虑我们的感受吗？”柯尔维特自言自语。

“要不要再和乔汉娜商量一下？”我问。

“不用商量了，电视台的日程都定下来了。”

“那要不要去找亨利和泽维尔？”

“他们肯定也被通知了。”

回到家里柯尔维特瘫倒在沙发上，摸出一根烟横躺着又抽了起来。

茶几上面满是隔夜的外卖盒和横七竖八的烟蒂，烟灰铺满了桌面，像是停火之后的战场一般。

“莎莉看到了又要大叫了，你知道她有洁癖的。”我说。

“无所谓。”柯尔维特喃喃地说。

“这两天怎么不让她进来呢？”

“我想一个人静一静。”

“后天要表演了，曲目确定了吗？要不要练习一下？”

“反正就那些，都是我写的，不需要了吧。”

“我怕你状态不好，这几天抽烟抽太凶了吧。”

柯尔维特呆滞了一会儿，把烟蒂随手丢到茶几上，径直走到房间里。

“你不怕把屋子烧了吗？”

柯尔维特拿起自己的吉他，接上电源线和效果器，开始扫起和弦来。

扫了一会儿我能感到柯尔维特的心境越来越烦乱，手指也仿佛开始不听使唤，狂乱得仿佛窗外的秋风，音箱里发出刺耳的噪声，再也没有旋律可言。

柯尔维特突然停下了，开始剧烈地咳嗽。

在咳嗽的间歇他举起自己的吉他站起来，重重地摔在了地上，吉他被砸在地上发出了巨大的撞击声，音箱里发出了地狱般震耳欲聋的噪声，之后回荡着嘈杂的回声，一遍又一遍，好像魔鬼的号角一般，我看了看地上的吉他，琴桥的木板已经被撕裂了一部分。

“该死的音乐。”柯尔维特咒骂着。

电视台演出的那一天到了，柯尔维特被经纪人通知早 2 小时到电视台，为了方便彩排并看看效果。

寒风瑟瑟的阴冷外面和电视台的里面完全是两个季节，在大堂里柯尔维特见到了贝斯手亨利和鼓手泽维尔，他们自从上一次演出以来已经两个礼拜没有见面了，其间也只发过几个短信，他们都知道彼此需要冷静的时间。

亨利裹着厚重的皮衣，眼神显得有点憔悴，过来拥抱了一下柯尔维特。

“一定不好受吧这几天。”亨利对柯尔维特说。

“嗯，还好。”柯尔维特不带表情地答着。

“待会是一个电视台的午间音乐访谈节目，主持人会和你聊一些音乐上的，哦……和近况的一些话题，然后我们唱两首歌，这里有可能会问到一些问题，要不要准备一下？”泽维尔表情阴郁地说，把一张纸递给柯尔维特。

柯尔维特看都不看就把那张纸攥成一团，塞进了口袋里。“不用了。”

“唱哪两首歌？”柯尔维特问。

“*Burn* 和 *Free Us*。”

“嗯，乐器这边都有吧？”

“对，这边都有。”

三个人在电视台助手的带领下一起走进排练的屋子，这是一个密闭的隔音间，里面各种乐器和音响设备都很齐全。

他们先调了调音，然后开始准备待会儿要唱的两首歌曲，我能听出来，这三个人似乎全都不在状态，柯尔维特的声音单薄又没有激情，全然没有了往日的唱歌的热情似的，好像一台唱歌的机器。亨利和泽维尔出错连连，贝斯全然没了以往的力度，甚至一度节奏都乱套了。

唱到 *Free Us* 的时候柯尔维特的吉他扫弦突然停了下来，他把吉他放到一边，亨利和泽维尔也不明情况地紧随着停了下来。

“行了，就这样吧，我想去门口抽根烟，你们来吗？”柯尔维特说。

“那好吧，我们把乐器整理好，一会儿就来。”亨利回答。

柯尔维特走到电视台门口的大街边，点起一支“万宝路”。

“戴着墨镜吧，别人认出来怎么办？”我说。

“算了，一会儿就回去了。”柯尔维特说。

“我知道你心里不舒服，你就不要去想别的事情，专注在音乐上就好了。”

“你说音乐是用来干什么的呢？我还有必要做音乐吗？我的音乐带来那么大的不幸？”

“你不要忘了曾经的自己，曾经你是那么痴迷，而音乐永远不会伤害任何人，你要相信。”我说。

“可是……”柯尔维特又陷入了痛苦的沉默中。

亨利和泽维尔推门出来。

“你在和谁说话？”泽维尔问。

“没谁。”柯尔维特说。

十二点的时候他们准时进了演播厅，所有的机器都已经就位，柯尔维特、亨利和泽维尔坐在沙发上，柯尔维特坐在中间，显然他是乐队的核心也是今天访问的主角，另一旁是电视台《午间音乐现场》的主持人安娜，她穿得很休闲。场边上简单布置了几排看台，有大概四五十名不知道哪里拉过来的现场观众，他们的表情都很漠然，似乎完全对三位乐队成员不感兴趣，不过三人显然对这样的阵仗见太多了。

“我怎么觉得你有点紧张呢？”我问。

“还好吧。”柯尔维特低声说，不让任何人听见。

主持人安娜自顾自地调试着话筒，对三人也止于日常寒暄的问话。

“我觉得你应该看看那张纸的，她看起来有点傲慢，不好应付。”我说。

“现在说这个有什么用？”

演播室和控制间之间隔着一块玻璃，能清晰地看到对面的控制室里人员忙碌的身影，玻璃上挂着一块LED的倒计时电子屏幕，快到30秒的时候柯尔维特挪了挪身子调整了一下坐姿，大概是为了使自己看起来轻松一点。

不到五秒的时候对面的工作人员做了一个手势，示意马上开始节目，摄影机旁边的摄影师和调度员都已经就位了。

安娜调整了一下胸前的麦克风的位置，脸上迅速切换成了一个专业主持人的表情，直播终于开始了。

“今天我们的午间音乐直播请来了这段时间最被关注的摇滚金属乐队，Wedfire，众所周知的，他们作为圣劳伦斯剧院的幸存者，来参加这次有意义的访谈。在悲惨事件发生之后，他们作为见证人之一，也会分享他们的经历和心路历程。”

“我根本不想分享什么。”柯尔维特不带声音地默默说，嘴唇只是微微张开，确保没有任何人能看到异样。

“首先我想知道，那次的事件，您之前有异样的预感吗，柯尔维特先生？”

“和我们之前的演唱会一样，我们都专注于准备，在开场的时候也看到满场都是热络的观众，并没有什么异样的，如果你说其中有哪些异样的人的话，只能说我是注意不到的。”

“你们是在唱第几首歌的时候发现情况不太对呢？”

“是第六首的时候，全场气氛正在推向高潮的时候，发现群众开始尖叫。我开始以为是兴奋的尖叫，因为我们的演出气氛一向非常活跃，你知道的，但是直到听到了枪响……”

“然后发生了什么，能不能和观众们分享一下？包括您是怎么逃出去的？”

柯尔维特听到这个问题之后陷入了长达五秒的沉默，我能感到他的心里陷入了深深的纠结和紧张，亨利和泽维尔也尴尬地看着他。

“我……然后我们马上停止了演出……同时音响师也察觉了不对劲，关掉了所有的音乐……我看到有几个人……全身都穿着黑色的衣服……头上也蒙着黑色的头巾……”

“他们开始……”柯尔维特低下头去。

“柯尔维特，不想说的话也不要紧的，大家都知道的。”我暗暗说。

“我听到四处开枪的声音，这个时候灯光突然暗了，现场一片混乱，我们在助理的帮助下逃了出去，从后面的紧急用门。”我知道，柯尔维特撒了谎，而且省略了其中一大段情节，只是为了想蒙混过去。

主持人安娜显然对这样的答案不太满意，她也许知道公众想要听到的是更加震撼的场面。但随即她又抛出了尖锐的问题。

“有听众说，你们的歌曲里面很多都含有‘杀戮’‘革命’‘混乱’之类的词语，之前就有人曾经说过有些歌词过于暴力而露骨，而在你们的演唱会上发生了这次这样的悲惨事件，您是否觉得恐怖分子是专门选了这样的场合，来制造事端？”

我看到柯尔维特的表情越来越阴沉，亨利和泽维尔也微微做出了轻蔑不屑的表情，为主持人如此不专业的问题而暗暗谩骂着。

柯尔维特的身体微微发抖着说：“你觉得这是一个玩笑吗？我不管别的摇滚金属乐队怎么样，但是我写歌的初衷，都是积极的，怀着一颗年轻的热情的心来创作的，它们里面并没有丝毫的阴暗煽动暴力情绪！按你这么说，所有的金属摇滚乐队都可以被禁止在公开场合进行演出了，因为他们不知道什么时候暴恐分子就会来现场引爆现场！”

安娜看见柯尔维特的反应有些愣住了。她没想到这样的问题会这样刺伤他的心，显然她并不懂音乐，而讽刺的是，这样的主持人在主持一档音乐类节目。

但她还是继续挑战着柯尔维特的底线。她继续问。

“哦……其实我也相信这只是一个巧合，但经过这样一段时间后，你们的音乐路线会不会有一些调整呢？会不会给听众带来一些新的元素？”

柯尔维特简直要站起来了，他带着怒音说：“我们的音乐不会有丝毫的改变，我们过去对音乐的态度和想法也将和将来的一样，我们也相信喜欢我的听众会继续支持，但我明白我们的音乐绝对不是为那些唯唯诺诺胡乱猜疑的人准备的，也不是为那些讨厌我的人准备的，而且我也觉得不是为主持人您准备的。”

安娜显然没有应付过这样的场面，她的额头都冒出了汗，却还是强挤出了笑容。

“哈，哈哈，摇滚乐手的性格和他们的音乐果然是保持着同样的尖锐性，那么下面就请来欣赏一下，Wedfire 乐队带来的两首精彩歌曲。”

摄影机各种挪移着位置，安娜尴尬地对三位乐队成员说：“请去舞台那里就位”，之后就慌张地离开了演播室。

灯光逐渐暗下来，柯尔维特抱起了吉他，亨利拿起了贝斯右手拈了一块拨片，泽维尔站到了鼓前面。在现场导演的示意之后，三个人开始了前奏的弹奏，三个人都是技术非常高超的演奏家，柯尔维特的电吉他快速扫弦的音效，低音贝斯和鼓点完美地融合在了一起，仿佛一股充满激情的冲击波一样，一般都能顺利地让现场的粉丝们情绪高昂到最高点。这首歌叫作 *Burn*，如同歌名的意思一样，整个旋律的走向也如同燃烧的火焰一样，越燃越旺激情洋溢，而且听到伴奏就能感到火星四射，专业的乐评都给了这首歌很高的评价。

然而柯尔维特发现现场的观众并没有被点燃，在现场三人火焰般的演奏对比下，处于暗处的几十名观众就好像海洋中阴冷的冰山，怎么也无法被融化，他们表情冷漠地看着三个人的演出，其间几个人还带着鄙夷的表情相互小声聊天，他们一定没有说好话。

柯尔维特选择不理会，开始唱起来，他的声音也充满了金属的魅力，其中恰到好处地填充了摇滚的嘶吼，他的整个身体投入了音乐里面。在我看来，我还担心他今天处于低迷的情绪里甚至不能完成演出，看来是我多虑了。

在旋律越来越高亢、逐渐进入副歌的时候，却出现了让人震惊的一幕。

我看到了观众席上有一名年迈的观众，举起了一块牌子，牌子上面写了很大的几个单词“NO ROCK MUSIC”（不要摇滚乐）。

柯尔维特看到了，他浑身突然一颤，副歌第二句的声音也随之跑调了一下。

然后他的声音就变得越来越低、越来越低，随即到了副歌的第二段，他干脆不唱了，只是弹奏着电吉他。整个舞台现场只剩下乐器伴奏的声音，观众和现场工作人员都露出诧异的表情，我悄悄地看了看亨利和泽维尔的脸，他们也是一脸不知所措，只好继续按照预定的弹着自己的部分，毕竟他们也无法代替柯尔维特来唱歌。

“这真的是够了。”这是柯尔维特通过麦克风，在现场发出声音的最后一句话。

柯尔维特像一座终于喷发的火山，将积攒着的愤怒彻底地爆发了出来，他停止了弹奏吉他，他把吉他背带从身后卸下来，然后随手往下一放，电吉他就摔在了地上，发出了“哐”的一声巨响，柯尔维特低着头离开了舞台，一直向观众席快步走去。这期间现场导演和工作人员乱作一团，不断地和控制室用耳麦交流，他们似乎在紧急商量着要不要切掉画面，然而随机我看到几台摄像机也随着柯尔维特转了过来，亨利和泽维尔也停了下来，两个人在台上呆呆地站着不知所措。

柯尔维特快步冲上了观众台，观众们也发出了惊呼，其中的一些人还以为柯尔维特要上来做危险的事情而四处逃窜，而柯尔维特径直走到刚才举起大标牌的中年男人身前，一把抢过他的牌子，然后用足了力气在腿上掰了个粉碎，并朝他比了一个大大的中指。那名中年男人显然吓呆了，他估计这辈子都没有想到台上的演出者，会走到自己面前做出如此过激的行为。

舞台后方的大屏幕完整地记录下了柯尔维特的每一个动作，而如果之前的信号没有被切断的话，柯尔维特的行为也会被电视机前的所有观众看到，之后造成的反应也许会是空前的激烈和轰动，明天的早报会以大幅的版面来报道这件事情，在恐怖事件影响的巨大地震后，将是新闻和媒体流中的又一个波澜。

最后柯尔维特径直地向演播室的大厅门口走了出去，中途有几个工作人员尝试追上他想要和他交流，但是最后似乎都被他决绝的姿态震慑，停了下来。

柯尔维特走到大街上，面对川流不息的繁华街景，戴上了自己的墨镜，点了一支烟抽了起来，他一边抽烟一边拦了一辆出租车，坐了进去，他此时心里的愤怒和孤独，也许只有我能体会。

柯尔维特坐在后座，一声不吭地抽着烟，司机问他去哪里。柯尔维特简洁地回答了："去机场。"车疾驰起来，从车窗外飘过阴冷冬天巴黎的大街小巷。

他拿起手机快速地拨了几个号码，电话接通了还没等里面传出声音柯尔维特就事先说："你们近期不会找到我了，我要出去一阵子，什么时候回来我再联络你。"

电话里面传出来嘈杂的女人叫喊声，听音调是经纪人乔安娜，还没等她说完一句话柯尔维特就把电话挂了，然后把手机丢到一边。

"你想去哪里呢？"我问。

"不知道，也许伦敦，也许去巴塞罗那。"

"可是你总得回来的。"

"我就不明白了，为什么世界上总是有那么多自以为是的白痴，总以为自己很懂音乐，总以为世界上什么都是按照他们的想法来的。"

"可是世界上什么事情，也不是按照你的想法来的啊。"我说。

"对，都不是按照我的想法来的。我的演唱会发生了那么大的事情，我眼睁睁地看着数百条生命丧生，现在我根本没有心思做音乐，我现在整天晚上做噩梦，白天心惊肉跳，觉得一切都是和我有关系的，我觉得我的人生也被一些狗屎毁了，什么是我能预料到的呢？我自己还能控制得了什么？"

"可是你现在还活着，这难道不是让人庆幸的事情吗？另外，你为什么想要做音乐，为什么要组建乐队呢？"

"想让更多人认识我，想让全世界都听到我的音乐，我知道这听起来……"

"可是事实是，不可能所有的人都能欣赏得了你的音乐，就像不可能所有人都会喜欢你一样，也许对那些不懂或者不欣赏你的音乐的人来说，你的音乐就是噪声、是一坨屎，让他们觉得一天都被毁了，而对那些喜欢你的音乐的人来说，那就是你继续的价值，哪怕在观众席上有五百个人，但只有一个人能够听懂你的音乐，欣赏你作为创作者的才华，那么这就是你应该继续下去的理由。至于别人的谩骂，你不应该过于在意，这是我的一点点建议。”

“而也许神挑选你继续活下来的理由，也许就是为了给那些能够理解你的人，用音乐带来鼓舞和感动。”我继续说。

柯尔维特陷入了沉默，他手中的烟灰不断地落下来，掉到地上。

在行驶到一半的路途中，突然猛地发出一声巨响，在几乎是同步的时间里整个车剧烈地撞击到了什么东西，柯尔维特几乎是从后座上飞了起来。他的头撞到了车顶，后脑勺剧痛。柯尔维特用手一摸，手上全部是鲜血，出租车司机的前气囊全部打开，他整个人都陷在白色的气囊里面，看样子并没有受什么伤。

这是一个十字路口，原来是一辆车不顾红绿灯从前面横穿了过来，柯尔维特所坐的出租车司机没有反应过来，径直撞上了那辆车。

出租车司机马上报警并通知了救护车，他们两个人都被告知直到警察来之前，哪里都不能去。路边的人纷纷停下来张望这边发生了什么。

而最令柯尔维特尴尬的是，他发现所处的位置正是在上次发生恐怖袭击剧院的门口。过了将近两周，这里早就已经恢复平静。而柯尔维特必须站在车外面，等待警察来了解这桩车祸。

“我还能更惨点吗？”柯尔维特自怨自艾地说。

圣劳伦斯剧院现在停止了一切公众的演出。出于对死者的哀悼，剧院门口的国旗也降下了半旗，然而剧院的门口还是有很多人。许多民众似乎路过，更多的似乎专程赶来，有人跪在地上祈祷，有人在地上点燃蜡烛，柯尔维特发现剧院两侧的路边都放满了颜色鲜艳的鲜花，有的在鲜花丛中还放了用精美的相框装裱好的照片，他们大多数看起来都是二三十岁的年轻人。这样的画面似乎又勾起了柯尔维特的记忆，他故意背朝着剧院的那侧，注视着公路上的车水马龙，眼眶又一次湿润了。

“他们的父母要是看见我，会不会想杀了我？”柯尔维特自言自语。

我第一次不知道说什么。

时光从来没有像此刻显得如此漫长，每一秒仿佛都像要过一个世纪一样，警车还没有来，我能够感知柯尔维特的心跳，洞悉他的大脑，痛苦，迷茫，自责，焦虑，这些强烈的感情混合在一起像一条越来越紧的麻绳捆住了这个年轻人的灵魂。柯尔维特一根又一根地抽着烟，企图用这样的方式麻醉自己的神经。

在这样煎熬的等待中，柯尔维特突然感觉自己的肩上搭了一只大手，这只大手用轻柔的力气拍了拍他。他回过头去，看见一对老夫妇，他们看起来很憔悴，脸上满是皱纹，手中还拿着一束鲜花，还有一个年轻姑娘的照片。

柯尔维特看了这样的情景，眼泪在眼眶里打转。

“对不起，我……”

还没等柯尔维特说完，他觉得自己突然被一个温暖的拥抱紧紧地抱住了。

老先生的大手紧紧地抱住他的后背。这一刻柯尔维特甚至显得有些不知所措，他睁大了眼睛回味着刚才发生的事情，然后他又感觉到一双手也抱紧了他，这一对老夫妇将他团团围住，他突然觉得一股暖流从脚底下一直往上涌。

老夫妇拥抱了他将近两分钟，虽然柯尔维特感到他们一直在啜泣，但是意外的，柯尔维特心中并没有阴霾。

“你们是我们女儿最喜欢的乐队。”老头看着柯尔维特诚恳地说。

“我们女儿在生前经常和我提起你们，但是当时我并不明白，她给我看你们的照片，听你们的 CD，我还在想这样的年轻人，画着怪异的妆容，唱着听不懂的音乐，为什么就这么招他们喜欢呢？他还说，就要找这个乐队的主唱这样的男人当男朋友。”老妇人接着说下去。

“但是前几天整理她的遗物的时候，发现她的满书柜都是你们乐队的 CD，你们的签名照片。我觉得，你们已经成了我女儿的一部分，每当看见你们的东西，我就会想起我的女儿。她曾经是那么可爱、善良美丽，现在见到了你，我不知道怎么的，仿佛又和我的女儿拉近了一些。”

“谢谢您。”柯尔维特眼中又泛起泪光。“但是我也许，不打算继续唱下去了，有人正在抵制我们呢。”

“你们经历了这样惨痛的噩梦，却能够得以逃脱，这是你们的幸运，但是没有人可以指责你，因为你做了正确的事情，你们一直在做正确的事情，就是带给喜欢你的人快乐，用音乐的旋律。而唯一错的就是那些恐怖分子，他们不光剥夺了人们的快乐和爱，还夺走了人最宝贵的生命，他们一定会下地狱的。”

“我们还有一个请求，倘若你们在未来继续开演唱会的时候，能不能邀请我们当观众呢？我想带我女儿一起去。”老太太说完，看着自己手中捧着的女孩照片相框。

“一定，一定。”柯尔维特的话语中夹杂着万千感慨。

和柯尔维特又寒暄了几句，老夫妇就走了。柯尔维特拿到了他们的联系方式，原来他们都已经退休了，只有一个女儿，而这个女儿又被死神轻易地夺走了生命，柯尔维特看着他们的背影觉得一阵凄凉。

他沿着剧院门口的小径走啊走，将近 300 米的路边密密麻麻地放满了鲜花和去世的人的照片，柯尔维特也在其中发现了不少他们乐队的唱片。

同样也有人认出了他，有的人和老夫妇一样，给予了拥抱，说的也全是一些安慰的话，有些人只是远远地打招呼，和柯尔维特预想的不一样，他们真正在这里祭奠死者的人，看起来都没有丝毫的要把事故怪给他的意思。

“和你想的不一样呢，这个世界。”我悄悄地说。

柯尔维特浅浅地笑了一下。

柯尔维特听见警笛大响，原来是警车和救护车赶来了。这个时候柯尔维特的后脑勺的伤口的血早就止住了，护士从救护车出来，简单帮柯尔维特消毒了一下。警察找柯尔维特简单地问了几句过程，然后把肇事者和出租司机带去了警局，之后就没有柯尔维特什么事情了。胖胖的警察临走前对着柯尔维特笑笑，做出吉他扫弦的动作。虽然没有说任何话，但是柯尔维特心中一暖。

“接下来去哪里，还是去机场吗？”我问。

“我算是看明白了，上天坚决不让我离开这个城市，回家吧。”

接下来的几天里，柯尔维特虽然一直待在家里，但是我悄悄地看到了柯尔维特的变化。

第二天日报的娱乐版有快要占据整个版的关于柯尔维特的电视台大闹事件报道，报纸标题和副标题用了“疯狂的”“令人惊讶的”之类耸动的字眼，其中好事的记者又无中生有地开始引申到之前的恐怖袭击事件。不过一些粉丝声称因为这次的事件对 Wedfire 更加喜爱了。

柯尔维特对报纸看都不看一眼，就径直丢进了垃圾桶。

后来的几天里，他渐渐开始使用 CD 机播放自己的音乐，这在之前是做不到的，他之前甚至想把家里所有有关音乐的物品全部都烧毁。

开始的时候他一天可以什么都不做，只是几首歌不停地循环地听，不停循环再循环。

柯尔维特拒绝和我说话，他的脑袋里全部是旋律。

再后来他开始悄悄地记录，写一些东西。

有一天他终于从房间里抱出自己的吉他，静静地一边哼唱一边弹了起来。

“你在干什么？”我忍不住问。

“我想把我的歌改编一下，变成不插电版本的。”

“为什么？”

柯尔维特没有回答我这个问题。

柯尔维特整理自己的家居，整个家变得清洁而井井有条，而且，几乎每天都会邀请莎莉来到自己的家里了，有时太晚了莎莉还会住在这里，他们的感情恢复到了出事之前的状态。柯尔维特会拿着吉他弹奏并且清唱自己改编好的曲子，请莎莉来听。同时莎莉有任何的意见柯尔维特会听进去，并且做一些修改。

“这首歌，我把它改成了蓝调风格。”

柯尔维特耐心地对莎莉解释。

他一边弹一边修改，这些歌只由吉他伴奏，和弦和节奏有些也被彻底换掉，彻底失掉了原来的金属感觉，变成了民谣风或者布鲁斯，有淡淡哀伤的歌曲。他弹琴唱歌的样子甚至有些当年鲍勃·迪伦的感觉，莎莉听着听着，安静地依偎到了柯尔维特身边。

周五的晚上，恐怖事件已经快要过去三周了，柯尔维特打了个电话给经纪人乔安娜，约在附近的咖啡馆见面。

乔安娜带着一脸的不悦赶到咖啡馆，柯尔维特给她买了一杯拿铁，还没等她坐下来，柯尔维特就首先发声。

“对不起，上次我太鲁莽了，给公司造成麻烦了吧？”

“你还知道道歉啊！你一走了之之后，老板都快发疯了，说要解除你们的合约，电视台方面脸色也很难看。”乔安娜没好气地说，“不过我努力劝了他们，似乎听了我的解释，公司说解除你们合约的事情也暂时不考虑了。”她拿起拿铁杯子喝了一大口，“其实想想，我当时也是太过于独断了，没有考虑到你们的感情。”

“我知道，你这也是为我们和公司考虑。”

“所以你这次回来找我有什么事情？”

“我想办一场不插电慈善演唱会，为了纪念那些恐怖袭击中逝世的人，门票希望能捐助给相关的公益组织，剩下的我全部给公司分文不取，也算是我对公司的赎罪了吧。”

乔安娜瞪大了眼睛，思考了一两秒。

“这个提议是有意义的，但是，还是要和公司商量一下，等待公司的初步批准，然后我们开始做这场演唱会的具体策划案。”

“场馆的话，能不能在之前的圣劳伦斯剧院举办？”

“很可能不行，因为自从恐怖事件发生之后，市政府对所有的公共设施和场所的使用权的安全报备都提高了不止一个等级，当然我会帮你努力一下。”

乔安娜想了想继续说，“如果能够顺利批下来，场馆也能联系到的话，估计最早也将会在圣诞节的时候举办了。”

“如果能成功举办的话，就太感谢了。”

“你想说的就是这些吗？”

“还有一个请求，如果能顺利办的话。”

“是什么？”

“我想你能不能帮我联系到逝世者的亲属，我想请他们来看。”

“你说全部吗？你是认真的？这个可能要向政府求助了。”

“虽然不指望他们一定会来，但是想向他们传达我的心意。”

“我会尽量去安排的。”

乔安娜的眼神变得温柔起来，可能她也觉得这是一件值得去做的事情吧。

“时间不早了，我的男朋友还在等我呢。”乔安娜说。

“嗯，如果有消息请你联系我。”柯尔维特回答。

“一定。”

柯尔维特看着夜幕中慢慢走远的乔安娜，杯中的咖啡的热气逸上来，悄悄地消失在夜色中。

“万一再遭到抵制怎么办，或者，更可怕的事情。”我说。

“我觉得有点小题大做，我看得太严重了，电视台的事情，当时觉得是对我人格的侮辱，当然，也许，并没有那么严重。”

“这也是成为伟大歌手的必修课吧。”

“宽容，理解，和平，我们穷极一生都在追求。可是哪里有人群，哪里就有摩擦，这也许就是战争的开始。但是，越是这样，我们越想追求所谓的和平。”

“为什么不尝试写进歌曲里呢，像约翰·列侬的 *Imaging* 一样。”

“也许有一天，会的，但是我不保证我能够有他一半的才华。”

第二天，柯尔维特第四次去找了约翰逊医生。

“你的状态看起来越来越好了。”约翰逊医生笑着说。

“谢谢。”柯尔维特说。

“今天我们要来学一些放松冥想练习，以备将来特别的情况，可以让你迅速轻松下来，很有用。”约翰逊医生说，“你是一个善于想象的人吗？”

“也许是吧……”柯尔维特说。

“有些人的智商不高。”约翰逊医生说，“但这并不妨碍他成为一个才华横溢的人，因为他有，强大的内心和强大的想象力。”他停顿了一下，“想象，可以为你创造另一个世界，没有伤痛和战争的世界，一个完美的世界。”

约翰逊医生让柯尔维特坐下来，尽量放松地坐着。

“闭上你的眼睛，放松……让身体全身都放松……缓慢地呼吸……”

“想象自己坐在一片碧绿的草地上，旁边有潺潺的溪水，头顶上方是蓝天和白云。”

“你的身边都是友好的人们，他们围着你听你弹吉他、唱歌。”

“你的身上突然长满了羽毛，你的身体变得越来越轻，正在向天空飞去。”

……

柯尔维特努力地想象着，觉得身体受到了医生的指引，真的变得越来越轻，然后医生的声音正在变得越来越遥远，他真的进入一个另外的世界。

“柯尔维特，你睡着了。”

柯尔维特猛地睁开眼睛。

“真不好意思，医生。”

“没事，这是正常的。”

“那么现在，你能再为我重复一遍当日发生的事情吗？我说过，如果实在说不出来，你不用勉强，想象，想象假装是在说别人的事情，你也可以唱出来。”

“嗯。”

柯尔维特平静地、完完整整地将那天晚上的事情描述了出来。

“很好，你把心里的伤能够完整地说出来，它的威力就减小了一半，未来想起的时候可能还会觉得痛苦，但是你要相信，时间会治愈一切的。”

“嗯，我相信。”

柯尔维特突然想起来了什么。

“医生，圣诞节的时候我们的乐队会有一场不插电演唱会，您会来吗？”

“好啊，不过我怕接受不了太激烈的音乐，我要去听听你们的音乐预习一下。”

“这场将会是不插电的音乐会，是献给那些在恐怖袭击中丧生的人和他们的亲戚的，还有所有的市民，他们和我们一样，也许都需要在音乐中疗愈，战胜自己。”

“你说得很对，我很期待。”

柯尔维特在刚刚出医院门口的时候就接到了乔安娜的电话。

接完电话他的表情显得有点失落。

“怎么了？”我带着疑问问他。

“乔安娜说，老板虽然同意，但是市政府要求，出于安全的考虑，所有的场馆一直到新年，都不会对公共演出开放。”

“所以你的打算是……”

“我还不知道。”

柯尔维特走在马路上，烟抽了一根又一根，他一直在惆怅，考虑演出的事情。

市中心的马路上行为来来往往，巴士穿插于各种小轿车中间像钢铁的洪流一般。

临街的各种商铺早早地摆起了圣诞树，提前为圣诞节的商品销售做了准备。

从地铁口吹来热风，川流不息的人群来来往往，里面有各种肤色的人。

坐在地铁口的台阶上，有几个流浪汉，还有一个站着的、一边弹吉他一边唱歌的年轻人，唱的正是 *Wedfire* 的 *Free Us*。

“他的吉他水平比你差远了。”我说。

柯尔维特突然有了灵感，仿佛是脑中的电灯泡亮了起来。

“要办演唱会，一定要办。”

“室内不行的话，我们就在室外办，反正是不插电，也不收门票了，反正我只是想让他们听见而已。”他继续说，“就在圣劳伦斯剧院门口吧。”

“那，还要邀请那些遇难者的亲属吗？”

“要的。”

现在已经是十二月初了，柯尔维特希望能在 12 月 24 日的平安夜下午举办小规模的室外露天音乐会，所以还有十几天的时间可以准备。

亨利和泽维尔很积极地响应了柯尔维特的提议，他们从政府机关的朋友那里弄来了一份遇难者家属的联系方式，这几天他们正在帮忙打电话联系他们，邀请他们来看 Wedfire 的不插电圣诞音乐会。

这件事情并不需要公司知道，完全是个人的行为，所以并没有通知乔安娜，但是乔安娜不知道从哪里听说了他们的行动安排，自愿帮他们联系了一些遇难者的家属，并帮他们悄悄地租借了公司的专业级别的音响。

不知道会有多少人来参加，被通知的家属们有相当一部分因为各种的原因拒绝了，也许有一部分还沉浸在丧失最亲的人的悲伤之中，也许只是单纯地反感乐队这样的举措，但是好在还有一半的人表示愿意前来观看，也就是有将近一百人。

“也许这样就够了，人也不是越多越好。”柯尔维特说，他并不想在网络上大规模地宣传这件事情。

“但是我看到推特上已经讨论开了，不少人表示感兴趣。”泽维尔一边滑动手机看着屏幕一边说。

12 月 24 日那天终于到了。

从早上开始就下起了鹅毛大雪，把整个城市装点得银装素裹，格外有圣诞的气氛。

柯尔维特看着窗外，显得有点紧张。

“你觉得会有多少人来看呢？”

“不知道啊。”柯尔维特搓着手，口中呵出的白汽在窗上凝结起来。

不久，亨利和泽维尔也带着吉他出现在柯尔维特家中，他们打算快到中午的时候一起去现场。

“乔安娜已经带人去布置了现场，他们搭了一个简单的舞台。方便拆卸的那种。”亨利说。

柯尔维特这一刻觉得特别感动。

快到中午的时候他们开着车往剧场门口走，一路上柯尔维特看着窗外的人群，他们穿着厚厚的衣服，在大街小巷拎着各种大袋小袋，正在为了圣诞节和新年进行最后的购物。

“天气这么冷，也许不会有很多人前来吧。”

下午一点，车正在驶过圣三一路，前面就是圣劳伦斯剧院。

隔着车窗从很远处就能看到门口的广场上黑压压的一群人，看起来至少有将近四五百人。

亨利在车里兴奋地大叫：原来这么多人来了。

柯尔维特也露出了难以置信的微笑。

大雪还在从浅灰色的天空上飘扬而下。

柯尔维特忘情地唱着，他手中的吉他的音色也和雪融在一起，飘落到这个城市的各个角落。

简易搭起的舞台底下是将近五百个慕名前来的观众，他们其中有的是遇难者的亲属，拿着自己最亲爱的去世的亲人的照片和鲜花，渴望他们在天堂中能听到，还有更多的是从网络上发现消息慕名前来的支持者，他们来自城市的各个角落，甚至出生于世界的各个大洲，他们的皮肤颜色并不一样，可是这个时候他们聚集在一起享受着同样的感动。他们有的并不听也并不懂音乐，可是也跟其他人一样，挥着手加入旋律的节拍中。历史也许曾经带给他们伤痛，可是音乐的力量永远能够治愈心灵。

他们的左边是马路上的车水马龙，右边就是曾经的噩梦。圣劳伦斯剧院，在那个悲惨的夜晚曾经流淌了多少无辜的年轻人的鲜血，而现在白雪皑皑，仿佛冬天对它在唱着肃静的安魂曲，让无处安放的灵魂得到永生。前来执勤的警察也不忍驱赶这一群热爱音乐的人。加入的人越来越多，整个广场变成了人群汇集的海洋。

柯尔维特唱完了自己乐队的所有改编曲，台下爆发出了雷鸣般的掌声。

“我想在这里，最后唱一首歌，就是约翰·列侬的*Imagine*，”柯尔维特断断续续地说，雪落在他的裸露的弹吉他的双手上，他从来没有在这样的场合唱过歌。“这首歌对于现在，对于将来，也许都有重要的意义，他教会我们，只要有想象，有希望，世界就一定会和平。”

想象一下，没有天堂
很容易，你试试
我们脚下没有地狱
头顶只有天空
试想一下，所有的人
只为今天而活……

想象一下，没有国家
这并不难办
没有要杀的或为之送命的
也没有宗教
试想一下，所有的人
生活在和平当中……

你可能会说我是个造梦者
但我不是唯一的一个
我希望有一天你能加入
而世界将是成一体

想象一下，没有财产
我想知道，你能吗
不用贪婪，不会饥饿
人皆如兄弟般友爱
试想一下，所有的人
分享全世界……

你可能会说我是个造梦者

但我不是唯一的一个
我希望有一天你能加入
而世界将是成一体

日光渐渐暗了，这个城市的街灯慢慢地亮起来，街道两边是柔和的一片橘黄色，偶尔有彩色的圣诞灯饰，装点着略微寂寞的场景。雪还在悄悄地下着，街道上只有很少的行人，两边住宅的窗户纷纷被点亮，那里面是安静祥和的画面，孩子们围着圣诞树，大人们分食着火鸡，这是最棒的平安夜。

看着柯尔维特一边抽着烟，一边嘎吱嘎吱地踩着雪走在路上。

“你知道我是不存在的吧，我只是你想象中的朋友。”我说。

“我知道，你就住在我的脑子里。”柯尔维特回答，一边看着地上的雪。

“如果我哪天消失了怎么办？”

“不可能的，想象怎么会消失呢？”柯尔维特说，“只要我活着，你就会一直在我身边。”

柯尔维特继续走在铺满雪的小路上。

“走吧，快回家吧，莎莉在等你回家过平安夜呢。”我说。

水底

过了八点，夜的帘幕悄无声息地从天上披挂下来，很快便四周透不得一点光。

从船舱的窗户向外面看去，只看得见岸边的群山像鬼影一般黑魆魆的，随着晚风仿佛千百只巨猿一般向船后侧迅速地攀援过去。船身旁边的江水只有微茫的波光，遥相呼应着天上轻薄的月色。

风呼呼地从耳畔掠过，突突的发动机的声音搅动着水声，也浮躁着人的心绪，五月的风裹着江水绵软潮湿的水分子，和船排出的机油的浓重味道，裹在一起入侵人的鼻腔，在黑暗中形成让人觉得压抑排斥，却又不想离开快要上瘾的味道。

一定是神经在作祟吧，这让我想起我第一次抽烟时候的情景。

那是在初中放学后的男厕所里，几个男同学笨拙地拿出来一个神秘的红色扁纸盒，假装熟练地在我面前抽出烟点起来，以一种炫耀陶醉的表情一口一口地嘬起来。

我一把夺过其中一个人的烟，豪气地放到了嘴里大吸了一口，我永远忘不了那个时候的感觉，整个人过电了一般，感觉那种味道像一把巨手，把我的身体整个拧了几下。但是当我把气体吐出来的时候，突然觉得整个世界都变得松弛无比，神经的快感在那一秒控制了我，让我从此黏上了这样的味道。

我侧倚着，上身趴在窗边出神地望着如浓墨一般的江面，整个人沉浸在不可抑制的回忆和想象中，儿时的细节也像扑向船身的浪花一样，我突然整个人笑了出来。

我从小就对宽阔的深水有一种恐惧感，所以从小学一直到现在，我是我家族里面唯一不会游泳的人，试着学过很多次，但都是以失败告终。

镇上有一个蓄水用的水库，在水库水坝的一侧水其实并不深，所以在夏天的时候能看到很多小孩和大人在里面游泳。可是对小时候的我来说，每一个站不到底的江河湖海都是深渊，湖面绿色的波澜底下不知道藏了多少未知的恐惧，底下隐约可见的深色漂浮水草仿佛神话中水怪的触手，会残酷无情地夺走任何一个不走运的小孩的生命，再加上从小以来就经常能够听到大人说，今年夏天水库又淹死了多少多少人，在哪里有一个大漩涡把人吸进去就再也出不来，所以我路过那个水坝都躲得远远的。

每年夏天去小学上课的时候，大多数男孩子都会带上游泳衣裤。因为天气的炎热，每天放学后去坝上面游泳几乎成了各种惯例。不知道怎么的，我成了班里唯一的不会游泳的人，所以每次路过水库边上看见男生们在里面欢快地游泳的时候，我总是觉得我是唯一的那个不合群的人，又孤独又有一种莫名的愤怒感。

“旱鸭子，不会游泳的旱鸭子！！哈哈哈！”仿佛每次都能听到调皮的孩子冲我这么叫，一开始听到有的孩子冲我这么叫的时候，我总觉得委屈，记得有一次回家甚至大哭了一场，那个时候奶奶总会轻轻拍着我的头安慰我，脸上漾起慈爱的微笑，脸上的皱纹，像余波一样泛进我心里。她的神态好像在对我说：“没关系的，不会游泳，每天不是还这样照常地过吗，太阳又不会不升起来了。”

小时候我也是不服输的，不会游泳的我就拿一木桶的水，把头浸在水里面，以为这样的话就可以学会游泳了。我在木桶的水里面睁开眼睛，嘴里咕嘟咕嘟地吐着泡泡，看着桶底的木纹随着水波的荡漾而摆动，以奇妙的姿势扭曲着，透明的气泡从我眼睛旁边滑过去，有的直接碎裂成更小的气泡。等到把耳朵也浸入水里面的时候，似乎整个世界被一个罩子罩起来了，耳朵里也发出奇妙的窸窸窣窣的声响，好像夏天树梢上的蝉鸣，但是也更沉闷一点。我以为这样就能学会游泳了，但是到了水库边还是脚开始发抖，一步也不想踏进水里。

小时候我不爱玩各种变形金刚、玩具汽车等别的孩子爱玩的玩具，我喜欢的却是一个小型的沙漏，这是奶奶送给我当八岁生日礼物的玩具。金黄色的流沙被安静地锁在透明的玻璃外壳里面，形成密闭的奇异的空间，空闲的时候我觉得可以一天都把沙漏盯着翻来覆去地看。看到细碎的沙子从上面缓缓地落下来，心里会有说不出来的一种奇妙的安详感觉，我靠近沙漏仔细听沙子从上面缓慢流下来的声音，仿佛跟在水里耳朵能听到的声音是一样的。

当把沙漏放在黄昏的窗口前，便有一种奇妙的感觉，我最爱这么翻来覆去地看，夕阳投射出来的黄金色的光芒准确地给每一粒沙子镶上边缘，沙子从上面流泻下来的时候，仿佛看到时间在缓缓流动的瞬间，在此刻那个空间便有了一种神圣的意味。这个时候只要弯头就能看到奶奶的侧脸，她下午总是安静地坐在床边的椅子上打毛衣，光线从她脸上的皱纹之间悄悄地游走，打上些许的侧影，让一切好像一幅比例和谐的油画一样。

自从我有记忆以来，奶奶就已经不会说话了。据说她不会说话，也是因为十几年之前一次在水库里游泳溺水的经历，传说她当时在一个风大雨大的天气，为了救一个溺水的少年，自己跳了下去。没想到最后不光少年没有救上来，自己也溺水昏迷过去，在医院抢救了很久，活过来的时候不知道怎么的，其他地方都好，就是已经不会说话了。

从小跟不会说话的奶奶生活在一起，我们也互相形成了一种默契，很多时候我也不用说出来，奶奶就知道我想要什么。只有很生气的时候奶奶才会发出一些咿咿呀呀的断断续续的声音，而奶奶是一个好脾气的人，所以我们相处的模式一直是寂静无声的，在这样的安静的家里我却觉得格外舒服，反而学校的叽叽喳喳同学兴奋而聒噪的声音让我有时候觉得有点厌烦。

七月下旬的一天，天气达到了有史以来的最高温度。几个同班的小伙伴约我一起去吃冰棒，吃完了之后几个人突然说天这么热，想去水库里游泳，但是大家看我不会游泳，便拜托我在岸边帮大家照看衣服。水库里并没有多少人，我坐在堤坝上，同班的玩得好的几个人在很远的地方扑腾水，水面将太阳的轮廓完整地映射在波纹上。这个时候我突然听到近处有一些刺耳的大喊声。

“快看哪，那个是一班的旱鸭子！哈哈哈！”几个男孩一边叫一边笑，其中的一个还模拟鸭子发出嘎嘎的声音。那几个一定是隔壁班的坏孩子，全校都知道他们的品行，所以一般的女生甚至看见他们都躲着走。他们拿出了水枪，灌满了水朝我射来，还没等我反应过来T恤上已经湿了一大半。

我觉得受到了莫大的侮辱，随手捡起来身旁的石子，奋力地朝他们扔去。那几个孩子做出躲闪的模样，石子落在他们的身边溅出了水花。“打不着哦！！！”一个男孩嘟起了嘴继续挑衅着。

“你们等着！”因为是水泥做的堤坝，旁边也并没有什么石子，我四处寻找着可以用的石子准备进行我的反击，一不小心就走远了。堤坝的右侧有一个传说中的深水区，听大人说，从坝上面一下去，就有将近三米深。那里的水看起来比左边的要深许多，水里面的水草也看起来幽幽的，仿佛底下暗藏着某些未知的生物，所以一般小孩都不会从这边下水。我走过去小心地捡着石子，不时地回头确认“敌人”的目标。可是不知道是不是因为昨天下过了雨，地上的苔藓还是有些湿润的，我不小心滑了一下，摔在了地上，还好没有滑到水里去，不然就遭殃了。我正准备起来，弓起身子打算掸掸裤子上的土，就在那一瞬间我没想到，我感觉到后面有一双手快速推了我一下，让原本就没太站稳的我一下就失去了重心。

那一瞬间我脑子一片空白，感觉自己离水越来越近，在接触水面的那一瞬间听到了如闷雷的一声响，随后还有水溅起的声音，伴着小孩子恶劣的笑声，不过也在一秒钟内消失了。我仿佛进入了另外一个幽暗的世界，因为恐惧和害怕，我紧缩着一直处于僵直的状态，就这样逐渐从水面向下坠落着，水下的水草伸展着漆黑却柔韧的枝条，离我越来越近，仿佛要将我拥抱，岸上打下来的光折射到绿色的水里，断成一束一束的，不知名的微生物从我眼前游过。

几乎是快沉到了底下我才想到挣扎。我努力却慌乱地用手扑腾着，我学过憋气但是这个扑腾的过程中似乎也耗费了大量的氧气，水泡一直从我的嘴里咕嘟咕嘟地冒出来，某一刻我觉得嘴甚至开始痉挛了，这个后果就是突如其来地喝了一大口水下去。这让我更加慌乱了，在扑腾快到水面的时候我勉强吸了一口带着水的氧气。不知道是不是水进入了气管，我开始剧烈地咳嗽，整个人翻腾着挣扎着，在挣扎的过程中看到上面的推我的那个孩子。那个隔壁班的小男孩，露出明显恐惧的表情，撒腿跑开了。我想叫但是叫不出来，身体不受控制地又慢慢往下沉去。

我觉得氧气已经快要用尽了，头和喉咙嗡嗡响着，剧痛无比，已经没有力气再挣扎了。我慢慢往下坠，像一只断了线的风筝慢慢地滑落，在伸展着枝条的水草之间慢慢地探入最底部。我一直睁着眼睛，浓密的枝叶在我眼前迅速攒集开来，仿佛要遮蔽这个世界的所有光，仿佛要让我和他们静静地融为一体，还没有人来救我吗？这个时候我突然觉得脑海中开始逐渐轻松起来，意识和眼睛也开始慢慢变得模糊，我仿佛不再需要呼吸了。身体也突然变得很轻，仿佛不是在向水底沉下去而是往天空飞去。我还这么小，就要死了吗？眼睛慢慢地模糊了，仿佛有一只手把我的眼睛合上，让我轻松地睡去，我努力想要睁开眼睛，做了好几次挣扎，但是感到已经没有力气了，甚至连身体都不是我的了。我觉得黑暗慢慢地浸润我的身体。

我突然觉得手被谁牵住了，牵住我的是一双略微有些粗糙，但是格外纤细瘦弱的手，凭感觉就能知道是女人的。这个时候黑暗还是笼罩着我，努力地睁开眼睛，但是感觉什么都看不到，我感觉自己浮在又非水又非空气的半空中，但是像这样握住我的手却让我感觉分外安心——那一定是一个人吧，她是谁呢？我想挣脱开那只手去抚摸手之上的其他部分，但是却觉得身体里一点力气都没有，我就这样处于一种奇妙的漂浮的姿势里，慢慢地似乎要滑行到一个另外的时空去了。

“小刚，你的沙漏呢？”

突然在黑暗中传来这样的女人的声音，慈祥又和蔼的语气，伴随着绵延的回音。

这声音意外地让我觉得熟悉，我总觉得在哪里听过这样的嗓音，却总想不起来，而且，她是谁呢，她为什么知道我的名字呢？

“你的沙漏呢？”又重复了一遍。

我听到了这样的话，右手被牵着，左手开始奋力地在自己身上摸索，在口袋里摸到了我的玩具沙漏。我把沙漏掏了出来，在黑漆漆的空间中突然里面的沙子开始散发出明亮的光，向四周的空间散射出耀眼的金黄色光线。我把沙漏当作手电筒一样朝前伸去，奇怪的是，我能看清楚了我的脸、我的身体，能看清楚握住我的手，却唯独照亮不了握住我的手的人的脸庞。她是谁呢？我发现自己并不在水里，旁边的水草却交缠着摩挲着飘舞在空中，除了近处的景象，其他部分都是一片凝滞着的漆黑。

“孩子，乖孩子。”眼前的人又开始说话，却感觉声音从很远的地方飘过来。

“把沙漏倒过来吧。”

我懵懂地听从了她的话，把沙漏调转了一头，金黄色的沙顺着中间的圆形空洞簌簌地往下坠落。我突然觉得旁边开始起风了，从微风渐渐到狂风，从下而上呼啸而过，我虽然飘浮在空中，但是我觉得我的人是静止的，衣袖却被吹起来。旁边的水草像快要断了线的风筝一样凌乱地呼啸着，似乎马上要被吹到别的地方去，风太大了，以至于我要叫喊起来，上面抓住我的手似乎也要随时松开了。

“孩子，抓紧我的手！！”

我用尽吃奶的力气，抓住了握住我的手，让她不要松开，在这个瞬间风从我的底下一直向上狂暴地奔袭着，从我脚底下一直向上吹过了很多枯叶之类的物体。我看着手上的沙漏，金黄色的沙还在安静地从上往下流落下来，跟外面的风世界形成完全两个方向。

沙漏里的沙快要完全流完的时候，风并没有因此变小，等到最后一粒沙完全掉落到底下的时候，我能感觉到四周发生了奇妙的变化。

旁边暗绿色的水草，顺着风的方向，从叶片的顶部开始慢慢地变成亮晶晶的黄金色，然后逐渐变成沙子，像被侵蚀了一样，随风一起向上飞去，很快四周所有的水草都变成了沙子，和风一起消逝在周围。我的四周也一直在向上呼啸过萤火虫一样的沙子，有的侵入了我的鼻腔，让我剧烈地咳嗽，有的掉入了眼睛，让我简直睁不开眼。

“孩子，你以后要好好地活下去。”

这是我听见黑暗中的最后一句话了，随后握住我的手也开始被渐渐地腐蚀，慢慢地变成沙子，随着风飘入仿佛另外的空间去了。我突然觉得心头一紧，开始不由自主地大喊起来，总觉得就要失去了什么似的，但是又不知道那究竟是什么。整个过程大概也就十几秒，随后握住我的手完全地消逝，变成沙飘走了。在最后的那个瞬间，我一下子像失去了重力一样，开始在漫无边际的黑暗中向下落去，也不知道要落去哪儿，我闭上眼睛，觉得整个世界都在抖动，耳畔是呼呼的风，夹杂着细微的水花的声音。但是这个过程，我竟然没有害怕，我闭着眼睛，感受到眼前的世界似乎正在变亮，正想睁开眼睛，一阵浓浓的睡意侵袭向我，我突然就什么也不知道了。

我醒来的时候发现自己躺在医院的床上，旁边一大群人围着我，看见我醒来，大家焦虑的神色突然变成欣喜若狂不约而同地欢呼了起来。这个时候我突然看到了奶奶，坐在离人群稍远的椅子上，摇着蒲扇，安静地微笑着，好像一副既不慌张也不欣喜的样子。

事后我听说当时溺水的时候大家都慌了，当时的水库上刚好没有大人在，几个小孩去几百米远的地方找大人说有人溺水了，等到大人来的时候发现我昏迷着躺在坝旁边的浅滩上，看起来像是被谁救起来的，但是旁边根本就没有人。看到我昏迷着但是还有呼吸，大人就背着我赶紧送到了医院。

从那之后我还是不会游泳，但是似乎已经摆脱了对深水一看就恐慌的情绪。我和奶奶一起生活着一直到了高中，而自从那次溺水之后那个沙漏也不见了，我想应该是丢在了水里或者什么地方。我永远也忘不了那次神奇且灵异的事件，也无意于追究当时到底是脑子缺氧或者进水了造成的幻觉。好几次做梦我都能梦到漫天的流沙，还有梦中还是有那个人牵着我的手，醒来发现只有奶奶在我身边看书，发现生活又安静又漫长，好几次我觉得，是不是答案就在我眼前呢。

节拍

怦，怦，怦，怦。

心跳的声音，好像这个城市逐渐褪色的鼓点一般，和嘈杂的街市的声音相互缠绕又似乎相互隔离开来。他摸着自己胸前汩汩流出来的红色血液，觉得像失去线的木偶一般，意志失去了对身体的控制，只能眼睁睁地看着刺伤自己的小偷迅速淹没在人海里。

怦，怦，怦，怦。

越来越响了，甚至感觉不到疼痛，心跳声音变成一种让人舒服的喜悦的响声，像是身体里面有人在敲打着门，门的另一边是更加美好的世界，他看着自己慢慢瘫软下去。眼前的黑色像是水墨一样慢慢晕开来，他听不到自己在叫什么，他看到旁边围过来的人露出了害怕的神色，他自己心中却越来越平静。

在那一瞬间，他的身体掉进了黑暗的牢笼。

“想要生命吗？”

“想要心跳吗？”

在黑暗中有人在喃喃细语，用着磁铁粉末般黏稠却又刚劲的声音说。

又响起了心跳的声音，然而在心跳的声音里面，又夹杂着鼓点，好像有人在无边黑暗的彼岸独自打着鼓。鼓点的声音和心跳的声音合二为一，仿佛彼此应和着对方的节奏。

“这就是你能延续的生命。”

“击打多少次，你的心跳就能再跳多少下。”

黑暗里那个声音没有感情地笑了起来，伴随着空气的颤动，从很远处传来的鼓点声音渐渐地消失了，余下的只有孤寂的心跳声。他觉得恐慌，在黑暗中拼命乱抓。

在挣扎中他醒来了，他发现自己躺在医院的病床上。

出院了之后，他把自己关在房间里，掀开他从前少年时代乐队排练时候落满灰尘的架子鼓，重新开始练习起来。

他每天什么也不做，只是专心地练习架子鼓，以至于到了废寝忘食的地步。佣人给他做好了三餐的饭食，然而他从来不出去吃，只是命令佣人把饭菜放在他房间的门口。

佣人从紧闭的门口外就能听到里面激烈的鼓乐的敲击声音。他闭上眼睛感受着节奏，仿佛看到里面的主人挥着满身的汗水击打着鼓面，而鼓的节奏充满了意想不到的亢奋和隐约的不安，仿佛是拼命为了什么而击打的感觉。

他不知道主人突然迷上打击乐是为了什么，他在主人晚上回卧室睡的时候，偷偷进了那间有鼓的房间，架子鼓的上面放着缠手指用的绷带，上面隐隐约约有血干涸的痕迹。鼓的旁边有一个小本子，本子对应着日期，上面记录着奇怪的数字。

十年后他变成了享誉国际的架子鼓大师。他的表演在国际舞台上获得了所有人的喝彩，专业的评论员说能从他的节奏里感觉到生命。当有人问他为什么开始打鼓的时候，他从来只是说：

“为了活下去。”

大家面面相觑。大家随后都装作明白，其实内心不知道他究竟说的意思是什么。

一直到他七十五岁的时候，他仍然每天都坚持打鼓。每天佣人都能听到他在房间里面打鼓的声音，然而里面传来的节奏和几十年前已经完全不一样了，是一种缺少了活力和激情的，更为平稳缓慢甚至有些力不从心的节奏。每次佣人看到主人待了几个小时，从房间里出来都是一副虚脱的样子，他都劝主人不要再打那么长时间，换一些轻柔的爱好，而得到的答案都是一样的。

“不行，我想活下去。”

他九十岁那年，七十多岁的佣人离世了，那间房子里空荡荡只剩下了他一个人。他也不肯再找一个新的佣人，只是自己坚持一个人住，谁都不知他在里面干什么，只是偶尔经过的路人会隐隐约约听到里面传来打击乐的声音。

终于有一天，清早一位清洁工路过他的房子，他觉得这几天都没有传来任何人活动，包括打鼓的声音，觉得有些奇怪，就报了警，让警察来看看屋里面的情况。警察撬开了他家的门，发现白发苍苍佝偻的他倒在了他房间的架子鼓旁边，手里拿着鼓棒，早就没有了呼吸。

令人奇怪的是，法医把他送去检查发现，他的全身的脏器都已经衰竭了，唯独心脏还在不断地跳动着，那颗心脏仿佛并不受别的器官的影响，被鲜红的瓣膜包裹着，还保持着活力，自己扑通扑通地跳动着。

所有的法医都表示不敢相信，只能把心脏剥离出来放到标本器皿里观察培养。

最后心脏终于停止跳动了。而停止跳动的时间，距离他被发现倒在家里，已经过去了 103 天。

因为他生前是世界著名的打击乐大师，他的寓所被修建成博物馆式的故居供游人参观。他的所有生活用品，包括最重要的那套架子鼓还原封不动地保留在那里。

好多来参观的人在离去的时候都说，在那套架子鼓前驻足，闭上眼睛仿佛能听到他在独自打鼓的声音。

砰！砰！砰！砰！

有点像心脏跳动的声音。

看不见的事物

眼看着就要天亮了。一无所获的小偷瞄准了最后一个目标，他敏锐的视觉发现，这座高楼的五楼的窗微微开着，窗口挂着微微飘动的衣物，表明这家一定是有人居住的。

从楼道的窗口钻出去，距离那户人家厨房的空调外机座，还有大约一米半的距离，小偷毕竟训练有素且经验丰富，他想都没想就一个兔跃跳了过去，站在上面，他轻轻地打开了厨房的窗户，像一道黑影一样悄无声息地溜了进去。在他的脚尖着地的一刹那，拥有敏锐感知的他觉得周围的气氛突然一变，几乎是半秒后，厨房的外窗吱呀一声，自动关上了，随后仿佛全世界的光就此熄灭，他看不到一丝光亮，仿佛变成了一个盲人，小偷心慌了。

他迅速地转回头去，想要摸索刚刚跳进来的那扇厨房的窗户，然而在蹑手蹑脚地探回去的时候，却发现再也找不到那扇窗户。他慌张地用手四处挥动，企图寻找任何可以靠住或者攀住的墙壁，然而什么也没有，四周仿佛是一个广阔的黑洞。

脚再一步往前，他突然觉得底下的地板逐渐变得绵软起来，仿佛踏在了某种海绵上，他的脚也逐渐往下陷进去。四周的空气似乎也变得更加湿润炎热，小偷逐渐喘不过气来。他尝试蹲下来抚摸地面的质地，这种感觉让他想到长满了十几年苔藓的湿滑泥土，只摸了一下手上就觉得全是黏液般的液体，这让小偷觉得一阵惊恐，身上的鸡皮疙瘩在一瞬间从脚上一直蔓延到了头顶。在绝对的黑暗中，他不知道要往哪里走，只好趔趄着踉跄着一直往前跑。

突然他觉得来到了一个洞里。之所以这样判断，是他的脚步声出现了微弱的回音，这个时候他的手摸到了左右手两边的墙壁，他一触到墙壁就像触电一样把手缩了回来。这个墙壁似乎是绵软的，上面也有奇怪的黏液，更让他觉得惊慌的是，墙壁似乎在微弱地抖动着，也许是抖动，也许是像皮质地的生物构造，不停地压缩扩张着。这个时候从前面传来一股酸臭的气味，让小偷几乎窒息。

小偷几乎要哭了，他只有不停地往前跑着，他的心里强烈希望着哪里有一道光，向着光来的方向也许就能逃离这个奇怪的地方。走啊走，一直的寂静在这个时候也被打破了，他听到了某种巨大的击打声音随着自己的脚步越来越近，有点像人心脏跳动的声音。这个声音如此压迫，小偷觉得自己的心脏，伴随着这样的节奏被一双巨手攥在手里，忽紧忽弱。他觉得自己走出了刚才的洞穴，来到了一个更为空旷的场所，然而这里巨大的酸腐味让他呕吐了出来。小偷体力不支坐在了地上，然而地上的黏液像是某种剧烈的酸液一般，手刚刚触碰到就像是把手的皮肤灼烧过一样，他痛得大叫起来，一边叫一边诅咒这个奇怪的地方，一边奋力地奔跑着，像一只无头的苍蝇一样在黑暗中四处乱撞。突然，他觉得身后被什么东西撞了一下，他又跌坐在了地上，接着，一股巨大的力量推了他一把，他开始在满是黏液的地方往前滑行起来，像是坐上了某种水上乐园的滑行隧道。他一边滑行一边惊慌地四处乱摸，身体背后始终有一个巨大而绵软的东西顶着他，但他不知道那究竟是什么，他能感觉到自己在时而狭小时而宽阔的管道状物体里高速地滑行着，速度时快时慢。这管道过于百转千回，他的头部由于高速地旋转，甩动撞击，脑中产生了致命般的眩晕感，最后他即使尖叫也叫不出来了。在逐渐失去意识之前，他突然有了一个念头，但这个念头在他的脑海里飞快地离心震荡着，如同绞肉机的肉馅一样被搅得粉碎，他想保持清醒，然而最后他连自己的名字都想不起来了。终于他觉得自己脱离了隧道，像是被一股力量抛到了半空中，随即由于重力飞速地下落，“砰”一声闷响，他觉得自己重重摔在了水泥或者瓷砖地面上，他听见了自己骨头碎裂的声音、内脏撞击的声音、皮肤撕裂的声音。他觉得意识伴随着生命力像是抽过的烟的烟圈一般，慢慢飘到空中散开消失了，他觉得自己马上要死了。

他睁开眼睛醒来的时候发现四周有光，这让他保持了一秒的兴奋。然后他发现自己躺在地上，几乎用不上力气。他恐惧地发现自己身边站了一圈人，其中有四五个穿着警察制服的人，他们眉头紧蹙着彼此交谈着，小偷觉得他们的声音仿佛是从很远的地方传过来的。他望向自己的身体，手上被一副手铐铐住了，自己的身上的衣服上全是奇怪的黏液和不明黄白色糊状物，散发着腐臭的令人作呕的味道，其中还夹杂着少量的白灰色夹杂的动物毛。

“能走了吗？能走了跟我们去警察局走一趟吧。”小偷终于听懂了其中一个警察的责问。

小偷在全身关节的剧痛里缓缓地站了起来，他不敢看别人的眼神，低着头往门口走去，在眼角的余光里他看到这户人家整洁的布置，白色温馨的家具，一尘不染的地砖。他想起昨天的经历，觉得一切好像一个噩梦一样。

“走吧。”小偷灰溜溜地和警察们说。屋主是一对夫妻，他们看起来对小偷充满了厌恶。警察扶住了小偷往屋外走的时候，门缓缓地被关上了，然而就在门马上要被关上的时候，小偷看到了从屋里的房间里钻出了一只生物，那是一只灰白色毛发的老猫，它一缩身子往上一纵跳，敏捷地跳上了快一米半高的餐桌上，以优雅的姿势坐着，望向门口这边。它的蓝宝石般的眼中闪烁着警惕的，仿佛捕猎到战利品的、骄傲的目光。

怪物

“变身！！嗤——！！！”

“不对，你该这么变。像这样。”

“我的是对的，我的比你厉害！打死你这个怪兽！”

“我最终进化了！我最厉害！！”

两个豆芽菜一样的孩子在漫天灰尘的乡下小路旁，激烈地用手比画来比画去，嘴里唾沫飞溅，模拟着各种电视卡通的音效。轰隆隆的卡车偶尔经过，一下子就淹没了他们的声音。

“文龙！怎么跟你说的！！”

路边的小超市里急匆匆地赶出来一个瘦削的中年妇女，脸上挂满了凶悍。

“我跟你说过多少遍！不是说不许跟他玩吗？他有病的，会传染给你的！”

妇女说着就过来拎起葛文龙往远处拽，就像拎一只马上要拿去宰杀的母鸡一样，小葛文龙毫无抵抗之力。

“再被我看到和他在一起，我把你屁股都打烂！！”

葛文龙放声大哭起来。

另一个孩子只是呆呆地站在那里，显然被这突然出现的变化有点吓住了，然而他似乎已经习惯于这样的场面，很快就撇了撇嘴，走开了。

“哎呀，就让孩子到处瞎跑，他爷爷也不管管他。”

坐在马路边的邱老太太自顾自抱怨起来。她拿着蒲扇不停地摇啊摇，脸上露出嫌弃的表情。

另一个孩子叫张礼，今年八岁了，在六岁的时候因为一次发烧在卫生站验血，被查出了携带艾滋病病毒。从那以后他的生活就彻底变了，成了全村人躲避不及的对象。

他们住的地方——安坝村，是一个山区里的普通的小村子，这个村子总共也没多少人，大多数是老人妇女和小孩子，也都没什么文化，而青年男性都外出打工了，只在春节的时候会回来，有的则根本不回来。

村里只有一所小学，而眼看着张礼也到了快要上学的年纪。

张礼沿着村马路，一路晃晃悠悠地回到了自己的家。

他的家在一座大山的山脚，是一座几十年前修的木头房子。房子很旧了，横梁上都被蛀虫蛀得不成样子，房子前的空地养了几只鸡。这些鸡是打算过年时候杀了吃的。

房子只有张礼和他爷爷住。他们两人靠爷爷的补助金和爷爷卖玉米秆子的钱生活着，加起来一共只有 600 块。平时他们根本吃不起肉，张礼生病的事情已经让爷爷操碎了心。

张礼是在父亲打工的地方出生的。他不知道自己的妈妈是谁，而他的父亲将他带回老家后，人随即也就消失了，原先每半年回来一次看张礼，后来自从知道张礼得了这个病，就再也没回来过。

张礼蹑手蹑脚地走进堂前。

"死犊子，你又自己偷偷跑出去了，不是让你待在家里的吗？"

爷爷在里屋看到张礼回来了，马上训斥道。

"待在家里好闷的嘛。"

"你在外面，万一被坏人抓走了，被野猪吃了，怎么办嘛！"

"爷爷，你骗我，现在是白天，没有坏人的。"

"谁说白天没有坏人的，坏人又不是白天就变成好人的。你就在家里好好识识字，过几天要去上学了，你跟不上别的小朋友，不是丢脸了吗？"

张礼沉默了半晌，坐到自己的小木椅子上，开始乱翻爷爷给他买的图画书。

“爷爷，他们又说我有病的，会传染给他们的，不让和我玩的。”

这次轮到爷爷沉默了一会儿，然后缓缓地说：

“胡说，你不是健康得很？你爷爷在这里不是好好的，也没被传染，你倒是给我说说你哪里有病了。”

爷爷继续说：

“人家不愿意跟你玩，你就自己玩吧。自己读读书，长大了比那些小孩有出息，多好。”

张礼显然对这样的回答并不太满意，他的表情有点难过。

快到傍晚的时候爷爷做菜，张礼帮忙洗菜。

爷爷炒了两个菜，看起来都是碧绿碧绿的，一个是油菜，另一个是山里的野菜。两个菜放在桌子上，连屋顶都要被照绿了。

吃饭的时候只有他们俩坐在堂前，对着两个寡淡的菜，灯也不太灵光，忽明忽暗的，把他们俩照得格外孤单。

张礼默默地扒着饭，无精打采地，突然冒出了一句：

“爷爷，我想吃肉嘛。”

爷爷生气了。

“我们家里哪来的钱给你吃肉！下一步你上学了，还要给你交学费，学费那么贵！能有饭吃就不错了！”

张伟没有回答，爷爷看到他似乎很伤心，心软了。

“乖孩子，再过几个月过节了，我把门口的鸡杀了一只，咱们就能吃肉了。”

“好吧。”

又沉默了一会儿，张礼突然开口问：

“爷爷，我真的能去上学吗？”

“当然能啦，明天我就去跟学校校长说去，让他给你安排一个座位。下个礼拜不是学校就开学了吗，到时候你就拿着铅笔去上学啦。”

“噢。”

爷爷心里其实也有点打鼓，他跟校长认识，但是以前一起说话的时候和校长暗示过自己家的娃要上学了，校长似乎有点犹豫，说要开会讨论一下，争取能让张礼去上学。

爷爷知道村里的所有人都知道张礼的情况，他们都害怕张礼的这种病传染到自己家小孩身上。但自己还能怎么办，总不能舍弃自己的这样的一个娃吧。他总觉得自己有责任把他养大，不管到几岁，直到自己死的时候，能看到张礼给他送终，就是他最大的心愿了。

张礼那晚都没睡好，激动地在床上翻来覆去。他其实很渴望去上学，上学意味着能和更多小朋友一起玩，而不是被大家躲着。

第二天张礼和爷爷一起去了学校。

村里的小学在村的最西边，距离张礼家大概有五百米，所以走着走着就到了，也不算远。

小学是名副其实的“小学”。教学楼就是一个两层，大概总共不超过四百平方米的小楼，里面的三大间房间被分成1–3、2–5和6年级，一共三个班。小学的外面有一片泥瓦围起来的平整土地，那就是操场。早上有十几个小学生在上面奔跑玩耍，一跑起来扬起一阵土灰，他们却一点都不在意。

爷爷牵着张礼进了教学楼。里面的老师看到张礼来了，显出恐惧的神色，把那些站在张礼旁边的小孩子都叫到她身边去。

张礼看到了老师的动作，又看到好多小学生拿异样的眼神看着他，他总觉得心里有点疑惑，又有点沮丧。他觉得自己好像是一个和他们不一样的人，身上带着坏人般的危险因子，可是他又多么想证明自己和他们没什么区别啊。

他和爷爷穿过走廊，进了校长的办公室。

校长的办公室也显得非常朴素，只有一个由四张小学生课桌拼起来形成的办公桌，上面摆着一台破旧的台式电脑。校长是个四十多岁戴着眼镜的中年男人，他正在对着电脑吃力地打着什么。

看见张礼和爷爷来了之后，他没有表现出吃惊或恐惧或异样的神情，而是好像有准备一样，招呼他们坐下来。

“小伙子，你叫什么呀？”校长还不知道张礼的名字。

“我叫张礼。”张礼丝毫不发怯，响亮地回答。

“张礼呀，你一直和爷爷一起住吗？”

“是的。”

“要是和爷爷分开了，你会害怕吗？”

张礼不知道校长为什么突然这么问，大概是想问要来上学了，每天在教室里大部分时间见不到爷爷会不会孤独吧。

“不会的，有人和我一起玩我就不想爷爷的。”

“哦，那就好。”校长意味深长地点点头。

“张礼，你喜欢学校吗？”校长继续问。

“喜欢。”张礼不假思索地回答。

“那你觉得，学校是什么样的地方呢？”

“学校就是和小朋友一起玩的地方。”

“你说得对，但是学校不仅是和小朋友一起玩，更重要的还是学校是学习知识的地方。如果你只知道玩的话，以后没有知识，没有本事，怎么赚大钱呢？”

“我不想赚大钱，我只想大家和我一起玩。”张礼眨巴眨巴眼睛。

校长耸耸肩，对着爷爷做出无可奈何的表情。

“张礼呀，好小伙儿，接下来我想和爷爷说说话，商量一下你上学的事情，你能在门口等一下我们吗？很快就好。”校长装出一副和蔼的样子对张礼说。

张礼出去了，校长把门关了起来。

但是张礼哪里也不想去，就站在校长办公室的门口，一边看着远处操场上三三两两的孩子对他指指点点，一边竖起耳朵尝试听着里面在说些什么。

校长摆出了严肃的表情，叹了一口气。

“老张，其实这件事情，我们学校早就商量过。”

爷爷立刻紧张起来，欲言又止。

“这件事不是我一个人说了算的事情。即使我同意，别的老师也有反对的意见，他们没法接受班里有这样的一个孩子，即使我们的老师都同意了，你让和他一起上课的孩子的父母怎么想？他们都怕这个传染到自己孩子身上。我可以预想到，家长们是肯定有意见的，现在这个村里早就传开了，张礼有这个病。”

爷爷激动起来，声音提高了说道：“这个病不会传染的呀。”

“我知道，我知道，可是那些家长不会听你这么说的。他们觉得会传染，你怎么说都没有用。”

校长露出为难的表情。

“我觉得，你最好现在还是把孩子送到外面去，去专门接受这样的孩子的学校或者医院比较好。这样的话孩子也能成长起来，老张啊，不是怪我无情，是我们真的没能力接受他。”

爷爷的身体微微地抖了起来，泪在眼眶里打转。

“我老伴都死了，我现在就和张礼一个人相依为命，你还不让他去上学，我是绝对不会把这个孩子送走的，我一没钱，二是不知道哪里有这样的学校能够接收他。最重要的是，我舍不得这个孩子啊。”

“老张啊，你冷静冷静，什么事情都有解决的办法的。”

校长接着从抽屉里拿出来一个信封。

“这样，这是我和老师们商量之后，大家从工资里凑出来的五百块钱。你拿着这个，给孩子买点课本和文具，自己在家里学习。我们定期也会派一两个老师去你们家里看看，帮他辅导辅导。”

校长说着把信封要塞到爷爷的怀里。

“不……这钱我不能收……你们不收张礼……这钱我也不要……我自己能养活他……这钱我不要。”爷爷一边推辞一边掉泪。

“老张啊，求你收下了。求你收下，看在我们交情的分上，我们会帮助张礼的。”

校长也要哭了，踉踉跄跄地搀住爷爷，硬是要把信封往老张怀里塞。

“我知道你很不容易，你就拿着这个钱，改善一下生活也好的。”

爷爷最终还是收下了钱。他抹了抹泪，强装出什么都没发生的样子，往办公室外面走。

爷爷牵起一直等在外面的张礼的手。

“张礼啊，咱们回家。”

校长在门口一直目送他们走远，不住地叹气。

张礼和爷爷慢慢地走在回去的小路上，一直沉默，谁都没开口说话。

他们走过一栋栋的农村小土屋，旁边一群群的母鸡悠闲地踱步，在泥土中啄啊啄，寻找能吃的东西。偶尔从屋子里走出来晒衣服的妇女，看见张礼和爷爷，也尽量把视线转移到别处去。

张礼一边走一边跳，摘路边的野蒲公英花，在阳光下，嘴一吹，小小的蒲公英种子四处散落，落到了旁边的田里，爷爷上了年纪走不动，在后面慢慢地踱着步子走。

快到家的时候，张礼突然走到后面的爷爷身前，开口说。

“爷爷，我哪里都不去。我就在家里学习，我就在家里陪着您。”

爷爷突然间就又哭了，泪水顺着脸上的皱纹一点点滑下来，他用力地抱着张礼。爷孙俩就在乡间的小路上相拥而泣，两个人哭了好久好久才回家。

之后的日子里张礼每天从早上开始就待在家，爷爷去隔壁村的田里捡稻穗、拔猪草，一般是快到傍晚才回来。按照爷爷的嘱咐，张礼白天对着课本练习学拼音、写汉字，但是像别的贪玩的小孩儿一样，通常是写了一会儿就不想写了。他就开始在门口玩石子，逗逗不知道从哪跑来要吃的野狗，甚至再无聊了，就躺在地上看天空上面的云。

爷爷为了让张礼好好待在家不要出去捣乱，特地把院子大门给锁上。但是聪明的张礼很快找到了出去的办法。院子泥土筑的墙很矮，有一个缺口，在那个缺口的地方垫上一把椅子，灵活的他一下子就能翻墙出去。

这个村子里本来就没有什么人，这个村子里的大多数人也都互相认识，张礼外出也不怕被人看到，因为看到了也顶多是远远地议论他，他都习惯了。一开始爷爷回家的时候能看到张礼每次都乖乖地待在家里，到了后来爷爷听别人说起，也知道他偷偷出去的事情，但是也不在他面前故意提起，装作睁一只眼闭一只眼的样子，因为张礼在这段时间里似乎也没捣乱，而且毕竟把孩子锁在家里，实在是有点可怜。

一天张礼起来的时候在堂前发现有五块钱，他马上兴奋地捡起来。张礼从来都没有过零花钱，也没自己去商店买过好吃的，虽然知道这钱是爷爷掉的，但是万一爷爷自己都不知道呢。张礼决定用这个钱买点小零食吃。

村靠近高速公路的一侧有唯一的一家小超市，说是超市实际上就是一个小商店，平时只有店老板大妈一个人看着店，那是一个五十多岁看起来有点胖的妇女，大家都叫她李老板。自从他的老公和儿子相继外出打工，整年整年不回来，她的性格就变得特别暴躁，经常对一些无所谓的事情发火，于是大家开始叫她李辣椒。

“李老板，给我一包上好佳那个薯片。”

张礼站在柜台前装作小大人的样子，挥着手里的钱，一本正经地对李老板说着。

“哟，你还有钱啦？”李老板从看电视剧的眼神中抽回来，斜眼看着张礼，回了一句，随后又继续转回头看电视剧。

“李阿姨，我要买一包薯片。”张礼觉得刚才好像不太礼貌，改了一个称谓又说了一遍。

“我不敢收你的钱的，你要买的话，叫你爷爷拿钱来买。你有那个病，万一你的那个传染给我的话怎么办？”

“我有钱的呀，我爷爷不给我买的。”

“那我就更不能卖给你了呀。你那么小，我总要对你负责的，要是让你爷爷知道我卖给你零食吃，他还不过来骂我？”

“求求你呀李阿姨，我想吃那个薯片。”

张礼在柜台前急得直跺脚，简直下一秒就要哭出来了。李老板却不为所动，一边看着电视，一边拿出一包瓜子，悠闲地嗑起来。

“去去去，不要妨碍我做生意啦，大家看到你在我这里买东西，还有谁敢来买啦，去去，快回家。”

李老板像赶小鸡一样想要撵张礼出去。

张礼纠缠了半天，看到李老板就是不肯给他拿薯片，于是失望地离开了。

但是他没有走远，而是在隔着马路的地方半蹲着，看着李老板的动作，他确定在这个角度，他能看到李老板，而李老板看不到他。

李老板大概是因为看电视剧看困了，在躺椅上慢慢地闭上了眼睛，开始打起盹来。

张礼一看见李老板睡着了，就偷偷摸摸走进店里，大气也不敢出，生怕吵醒李老板，他蹑手蹑脚地从李老板身后的货柜上抽了一包上好佳薯片出来。一边抽还一边张望，确定外面和四周没有别人看见他的行为。

张礼抱着薯片，想要悄悄溜出去，他也知道买东西要给钱是最基本的道理，不然就变成小偷了，他原本想把五块钱放在柜台上的。但是刚想要放，脚一不小心踩到了地上的一个易拉罐，易拉罐顺着一边就滑了出去，撞在墙角发出一声清脆的响声。

在这一瞬间李老板的眼睛睁开了，张礼吓坏了，他顾不得放下钱，没命似的往外面跑去。李老板在后面一边追一边大叫。

“死犊子！你倒是学会偷东西了！小偷！！！”

但是一个五十多岁的中年女人哪里跑得过一个八岁小孩呢？张礼一溜烟儿就没影了。他飞奔回家，把房门锁起来，从窗口张望外面，确定李老板没有找上门来。

傍晚六点的时候，爷爷回来了。

张礼远远地就觉得爷爷的脸色很难看，等爷爷走到跟前，他还没来得及叫他，爷爷二话不说就拎起张礼，脱了裤子开始狠狠地打起来。

“你这个死孩子，你倒是学会偷东西了！你不学好，不在家里学写字！我供你吃给你买课本！倒是学会偷东西了！！”

爷爷一下一下地打着张礼的屁股，张礼的屁股从雪白一直被爷爷打到红彤彤的。其间张礼一直鬼哭狼嚎着。

“我没偷！！我想买的！！我想买的！！”

“你买！你哪里来的钱买？”

张礼的泪流进嘴里，一边哽咽一边说着，气都一抽一抽的，后来爷爷也听不清楚他在说什么了，过了几分钟，爷爷也没力气再打下去了，气也快消了。

大家都平静下来后，张礼把事情的经过说给了爷爷听。

爷爷还是相信张礼的，他听完之后说："以后呢，你想要买什么吃，爷爷给你买。"

张礼抱着爷爷，感动得又哭了起来。

之后爷爷也没有限制张礼出去。反而是张礼再也没有去过超市那边，他觉得一看到李老板的脸，心里就会害怕。

小学校开学了几周，操场上也有一些上体育课的学生，因为操场太小了，也没有踢足球打篮球的器械，所以一般的学生就在体育老师的带领下跑跑步、丢丢沙包什么的。

张礼发现了，看他们丢沙包很有趣，所以平常没事就站在围墙外面看。

体育老师小芬是个女的，大概二十出头，长得很漂亮，又有活力，据说是大城市下来支教的，看见张礼也不讨厌，反而每次看到他了，都朝他笑笑。

她有好几次想要邀请张礼也一起来加入丢沙包的游戏，但是她每次向自己的学生发起这个提议，都有好多学生反对。

"我妈妈说他生病了，会传染的，叫我们不要和他走得近。"

"他不是我们学校的学生，干吗要一起玩？"

大多数女生都一脸嫌弃的表情，小芬老师只好无奈地继续组织自己的学生丢沙包，心里却很不是滋味。

小芬老师在课间把几个抗议的女生拉到一起，说："我们不要讨厌张礼好不好，他也很可怜的，而且呢，他的病呢，一般情况下手碰碰不会传染的，是通过口水和血液传染的。"

"那要是他和我们说话，口水飞到我们嘴巴里呢？"

"摔破了的话血流出来也会传染的吧？"

小芬老师发现自己现有的知识没法应付这群女生。而且，她们只要认定一样事实，改变是很难的事情。

一天上午，小芬老师带着新的一年级男生在丢沙包，张礼照常在围墙外面看着。

突然间不知道有哪个男生喊了一句:“快看呀，那个艾滋病的男生在那里！”

几十双眼睛齐刷刷地朝张礼投掷过去。

艾滋病，这个词好像在这些什么都不懂的幼稚小男孩之间，虽然不太明白是什么意思，但是像毒品一样，是一个禁忌的，但是又充满了诱惑力的词语，大家一下子像传染开一样，哄笑着一起大喊。

“艾滋病！！艾滋病！艾滋病！！”

大家一边喊一边笑，起头的男孩子看到得到这么多人的应和，喊得更起劲了。

小芬老师看着这个情况，一下懵了。她一边叫着“别喊了”一边摇着发起者那个小男孩，让他制止这样的行为。

但是她很快意识到自己的声音根本没有威慑力，她无助地看着一群人对着张礼一边喊一边做着侮辱性的表情。

张礼觉得受到了从出生以来最大的侮辱，生气到了极点。

他想要找一些词语骂回去，却发现什么都说不出来。

他急得四处跺脚，开始张望不停地寻找。

终于在不远处找到了一块很尖的石头。

张礼拿起那块石头，拿到手里，用尽最大的力气朝男孩子们投掷了过去。

男孩子们看到石头飞过来大叫起来，一哄而散。

但是里面最调皮的那个，也就是起头的那个宋云飞，躲闪不及，额头上被那块石头正中红心。

宋云飞倒在地上开始狂号不止。小芬老师在旁边都吓傻了，但还是很快反应过来，扶住宋云飞。她看到宋云飞的头上起了一个大包，血从里面汩汩地流出来。

一分钟后几个老师拿着担架从教学楼里飞奔出来。宋云飞一边大哭着一边被几个老师抬上了担架，往村卫生所送去。

张礼意识到自己闯了大祸，他下意识地悻悻地往家走，一路上他的脑子里一片空白，脸上青一块白一块。

张礼在堂前坐立不安，走来走去。

过了一会儿，爷爷从门口直接推开门走进来，门“嘭”地发出了一声巨响，拽着张礼就往外走。

“走，给我去卫生所道歉去。”

张礼在到卫生所的路上脑子还是一片空白，几乎就还处在刚砸了人的那个状态中，没了魂儿一样，被爷爷拉着拽着一直到了村卫生所。

一进卫生所的门就看见里面一个妇女在痛哭，那个妇女抱着头上缠满绷带的宋云飞，眼泪不住地掉下来。看到张礼进去了，她就哭得更厉害了，好像恨不得想让整个卫生所的人都听到一样。她一边哭一边骂：

“我这是做了什么孽哦，摊上这种恶事。”

她恶狠狠地指着张礼说：

“你不要过来，你就是恶鬼，你就是怪物，你有病！你还想让我们家云飞也得病！你就是阴间的恶鬼！！你不许过来！！”

张礼听到这样的话，脑袋一下子“轰”的一声，好像里面什么崩塌了一样，他不知道说什么，也不动，就只是愣愣地看着他们母子俩。

宋云飞在他妈妈的怀里，也恨恨地看着张礼，没出声地念着什么，张礼看他的嘴型，好像是一直重复着“怪物”这两个字。

爷爷“扑通”一声跪在他们母子面前，一边流泪一边说：“是我的错，我没教好孩子，我承诺以后再也不让孩子乱闯祸了，我承诺。”

爷爷拿出了上次校长给他的那个信封，把里面的钱原封不动地给了宋云飞的妈妈。

“你看，这是赔偿给你们的医药费。我们家就这点钱了。你收下吧。我保证孩子再也不惹事了。”

张礼愣愣地看着这一切。

卫生站的几个医生和护士也漠然地看着这一切，他们脸上浮现出一股看好戏的表情。

宋云飞的妈妈一把把钱拿去，揣在了自己的兜里。

从那以后张礼一直失魂落魄的，平常除了看书，整天就在发呆，好像在思考着什么事情。

学校里的学生和小芬老师也再没有在学校附近看见过张礼。

宋云飞伤了的事情渐渐淡去，爷爷有点担心张礼。

他没事也教张礼看看书、识识字，张礼其实是一个很聪明的孩子，很多字教给他，通常是自己写个两三遍，再念个几遍，再下次看到就会了。

爷爷教张礼识病字头的汉字。

“痛，这个字底下这么写，你来写写看，凡是跟病有关的事情的字，都是有这个病字头。”

张礼认真地用铅笔在作业本上对着摹了好几遍。

“爷爷，我会了。”

“这么快呀，你把课本合上，再写一个给我看看。”

张礼工工整整地写了一个“痛”字。

“聪明呀，不愧是我的孙子，那你还记得病字怎么写吗？刚才教给你的，写一个给我看看。”

张礼在纸上写着，可是突然写到一半，就写不下去了。

爷爷问他：“你忘记怎么写了吗？病字底下是一个什么？是一个甲乙丙丁的丙呀，你以后想不起来，就想象甲乙丙是哪个，怎么写。”

张礼突然哭了，声泪俱下地对爷爷说，声音颤抖着：

“爷爷，我没有病！我没有病！”

“爷爷，我没有病。”

张礼对着爷爷大喊了好几次，哭得鼻涕都要出来了。

爷爷看着也心疼坏了，赶快拿出手帕，把张礼的眼泪鼻涕一起擦了擦。

“好……好，对，张礼没病，张礼没病。”

“大家都喜欢张礼。”

张礼家平静的生活持续没几天，直到有一天，深夜里宋云飞家的猪圈被烧了，几头猪全部跑了出去。全村人被发动起来找了好几天都没找到，大家都说要不就是跑到隔壁村里了，要不就是跑到深山里，被野兽给吃了。因此宋云飞家损失了一大笔钱。

回忆起当天晚上的事情，大家表示都不清楚是怎么突然就烧了，住在旁边的阿庆家也都说没有印象。

传说宋云飞的妈妈哭了几天几夜，因为他们家也是穷人，就靠养猪年末卖了赚点钱。这下好了，什么都没有了。

于是村里开始流传着各种传言，大家都似乎有意无意地做着各种版本的推理，把这件事情和宋云飞受伤那件事联系在一起，但是大家都没有证据确凿地证明是张礼干的。

爷爷最近去砍猪草的路上，发现指指点点窃窃私语的人更多了。

“他家的张礼，听说好坏的，好像就是他把人家猪圈烧了。”

“得了那种病又不送走，还留在这里干什么？想让我们全村都倒霉吗？”

“他家里也是的，一家都乱，儿子也不来把孙子带走，在外面市里乱玩女人，所以才生下孩子得了这种病。真是作孽。”

爷爷听到这种话，都是强装镇定，身上背着沉甸甸碧绿绿的猪草，从谈论闲事的人们身边默默地走过去。

爷爷一回家就经常躲到自己的屋里去，关上门，不知道在干什么，半天才出来。张礼透过门缝偷偷看里面的爷爷，他看到爷爷在里面抹泪，拿着手绢一个劲儿地抹，还不住地叹气。

十月的最后一天，天气变得有些冷了，秋风把山上的栗子树的树叶都染得通红。风一来，村子里的小溪边的芦苇也瑟瑟发抖，好像寒冬里只穿了单衣的人一样。因为秋天就要过去，正是收成的季节，所以整个村子都忙碌起来。男女老少纷纷去田里干活。

早上的时候张礼对爷爷说：“爷爷我也帮你去干活吧。”

“不用你去，你这么小点儿的娃，能干什么呢？”

张礼发现爷爷这几天晚上都回来得很晚，大概是因为要在田地加紧劳作的关系吧。

可是这天晚上张礼一直等到天完全黑了，爷爷都没有回来。

时间快八点了，张礼的肚子饿得咕咕叫，于是他自己到厨房里蒸了几个红薯自己啃了吃。

快九点了，张礼有点着急了，爷爷从来没有这么晚回来过，他趴在窗子上面看了又看，外面黑灯瞎火的，只有几栋房屋里闪着微弱如萤火一样的光芒。

张礼回忆起这几天爷爷有什么异样，他想起了爷爷老是看着一张纸，一边看一边叹气，张礼不知道纸上写的是什么，他想凑过去看的时候，爷爷永远是藏起来不让他看到。

他又等了十五分钟，他终于决定出去找爷爷。村子总共就这么小，去向别人问问总能找到的，如果实在找不到的话他就决定去田里找。

夜晚的安坝村看起来像鬼魅一样黑暗，但是张礼一点都不害怕。小路上的灯年久失修，忽亮忽灭，上面有几只蛾子绕着淡黄色的灯光扑来扑去，空气中散发着特别的泥瓦和牛粪的味道，偶尔吹过的一阵风让张礼打了个寒战。

绕了好几条小路都没看到爷爷，他觉得爷爷是不是去买东西了，于是走到李老板的超市前看了看，李老板在里面一个人织着毛衣，除了她一个人都没有。张礼觉得李老板可能知道爷爷去哪里了，于是就上前问她。

"阿姨，你知道我爷爷去哪里了吗？"

李老板停下手里的活儿，看着张礼，惊了一下，说：

"他们在村公所呢。"

村公所是村里面除了学校第二大的房子，处在一个小土坡上，是村里地势相对来说最高的地方，也是村支书办公的地方，这所房子也是不例外的木结构的房子。村支书姓田，是个瘦高戴眼镜的看起来有点木讷的中年男人。虽然人看起来有点木，但是平时村子里有点什么事情都靠他解决，田地起了纠纷啦，邻里吵架啦，电话线不通啦，他都能够以最快的速度解决，得到邻里的一片称赞。

这天夜里哪里都是暗着的，唯独村公所里灯火通明，原因是大家都聚集在这里商量一件事情，除了孩子和那些走不动路的、说不了话的，村里几乎大多数人都到场了，包括村支书、宋云飞的妈妈、葛文龙的家长、学校的校长、小芬老师和其他的几位老师，还有其他的一共四五十人，大家都围在一张大圆桌前，圆桌中间放着一张白纸，白纸上面似乎按了许多个红红的指印。

“老张啊，就差你了，你说啊这孩子放在这里根本不行的，长此以往肯定会出更大的乱子。我不是说他偷东西、打孩子，这些其实都是小事，而是你的孩子在我们村子里，得不到好的教育和照顾，我们村子里根本没能力养你的孩子。”

“现在大家都害怕张礼了，你说他以后要是发病了，大家还不都要逃了？”

“就是呀，我家孩子上学路上看到张礼就怕得要死，回来就跟我说再也不想去上学了。”

“就是就是。”

田书记清了清嗓子大喊：

“安静一下！”然后面对着爷爷说：

“老张啊，不是我们在逼你，而是现实情况就是如此，我们大家也都有苦衷，我知道你舍不得，但是你把张礼放到外面，肯定有更专业的机构来照顾他的，你再好好想想。”

爷爷对着桌子上的那张纸，眉头皱成了一团，心里也不能再痛了，自己默默地说：

“我不放心，我就这么一个亲人了，你们怎么能保证，他去别的地方，会比现在更好呢？”

“外面有专门的机构的呀，专门的机构都是这样的孩子。”

“像这样的孩子，就应该跟一样的孩子在一起，跟我们正常人碰不得的。”人群中一个妇女的声音。

爷爷想了半天。

最后还是缓缓地用拇指按了按印泥。

在纸上重重地按下了一个红手印。

纸上密密麻麻的，五十个人的红手印。

爷爷把这张纸交给田书记。田书记看了看，面无表情地宣布：

“好了，我宣布，全村表决一致同意将张礼送出村，交由专业的机构抚养。”

静悄悄的房间突然响起一阵孤零零鼓掌的声音，一个中年男子自顾自鼓起掌来，但是随即他尴尬地发现场面不对，马上停止了。

爷爷觉得心开始滴血，但是更让他觉得痛苦讶异的是，他抬起头来，发现张礼就在门口，探出一个头来，静静地看着一屋子人进行这样的表决。

张礼觉得自己的脑海里，有什么东西断掉了，断得一根不剩。

看到爷爷按下指印的那一刹那，张礼已经感受不到愤怒、痛苦、哀伤，仿佛有人从他的脑袋里把这样的感情都抽了出去。

他看到了爷爷，爷爷也看到了他，他没等会议结束，就跑出了屋子。

木屋子用的是最古老的锁，可以从门外用木栓闩住的，张礼跑出去，使劲用一根大木头从外面把门栓闩住，这样里面的人就出不来了。

他在旁边找到一堆柴垛，用随身放在口袋里的火柴点了起来。

火焰像毒蛇一样一下子在柴垛之间缠绕，燃烧起来。

张礼用两根木板当成夹子，把燃烧起来的木柴，一根接一根地丢向村公所的墙角、屋檐下、屋顶上。

看见有火星蹿起的时候，张礼迅速地跑开了。

他飞快地跑到最近的一个山坡上，看着村公所底下的景象。

熊熊烈火飞快地燃起来，吞噬了整个村公所。

里面不断地传出来惨叫的声音。似乎有人不停地砸开窗户，从里面跳出来。

黑烟伴随着烈火，蹿上了几十米高的夜空，燃亮了半边的夜幕。

张礼在山坡的树丛之间看着底下发生的惨象，他竟然没有流一滴泪。

村公所的大火所幸没有造成别人受伤，据说田书记看到房子一起火，就果断拿了钥匙开了后门，大家通过后门逃了出去。大家都安然无恙，但是田书记走在了最后，手臂和腿被烧伤了，现在在县城的医院里疗养。

大火后的村公所，像是被导弹夷平的房屋，灰黑的灰烬铺在地上，烧断的还剩一截截的木头发出噼里啪啦的火星。

后来没有人再见过张礼。从那天晚上开始他就不知所终了。

爷爷找了几个人没日没夜地寻找张礼，从这个村跑到那个村，翻过一个山头又一个山头，就是没找到。

从村公所着火的第三天开始，村里就开始没日没夜地下雨，村民都说没见过这样大的雨，搜救工作也停止了。

宋云飞的妈妈看着这样的大雨说：

“都是张礼这个怪物，想要把我们烧死，还下大雨来作孽。”

旁边的妇女也应和道：

“真希望他走得远远的，再也不要回来。”

张礼失踪后的第十五天，终于有个护林员在离村里十几里的深山里找到了张礼的尸体，因为之前连日的暴雨引发了山体滑坡，张礼小小的尸体被灰黑色的泥土包裹着，衣服被扯得稀烂，皮肤早就变成了紫黑色。

爷爷看到张礼的尸体被送了回来，哭得晕了过去，好半天才恢复知觉。从此爷爷不吃饭，整天坐在床上发呆，也不让任何人去看他，一旦有人去看他，他就发怒，乱摔东西，朝他吐口水，直到人走了为止。

不知道是不是因为太过于伤心，爷爷在几天后，也因为心肌梗死而离开了世界。

张礼的家里从此成了空房，里面的布置都好好的，像是有人居住一样，张礼读过的语文课本放在桌子上，写过满满是铅笔字的作业本被摊开来丢在了地上。

村子里的人把爷爷和张礼一起葬在他家的后面，大家集资买了两块墓碑，在墓碑前面还贴上了张礼和爷爷的照片。

冬天来了，大雪纷飞，白色的雪把山头和村里的房子都盖成了安谧的银白色，小溪还是潺潺地流着，只是水流小了很多，几个孩子还会在西边玩耍，时不时丢个鞭炮进去，发出巨大的爆炸声响，通过远处的山还会传来悠远的回音。村里每天傍晚都会升起烟囱的炊烟，洋溢起炒菜的香味，有时候响起杀猪时的惨叫声。快要过年了，大家都穿上了厚厚的花棉袄，外出打工的青年们也带着各种大包小包，纷纷回来了，安坝村到了一年中最热闹的时候。

中午时分，小芬老师在办公室里看着窗外的雪，放下手里的笔，突然想起了什么，她和校长说道：

“昨天我经过张礼的家，想要顺便去上坟，看到坟前有一个青年男人跪在那里，不停地自言自语说着什么。”

校长若有所思地说：“那可能是张礼的爸爸吧。”

小芬老师后几天特意从张礼家走过，可惜从那以后，再也没有看到过那个青年男子，转到屋子后面，小芬看到张礼的坟前被放了一本崭新的课本。是二年级的语文书。

在坟前静静地站了几分钟后，小芬老师搓了搓手，呵了一口气，想要暖暖要被寒风冻住的手指。棉絮一样的雪片静静地落下来，她慢慢地沿着小路离开，她走过的路上留下了一深一浅的脚印，不一会儿，就被雪慢慢地覆盖，什么也看不到了。

23:55

2014 年 12 月 25 日 21:03

我不是喜欢分别的那种人。

不喜欢临别时候的感情流露，不喜欢大家搂抱在一起说要彼此珍惜，也许爸爸妈妈都和我一样，我忘不了临别的时候还在吵嘴，但是我忘不了爸爸妈妈像刀子一样的锋利嘴，眼神里却流露出无限的不舍。忘不了那些表情的我，还有一个半小时就要离开这片土地了。

去往西雅图的飞机十一点就要起飞了。现在我正在去往机场的路上，看着城市街道边寥落的夜色，盘算着将来，可能激动人心也可能失落，就像路边建筑的灯火一样变幻莫测。

出租车司机一路上都没什么话说，车上开的暖气很足，热得让我感到困倦。

睡一下也是可以的吧，反正距离机场还要半个小时。

抱着颠簸的行李的我感到一阵阵眩晕，困意让我怀着万千交杂的情绪，慢慢沉入了梦里面。

梦里面我好像飞过万千个海洋，用极快的速度飞过一片大陆，接着飞进了宇宙，掠过了流星，来到宇宙最深邃、最无人知晓的角落。

哐当。

突如其来的一阵颠簸。

我猛然醒来，看到手机陡然顺着我的手滑落下去，掉在座位下，手机的屏幕突然亮起来。

我把手机捡起来，现在显示的是 21:33。

“不好意思啊，刚才撞了一块石头，机场就在前面，快到了。”

我看着前面，巨大的机场的顶棚像发光的水母一样朝我游过来，隐隐约约之中还能听到天空上轰隆隆的声音，在这样的夜色里无数飞机起飞降落，把无数个梦想送到世界的各个地方。

司机停靠在了送客口，我从后备厢拿起了沉甸甸的行李，这都是在那边生活工作要用到的。我突然回忆起昨晚的情景，睁开睡眼看着妈妈在黑暗中默默地帮我清点整理行李的样子。

“这孩子充电器都忘了带，真是的，不知道在那边怎么活。”

一阵愧疚和不安悄无声息地蔓延上心头。

21:59

换好登机牌，做好安检，在等候厅里一个人默默地坐着。马上要登机了，旁边行色匆匆的人，有的看着外面的夜色，有的在不停地打手机，有的自己拿着笔记本不停地敲敲打打。我始终想猜测一番，他们去大洋彼岸有着什么样的目的，和本地的亲人有什么样的牵绊，而义无反顾要自己承担的，是距离拉长的爱，我和他们都一样。

现在要打个电话给家里，但是我怀疑他们都已经睡了，所以我还是发了一条短信给爸爸和妈妈。

“爸妈，我要起飞了，我在那边会好好照顾自己，来年夏天回来再见。”

发过去大概不到十秒钟那边就发过来了。

“知道了，一路顺风。爱你的爸妈。”

看来他们一直守在手机边上。

机场的广播响起了登机的通告，大家在登机口迅速又自觉地排成一列。我赶紧拿起行李，收起手机，挤入了旅客的队伍中。

摆渡车顶着寒风把我们送到飞机旁边，隔着远远地就能听到飞机发出的引擎声音，好像巨大的机械怪兽发出的轰鸣一样。

走进机舱，我在笑容和蔼的空姐的帮助下放好了行李。我坐在 34 排的窗边，我略微往后看了看，这个飞机一共大概有 60 排，每排能坐差不多 9 人，是相当大的飞机。

我坐下来，不一会儿，一个穿着正装的中年大叔坐到了我的旁边，看起来应该是去美国谈生意的吧。我想。

隔着一条过道的中间座位坐了几个孩子，一直在吵闹着，彼此把对方的脸掐来掐去，他们的家长则坐在一边安静地看报纸。空姐过来了稍微地安抚了他们一下，看见没效果就摆出了一副故作严肃的脸，孩子们马上不闹了。

22:45

机舱门关闭了，空姐在播报了几遍安全须知之后，原本有些吵闹的客舱也略微安静下来。我看了看周围，包括我旁边的有些中年乘客已经睡着了，只有孩子们还在兴奋地望来望去。

“你们的安全带系好了吗？”我听到空姐挨个提醒的声音。

空姐的声音消失了之后，整个客舱似乎也安静下来。只有微微的窃窃私语，然而在五秒后，飞机的引擎声大响，仿佛为冲刺而做准备一样，不一会儿慢慢动了起来，越来越快越来越快，直到一阵从下到上的失重的眩晕袭来之后，我情不自禁地咽了一口口水，飞机在奔跑之后终于飞翔起来，冲向了夜晚的黑暗之中。

耳朵里的鼓膜马上开始有充气般的难受感，窗外气流的声音和引擎的声音在我听来，仿佛都像隔了一层膜一样变得不真实起来。我望向窗外，星星点点橙色的灯光组成的夜晚的城市，此刻变得越来越小，能看到小如蚂蚁一样的蠕动的车流，几秒钟消失不见，被呼啸而过的气流遮盖住了，只剩下了一片令人感到窒息的灰黑色。

空姐亲切地推着饮料车过来，询问我要哪种饮料，而此时我只想好好睡一觉，随便要了一瓶矿泉水塞进怀里，垫上了靠枕，就闭上了眼睛，而客舱在几分钟之后所有的灯也暗下来，绝大多数的人都进入了睡眠模式。

23:20

飞机飞了快半个小时之后突然开始有些颠簸，怀里的水也伴着颠簸轻轻摇晃，我也从梦境里被拉回现实，看到许多人也被惊醒，四处望着，我看着机翼在上下摆动，心里悄悄地开始不安起来。

我一直都是胆小的人，虽然知道飞机是最安全的交通工具，百分之零点零零几的出事率在我看来，总觉得这样的头等彩票不会降临在我身上，可是一想到死亡，一想到粉身碎骨，心里总觉得莫名的恐惧，人害怕死亡是一种本能，但是面对着这样神秘的未知来说，究竟是怕死亡来临那一瞬间的痛苦呢，还是怕死亡之后的世界呢？人活着哪怕再痛苦的时光，有的时候也不会想到死亡，终究来说，我们还是怕失去活着的感觉，因为活着本身，就是美好的事情吧。

广播重复了几遍气流警报，大家都有意识地系好安全带。可是似乎气流并没有变小的迹象，一波一波地来袭，我能感觉到飞行员为了调整不停地上升下降高度，可是颠簸丝毫没有降小，几位乘客都皱着眉头开始四处张望。

23:30

颠簸越来越剧烈了，甚至有的小孩子开始大哭起来，旁边的妈妈一直在哄着他，但是自己也露出怀疑焦虑的神色。空姐过来蹲下，微笑着安慰哭泣的孩子，但是孩子丝毫不领情。

有的乘客的桌板上的饮料瓶被整个晃倒在了地上，发出了惊叫，这个时候空姐马上过来帮助擦饮料，然而一阵剧烈的颠簸又袭来，空姐也开始站不稳跌坐在了地上。

听到两个空姐在我旁边站着窃窃私语：从来没碰到这么大的气流，今天是怎么了。我的心开始扑通扑通地狂跳了起来，我开始想象着可能出现的各种后果，紧紧地手扶住了两旁的扶手，手心都是汗。

广播里一直在播报气流预警，我能感觉到广播员声音也开始微微颤抖起来，有时候不得不停顿好几秒再继续。人们纷纷开始躁动，不停地议论，好像只有说话才能缓解焦虑的情绪。

一个猛烈的下落，我明显感觉到了失重，客舱里的人纷纷叫了起来。更多的孩子哭了起来。

我透过窗子突然看到，左侧机翼的位置开始冒烟。

在黑暗的夜色中虽然看不清楚，但是甚至能看到黑烟从左侧机翼飘到我的窗前，我惊叫起来，赶紧叫来了空姐查看，叫的时候闻到了明显的煤焦油味道。

空姐看到了情况，显然她们也并没有处理过此事的经验。几个空姐也惊叫着向机长室跑去。不一会儿副机长跑了过来看了情况，他看起来是一个沉稳的中年人，我从他的表情里没有读出任何信息，但是他转身的时候紧紧揪住裤边手颤抖的动作，让我心中猛烈一沉。

23:35

我感觉到飞机一直在往下降，一边下降一边还在不停颤抖着，我甚至有害怕到想哭的感觉，机长终于开始广播，我的脑子空白，竟然没有完全听清楚，大概意思是左侧机翼出现小故障，没有重大危险，正在寻找迫降机场。请大家一定放心。但是听到这些话，还是有一些女孩子大声哭了起来。

我开始想爸妈，开始后悔去美国工作的决定，早知道就应该拒绝这个邀请，可是现在说什么都太晚了。我只能咬住嘴唇不断颤抖，祈求上苍让我们平安降落。我发誓永远不要坐飞机了。

23：40

飞机不断地下降，以至于最长半分钟我们都处在失重的感觉内，这种感觉似乎像在跳楼，客舱里一般的人都在尖叫，我紧闭住眼睛。

浓烟的味道越来越明显，我禁不住捂住了鼻子。好多孩子已经被惊吓得不能出声，被父母紧紧抱在怀里。飞机广播空姐一直在播报着“请不要离开座位”“请不要松开安全带”。窗外仿佛已经能看到陆地的形状，漆黑的山峦像鬼魅一样，好像要把我们吸进去，带入永无止境的旋涡。

又一阵剧烈的颠簸，飞机上半数的人都叫了起来。

23:49

飞机突然完全失去了控制。

我听到左侧外面似乎有什么断裂的声音，紧接着又跟着什么爆炸了的声音。

我感觉到飞机已经垂直向下俯冲，过了一会儿又向上翻转，剧烈的震荡让我不能控制住。我看到行李已经从行李架里飞了出来，整个机舱里行李掉落的声音和人惨叫的声音混杂在一起，仿佛变成了现世的地狱绘景。而我的脑袋里已经是一片空白，我的手颤抖着，眼睛一刻不停地看着外面。高速的气流从窗口呼啸而过，外面一会儿是模糊的陆地，瞬间随着飞机翻转又变成暗色的天空。整个机舱发出了红色的警报，这个声音像丧钟一般，敲碎了人最后一丝希望。

23:53

地面已经越来越近了。

而飞机一边翻转一边滑行，准确来说，是掉落。

我此刻没有任何的思考的力量，人到最危急的时候，大脑仿佛启动了保护措施，也停止了运转，我来不及哭，来不及做出任何的动作。

23:55

我用尽最后的力气看了看表。

十一点五十五分。

什么啊，还是没有跨过今天。

这个时候，飞机前面突然撞到了什么。

在我眼前，一瞬间仿佛被拉得很长，好像科幻电影里的慢镜头，所有的东西从最前面开始碎裂，伴随着把人震聋的声音，变成碎片变成火花变成灰烬，一点点消失在我眼前，人从座位里飞出来，从碎裂的窗口飞出去，像一片片被飓风撕扯的树叶，有人的手臂断成了两截，血液喷涌出来，抱着孩子的女人死死地抱着，一秒钟后从裂开的座位上剥离开来掉了下去，被黑暗吞噬。

他们那一瞬间的眼神，和我想象的不同，竟然是如此茫然而空洞。

一股气流的巨浪朝我袭来。我感到钻心地疼，随后整个人腾空飞了起来。

一片黑暗袭向了我。

在那一瞬间，我失去了意识。

不知道过了多久。

在黑暗中的一阵颠簸，从意识的深处震荡着我。

我醒来的时候，眼睛看见了自己的身体。

我死了吗？

彻底睁开眼睛的时候，我震惊了，我发现我正坐在出租车的后座，手机从座位上滑落了下去，在地上亮了起来。荧幕显示的是 21:33。

难道我在做梦吗？可是我的记忆如此真实。

“不好意思啊，刚才撞了一块石头，机场就在前面，快到了。”司机转过头来说。

我茫然地看着前面。

到了机场我像一个没魂的人一样乱走，我不知道发生了什么，不知道接下去要做什么。

机场的信息告示牌上写着去西雅图的飞机 23:00 起飞。

我走进机场的厕所冲了一把凉水，让自己清醒过来，确认现在并不是梦。

然而我还是没有彻底搞明白。我究竟是怎么又回到了这里。

难道我回到了过去？

如果是这样的话，那么我至少能肯定一件事，那就是这趟飞机我绝对不能再坐了。

我有一种预感，是上帝在眷顾我，拯救我，所以又让我重来了一次之前的时间，好像是以前磁带的倒放按钮一样，而不管我自己刚才在出租车上做梦也好，是发生了什么更玄奇的事情也好，如果还要去坐这趟飞机，绝对会出事。

我打开手机，现在是12月25日21点55分。

我拿上了行李，开始顺着人流逆行，向机场外面冲出去，飞快地叫了一辆出租车。

——师傅，去玫瑰园。

车开始疾驰的时候，我迫不及待地拿出了口袋里的手机，本能地想要拨给妈妈。

我不知道应该怎么说，“妈，飞机出故障了”“妈，我不去了”，哪样看起来都难以开口，只能先拨通了再说，我敢肯定我听到妈妈的声音，我的泪水就会像决堤一样奔涌出来，我自以为我逃过了人生中最大的一劫，再碰到任何的挫折，也许都会更加坚强了吧。

您拨打的用户暂时无法接通。

也许是妈妈已经关机了吧，我又开始尝试打爸爸的电话。

您拨打的用户暂时无法接通。

真是奇怪。这不应该啊。

我只好想着等到回家的时候再向他们解释清楚，可是究竟要怎么解释呢？我想了很多个理由，毕竟对他们来说，按照他们的时间，我只是到了机场又回来了。

那么只能等到飞机出事的消息，也就是，大概在晚上的十一点五十五分左右，才会更加令人信服呢，他们会不会哭着拥抱着我，惊奇地说我侥幸逃过了一劫呢。

过了四十分钟，出租车停在了我家的楼下，熟悉的氛围向我包围过来，然而我望向楼上家里的窗口，家里的灯是完全黑着的，难道他们现在已经睡了吗？

上了楼，用自己的钥匙打开门，我还是情不自禁地喊了一声：“爸，妈！”

然而没有人回应。

屋子里空空荡荡的，没有任何人存在的痕迹，床上的被子叠得整整齐齐完全没有人动过。窗户关得死死的，我找遍了所有的房间，焦急得甚至开始叫他们的名字。然而没有人回应我。

最让我感到焦虑的是，他们的手机放在各自的写字台上，没有任何未接来电的痕迹。这不可能啊，如果他们出去了的话，按理来说应该带上手机才对。

我开始拨打各种亲戚的电话，尝试问他们父母去了哪里。可是打了一圈儿，所有人的电话都是无法通话的状态。最后我对着眼前的父母的手机拨打，似乎也是无法接通，这是怎么了？

六神无主的我不知道应该怎么做，一种不祥的感觉渐渐地蔓延上来，我有一种被世界隔绝了的感觉。我跑到床边看着底下的马路，路上还是有寥寥几个行人在走，除了我联系不到任何人，这还是我熟悉的世界。

我躺在沙发上开始看电视。我特意调到了新闻频道，心中暗暗地侥幸期待有某个事件的发生，这样我就能得到一个合理的解释，但是同时，心中似乎也隐约有一丝罪恶感，那么多人也许只有我逃脱了出来。

披上毛毯，我坚信爸妈是出去了，我一边等着爸妈回来，一边看电视，电视上面无聊的新闻节目让我悄悄睡着了。

再次醒来已经是十一点半了，爸妈还没有回来，我越来越担心了，看着外面寂静的马路没有一个人在行走，他们去了哪里呢？

我站在窗户前的时候突然听到电视里传来紧急新闻的声音，我连忙转过头看，我惊愕地发现，事实果然证实了我的猜想，去往西雅图的CA1877航班因为设备故障已经失去了联络，据新闻说上一次通话是在十点半恰好是我发现了左侧机翼的黑烟之前。

我的心突然狂跳起来，难以言说此刻复杂的情感，一方面我根本不希望飞机坠落下来，但是另一方面仿佛又觉得它会掉下来是已经既定的事实，是又重蹈一次的命运而已。无论如何，发生在我身上的事情还没有办法解释，这是我无论怎么思考都思考不出的问题，与其这样，还是让时间来解决吧，也许过了明天，真相就会彻底大白呢。

继续看了十几分钟新闻，播放的都是事故的各种可能性的猜测和失事地点等。然而我关掉电视机，正打算进屋的时候，我突然听到卧室里面有响动。

听起来像是人的微弱的脚步声和打开柜子的声音。

我突然有些害怕，不会是小偷吧？可是家里门窗都锁着，如果刚刚开窗进来一定会被我听见，而且没有小偷会在家里亮着灯有人电视大开的情况下进来偷东西的，现在可能性只有一个，就是有人（小偷）躲在衣橱里面，感觉到我要进房间，想要逃出来。

为了自卫我去厨房拿了一把菜刀，虽然害怕，但还是蹑手蹑脚进了卧室，我想看看究竟是什么人。

我没有发现任何人。

衣橱紧闭着，窗外的皎洁的月光从外面射进来，把街两边的婆娑的树影都映在床上。我的身体微微颤抖，警觉地四处看，以防从哪里突然冒出一个人来。

地上有一些泥土的痕迹，我蹲下去仔细检查。

突然在我蹲下去的一刹那，身后的衣橱被猛然打开了，我来不及回头，更来不及站起来，就被一记重物闷头一棍，麻痹我全身的疼痛散漫开来，我感觉到头上汩汩地在流血，身体全然使不上劲，任凭它倒在地上。一个黑影踩到了我的身上，我感觉到一双大手接着死死地掐住了我的脖子，窒息的痛苦和头上的创伤让我想要喊出来，但是因为被掐住了喉咙却死活发不出声音，我想挣扎身体却怎么也不听使唤，我能感到眼前的黑暗在慢慢扩大，所有的东西变得越来越暗，甚至都没看清掐我的人长得什么样，唯独在倒下的一刹那看清了墙上钟的时间。

23:55

无边的黑暗向我侵袭过来。

我慢慢失去了意识。

啪。

手机落在地上的声音。

我睁开眼睛。

“不好意思啊，刚才撞了一块石头，机场就在前面，快到了！”司机转过头来说。

又是这辆出租车？！我张大了嘴巴。

手机的屏幕亮了起来，上面显示的是 21 点 33 分。

出租车把我送到了机场，我坐在机场的客用座椅上，努力思考着一切，尝试整理出一个头绪来。

两次死亡，都是 23:55，醒来是 21:33。

一切都是如此真实，我否定了一切都是在做梦的想法，唯一有可能的理由便是我已经从飞机的空难上，进入了一个环形的时间，在这两个小时之内不断交替，我的时间永远停滞不前。想到这里我突然全身发冷，如果找不到突破口的话，我可能会永远在这样的时间循环中生存下去，而这简直是比死还可怕的事情。

而对其他人来说，对我父母来说，他们的时间还在继续前进着。假如我的时间经过的速率和他们的是一致的话，那么他们眼中的我，也许已经遭遇了空难。而我为什么在这样的时空中见不到他们呢？难道在这封闭的环形时空里，所有跟我有关的事物都是不允许存在的吗？

一定，一定会有突破口的。

假如我能突破十一点五十五分，那么，也许就是胜利了。

然而，我彻底错了。

我尝试就坐在飞机场的座椅上什么也不做，一分一秒看时间的流逝，看看究竟会发生什么，命运会不会让我跨越明天。

越到十一点五十五分我越紧张，我注视着周围的人群，他们匆匆地行走着，没人注意到我，仿佛我是这个空间不需存在的异类。

这个时候我突然接到一条短信。

“儿子，我看了电视上的新闻，告诉我你在哪里好吗，爸爸妈妈等你回家，爸爸妈妈一定要你平安回来，如果你看到的话给妈妈回短信好吗？”

我突然震惊了，睁大了眼睛又仔细看了一遍。看第二遍的时候我的泪水掉了下来。爸爸妈妈你们在哪里？我尝试打回去，但是永远无法接通，我接着编了一条短信，也无法发送。

我看了看短信发来的时间，显示的是2014年12月26日的凌晨3点30分。

我仿佛明白了，真正的爸爸妈妈从未来给我发了短信。

在我这个时空，永远停留在12月25日晚上九点到十一点的时空，意外能够收到来自未来的电波短信，我却永远也无法联系到他们。我这个时候的爸爸妈妈是不存在的，或者说，我永远也不允许和他们见面，因为他们已经去往未来了。

我觉得自己全身都失去了力量，眼泪掉下来，一滴一滴打湿了屏幕。

我找了各种办法想要联系他们，飞机场的公用电话，网络，邮件，但是统统不行。

正在我绝望地坐在椅子上的时候，十一点五十五分来了。

正当我沉浸在自己的悲伤的时候，却没想到还能更糟。

远处的人突然开始大叫起来，我看着他们大叫却不知道他们在叫什么。突然间我在他们大叫的声音中听到隐隐约约传来吱吱呀呀的声音，那种像是硬物体相互摩擦发出来的令人不愉快的响声。

“快逃呀！”一个大叔从远处喊，我惶惑地看着他，不知所云。

正当我四处望着，发现四周没有怪异的现象而终于想到看顶上的时候，巨大的屋顶支撑的钢筋结构条正在往下落，就在我的头顶上。

没等我反应过来，眼前已经是一片漆黑了。

没错，我又回到了出租车上。

我最熟悉又最想咒骂的地方。

我决定每回来一次就用手机做一次记录。

我已经记不得多少次返回到21:33了。但是好在我还有手机帮我记录。

显示的是第123129次。

换算过来，爸妈那边已经过了15年了吧。

现在的我，已经不知道是悲伤、绝望，还是灰心。总觉得我已经麻木了。

我自杀过，光是自杀的方式自己都数不过来，重新返回飞机过几千次，企图阻止坠机几千次，什么都不做几千次，看书几千次，看电影几千次，坐别的飞机几千次，在城里四处走几千次，等等。但是最后，总会发生一些意外让我突然死亡。接着再回到21:33。

但是我渐渐发现，这些时间，我还是能够利用得起来，至少这些经历，已经都存储在我的脑海里，说不定哪天，我跨越了今天，能够是一笔别人都没有的、了不起的财富。

所以在麻木中，我仍然没有失去希望，是因为我还没有对一切失去信心，是因为我相信能回到明天，是因为爸爸妈妈给了我勇气。

这十五年来，爸爸妈妈一直没有停止给我发短信。

“春节到了，我们俩在一起过年看电视，做了好多菜，可香了，给你的碗准备好了，你爸爸说就差你了。”

“又一年过去了，时间真快呀，河水化冰了。你还记得你小时候吗？最爱去河边捉蚯蚓了，妈妈想跟你一起再去看看，你什么时候回来，告诉我好吗？”

“昨天你姐姐来了把她的孩子抱给我看，真可爱啊，要是你在的话也应该有孩子了，不，妈妈不说这话，妈妈只要你。你永远是我的宝贝。等你回来。”

…………

“最近爸爸身体不好，晚上老失眠，腰也不行了，我带着爸爸昨天去医院看了看，医生说没什么问题，你别太担心，等你回来。”

“我昨天把你的小时候的照片又翻出来看了看，和你临走时候去美国我们照的照片对比了一下，变化真大啊，你回来的时候，可别让我们认不出来啊。爸骗你的，你就是变成什么样了，我都认得出来。等你回来。”

一共1834封。

他们现在是什么样子呢？头发都白了吗，岁月平添了多少皱纹在脸上呢？或许是因为我的遗体或许他们找不到，给了他们一点点微渺的希望，但我相信的是父母给我的爱支撑着他们，这是无论跨过多远的时空，都能传达到的。

但是我发誓，我一定要在他们有生之年，再见到他们一次，即使是最后一眼也好。

因为他们一直在等我。

距离 23:55 还有一个小时。

我不相信命运，命运是可能被颠覆的。被改写的命运，就是我新的未来。

我必须聚精会神应对一切可能发生的状况。如果躲掉了，就可能到明天，到了明天，就可能回到未来。

我打算劫持一架新的飞机下来，驾驶着飞机飞到宇宙去，这么多次下来我已经对飞机的操作了如指掌，也许宇宙有我要突破时间的答案。尽管机场的飞机是不能应付太空环境的，但是我总想试试，说不定呢。

机场闪烁的灯光如白昼一样照亮跑道，远处几架飞机停在仓库前，尽管有种犯罪般的感觉，但是它反而让我更加兴奋，我努力地迎着寒风朝那边跑去。

因为我知道，那里有东西在等着我。

最长的告别

“其实我是想跟你说，我明天就要走了。”

“我听你爸爸说了，去那边，要十几个小时吧。”

“对的。”

“你担心去那边的生活吗？”

“不知道，紧张是肯定的，但是更多的应该是向往吧。”

“哦。”男孩失落地看着女孩。

他们两个人在夏日傍晚寂静的操场跑道上走着，落日的余晖打在梧桐树叶上，折射出耀眼的光芒，好像镶了一层黄金在上面一样。

“以后我能给你打电话吗？”男孩问。

“可以吧，只要课业不忙的话。”

“以后这里是白天的话，你们那边就是晚上了。感觉你要去地球的另一边，有点不可思议。”

“其实也没有那么远。”

“会回来吗？以后。”

“不知道呢，我是很想留在那里的。”

女孩说完撩了一下头发，大跨了一步向前走去。

“你还记得吗，前面东边的那排梧桐树？我们以前上体育课的时候，女生在这边，男生在那边。每次我们上体育课的时候，我都会不自觉地注意到……”

“注意到什么？”

“你悄悄在看我呀，别以为我没发现。”

“你果然知道。”

“那次生日的礼物也是你送的吗，放在我的课桌里？”

“嗯。”

“我生病的时候你在我家楼下悄悄等我，想来看我，结果被我爸赶走了。”

“嗯。”

“我都知道的。”

男孩和女孩一边走着，一边回忆着高中时期发生过的事情，他们有说有笑的，不知不觉，已经围着操场走了十圈。巨大的玫红色晚霞装点着西边的天空。黑夜快要来临了。

“你知道吗？”

“嗯？”

“人家说人每说一次再见，就是离死亡更走近了一步。”

“太悲观了。”

“所以我不想说再见。你就当这是体育课，你在跑道的这头，看我默默地走到那头，然后假装悄悄地回教室好吗？”

“好……好吧。”

女孩慢慢地向前走去，头也不回地，连一声再见都没说，她的眼睛看着前面，头发伴随着微风轻轻地摆动。

这个时候，男孩的心底突然涌现出无限的不舍。

男孩手里拿出了一个遥控器一样的东西。

这是来的路上一个陌生人给的。

“只要按下中间的那个按键，你和她就会被带到一个孤独的星球上，在那里你们不会老去，不会死亡。你们可以在那里度过5000年，5000年过去的时候，你又会回到这里，就像现在这样，但是她的记忆会被抹去，只有你记得发生了什么。如果你想做什么的话，选择权都归你。”

男孩在伸出手想要挽留女孩的时候，情不自禁按下了遥控器中间的红色按键。

所有的景色都消失了，男孩和女孩面对面站在一片静谧的平原上。

“这是哪里？”

“这，这是，只有我们的星球。”

“怎么会这样？我要回去。”

男孩吃力地向女孩解释了一切，然后他们争吵了一天。

被突如其来的寂寞侵袭着，过了几天后他们就情不自禁地依偎在了一起。

“其实我也是很不想走的。但是我爸非要让我去。所以我没办法。”

“嗯，我知道的。”

“我不想跟你说太多，我怕我会哭出来，当时，只能那样和你分别。”

“没关系，现在我们可以有很多时间。”

“我喜欢你。”

“嗯，我也是。”

他们互相坐着说了几天的话，仿佛把一辈子的话都说完了。然而终究无法抵抗无所事事的空虚感，他们探索着这片星球，然而发现所有的地方都是一个样子。

后来他们有了孩子，结果发现在这个星球上，孩子永远不会长大，永远是一个婴儿的样子。女孩抱着孩子，最常做的事情就是一边唱歌一边看着天空上的星星，男孩则是坐着发呆。

“我们来了几天了？”

“1023天了。”

“还有多少天呢?

“还有 1832977 天。”男孩在地上做了好久的算术才告诉女孩。

“我讨厌你。”

“对不起。”

“怎么回去？”

“没办法，只能等时间过完。”

他们觉得对所有事情都麻木了，甚至不再回忆以前，也不再去数过去的日子。脑子里随着时间的过去，变得一片空白。

在寂静又漫长的岁月里面，他们也不会彼此拥抱，甚至再也不看彼此，爱情的火焰也许只能维持漫长时间中的一小部分。他们现在只是发呆，等着毫无意义的时间慢慢过去，好像两块僵硬的石头。

终于到了 5000 年的最后一天，男孩本来应该按照当初的设想，告诉女孩她会失去所有的记忆的事情，但是他还是没有忍心告诉女孩，另外也没有意义。

一阵狂风吹来，男孩发现自己又重新回到了那个操场，在夕阳的余晖下，眼前就是女孩的背影，头发随着风轻轻摆动。女孩的影子，女孩的身体的每一寸。他已经熟悉到不能再熟悉了。

然而即将告别的刹那，男孩又有些不舍，过去的 5000 年好像也只是眼前的一刹那，他又有些后悔，为什么不把那些时间好好利用起来。

男孩向前一步，在想要挽留女孩的刹那，突然发现手里还留着那个遥控器，也就是说如果他想的话，还能再和女孩单独过上 5000 年的生活。

但是男孩最后还是放弃了，他把遥控器丢到了地上，用脚踩得粉碎。他知道，尽管不舍，尽管在一起的时间再漫长，分别迟早都是要来的。

“我喜欢你。”男孩朝着前面大喊。

“再——见。”男孩继续喊着。

女孩依旧没有回头，她的身影好像落日的余晖，伴着快要入秋的凉风，渐渐消失在远方的黑暗里面。

“再见。”

成为 F

他是这个城市最为专业的整形医生，他最为擅长的是为女性们做隆胸填充假体的手术，在他精湛的技术下，无数女性获得了饱满的胸部，因为填充胸部的材料用的是最先进的医学硅胶，几乎可以乱真的触感赢得了无数人的好评。当然在这些做过手术的女性里面，艺人自然不在少数，谁知道在闪光灯下挺拔的胸部，有多少原来只是平坦的“飞机场”，经过大量材料的填充，才能够顺利“起飞”的呢？

他最喜欢和别人的调侃就是看着电视上面的娱乐节目，看着某个女星风姿闪亮的身影然后半带调侃地说：啊，这个是我做的。我做这个用了好几斤硅胶呢。

对这件事情的态度他也并不是特别抵触，他自己毕竟是要靠这个东西吃饭的，况且人人又都有美的权利。这样的手术的风险并不是特别大，只要定期更换就可以了，引发并发症的概率很小，所以他的朋友来向他要求做这项手术，他也没有特别地拒绝。

可是，什么事情都有个万一，就像人吃饭也会噎死一样。

周五的上午，一个戴着墨镜的时尚女子急匆匆地来找他，说要进行隆胸手术，她一进门带来一股艳俗的香味，脱下墨镜他才发现，原来是新晋的迅速上位的女星 F。

“只要你给我做得好看，摸起来像真的，钱不是问题。”

“您说的这个我们都是有定价标准的，所以也不会向您多收费用的。关于质量我们的口碑想必您也应该知道了吧，不会有问题的。另外您的亲属不在吗？我们需要共同签署一份协议书。”

“你说我的老公吗？他去国外了，每次我们在床上的时候他都嫌我胸小，不带劲儿。再说我以后去走个红毯什么的，没个大胸没个乳沟也没法混呀，这事情是我自己做主的，没事儿。”

“可您的胸部也不小啊，属于平均范围内的。”

“你不懂，在我们圈子里算是小的。”

在带她观看了手术的流程的影片，接着解释了手术需要注意的地方之后，她选定了一个胸部的尺寸，因为她特别要求加急做，“我老公下周就回来了，我要给他一个惊喜。”下午在密闭的四周全白的手术室里，他就给她安排了手术。

因为并不是涉及内部脏器和全身循环系统的手术，所以只给她实施了头以下的麻醉，他看着F全身不能动，眼珠紧张地转来转去，头上冒出了汗珠，连一点迟疑都没有，手术刀娴熟地滑落，迅速地在右边的胸部乳房侧面的地方划出了一个切口，里面各种像密密麻麻的树枝一样丛生的红色小血管，被青黄色肥厚的脂肪和肌肉组织粘连着簇拥在一起，最里面的肌肉还随着心脏的跳动微弱地抖动着。

“割、割开了吗？”

“不许说话。”

他在无影灯下异常冷静地回答，专注的眼神一刻不离地盯着手术部位，在胸部下面割除合适的尺寸后，他用镊子夹住了需要填充进去的消毒好的硅胶假体，那是一片好像燕窝一样的圆形透明胶状物体，内厚外薄，据他说这样的硅胶非常的稳定，在体内很少溶解，也不会产生有毒的物质危害体内，但是任何东西都有过期变质的可能，所以几年过去了还是要检查更换一下。

他用镊子把硅胶迅速地塞进了割开的胸部里面，并调整了一下位置，使它准确地贴合原先胸部的形状，瞬间原先不甚挺拔的胸部隆起了一个等级，看起来更饱满了。最后他用细密的羊皮线用最细腻的手法把创口缝合了起来，看起来整个创口好像只是原来的皮肤被猫狗的爪子挠过了一道一样，根本没有缝合的痕迹。

然后他用相同的手法给左边的胸部进行了手术，两侧的胸部都缝合完毕后，他用双手贴在F的胸部上轻轻地匀速转圆圈，据说这样能够让胸部更加饱满，让硅胶体更加贴合胸部一些。

手术后，F显然对自己的胸部很是满意，对着镜子左看右看，露出了电视上能看到的招牌笑容。

“别忘了，五天之后来拆线哦，现在看还是能看出来一些手术的痕迹，拆完线了就会变得很浅了。”

“谢谢你，还有，不许把我做手术的消息告诉记者哦。”

“您放心吧，我们一直保密每一位顾客的信息，这是我们的职业道德。”

在做完手术后的很长时间，他也很多次地打开电视，无意中看到F出现在各种娱乐新闻节目里，胸部上涨了一个档次的她看起来更加风姿绰约了，两胸之间相较以前也有了更加深的事业线，后来也似乎有娱乐新闻传出F曾经做过隆胸的新闻，不过也是证明了只是她的自我炒作而已。F甚至在节目上声泪俱下地声讨那些“诽谤”她的娱乐记者，表示要证明自己的清白，“绝对没有做过这样的手术”，他看到这样的画面也只是轻轻一笑，毕竟这样的画面他也见过不少，娱乐圈里的以天然标榜自己的女星们，在他这样的专业人士的眼里，基本上没有几个没有动过刀子的，他有一瞬间甚至幻想着在F控诉的时候跳到她的旁边大声宣告“对，她的胸是我隆的”。这样说不定可以为自己揽来更多的生意。

他觉得自己和那些天生治病救人的医生不同，他只是根据顾客的需要来提供服务而已，对他来说他的技术只是一种谋生的手段，而什么“终生致力于女性的美丽”这样的医院标语对他来说只是恶心人的话而已。

一般女星们做完了隆胸手术是不会再来了，偶尔有几个会要求再进行微调整一下，但是让他感到意外的是，F在过了半年之后又造访了他的整形医院。

“F小姐，上次我们的手术效果您还满意吗？”

“满意是满意，但是我总觉得，是不是还缺少一点？怎么说呢，是不是上次的手术还是太保守了？”

“您是觉得隆胸的尺寸还是没有达到您理想中的吗？可是您现在的尺寸已经超过平均的女性的水准了，依我来看，现在的尺寸是最符合人标准的美的比例的。”

“你看我们是艺人嘛，所以对这方面也需要严格一点，实际上是这样的，我老实跟你说，你最近看那个片了吗，就是那个很火的电影，那个戏的女主角本来是我的，我都跟导演说好了，结果不知道怎么回事被那个小丫头抢了去。我去问导演的时候，那个小丫头就在导演的房间里面，一丝不挂，我看她的身材，一下子我就自卑了，竟然比我隆过的还要……”

“你确定她抢走了你的戏是因为她的身材，或者说，她的胸部比您的……”

“不管是不是，我就是觉得难受。自从那天开始我就浑身打不起劲儿，整天就在想着那件事情，本来该火的人是我，结果变成她了，我在电视前面看到她就想把电视砸了。你说我这么努力，该做的也都做过了，脸上该打东西的我都打了，该整的都整了，每次都陪投资商们喝酒喝到吐，被他们拉去宾馆，被不同的人拉来扯去像狗一样顺从他们的话，才拿到我的这些角色。我就是不甘心，我这么多年，难道还比不上一个刚出道的小丫头吗？然后我一气之下就过来了，你继续给我做吧，我要你照着她的尺寸给我整，你看，我把她的照片都带过来了。”

F一边抽噎地哭着一边把一张照片摔在桌子上。

“毕竟这件事情不是儿戏，你要考虑清楚，每个人对美的理解不一样，在我的眼中您已经很美了。我还是希望您再考虑一下。而且假如假体太大的话，很可能会在以后造成下垂，甚至有更加严重的后果。”

他把照片推了回去，接下来又不停地说了一些劝阻的话，但是F就是不听，坚持要进行第二次手术，再为她加上更大尺寸的假体。

最后没有办法，医生还是为她进行了手术，为了不增加新的疤痕，他把之前她的做手术的切口处再次切开，用镊子小心翼翼地取出了之前的那块硅胶假体，之前的那块经过了半年已经有少许的缩小，因为硅胶这样的材料虽然稳定，但还是有一小部分会被人体吸收，但是不会对人体造成伤害。这次他挑了一块尺寸更加大的垫了进去。这次做完手术，F 的胸就像两个高高耸起的小山，看起来十分丰满动人。

做完了手术后，F 露出了带着惊喜的神色，“真是不敢相信。”医生也假模假样地在旁边祝贺，但是最后他还是有点担忧地看着 F 自信满满地走出门去，望着她远去的背影，医生叹了一口气。

“不知道为什么我有预感，她还会再来的。”他小声地对助手说。

“娱乐圈真是黑暗啊。”年轻的助手在一边默默地吐槽。

“总有人坚持着自以为是的准则，在错误的道路上越走越远，这样的人越来越多的时候，你会发现这成为了这个社会的准则，或者说通行证，那个时候，错的大概是这个世界，而不是自己。”

医生回想起当初为什么入这行，无非就是觉得“钱好挣，来得快”“人傻钱多速来”，而当时自己毕竟没有什么理想。但他有时候有点迷茫，究竟自己在做的事情，有时候看起来一方面是为了致力于他人的美丽，另一方面好像又间接构筑了整个社会的虚假扭曲的审美观。事实上他认为，所有的整容的医生都不会认为一个全身各个角落都动刀修改过的女人有多么美丽。真正的美究竟是什么样的标准呢，他也无法下结论，也许这个标准一直在变。而现在锥子脸、大胸泛滥，人类的审美走在越来越不自然的道路上，他自己有时候也觉得有点愧疚。但是内疚归内疚，他从来就没有道理拒绝别人，因为那些人都是他的“患者”。

他的预言一语成谶，F 在过了半年后果然又来了，在这半年内，F 的人气似乎降低了很多，在各种娱乐报道中比较少能看到她的身影。

她走进医院的大门的时候，医生就感觉到她似乎苍老憔悴不少，不知道是出了什么变故，医生询问她这次要来做什么项目的时候，她只是淡淡地说：

“我要来隆胸。”

“可是您已经隆了两次了，依我的建议您的身体已经不适合再做这样的手术了。”

“我总觉得自己的胸部还缺点什么，我左看右看，总觉得还比不上别人的，现在是个女星都比我有人气。我走红毯的时候，我能感觉到拍我的闪光灯，明显地比别人少，要是我能够再大一点、再丰满一点，那就不愁吸引不到观众的目光了吧？我要以它作为噱头，重新挽回人气，帮帮我好吗，医生？”

“我觉得您应该去看心理医生，您这样的自卑感，并不是通过手术就能弥补的。”

“我出两倍的价格。”

F 说完这话，掏出一大捆包扎得紧紧实实的钞票，一下子甩在了桌子上。那些钱似乎有两本汉语大辞典叠起来那么厚。

他看着这么多钱，情不自禁地吞咽了一口口水，他本想拒绝的，可是终究还是迟疑了。

直到做完了之后，他才开始后悔，这就是大概传说中的财迷心窍吧，那一瞬间似乎只看到了钱，让他失去了作为一个医生的正常判断和理智。已经没有更大号的单片硅胶给她了，于是医生又往里面垫了一块削成一半的硅胶，手术做完了，她的胸部看起来像两个圆滚滚的肉色气球一样，青色与红色交织的血管从乳晕向旁边纵横蔓延开来，好像膨胀到了极限随时都要爆炸了，现在的尺寸已经不能用大来形容，而是到了有点吓人的地步。医生初步盘算了一下垫在她胸部里面的硅胶已经将近 900 克了，就快要达到两斤，而且医生建议她去特别订制内衣，因为市场上已经很难买得到她的尺寸了。

最后 F 穿衣服的时候足足花了半个小时，本来相对较宽松的衣服，最后却花了吃奶的力气才塞进去，医生在旁边看得心惊胆战，F 却看起来颇为自豪。

“最后我要提醒你，如果你有任何不适的感觉，一定要联系我，还有，千万不能让胸部受到撞击，否则后果会非常严重。”

“知道了，知道了。”F 漫不经心地说。

不知道过了多少天，仿佛是过了一年，医生在没事的时候经常会想起 F，在网上浏览的时候也会刻意搜索她的信息，想起她的时候总有些惴惴不安，这种感觉就好像她是一个定时炸弹一样。有时候医生也好奇，凭借着她这对整出来的超级巨大的双乳究竟能不能重新上位，至少也能够博一阵娱乐版头条吧？对这些女星来说，不管是丑闻还是正面的新闻，如果在媒体上没有曝光量那么就等于间接死亡，所以那么多制造出来的是是非非，好像时刻撩拨着人们的情感，为无聊的生活填一些慰藉。她们从人群中脱颖而出，最后还是被大众那双隐形的巨手，娱乐着操纵着，好像一堆堆被操纵的木偶一样。

然而她终究还是火了，只是以让人最没有意想到的方式。在出席某盛大的露天颁奖礼的时候，她身着暴露到极点的白色晚礼服，在红毯上，无数的镜头正在近距离对准着她。她和她那对傲人的胸部，带着勾人的表情缓慢地走着，她成功地吸引了全场的目光，男人们都目光里带着迷醉，女人们则是嫉妒。突然，一阵狂风突然迎面过来吹断了位于上方的一根横梁，那根木质的横梁重重地打下来，直接扫到了她的身体上，她来不及护住她的胸前，她的胸部被重重的一击，像灌满水的气球突然被扎破了一样，不知名的固体伴着鲜血像泄漏的泵一样飞出来。她瞬间昏倒在地，白色晚礼服瞬间变成了暗红色的晚礼服，血还在不断地向下蔓延开来，各种直播的摄像机记录下了所有的一切，包括在场观众的惊讶的表情。救护车在十几分钟后到达，载着她飞快地送往医院抢救。

万幸的是经过抢救她还是活了下来，抢救人员说再晚一点送来就要因为内出血过多而丧命了，遗憾的是她的胸部彻底被毁了，她还需要做一个为期很长时间的胸部重塑的疗程。也许，她再也不可能出现在公众面前了吧。不知道是好还是坏，这段出事的视频在网络上疯狂地流传，青少年们在网上疯狂地分享下载这段视频，全国上下在一夜之间都知道了F的名字，她的这件事情成功地取代了各种国际政治形势，成了大多数人的饭后谈资，作为大多数人无聊日常生活中的一点新鲜的味道。但，谁知道呢，也许过了几年，甚至几个月，她的名字又无人知晓了。

医生最后还是辞去了整形医院的工作，改在一家健康疗养机构当顾问，一方面是他也不喜欢之前的手术工作，而现在的工作环境更加轻松惬意，另一方面，也算是为了差点丢掉性命的F赎罪吧。

很多年中他都没有看到F的任何消息，直到某天才看到报纸娱乐版的很小的一个角落，写着“前知名影星F发表声明决定不再从事演艺圈活动”，这则消息写得简单如白开水一样，而且连一幅照片也没有。也是，过气的女星的消息也没有人会关注了吧。他看看报纸的其他部分，满眼都是各种女星露出性感的姿势，医生一眼就能看出来，这个女星开了眼角，那个女星削了颧骨，另外的女星隆了乳。

她们之中，有多少人还会重复F的命运呢?

21克

我还记得很久以前看过一本书，书上面描述的都是在探讨人的灵魂的本质，关于里面其他的描述我都忘记了，只记得好像说过人的灵魂的重量是21克。关于这个论点，我将信将疑。

这个春天路边的樱花也像往年一样开得正好，沿着河边一直是粉红色的樱花道，散步的人络绎不绝，大家似乎都兴致勃勃地迎接春天的到来。可惜我的心情没有像他们那么好，89岁高龄的外婆得了脑溢血正在住院紧急治疗。

白天上课的我晚上还要去打工，打工完了已经是10点了，我就趁这个时候去医院看望住院的外婆。外婆闭着眼睛躺在病床上，身上插着各种各样的管子，嘴上插着呼吸机，我只能握着她的手，尽可能地说着一些鼓励的话，尽管不知道她究竟能不能听到。这个时候我的心里充满了悲伤。

医生宣判外婆的脑死亡那天，我接到消息的时候正在便利店里打工。看到短信，我像箭一样冲进外面的夜色里，向着医院的方向奔去，街两边的夜樱簌簌地落下来。再过了几天，春末的时节樱花落光，叶片就要长出来，变成一株株一点特色都没有的绿色植物。

我到了医院，看见医院里的外婆像往常一样，静静地躺在白色的病床上，她的呼吸仍在持续着，心跳仍然在跳动着，只是不知道为什么好像缺了一点什么东西。一想到外婆有可能再也醒不来，像路边的樱花树一样只能靠养分维持生命，周围的家人都在哭，我不知道该说些什么，只是觉得脑里一片空白。

我握住了外婆的手。不知道什么时候外婆的粗糙的手指套上了一枚水晶一样的戒指，我把它悄悄地取下来，戴在自己的手上。

这往后的日子里，樱花果然谢了，长出了碧绿的树叶。我手上一直戴着那枚戒指，然而不知道为什么，戴着它晚上做梦的时候老是能梦到外婆，梦到她小时候带我去动物园玩的情景，梦到我一夜之间突然变高，然后外婆在旁边静静看着嘻嘻笑着的情景，梦到外婆给我做各种好吃的菜肴、教我认字的场景，更多的是外婆坐在病床上，一直在跟我说着什么的场景，但是总是一觉醒来什么都忘了。

秋天去，冬天来，季节变换得比眨眼睛还快，一年又快要过去了，路边的樱花树变成了光秃秃的枝丫，圣诞节的时候被挂上了彩灯。在寒冷的时节，只有这个时候树看起来还有一点点生机，我并不感觉到孤独，外婆虽然还在医院里躺着，但是我觉得我每晚都能见到她，在我的梦里。

有一天我尝试脱下了戒指睡觉，果然那天晚上没有梦到外婆，于是之后我还是像以往一样，时时刻刻都戴着它，不让任何人碰到它。我有种感觉，好像这里面装着外婆的灵魂一样。我曾经把它放到实验室的天平上称过，让我很惊讶又有点在意料之中的，它果然是 21 克。

寒冬就要过去，眼看着春天又要来了，在一天的梦里，我突然梦到外婆走在那条熟悉的河边小道上，路两旁是整片整片的灿烂的樱花树，然而我只能看到外婆的背影，在我前面越走越远，我想要追上外婆，但是感觉怎么都使不上劲，眼看着外婆在前面越走越远，一直到最后慢慢消失在粉红色的天际。

我被自己的大喊惊吓了起来，但是我起来却莫名地发现自己手上的水晶戒指消失了。那一整天我的心里都忐忑不安，做事完全心不在焉。到傍晚的时候，突然接到了妈妈的消息，外婆因为器官衰竭，很可能活不过今晚了。

那天晚上外婆真的过世了，因为这一年内大家似乎都处在痛苦的慢性折磨之中，所以大家的悲伤也显得坦然不少。过了几天，外婆的遗体就被送去火化了，那之前我见到的外婆的最后一面，就好像这一年中我见到的每一面一样，安静得好像只是睡着了一样，只是让我痛苦的是，我的梦里，似乎再也不能出现她的身影了，我最遗憾的是，总不能从这一年的梦境中，知道外婆想对我说什么。不过，已经不重要了，外婆已经去了让她更加幸福的地方。

天气越来越暖和，连早晨口中哈出的白汽也渐渐消失了，春天在慢慢到来。过了几天，河边街道两旁的樱花终于绽放出柔嫩的粉色花苞，人流似乎也在慢慢增加，树的每一年的轮回，就好像人的生命，从绽放到陨落，从繁茂到枯萎，然而过了一年，总有新的希望从那里绽放出来。

然而我觉得人之所以为人，和树最大的区别，就是因为有了那21克的灵魂，才能在这个世界上独一无二地存在着吧。

娃娃

50多岁的他站在一条普通城郊公路的旁边，飞驰而过的车带起凛冽的风和沙尘扑到他的脸上。不远处就是一处工地，十几层的高楼盖了一半，灰头土脸的工人伴随着各种装载着混凝土的大卡车从大门口进进出出。

他穿着破旧而过时的西服，似乎是别人穿过不要的，上面有邋邋遢遢的几个明显的补丁，他手里抱着一个五颜六色的等身大女性玩偶，看起来很滑稽，旁边还有一个大纸箱，里面摆满了瘪掉的女人玩偶，别别扭扭地堆在一起。看起来他似乎是在表演某种不被人理解的行为艺术。而实际上他在这里卖等身大的女人玩偶，想要为得了白血病的儿子手术筹钱。

偶尔休息的工人会经过他的身边，他们有的会尴尬神秘地对他笑笑，有的会过来搭讪几句问问他的情况。大家都知道这是干什么用的，但是几乎大多数人都不会想到用这样的方式来解决。尽管一个只开价不到一百元，但是每个礼拜卖不到几个，每次都是看似工头的穿着稍微得体的一些人，神秘地看看周围然后慌张地掏出一百元悄悄地买下来，有很多的款式他们也不挑选，他也很体贴地拿了黑色大塑料袋仔细地包起来交给他们。不过这样的话他一个月也存不下多少钱，距离给孩子做手术的钱还差得很远。

可是他也想不到别的方式来赚钱，早年他因为肾炎移除掉了一个肾脏，所以身体现在变得很弱，做不了太重的粗活，如果身体好的话他大概也会在前面的工地进进出出做工。

不知道从什么时候开始，越来越多的工人过来买他的充气玩偶，他感到很惊喜，但是也不明白为什么。他似乎看到工地的大门口经常有穿着性感的年轻女子跑出来，这在以前是绝对不曾看到的景象。直到他听到某一个工人说的话，说从他那里买的充气玩偶都活了起来，当晚在工人睡着之后不知不觉就躺了一个活生生的美女，这些女性似乎丧失了记忆一般，自己也不知道从哪里来，几天后又自动神秘地消失了。他的生意越来越好，逐渐地有邻近工地的工人甚至老板过来购买，有一些有钱的老板甚至一下就买了好几个。

这样他一个月能卖掉上百个，能有近六七千元的收入了，为了进一步扩大生意，他在附近的商业街里租了一个门脸房，专门卖各种成人用品和玩偶。来的人络绎不绝，似乎大多数都是冲着他的玩偶来的。在看到玩偶的生意如此之好后他提高了价格，他发现即使卖到将近500元，还是会有人来购买，他索性将定价上涨到将近千元，前来的人依然多，据听闻城里的大老板和白领都会赶来购买。

三个月之后他终于攒够了钱，但是始终找不到儿子手术合适的骨髓配型，没有合适的骨髓配型手术也没有办法做。正在他感到焦虑的时候一个朋友和他说，一家私立医院有不需要骨髓配型的特别疗法，建议他去试试，于是他信了朋友说的话，带着孩子去了那家医院。

这家医院只是进行普通的输液和服药治疗，但是药费也并不便宜，也将近花去了八成他的积蓄。眼看着治疗一天天地过去，孩子的病似乎有了好转。但是某一天孩子突然开始发高烧，意识逐渐模糊。他只好带孩子去大医院看了看，发现白血病又一次急性发作了，而经过大医院的鉴定，之前的医院开给他的只是普通的生理盐水和抗生素罢了。

孩子没有找到配型，他也没钱再做手术了，于是终究还是没有挺过去，他绝望又气愤地找到了那家医院，才发现已经被查封了，是因为这家医院大多数医生都没有执照，是“假医生”，而前几天另外一个病人因为妄断治疗，也离开了人世，所以把他们告上了法庭。他坐在了孩子的墓前，像他卖的玩偶一样瘪成一团，心里有数不尽的绝望和悲伤。

他开的店如他的人生和心境一样，生意也不明原因地一落千丈。甚至有顾客上门来投诉，这么一个烂充气玩偶也敢卖一千元。他卖的充气玩偶，似乎再也没有发生之前的奇迹。一个月后他再也支撑不下去他的店铺，把店悄悄地关了。

现在的他还是像最初一样，在工地的马路边迎着吹过来的灰尘，兜售着同一样的充气娃娃，偶尔经过的人也只是看着他笑笑，然后扭头继续向前走。他觉得人生又回到了起点。只是自己再也没有儿子的陪伴了。

两个月之后高楼竣工了，所有的工人也就移出了工地。他看充气娃娃再也没有销路了，就转而在马路边卖些农村老家自产自销的水果。远处的商品房变得豪华又繁忙，各种各样的人进进出出，感觉这里一下从荒村变成了闹市。一个闷热的中午，他听见远处的高楼一声闷响，他抬头一看，看到了高楼上高层阳台伴随着钢筋铁柱哗啦啦地倒了下来，同时还伴随着人群的尖叫声，不一会儿各种警车消防车和救护车都过来了，现场宛如地狱一般。

隔天他走在马路上翻阅着报纸，昨天倒塌的商品房死了 9 个居民，而事故调查当时的建筑公司并没有施工的资质，所有的合同和证书都是伪造的，施工人员用了不符合规定的材料，只是为了减少建筑的成本，所有东西都是假的。

和事件有牵连的所有人都被抓了起来，这栋大楼也再不能住人了，他看着所有的人都搬了出来，过了半个月，专门的小组做了爆破拆除处理。爆破的一声巨响后，他和所有路人都在看着，整个高楼像是失去了底座的积木一样，从中间崩裂，然后变成碎片倒了下来，那一刹那所有人都在喝彩。

他望着那一片巨大的残垣断壁，就好像看着自己当时卖的充气娃娃一样，被针扎过变成了软泥一样的一堆彩色的塑料，他的心里也觉得有些宽慰，好像一切都结束了。

节日

莫妮卡是我在马德里的青年旅馆认识的。她是那种长得很明显的东欧女孩，身材比我还粗壮，她的脸上长满雀斑，棕褐色的头发后面的辫子很随意地编起来，垂在她小麦色的后背上。她说她黝黑的皮肤并不是在美黑工作室速成的，她真实地花了两个月每天在海滩上晒太阳，然后慢跑。她展示着自己的皮肤的时候，眼神里充满了骄傲。手里拿着自己卷出来的烟草一根根地抽着，烟气四窜，扑到我的脸上，我小心地摇动身体躲避着。

她说她有时候真的怀疑，我们这些来自中国和日本的男孩女孩是不是生病了，不然为什么每个人都惨白得像面粉一样，像吸血鬼一样恐惧炙热的阳光，出门要涂抹大量的防晒霜，撑诡异的阳伞。我觉得她好像一点都不在乎旁边的人，在旅舍里她会问我借T恤穿，只是因为她的连衣裙被泼上了咖啡，换洗晒要花上一天的时间。其实这样的女孩我并不讨厌，我会更容易地知道她没有恶意。只是我问她旅行的下一个目的地是哪里的时候，她说她还没有想好，然后她问我下一个目的地，我说我有点想看看奔牛节。这个时候她飞快地把烟草掸灭，瞪大眼睛，露出夸张和惊喜的表情和我说要和我一起去，她正想着要不要去那里呢。我沉默了一两秒，心里其实是有点不开心的，好像我制订完美的单人旅行计划突然被一个陌生人窥视并插足一样。不过我还是让她和我一起去，这样其实也挺好，我并不介意多一个人可以说说话让气氛热闹一点，尽管我想这个哪里都是人的旅游旺季已经够热闹了，更重要的是两个人同行也许可以省不少钱。

这就是我们到了这个小镇的原因，节日期间旅馆被世界各地的旅客塞得满满的，幸运的是，我为我和莫妮卡订到了青年旅馆的最后两个床位。我们到了旅馆，看到了那个我们入住的房间，本来的六个人的房间被老板临时加了几个折叠床变成了十人间，窗户紧闭，空气污浊闷热得像鸡笼一样。我心情很不好，这和预订房间的图片看到的完全不一样，打算找老板理论，可是莫妮卡好像一点都不在乎，把行李飞快地扔到了床上，她和我说老板根本不会理你，想住进来的人多的是，有张床睡觉就行了。她的穷游经验比我多得多，我想想只好作罢。

本来第二天早上奔牛节就要开始，头天晚上我正打算早点睡，可是莫妮卡又拉着我满街去找酒吧，然后是去俱乐部。我们喝了不少鸡尾酒，我看着莫妮卡和陌生人激烈地飙舞，她跳得累了又坐到我旁边和我说胡话。她说如果她被牛顶翻的刹那一定要让我用手机拍下来，然后传给她的妈妈看。然后我们又一直喝到半夜三点才回去睡觉，我觉得整个人软得像一摊烂泥，肚子里都是水，扑到床上的时候甚至能溅出水花。

第二天早上，我被楼下的鞭炮和人群的喧闹吵醒，我挣扎地爬起来，头痛欲裂。我看到莫妮卡早就起来了，已经兴致勃勃地在洗手间化妆，神采奕奕地哼着歌，她的精力像是喷泉一样取之不尽用之不竭，可惜分不到半点给我。莫妮卡特地叮嘱我要穿红色的衣服，她说只有这样才能激怒牛，我说我不想激怒牛，我只是想牛不要注意到我就好了。但是我最后还是穿上了红色的T恤，也许在潜意识里面，我还是渴望着一种危险带来的兴奋和狂热，这是这个节日的主题。

我们在餐堂里吃早餐的时候，我像一个憔悴的幽灵一样啃着味同嚼蜡的面包，像牛一样强行给自己灌黑咖啡，企图让自己清醒一点，与此同时莫妮卡坐在我的对面，一边笑一边拿着手机和她的远在塞尔维亚的家人视频通话，她的假睫毛茂密得像松树林，挥舞的手指上晶莹的粉色指甲油闪闪发光。

当我们到街上的时候已经人潮汹涌，任何一条街上都塞满了从世界各地来的游客，广场上早早地被各种杂耍艺人和歌手占据，里一圈外一圈地被包围着。嘈杂的音乐和吆喝声汇聚成一条看不到的河流，每个人都好像在里面浮浮沉沉。主要的街道都被警察占据着，用胶带封住两边，当我们知道奔牛是事先报名参加的，游客只能在两边的人行道观看的时候，莫妮卡气恼地发出了大叫。我们想找个地方观看，但是哪里都是人山人海，几乎没有立足的位置，视线只能扫到层层叠叠的脸和后脑勺。但是幸运的是，我们最后找到一家好几层的商场，我们站在了楼顶的花园，硬挤在人堆里，这是一个相当好的位置，我们能从上面看到好几个街区。密密麻麻的人在楼下像是混乱的蚂蚁群，蠢蠢欲动。他们大多数都穿着带有红色的衣装，动起来的时候街道就像血管里缓慢流淌着赤色的鲜血。

我一直站在人堆里，站了两个多小时。昨天残余的酒精还在箍住我的头，让我昏昏沉沉，我的脚酸痛，在人堆里快要睡着。但是莫妮卡全程一直兴奋地望来望去，不停玩着手机，有一搭没一搭地和我说话。这个时候从远处发出了一声闷响，所有人都发出了呼喊，一起望向楼下的某个方向。我望向楼下，没有看到任何的动静，但是空气中的某种燥热，像是暴雨之前的闷热和阴沉，好像在提前宣布着什么，盛夏的阳光穿过斑驳的街区，底下的人群开始更剧烈地骚动。

远处最远的那个街角，有几个穿着白衣的人戴着红色的头巾飞快地从转角处冒出来，拔着腿飞奔着。我掏出望远镜，我们只有一个望远镜，所以我和莫妮卡一人的眼睛贴着一个镜筒观看着，脸贴在一起，她丝毫不在意。那些奔跑的人的表情告诉了我，他们的后面有什么东西在追逐着他们，他们的眼睛里冒出了恐惧的神情，但是嘴角却向上扬起。越来越多的奔跑的男人出现在街角，几百个人一起奔跑在主路上，他们的背后，牛群终于出现了，旁边围观的人发出了刺耳的欢呼。七八只棕色的牛和花牛，前后脚挤作一团奔跑着，他们的头上都有尖尖的犄角，恶趣味的是每个牛角的尖都被用油漆染成了红色，制造成人血的感觉，好像在这之前它已经罪行累累，伤害了很多人一样。戏剧化的是它们的步伐又忙乱又慌张，显然没有用尽它们的全力，好像不知道为什么奔跑一样。我知道的是如果牛以最大速度全力奔跑，它们能轻易地踏过前面渺小的人群，把他们轻易地踩成肉酱。

不知道为什么要奔跑，就像人不知道为什么生活在这个世界上一样，这大概是我小小的观察，也许都被什么引导着，但这并不能成为为什么的解答。牛群前面奔跑的几百个男人，有的惊慌地看着前面一心逃跑不敢看后面，有的充满余裕地奔跑着，时不时还看着后面，发出嘲讽的逗弄的笑，像故意要激怒牛一样。要说牛是冲着人奔跑，我觉得也并不是这样，它们从小生长在农场里，它们简单的大脑里也许甚至没有清晰的对人的定义，只知道那是区别于它们的一种别的生物，它们甚至不懂臣服，不懂像狗一样奉承，只知道当他们出现了自己就有了食物和水，不如说它们只是冲着那种红色而奔跑，当红色出现它们脑中的神经突触起了反应，化学递质被引导激烈地分泌，只是冲着逗弄它们的那一种愤怒而奔跑，这是大自然的嘲讽，是它必须背上的十字架。我看着周围的男人粗着脖子狂热地呼喊，我觉得我似乎太过于冷静了。密密麻麻的楼群将城市分割成巨大的蛛网似的迷宫，除了人类外好像没有人能够驾驭。牛群在灰白色的大街小巷四处乱撞，对它们来说也许哪里都是一样的景色，再也回不去了。我突然感到巨大的悲伤从天而降。

被牛群追赶着的人们跑着，终于，其中有个年轻的男人被旁边人绊倒了，匍匐着趴在地上，惊恐地用手扒着旁边的电线杆。这个时候一头白底棕色花纹的牛脱离了队伍，冲到了他的面前，停了下来，旁边的人群激动地叫起来，呼喊的声音此起彼伏。“快顶他，快顶他哟！”旁边一个粗壮的男人哑着嗓子叫起来，莫妮卡在我旁边，也开始笑起来，激动地吹着口哨，“顶他，顶他。”莫妮卡喊着。我看过视频，每一年的奔牛节都有许多人会受伤，甚至死亡，但是大家都在心里认定了这样的事情就是奔牛节的一部分，甚至这才是最刺激的一部分，尽管他们不愿意承认，但是在内心的深处他们确实期待着他人的伤痛、他人喷涌而出的血液、他人无情地被牛的铁蹄践踏蹂躏，这是恐惧，是内心可鄙愿望的满足：他人代替自己成为了牺牲品，而自己是那个天台上的赢家。那头牛喘着粗气，停了下来，茫然地四处乱走，围着那个摔倒的男人转了两圈，那个男人尝试自己站起来，但是没有成功。花牛似乎一开始并没有要顶他的意思，它的眼神里写满了茫然，尾巴小幅度地往两边甩，耳朵微微摆动，似乎在尽力地捕捉来自四面八方铺天盖地的声音，在这个庞大的迷宫，看不到出口，它在尝试用它原始简单的大脑结构思考理出头绪，但是它在开始思考的一刹那就落得惨败，造物主让它只能死死地被压在金字塔的下层，接受人们凌辱般的注视。人声像是沸腾的开水，不断有人在人行道上，在牛的旁边激烈地呼喊着听不懂的各种语言，不断有观众挥舞着红色的衣服或是旗子，对着牛吹着尖锐的口哨，发出嘲讽的大笑。逐渐地，花牛好像被激怒了，开始飙起蹄子，朝向密集的人群重重地冲过去顶了一下。但是，旁边保护观众的铁丝围栏坚硬得很，尖锐的牛角插到了围栏之间的空隙里卡住了，人群发出了惊讶的欢呼，像波浪一样后退，远离牛的位置。很多孩子被保护欲强烈的家长高高举起来，结果他们更兴奋了。胆大的几个男人甚至上前触摸牛角。花牛费力地往后退，使劲地让角脱离固定住它的枷锁，整个金属围栏都剧烈摇动起来。最后花牛终于从围栏的桎梏中逃了出来，它盲目地四处看着，蹄子在原地蹬着，在巨大的喧嚣和混乱中扬起了小小的一阵灰尘。灰尘很快散去，紧接着它看到了地上的那个人，他的头上还戴着红头巾，趴在那里，他的脚显然伤了站不起来，他紧张地匍匐着哀号，旁边围栏外的人尝试拉他上来但是没有成功。花牛准备朝他冲过去，它低起头，不服气地用角对准那个男人，对准这些不明意味的喧闹，想要冲破它，离开这个不属于它的迷宫般的地狱，回到它水草茂密的大草原，无忧无虑地活着，它想要的只是这些。但是正冲过去，它的角即将碰到男人身体的刹那，一队警察冲了过来，几个人用带弯头的铁杆把牛角强硬地架偏了方向，花牛停了下来，又陷入了和警察的工具疲惫的斗争。最后风波被平息了，那个男人被架了出去。花牛停在原地，被无数道炽热的嘲讽的目光注视着，在一瞬间它的形象变成了戏剧化的转变，它变成了伤害人的恶魔，它的角已经沾上了血，它是罪恶的象征，必须予以刑罚。旁边人群里的几个壮汉开始用粗鲁的话爆骂着眼前的这头牛，声音大到楼上都能听到。小孩在大人的怂恿下也开始吐口水，女人们朝牛开始竖中指，莫妮卡被人群感染，在我旁边也开始激动地用家乡话骂着什么，我听不懂，她明明刚才还是那个笑着叫着，让牛顶男人的女孩。花牛在楼与楼的天罗地网中沉默地伫立，近乎一尊雕塑，淡漠地看着旁边的人群。一道鞭子抽下来，后边一个穿着夹克的男人拿着皮鞭开始催赶它向前走，又是一鞭，花牛开始向前奔跑起来。我注视着它，它已经离开队伍好久了，但是它还是被迫跟上他们，路旁的人水泄不通，它无路可逃，这场表演的剧本早就已经写好，它只能去迷宫的尽头迎接它盛大的审判与终结。

牛群和被追赶的人群在我的视野里都消失不见，莫妮卡问我牛群会被赶到哪里。我说牛会被赶到斗牛场，晚上会有斗牛表演。莫妮卡停顿了几秒钟，仿佛在脑海中想象了一下场面，皱起眉头，怜悯地发出了“噢”的声音，说它们好可怜，怎么没有人来救救它们，好像忘记了她和人们一起刚刚骂着牛的那个场面。然后，她突然拍了一下我的肩说，我们去酒吧吧，一定很热闹，我说我不能再喝酒精饮料了，我已经好几天没有喝过正常的水，尿出来都能直接当白酒喝。莫妮卡笑着说好恶心，那我们就去歇歇，你可以喝些可乐什么的。

看完了奔牛的人群，从四面八方汇集向满街大大小小的酒吧，像是战争时候大家排着队涌进防空洞逃难，争先恐后用酒精治疗灾难带来的恐惧。而在这个时候酒精已经没有这样神奇的疗效，更多的只是像油漆，每个人都害怕平淡孤单无聊的生活，所以墙上必须有点儿颜色，涂一层又一层来掩盖背后人人都一样的沉闷和空洞。我和莫妮卡飞奔着抢在一队印度人之前蹿进一家小酒吧，这个时候里面已经人头攒动，又热又闷的空气中充满汗臭味和啤酒散发的腥香，我和莫妮卡好不容易抢到了一个墙角的双人桌坐下来，跟在我们后面的印度人发现我们抢占了仅有的空位之后，对我们发出了意味深长的怪笑。我要了一杯加冰的可乐，莫妮卡要了喜力。屋子里所有人的嘴都在不停动着，我和莫妮卡说，如果人嘴里说出来的信息能够实体化那么一定能把这个酒吧塞到爆炸，莫妮卡好奇地问我实体化是什么意思。我突然开始后悔，发现我很难解释这样的虚无缥缈的概念，我说我不喜欢解释概念，现在每个人的脑袋都被迫塞满概念，他们只是囫囵地吞下去，没有人会认真对待后面的含义。这样的东西积压得太多的时候人们就会得精神病，因为他们不会思考，他们只是被人们强迫塞满一些东西，像是罐装火腿，满得挤出来了，他们的问题从来没有得到真正的解决。

莫妮卡点点头笑笑，又去接了一瓶喜力，她散动的秀发在吧台前飘逸，和吧员对话的时候，吸引了好多男人爱慕的目光，而她朝我这边走过来的时候，那些目光也朝我射过来，竟然让我有一种负罪感。莫妮卡喝了一大口，瓶子里的一半就没了，她放下酒瓶，有一种如释重负的感觉，她和我说，你猜怎么着，我也住过精神病院。她说她并不忌讳说这些，她说我说得很对，青少年时期总有一些问题得不到解答，积压得太多就会生病。她说还好她自己走出来了，在医院待了两个礼拜，纠结不已，越陷越深，可是突然有一天她找到了答案，也许是早就深藏在她脑海中的真相，被她重新挖出来并赋予了价值，当然现在已经无关紧要，毕竟她已经走了出来，而有些人就没有这样的运气，她说起她一个病床的女孩的故事，引起了我的注意。

莫妮卡说她的同房间的病友叫珍妮，她当时和莫妮卡一样大，珍妮睡在隔壁床，有金色的漂亮的长头发、小得可以被一个苹果遮住的脸和大大的眼睛。但是她有很严重的精神分裂，这个据说是她家族遗传的，她的妈妈就因为这个三年前上吊自杀了，她的爸爸忙着在俄罗斯做生意，所以根本管不到她。莫妮卡搬进去的时候，珍妮刚刚经历了一段很严重的发作期，据说发作的时候珍妮在镇子上见人就打，看到小孩就追，珍妮自述，她看见的所有人都被野狼的灵魂附身，她必须把它们揪出来，有一个声音告诉她必须帮助别人，不然她自己就会死。镇子里每一个人都怕她，照顾她的姑姑只好把珍妮关在房间里，甚至严重的时候绑在床上，最后珍妮两个礼拜不吃不喝，姑姑只好把她送到精神病院。她每天需要吃大量的抗精神病和镇静药物，导致她每天都在睡觉，没有睡的时候也只是两眼空洞地睁着，露出十分呆滞的表情，像一截木头一样躺在床上。

在精神病院的生活是枯燥的，每天莫妮卡就读书、看报纸，她的朋友基本上害怕这个地方，所以很少来看她。莫妮卡也无法和旁边的珍妮对话，因为莫妮卡叫她，珍妮只会表情淡漠地朝她看看，不会说任何的话语，只会点头来表示肯定或者否定。莫妮卡为她感到可怜，但是莫妮卡突然对她也有一些没有由来的愤怒，她为什么不和我说话，她为什么只是呆呆地看着天花板？她真的什么话都说不出来吗？抑或是她觉得我不值得和她对话？过了四五天，一个名叫安娜的中年阿姨来了，在探视的时间，每天待在病房里一两个小时照顾珍妮，好像是她的远方亲戚，被珍妮的爸爸叫来看望照顾她的。

安娜会在病房里给珍妮削苹果喂给珍妮吃，时常是给珍妮水果的同时也给莫妮卡削一份。莫妮卡之前就见过她，安娜阿姨在镇子里的超市工作，镇子总共就那么大，她是镇子里的大好人，她在超市收银，周末还帮残障的老人家里义务打扫卫生。有一次莫妮卡的钱包掉在了超市，安娜捡到了，看到了里面的学生证信息，送到了莫妮卡家里。所以莫妮卡记得很深刻。周日的时候在教会也经常看到安娜阿姨，每次都是她领着唱诗班合唱，她有很清亮年轻的嗓音，和她的年龄看起来并不搭配，她每次看到莫妮卡，都会和她笑笑打招呼，莫妮卡每次看到她，心也觉得暖暖的，她觉得这个人的心里好像充满了善良，没有一丝杂质。

莫妮卡不会主动和比自己大好多的人攀谈，她觉得这样怪怪的。安娜阿姨在珍妮的病床上一边打毛衣一边给珍妮读报纸，莫妮卡也在一边听着，珍妮就那样躺在病床上，一动不动地看着天花板，也不知道她是不是在听。最后安娜阿姨读完了报纸，大概觉得无聊了，因为她从来听不到珍妮的回答，也觉得没什么话可说，就自顾自地做着编织，手指灵巧地在闪着银光的针上翻飞。她一边编织，却一边嘴里小声自言自语，她会从手里的毛线开始说起，说毛线质量多么不好，但她也只买得起这样的便宜货，然后会说医院地理位置多么偏僻，她花了多少小时才坐巴士到了这里，然后说天气多么潮湿阴冷。接着她开始小声地叹气，有的时候开始小声地啜泣，接着悲叹自己悲惨的命运，她从她的父母辈开始说起，说自己的母亲明明腿脚不利索了，还不请护工，什么事情都找她来做，叫她打扫院子、擦地板、给她换风湿的药水，甚至修马桶。安娜说她的母亲看不惯任何人，所以只好把她的女儿当作佣人和奴隶。安娜阿姨称她的母亲为老吸血鬼，想要把她榨干。接着安娜又开始抱怨她的懒惰的老公，说他像一只老肥猪，下班就会躺在沙发上看电视，要不就是一直在酒吧待到半夜，回家的时候带来一身酒气，肮脏地和她躺在一起。到周末也常常不见踪影，每次都是和他的狐朋狗友去打曲棍球。她接着又开始抱怨她的老板，说他应该被雷劈死。她说她的薪水甚至不如旁边的汉堡店的兼职服务员。她抱怨的还有诬赖她的店员同事 A，每次都把事情推给她的同事 B，和教会唱诗班什么都不会五音不全的年轻人，最后她甚至说神父也不是什么好东西，有一次尝试揩一个年轻女士的油，刚好被安娜阿姨撞见。莫妮卡在旁边听得心惊胆战，而珍妮仍旧睁着大眼睛看着天花板，像一根漂浮在海上的浮木，不知道是不是听进去了，还是把这些信息拒在她的世界之外。莫妮卡看着安娜阿姨，觉得她每次说出这些东西的时候，她都是处于一种恍惚无意识的状态，面无表情地叹气，假惺惺地哭，好像是被另外一个絮絮叨叨的老妇人附身了一样。而当探视的时间到了之后，安娜阿姨又恢复成了那个和蔼可亲的阿姨，像是她体内的那个寄生的灵魂突然离去了一样，莫妮卡觉得她看起来更轻松更加和蔼，安娜阿姨亲切地和莫妮卡再见，高高兴兴地吻吻珍妮的额头，握紧拳祈祷上帝祝福她一定要好起来，安娜阿姨整个人散发慈爱的气场，让莫妮卡甚至觉得刚才只是一个幻觉。

就那样安娜阿姨在那里一直待了十几天，每天都在病床前照顾安娜，削苹果，读报纸，讲些自己的故事。后来莫妮卡先出院了，她已经恢复得差不多了。她又恢复了和世界的联系，甚至觉得心态更加好了，但是她偶尔还是会想起珍妮，想起她那个复杂的阿姨。她在超市里还能碰到她。她还是会和蔼地和她笑，但是莫妮卡看到她觉得心惊肉跳，不知道为什么总是想要躲避着她。直到莫妮卡在两个月之后重新回医院做健康的评估，她才通过医生知道珍妮半个月前出院了，珍妮会像正常人一样说话，也会笑了。可是正当大家都以为珍妮好些的时候，珍妮在家里拿刀片自杀，划开了她自己的胳膊上的动脉，流了人体超过承受度的血，几个脏器接近衰竭，还好被来屋里清洁的水管工发现，及时送到了医院，到现在还在重症监护室里观察。医生说起这件事的时候，只是淡淡地、带着遗憾地和莫妮卡说，有些东西是很难治好的。莫妮卡回家后，在妈妈面前，抱着她哭了一大通，她看着自己晶莹的泪水大滴大滴地落在地上，她感觉到自己一点点变得轻松。哭出来就会好的，眼泪是身体的废物，一定要被排出去的。妈妈说。可是莫妮卡看到妈妈的脸，纠结地皱着眉头，抱着自己亲爱的女儿的心碎的眼神，她一定感受到了我的痛苦，人就是这样的动物，在爱的人面前，无条件地想要承担对方的痛苦。莫妮卡说那个时候她又想起了珍妮，想起了她枯瘦毫无任何抵抗能力的身体，和直勾勾盯着天花板的眼神，她的眼神很纯洁，毫无杂质却能吸收万物，如果她没病的话应该是一个非常聪明的女孩，她们能成为很好的朋友，她又想起了她的安娜阿姨，她们两个人似乎将永远被困在那个小小的病房，莫妮卡心又如同刀绞一样疼痛。为什么会这样，她到现在都想不清楚。

莫妮卡说完这个故事，我们杯里的饮料和酒早就已经喝干，我发现我的手紧紧地攥着都已经被焐热的玻璃杯，出了一手的冷汗。莫妮卡长长地吁了一口气，如释重负地站起来，好像轻盈得快要飞起来。我却觉得有什么东西压得我喘不过气，地上的黏稠的灰暗要将我吸进去。莫妮卡转眼间就去了酒吧和几个墨西哥男人攀谈起来。莫妮卡就是这样的人，她周围的也都是这样的人，一刻都停不下来，通过无止境的活动和社交来释放自己、麻醉自己，有的时候我也是。但是这个时候，我看着他们，各种思绪飞过我眼前，让眼前真实的事物，越来越模糊，人群像是五彩缤纷的幻影，吧台上的酒像是霓虹灯，我开始怀疑我是否真实地属于这个世界。不知道过了多久，莫妮卡又站到我身边，重重地将我拍醒。她说刚才攀谈的人刚好有晚上斗牛大会多余的两张票，免费给了我们。

我其实内心拒绝看这样的表演，可是我嘴上却问莫妮卡，你不是觉得斗牛太过血腥吗？莫妮卡撇撇嘴，犹豫地说她已经答应了墨西哥朋友晚上要去看的，如果拿了票不去感觉会不好。而且如果感觉不对，可以看一看就走。我只好点了点头。就这样，我们在入暮时分出现在了人潮熙熙攘攘的露天体育场里，体育馆门外甚至里一圈外一圈围着人，这些买不到票的人只能在外面看着彩色屏幕，同时分享一点里面传来的欢呼声，与此相比，我们简直像是被祝福的幸运儿，不用花钱就能够进去观看。可是除了体育场里夏天人摩肩接踵的燥热，满场红色的彩旗飘舞，我只能感到异常的不安，心里仿佛悬挂着一颗钟摆。

很快全场开始放庄严的乐曲，全场陷入了异常的肃穆和沉默。两个穿着中世纪华服的小伙子骑着马绕场一周，经过主席台前，接过了牛栏的钥匙。莫妮卡坐在我旁边，一直和坐在旁边的墨西哥朋友小声地交谈着，我听不懂他们的话，所以莫妮卡主动充当翻译，她得到的信息也小声地传达给我。接着，牛栏被打开了，率先走出来的就是早上的那一头花牛，几万双烁亮的眼睛聚焦在它的身上。它慢慢走到中间，不知所措地站着，接受庄严的检阅。三个斗牛士从另外的口子鱼贯出来，灵巧地分散在黄土弥漫的斗牛场之内，他们一个接一个举起鲜红的布幔，迎着风让身体摆出挺拔的姿势，伸出长长的双手，红布像是火焰在燃烧着。花牛不知道看哪里，在犹豫了一会儿之后，仿佛选定了一个离他最近的斗牛士，低下头，径直朝他冲了过去，马上就要撞上斗牛士的瞬间，那个小伙子灵巧地一躲，一个回转，收起红巾，脚步踮着落在了三五步远的地方，观众席上爆发出小规模的掌声。花牛从他身边擦了过去，在不远处也停了下来，头昂起来，摇了几下，像是在困惑于它的目标在眼前消失，如同焰火瞬间熄灭，化为乌有，这对它来说是永远都捉摸不透的谜。接着另一个斗牛士在远处踮起脚尖，举起红布幔，花牛一转头，发现了那个斗牛士，牛在离得很远的时刻就准备开始加速，扬起蹄子越跑越快，而那个斗牛士也丝毫不惧，径直朝着花牛冲过来。他们交汇的刹那，斗牛士只是腰轻轻一扭，完美地避开了花牛的冲击，红色血一样的布幔擦过花牛的脑袋，像是一阵轻盈却锋利的风，一阵暴烈却短暂的雨。牛又一次停下来，它的蹄子不停击打着地面，尾巴不停甩啊甩，离牛最近的观众成批地站了起来，往前扭身体，闪光灯纷纷开始轰炸，争相近距离地观摩捕捉牛被愚弄后的神态。接着三个斗牛士开始摆出不同的阵型，不停地变换着举起红布的姿势和速度，花牛就这样在黄沙漫布的场地里奔来奔去，每次和斗牛士擦过的距离都越来越短越来越惊险，它的两只角像是锋利却无用的剑，能够且肯定能扎进人的身体里造成致命的伤害，可是在这里，却连满场人的欢呼和嘲弄都撕裂不了。在长时间的逗弄之后，我能看出来，花牛的精力在慢慢减少，慢慢被无用的尝试消磨，他的步伐越来越迟滞，需要更多的喘气和反应的时间。这个雄壮的庞然大物，造物主在创作的时候，或许是出于平衡，给了它巨大的身躯，却只给了它弱小而易燃的灵魂，而之后，当人类出现的时候，把一切的规律和秩序都击得粉碎，更为可怜的是，也许这头牛连这点都意识不到。

所以人类总是有办法，尤其是面对这样愚笨的低级的生物。三个斗牛士下去，接着一个骑马带甲的长矛手登场，雄赳赳的样子。马的眼睛上被包上了黑布，我有些疑惑，不自觉问了莫妮卡，她听到了，转去求助她的右边，听了旁边墨西哥朋友的解释，然后一字一句地和我说，是为了怕马见到血害怕，不敢动，于是把马的眼睛蒙起来不让它看到。那么作为人呢？我心里问着，为什么人类需要睁着眼用血腥的杀戮来证明自己的勇气呢？我不禁想问这样的勇气到底是什么，这让我想起了战场上的士兵，他们在经历过无数战争的杀戮和血腥的死亡之后是否真正获得了勇气和无畏？抑或只是因为那些他们枪下的生命，是一条条带血的眼罩，在时间的流逝中终于蒙蔽了麻木了他们恐惧的心？那恐惧的原形，名为惊吓的野兽，也许一直都在那里，只要将它们的缰绳解开，他们瞬间就会被吞噬。

站在场地中间的花牛，憨厚地喘着粗气，显然不知道接下来会发生什么。我看到了长矛手手中的尖锐的闪着银光的长矛，我吞了一口口水。长矛手用鞭子抽打了一下白马，马嘶了一声猛地冲刺起来。马经过花牛身边，花牛却躲过了，长矛手尝试刺向花牛的背部，但是刺空了，人群一齐惊呼，我心里倒吸一口凉气。长矛手从场地的另一端，又驾起马冲回来，花牛躲避不及，在白马经过花牛的身边，长矛手拉住缰绳稍稍停住，然后用长矛狠狠地扎进花牛的背部，接着连人带马轻盈地转了个向，闪到一边。花牛这才意识到了什么，这个时候长矛已经在它的背上插进去几厘米，它接近跳起来转了个向，也许被突如其来的疼痛惊吓到了。一条血水细密地从它的背部缓缓流出，隔着远处看像鲜红的毛线挂在身上，长矛就像是那缝衣针，我仿佛看到它的血中蔓延的疼痛被缓缓地织起来，作为一顶血色的人类的勇气和尊严的桂冠，戴在坐在宝座上的斗牛士和长矛手头上，只有这样才能感受到凌驾于所有物种的骄傲。长矛手又回来，在花牛反应不过来的时候又在背上的口子旁边，像闪电一样又把第二支长矛插了进去，观众又一次发出惊呼，胜利的鲜血汩汩地像小溪一样流了出来，滴注到了地上。花牛开始变得凶暴，眼睛似乎都变成愤怒残忍的红色，开始不停地胡乱冲撞，朝着长矛手和马的方向，它终于找到了目标，点燃了狂怒，但是每次都被长矛手机敏地躲开。我曾经看到视频里被撞得人仰马翻的场面，被牛的凶暴惊吓住。而在这里，我却暗暗地不知道为谁击节叫好，我希望牛把人撞翻在地，冲破栅栏，头也不回地冲出场地回到自由，可是现实是它一次又一次地冲撞到了牢不可破的木头栅栏上，永远冲不破这个疯狂的世界，这个漫溢着残忍血色的藩篱。牛红着眼挣扎着，狂乱地冲撞着，用最后燃烧起来的冲动抵抗这个世界的不公，它明明知道在燃烧之后，一切都灰飞烟灭，一切将回到尽头。长矛手又在花牛背上扎了两枪，花牛血如泉涌，它喘着粗气。坐在观众席上的女生，包括莫妮卡，都暗暗地捂住眼睛，却还是透过手指的缝隙忍不住诱惑看着底下的场面，宛如坐在电影院里看着一部恐怖片，可是她们的嘴角上扬的表情，又暗示了她们似乎比恐怖片更热衷于这样的娱乐，人类的移情作用给予的善良对于牛似乎要有限得多，与此同时孩子们被父母紧紧地搂在怀里，远远地已经能听到一些微弱的不耐烦的哭叫，却迅速被躁动的空气和场上的喧腾掩盖过去。男人们有的赤膊着站起来甩着T恤兴奋地呐喊，更多的男人带着不可言说的神秘的微笑看着底下，像是上帝看着人们的一出出闹剧，他们稳稳地坐在那里，屁股丝毫未曾敢动过，好像只有坐在那个位置上才能享受俯视众生的威严和权力带来的幻觉，而一旦离开那里，所有的城池社稷，所有生存价值将一朝尽塌。

在我思维如同断了线的风筝一样飘散的时候，场上不知不觉上来了一个花镖手，他依旧拿出招牌式的红布左右逗弄着牛，而在牛冲向他的一刹那，一枚镶着羽毛的花镖神不知鬼不觉地落在了牛的背颈上。场上又一阵欢呼，解说激情洋溢地说着什么听不懂的语言，我觉得晕眩，也许脑中的本能开始排斥这样的声音，这些声音越来越远，我不知道是短暂的停顿休息还是我的心理作用，所有观众和周围的景物在慢慢褪色，只剩下场上那孤零零的牛，在惨败的白炽射灯之下，缓慢而重浊地呼吸着，依旧懵懂而艰难地看着周围的世界。它的身上有四根垂挂在身上、深深刺进身体里的花色长矛，还有一支带着金属弯钩的锋利花镖，钩进它皮肉相连的脊骨旁，深红的血液像披风一样干涸在背上。有些新的血液又汩汩地流出来了，像决了堤的洪水，再也止不住了，它的生命力眼看着像流沙一样慢慢流逝。这个时候它该走一走了，该向自己的命运又跨出一步了，四周都是可见的黑暗，可是不管那周围的黑暗里有些什么，它都应该走了，这不是它能决定的。

莫妮卡说话的声音把我拉回了现实的世界，我不想再看下去了，说我想出去待一会儿抽根烟，莫妮卡不解地问我为什么，“待会儿看完了和我一起去吧，马上就结束了。”她生怕我错过接下来的情节，好心地问了旁边的墨西哥男人待会儿会发生什么，她听完后似乎也吃了一惊，但是在表情上又毫不掩饰内心的期待，莫妮卡告诉我说，待会是最后的环节了，斗牛士会拿着利剑找准机会刺进牛的心脏，争取一招解决掉牛。我挤出笑容说，我的胸有点闷，想出去透透气抽根烟，如果赶得及我就回来。莫妮卡和墨西哥朋友们带着遗憾的眼神，坐在座位上看我慢慢走远。

我头也不回地走进外面乌黑的夜色，空气闷热的巨浪在我走出去时又向我迎面一击，仿佛也在嘲笑我无用的善良和敏感。我站在体育场二楼的露天阳台，看着楼下的人们，有些没买到票或者提前出来的人们坐在近处的草坪上交谈、拥抱、接吻，黑夜路灯的点点微光照亮他们的轮廓，让他们看起来神秘而动人。小贩在路旁边卖着特色烤肉和纪念品，功放里放出了轻快愉悦的弗拉明戈音乐，吸引了草地上的一群丰满的女人载歌载舞，大胆又笨拙地扭动着她们的屁股，远处是郊区的一片野地。我点起了一支烟，轻轻嘬了一口，又吐出来，看着轻薄的烟气溶解在夜的浓郁帷幔中，后面的体育场里响起一阵欢呼声，最后的环节似乎开始了，斗牛士应该出场了。在一口口迷离的烟气中，我看到底下有个金发的年轻的女生，从我楼下的脚底下出来，从层层叠叠的人群里穿过，她背对着我，穿着白色的连衣裙，很瘦很瘦，我看不到她的表情，但是能感觉到她身上散发的迷人又脆弱的气场。她撩起袖子的刹那，我看到她的胳膊上似乎受了伤，裹着厚厚的带着污渍和血渍的纱布，我看到她经过人群的时候，人们纷纷欢呼着，给她在脖子上戴上五颜六色的花环，好像为她庆祝着什么，而她只是沉静地带着步子缓慢地走着，从来没有回头。最后她的脖子上挂满了一圈圈的花环，它们对她来说，似乎已经变成了一种沉重的负担，她的背部微微驼起来，步伐越来越慢。我看着她渐渐地远离了人群，渐渐地向远处那片没有光的原野走去，消失在我的视野里，像一个从来没存在过的影子。而人们继续着之前的活动，依旧拥抱着、亲吻着、跳着舞，过着与往昔无异的生活。我又吸了一口烟，吐出来，烟气弥漫的刹那，我仿佛听见一个声音从我后面传来，那是巨兽轰然倒下的，干脆而重浊的声音，从头到尾都没有一声喘息和哀鸣，甚至没有沙土的轻微的风声。在那声轰鸣之后，一切陷入了沉寂，一切归于黑暗，归于虚无。而接着，几乎是划破耳膜般，后面的体育场里发出雷鸣般的欢庆，空气哨子的声音、鼓掌的声音、呐喊着欢笑着的声音夹杂在一起。我突然明白，真正的节日到现在才刚刚开始。

眼泪

我在世界各地旅游的时候，总是喜欢找一些民间毫不起眼的小店，甚至想要直接闯入居民家享用他们的每餐，因为我觉得只有这样才能体验到原汁原味的文化风情。

五年前我曾经经过意大利托斯卡纳地区的一个小村。那个村里只有一家对外营业的小餐馆，它的店看起来就是居民家改造的，但是出人意料的是，客人络绎不绝，几乎吸引了整个意大利的人来特地品尝。我向路人打听了一下，原来这里有整个意大利最好吃的炖牛肉。

出于好奇我走进了这家店坐下来，特意点了一盏据说他们最引以为傲的炖牛肉。

菜被端上来的时候，坦率说，我有一些失望，因为这看起来就是一盅平淡无奇的炖牛肉，甚至还散发着让人有些不快的酸咸气味。但是当我尝试捞起第一块牛肉放在嘴里的时候，我感觉整个味蕾都迸发出了美妙的奇迹，牛肉又酥又烂，既不会调味过重，又有一丝丝原始的感觉，恰到好处的牛肉膻味好像让心也奔腾起来。这个时候，山野的美梦好像也被你吃了进去。当你咀嚼牛肉的时候，又有番茄和胡萝卜等蔬菜的配角的味道慢慢地、完美地聚拢过来，好像一出众星拱月的豪华歌剧。我又舀了一勺汤，迫不及待地塞进嘴里，这汤好像托斯卡纳田园村庄中的小溪，在阳光下潺潺地、柔软地在味蕾中滑动，我能感觉到各种各样的蔬菜被切成了很碎的小块儿，好像溪水中隐约地闪耀着粼粼的波光，是朴素但又诗意的味道。我在反复地品味这不可多得的美妙滋味的时候，竟然开始忧伤起来，也许是因为我深深地陷入这样的滋味无法自拔，为以后不能再吃到而感伤。

作为资深的美食达人兼个半吊子厨师，我迫不及待地想知道炖煮这样的完美牛肉的秘方，如果不能知道秘方的话，至少也想看看厨房是怎样的。

老板——一个长胡子的胖老头儿意外地没有拒绝我的请求，我问他炖牛肉的秘方，他只是呵呵笑着耸了耸肩说：哪有什么秘方呀？大概是我们村子里的水好吧，还有炖牛肉的葡萄酒也是我们当地的特产，所以炖出来的牛肉又香又嫩。哈哈。不相信的话你自己去厨房看看。

我走进了他们的厨房，看起来并没有什么特别的，只是最中间摆了几个很大的大锅，里面咕嘟咕嘟地煮着似乎是炖牛肉的汤料。我注意到旁边有个站着搅拌牛肉汤的胖女人，神情哀伤地噘着嘴。

“她呀，是我们这里的厨师，三十好几都没嫁出去呢！那么胖，不停地谈恋爱，也最后都失败了，没有人愿意娶她，所以整天愁眉苦脸哭哭啼啼的，哈哈。”老板笑着跟我介绍道，眼睛都眯成了一条缝。

我仔细地看了看他们的牛肉，“检查”了一遍他们使用的各种配料和调味品，好像也并没有什么特别的，这有点让我失望，最后我询问了一遍他们的具体制作过程，被告知是菜谱上的极其常规的做法后，我就悻悻地离开了。

离开了意大利回到家里的时候，我也尝试着按照他们告诉我的办法炖牛肉，在临走之前，我还特意购买了老板所说的当地特产葡萄酒。但是大功告成之后怎么也不是当初的完美味道。这让我感到非常沮丧。

在三年之后，我有幸又得到了去意大利旅游的机会。在途经那一个小村庄后，我又回到了那家魂牵梦绕的小店，品尝他们引以为傲的炖牛肉。但是我当我吃第一口的时候，就觉得它已经不是当初的味道了。虽然牛肉和汤的质感都还在，但是怎么都只是一道“美味”的炖牛肉，而不是当初的“完美”“奇迹”般的炖牛肉了。

那家店的老板还在，我向他提出我的疑惑的时候，他的回答让我豁然开朗。“也许是因为我们换了厨师。”

“以前你看到的那位胖厨师终于结婚了，隔壁镇的一个帅小伙儿娶了她，于是我们就换了一位厨师。在换了一位厨师之后，我也苦恼过，因为我也接到过许多顾客委婉的暗示，说是好像不如以前好吃了。但是我们的制作流程和配比一直是按照严格的规定来的，和以前并无不同。”

“后来我左思右想，终于发现了秘密，之前的胖女孩每天都在哭哭啼啼，我不止一次地看到她在炖牛肉的时候，泪水不停地滑落到汤汁里面，也许就是泪水让它产生了化学作用吧？”

你说得有道理，但是“总不能让厨师整天哭泣。而且，别人的泪水也不一定能起到那样的效果。不过，你想要吃到那样的味道，估计是不太可能了。”

“因为那个女孩现在看起来，每天都非常幸福呢。”

存在

2014-09-06 22:17:19 FXA9906D has entered this domain

2014-09-06 22:17:51 FXA9907A has entered this domain

FXA9906D：好久不见了啊，最近在忙些什么？ 22:18:03

FXA9907A：嗯，没什么特别的，工作上的事情，昨天刚刚结束了一个项目，喝酒喝到很晚，一直到今天下午头还是晕晕的。22:19:22

FXA9906D：你们搞科研的也是够辛苦的。 22:20:22

FXA9907A：嗯，上面委派的任务，期限到了就一定得上交成果，这次的时间特别紧。 22:20:58

FXA9906D：其实做哪行都是这样，哪有不辛苦的工作？ 22:22:00

FXA9907A：说说你小说的构思怎么样了。22:22:13

FXA9906D：想写的题材是人与电脑在未来的关系引发的一系列的故事。小说的考证是一件相当麻烦的故事，尤其是我不懂这方面的知识，但是我越深入地看这方面的书籍，我越来越有一些疑问，或者说，是大胆的猜想。22:24:49

FXA9907A：哦，是什么？ 22:25:11

FXA9906D：我想到的是，人类是否真的存在，或者说只是，怎么说呢，电脑的一段程序而已。22:25:36

FXA9907A：嗯，你说得很有意思，但是你能不能详细解释一下？22:25:59

FXA9906D：我是说，这个所有的世界，会不会就像一个巨大的电脑，我们每个人都是里面的一个个程序，或者说程序的一段语句而已？电脑的程序都是有目的性的，人从出生以来，看似没有一个具体的目的，但是所有人集合起来，就形成了一个统一的目的，那就是构建一个更好更加复杂的世界，也就是，我们所有人所立足于上的系统。22：27：02

FXA9907A：嗯……那么你如何解释，人的感觉，人所看到的所有的景物，人能摸到，真实的东西？ 22：28:07

FXA9906D：如同一些看过的电影，比如说《饥饿游戏》，环境可以被创造的，你怎么能确定你看到的你听到的你感觉到的一定是真实的呢？也许你的人都不一定是真实的，人所在的这样的高级系统内，被赋予了高级的感知，同时也被赋予了程序的定律和法则，人和动物生老病死，仿佛是程序不断自我升级进化的过程，旧的总归被淘汰。这样的无数程序组成的系统有着被规定好的大方向，不断地推陈出新，淘汰旧的用新的代替，这是我们所谓的自我更新。22：32：14

FXA9907A：你说的是，我现在看到的你，也只不过是一段程序而已？那么你怎么解释时间呢？时间不会骗人吧？时间是真正存在的东西。22：32：49

FXA9906D：你看远古到现在，这个世界甚至宇宙发生了如此大的改变。就像使用的电脑，宇宙有没有尽头呢，时间有没有尽头呢？也许我们这里过了一亿年，对这个大系统来说只是过了一天。时间从诞生到衰亡，也许只是系统的安装—使用—崩溃卸载的过程罢了。22：33：32

FXA9907A：如果是真的话，你这么说让我感到有一点点绝望，也许我们只是没有用的，大世界的尘埃而已。22:33:49

FXA9906D：不知道你有没有看过《自私的基因》这本书，我的假想是我们都只是程序的外壳，而基因才是真正的内核，我们都想凭借着自己的意愿去做事，但是实际上，真正的大的控制权还是被基因掌控着。从单细胞生物到现在的人类，我们都在被这样的东西驱动着，自我修复和进化着。谁知道以后还会发生怎样的改变？ 22:34:07

FXA9907A：我们说的，历史的洪流，也许就是这个系统的一小段运行时间吧。22:34:59

FXA9906D：嗯，对，我的小说的题材也许会基于此，一个永远都不会衰老死亡的人，按我的设定就是假设了一个永远都不会被更替的程序，探索生命和宇宙，也就是这个大系统的真实的故事。22:36:01

FXA9907A：今天听你这么一说，感觉我的世界观都被拓宽了很多，我的想象力就是没有你们作家强啊。来，喝酒。22:36:30

FXA9906D：你可以信，也可以不信。毕竟如果是真的话生活就变得无趣很多了，哈哈。顺便我还要告诉你一个秘密。22:36:41

FXA9907A：什么秘密？咱们都十几年的老朋友了，还有什么秘密是我不知道的？ 22:36:50

FXA9906D：其实我，是从另外一个宇宙来的。22:37:09

FXA9907A：哈哈，喝这么一点就醉了啊？继续，别停。22:37:23

FXA9906D：是真的，你不知道的是，并不是只有一个系统，当然也有另外的，我十岁的时候…… 22:37:40

FXA9906D：Has exited this domain.

FXA9907A：唉，唉，你别倒下去啊，继续喝啊，睡着了你？ 22:37:56

深夜空荡荡的计算机实验室，只有两台计算机还开着，没人操作的两台电脑上在程序会话框中一直同步闪现着一行行字。

“啊，忘记关电脑了。”一个穿着白大褂的大学男生模样的人走了过来，自言自语道。他先关掉了一台电脑。那一台电脑的屏幕瞬间变得漆黑，只剩下另外一台在黑暗中不停地闪烁。

FXA9907A：醒醒……22:38:30

他紧接着把另外一台电脑也关上了，然后走出了屋子。

边缘

1

赫密特号孤独地在漆黑的太空里面航行着，像一条孤独的鱼。

贝尔仰着头躺在沙发椅上，两眼放空地看着天花板上的逃生舱示意标志，他的耳朵里塞着耳塞，里面流淌着嘈杂的乡村音乐，此时这个音乐似乎带给他一种疏离的感觉，以往的时候，在太空里面听着乡村音乐给人浪漫的感觉，像科幻电影里的星际牛仔，他会想象自己在20世纪80年代的乡村舞厅，他会在船舱里自己戴上帽子舞蹈起来，可是现在他只能听着耳机里Bruce Spring Steen的粗粝的声音，像一条死鱼一样发呆。伴随着窗外飘过的陨石，一切记忆都毫无关联地飘过，再也不能在他的心中打出任何的涟漪。

他不知道还能坚持多久，飞船只是一直往前航行着，一直航行着，不知道要去哪里。之所以不知道要去哪里，是因为定位装置彻底地失灵了，通信装置也彻底失去了讯号，赫密特号像一条船一样，在茫茫的大洋里漂流着，只不过宇宙比地球上的海洋还要大几十亿倍，贝尔想起来觉得恐慌，同时伴随而来的还有太空舱里的供给，已经不能坚持半个月了。他不知道还能撑多久，他尽量让这样的思绪脱离自己，但是他做不到，所以他只能一片一片地往嘴里倒镇静剂，这让他的绷紧的神经得到片刻的安宁。

贝尔放下耳机，从椅子里面钻出来，用手划动着两臂，慢慢地漂浮到控制平台前面，漫无目的地看着闪烁的屏幕。贝尔的手指微微颤抖着，划过航行日志的界面，上一次自己的记录是7月14日，是离开太空基地的第四天，一切都显得很好，他的任务只是要在编号A475的行星附近采集岩石的样本，可是从那之后一切就变了，要不是贝尔为了追寻那个该死的电波神秘讯号，他也不会偏离了预定的位置，结果就将赫密特号驶入了黑洞的引力场。

贝尔打开讯号收集装置，再一次尝试搜寻旁边的讯号。这是他在五个小时内第二次做这件事情了，电波里发出了嘶哑的怪叫，屏幕里的波形有条不紊地上下移动，没有任何发现。贝尔使劲地观察着周围的星系，除了飘过的宇宙陨石和遥远天边的星云，一切都是一潭死水，都是如此陌生。这是哪里，这是宇宙的另一端吗？

贝尔咬着牙，一拳砸向闪动的电子屏幕。整个机器轻微地抖动了一下，有血慢慢地从屏幕前溅出来，像一朵红色的浪花，然后慢慢分散成为一颗颗大小不均的深红珠子，从他的脸颊边慢慢飞过。

2

卢克一直在找，但是他一直不知道在寻找着什么。

“超过这个钱德拉塞卡极限，在演化之后不能够抛掉足够的质量成为稳定的白矮星，就会成为中子星或者……”

卢克脑子一片空白，突然不知道要说什么，他站在讲桌的最前面，只是瞪大了眼睛看着前面满座的底下，学生们也面面相觑地看着突然沉默下来的老师，甚至连在睡觉的同学也似乎被异常的沉默打断，睡眼惺忪地坐起来，像寻找食物的负鼠一样四处张望。

“或者黑洞，那么今天我就讲到这里。”

卢克左右拿着几本讲课的讲义书，右手抚摸着额头，慌慌张张地走在大学的走廊里。一对一对的年轻的学生从旁边穿梭而过，卢克不小心碰到了一个女生，女生手里的纸页像雪片一样飘下来。

“对不起，对不起。”

女生说了一声“没事”之后，撩起了头发自己蹲下来捡起来了纸张，卢克也蹲下来，他发现女生手里的都是他自己的天文学的讲义。

“你也是天文学系的学生？”卢克问。

“啊，不是。”女生犹豫了一下。“我是对面哲学学院的，只是对天文学感兴趣，叫了在这里的一个朋友给了我讲义。”女生撩了撩头发，抿嘴一笑，然后继续捡地上的纸张。

“噢，有意思。”卢克说，“你叫什么？”

“朱莉，您呢？”女生说。

“卢克。”

“啊，您是这里的那个卢克老师？我听我朋友说过您，她说您是这里最杰出的一位。”

卢克不好意思地笑了笑。“你如果愿意的话下次可以来听我的课，既然你是哲学系的，我想我们应该会有很多共同点吧，我是说，交叉的东西。”

“真的吗？”

“很多古时候的哲学家都在研究天文学，亚里士多德、伽利略，他们，嗯，都在追问人类的极限，精神上的和物理上的。”卢克说。

朱莉笑了笑，两个酒窝深深地凹了进去，泛出了迷人的红晕，卢克发现自己不由自主地看着她的脸。

“我想我只是一个入门者，连半个脚步都没跨出去的。这里面，嗯，要学的太多了。”

“谁不是呢？你越了解，就越发现宇宙的渺茫、真理的遥远，越觉得人类的无能为力，可是这并不是你停下的理由，因为人类天生有向前追寻的动力。”卢克说。

“说得真好。”女生捡起了最后一页纸，那是一张报纸一样的东西。卢克看到了突然凝固了笑容。

“这是今天的报纸吗？”卢克问。

“不，是昨天的。因为有一篇我感兴趣的文章，所以我留着了。”朱莉说。“因为正好是赫米特号消失二十周年了，学术界到现在也没有给出一个答案，这件事情……”

“黑洞吗？”泛起的记忆仿佛又将他的思绪带到很远的地方。卢克眼前的世界渐渐模糊，卢克的眼神变得空洞，紧紧皱着眉头，露出难以接近的忧郁和疑惑的神情。朱莉看见卢克的神情，嘴边的话也收了回去。

“老师？”朱莉悄悄问了一句。

“哦，对不起，我们一直在研究，嗯，对，一直在讨论，关于这件事有很多个说法，我们无法达成一致，因为到现在我们对黑洞的理解还没有达到真正完全清楚的阶段。”卢克说，渐渐放松了表情，“如果你有兴趣，可以将来助我们一臂之力。”

“嗯，会的。”朱莉笑了。“那我先走了，我的朋友在等我。”

“好的。”卢克说，“有空来听我的课。”

朱莉像一阵轻盈的风一样飘走了，带着青草味古龙水的香味，和外面春天雨里潮湿的风交织在一起，让人眩晕却又振奋起来。卢克怔了一会儿，也慢慢地向办公室走去。

推开门，办公室里赫克托教授坐在椅子上，头仰着呼呼大睡。赫克托教授才三十多岁，头顶就已经秃了一半，最近有了孩子的他看起来又增添了几分憔悴。听见有人进来，赫克托教授坐起来，强装镇静，眼神却无意识地乱飘。

“他们该给你准备一张床了。”卢克坐在他的对角，喝了一口茶。

“昨天爱丽丝半夜突然大叫大闹，我们为了哄她一直到天亮，这下好了，她睡着了我们又得去上班了。”

“别跟我说你要去买镇静糖浆了，我会去告你的哦。”

“我是要去买镇静药了，给我自己吃，我都快神经衰弱了，我看啊，这个孩子在夺取我的生命。”

“加油吧，谁都是这么过来的。”

“嗯，去对面喝杯咖啡吗？我 11 点上课，我快不行了，需要清醒一下，我请你。”

“谢谢，不用了，我待会儿还有事情，我会记住这次的。”卢克整理了一下自己的背包，然后准备出去往外走。“对了，你有前天的报纸吗？”

“哪个报纸？”

“《科学日报》。”

“我给你找找。”赫克托在眼前的杂乱的书堆纸堆里一阵乱翻，然后挑出一张报纸来，“嗯，是这个，《科学日报》，哎，‘赫米特’号，这不是我小时候消失的那个飞船吗，我怎么没看到这个文章，你看了吗……”

“能不能给我？”卢克问。

“嗯。”没等赫克托来得及回答，卢克就悄悄地拿过报纸，塞进包里，然后向门外走去，像一阵青烟一样消失在了门口，留下满脸疑问的赫克托教授。

赫克托教授打开自己的笔记本电脑，在搜索栏中敲了“赫米特号”几个字。

3

克莱彻的墓园坐落在郊区的小山坡上，被四面低矮的围墙围起来，围墙矮到连七八岁的孩子都能轻松翻过去，里面竖立着一排排的墓碑。卢克穿着风衣，撑着黑色的雨伞，手中捧着一束洁白的康乃馨，在整齐的墓碑和十字架丛中行走，墓碑周围的草里开出了星星点点的白色小花，而墓碑上有的放着各种各样的物品，最多的是花，还有纪念品和木雕刻的纪念牌。大多数的花都已经腐烂，被雨打得七斜八歪，坠入土中变成泥土的一部分。墓碑上刻着逝世者的名字，卢克无意去看那些名字，但是每一次偶然瞥到的时候都有一种似曾相识的怅然若失和恐怖，最后每个人都会变成无差别的，地球或者宇宙的一部分，只有这样的东西才能提示你在这里，可是最后慢慢地，没有人会记得你，在陌生人眼中，人最后只会变成一堆没有人在意的符号。

这是卢克最不愿意来的地方，卢克还记得小的时候，对所有顽皮的青春期男孩来说，这里充满了禁忌危险却有神秘的吸引力，曾经有几十个版本的神秘传说在学生圈子里流传开来，诸如墓园夜里的神秘火光，自己会挪位置的墓碑和空无一人却出现脚步声，等等。卢克和周围的几个小伙伴确实在墓园周围玩诸如勇敢者的游戏，夜里几个人组成探险分队，举着手电在墓园里闲逛甚至露营，但是随着年龄越来越大这样的游戏越来越没有吸引力，直到贝尔失踪之前，卢克都没有再次来过。

卢克沿着小径向前走着，虽然打着雨伞但是雨滴还是湿透了他的黑色大衣，不知道是空无一人的冷寂感，还和初春的刺骨的风让卢克打了个哆嗦，他的面前是一排排点缀在绿草之间的墓碑，只有尽头的橡树下面站着一个老妇人。

卢克走到老妇人面前，露出了笑容，然后把康乃馨递给她，老妇人接过去，然后慢慢地蹲下来，放在墓碑上面，墓碑上面刻着几行字：

贝尔·费茨杰拉德 1961—

这大概是这个世界上为数不多的仅有出生年份而没有死亡年份的墓碑了，这底下也并没有任何的东西，准确地说，他们只是面对着一块石头寄托着哀思，给那个到现在还不知道下落的人。卢克的心到这里还是一直吊着，他到了现在还是不愿意接受这个事实，卢克能看出来他的母亲——蒂娜也是，所以这个逝世的年份按照蒂娜的要求一直空着。人们都说感情会随着时间而慢慢变淡，但是卢克也拒绝承认这一点，卢克在等他的父亲，蒂娜也在等她的丈夫回来，而时间正在拉长他们能忍耐的限度，像是橡皮筋一样，可能到一个极限之后就会崩溃。

“你的衣服该去熨了。”蒂娜说。

“哦，是吗？我都没有注意。”卢克说。

“以前有人帮你，现在你就去干洗店，不要和我说你去干洗店的时间都没有。”

“那倒不是，只是觉得衣服能穿就好了。”

“哎。”蒂娜想笑的表情却变成一声叹息，“你有打火机吗？”

蒂娜从兜里掏出一支烟来，准备含到嘴里。卢克想说什么，但还是停下了，从兜里找了一下，拿出打火机给蒂娜的烟点上，一股青烟从蒂娜的嘴里吐出来，她的表情似乎略微舒缓了点。

“那我也要一支。”

两个人就撑着雨伞面对面地抽烟，透明的烟缠绕在一起，随即又扶摇直上，一阵风吹来，烟气拐了个弯，径直地伴随着潮湿的空气扑向卢克的脸上，卢克打了个喷嚏。

“朱莉还好吗？”蒂娜突然问了一句。

这个问题让卢克感到尴尬，他觉得心脏的部分被人猛地揍了一拳，回答这个问题让他感到如鲠在喉。

“她很好，她和爱丽丝在一起住。”卢克支支吾吾地说，失去了对话的联系和逻辑，“上次我碰到了她，在超市里，她们在买些牛奶之类的东西，嗯，她们两个一起在买，然后我就和她们打招呼。”

“碰到？”蒂娜说，“她们看起来怎么样？”

“她们，挺开心的。看起来。”卢克头微微低下去了一点。

“是吗？嗯。”蒂娜说，仿佛在沉思着什么，脸上尽量不露出任何表情，“那就好。”

卢克很想引开这个话题，他不想再讨论这件事了，但是他不知道说什么，只能两个人沉默地对视。实在说不出来什么只好憋了一句。

“安眠药还在吃吗？”

“嗯，还在吃，只有吃了会觉得好一点，不然整夜都会做噩梦。”

“哦，那就好。霍华德大夫每周还来吗？”

“嗯，还在，不过马上就不需要了。”

“怎么？”

“周五，你忘了吗？我要去护理院了。”蒂娜抽着烟微微抬起头，额头上显露出几道皱纹。

“我不是说不要去吗？我不是找了爱丽丝来照顾你吗？”卢克疑惑地说。

“她能做什么？”蒂娜抽了一口烟。“我不信任她，她连咖啡都泡不好。”

“实在不行我搬到你那儿住。”卢克说。

蒂娜只是轻轻笑了一下。“我已经订好了。”

两个人又沉默了一阵。卢克觉得自己很狼狈。

“是早上吧，我送你去，东西整理好了吗？房子怎么办？”卢克慌忙地说，“最近脑子里一片糊涂。”

“我打算租出去。”蒂娜说，“正好有些东西你明天去看看，要的话就拿走，不要的话我就找人扔掉了。”

“你小时候的。”蒂娜补充了一句。

“嗯。”

卢克和蒂娜又面对面抽完一支烟，然后两人肩并肩默默地往山下走，两人各自撑着伞，随后蒂娜收起了伞，卢克一个人撑着伞，遮住两个孤独的背影。

“我的车在那边。”蒂娜对卢克说，“不用送我了。”

“嗯。”卢克突然想起来什么，从背包里拿出一张报纸，是早上从赫克托那里拿来的《科学日报》。“这个报纸给你，他们做了一个专题，二十周年的。”

“所以呢？”蒂娜面无表情地问。

“嗯，其实没什么，嗯，进展，就是……回顾性质的。”卢克怔怔地说，“我想你，留着也好。”

蒂娜接过了卢克递过来的报纸，默默地塞到了包里，然后慢慢地转了回去，背对着卢克，朝前走去。

“那我走了，记得明天过来说一声。”蒂娜说。

蒂娜连伞都没有撑，径直走入细雨中。单薄的背影在雨中变得朦朦胧胧，棕色的头发一会儿就变成潮湿的赭石色，她的布鞋踩在积水处溅起了细细的水花。

“妈妈，”卢克说，“把伞撑上吧。”

蒂娜没有听，没有回头，没有停，只是自顾自向前走，不一会儿背影就变得越来越小，最后逐渐消失在远处松林的绿漾出的雾气里。

卢克的心仿佛也被打湿了一点。

4

“赫米特”号上，贝尔觉得自己的头有些晕，他离开了座位，慢慢地飘到储藏间去找了一袋咖啡喝，太空上的袋装咖啡被设计成了塑料运动水壶的形状，可是当贝尔即将要接触到塑料袋的一刹那，他似乎有一种熟悉的错觉，一种模糊的、记忆的影像在他的脑中复苏，随即一闪而过的感觉，他记得自己曾经拿过这袋咖啡，同一包咖啡，一样的姿势，他在什么时候拿过呢，这是大脑疲倦时候的欺骗吗？贝尔慢慢地拧开咖啡的旋钮，几滴咖啡棕色的液体从里面飘了出来，贝尔赶快把喷嘴放进嘴里。

贝尔喝完了咖啡，把剩下的空壳塞进固定在墙上的回收袋里，他拿出了微型摄像机，他想记录下来经历的一切，不管自己能不能成功返回地球，有一份记录总是好的，但是当贝尔打开摄像机的按钮的时候，却发现摄像机死活启动不了，贝尔试了几次，绝望地把摄像机往前面用力地一扔，但摄像机只是旋转着慢慢画出了一道直线，砸倒了贝尔固定在架子上的相框，里面是贝尔一家三口的照片，他们站在巨大的摩天轮前面，卢克手里拿着一支棉花糖，脸上做着怪表情，贝尔和蒂娜在后面扶着卢克笑着。

贝尔只能拿出了日记本，用最原始的办法写下来一切。从日记本的便携夹里飘出来一支铅笔，贝尔迅速地抓住，然后在日记本上飞快地写起来，一边写一边抓抓自己的胡子，自从登上太空胡子就再也没有刮过，贝尔最开始想要回到地球上再刮，然后精心地收集起来作为“登上太空的胡子”，看来这一切都只是想想而已。

4月25日

所有的信号接收器和发射器全部失灵，显示屏幕上的指针疯狂乱转，包括座舱的电源显示表，座舱的灯光忽明忽暗，我当时试过了所有的应急制动程序，没有一个能够响应。

整个飞船都在剧烈地抖动，我为了自己不撞击到船舱上，只有把自己绑紧在座舱的椅子上，我看到玻璃外面，周围已经是一片漆黑，不断地有岩石甚至砂砾猛烈撞击舱外壳的声音。我知道在进入黑洞视界之后，巨大的引力会将一切物体撕碎，没有任何物质能够摆脱，所以飞船的解体只是时间的问题，所以我只是静静地坐在座椅上，把眼睛闭上，在剧烈颠簸的恐惧中等待死亡。

在飞船的颠簸中，巨大的轰鸣声、无数的砂石打向飞船的金属撞击的声音、船舱里面各种杂物碰在一起的声音和电子警报的声音交缠在一起，我紧紧地抱着头，闭着眼睛，尽量不让自己被东西砸中，可是这又有什么用呢，我能感受到飞船在迅速地，像洗衣机的滚筒一样翻转着，然而我无法也不想睁开眼睛，我害怕下一秒飞船马上就要解体，在这样的无边的黑暗中死去也好。

然而在巨大紧迫的恐惧中，我突然听到了一种蜂鸣的声音，我不知道来自哪里，可能来自过度焦虑而脑中产生的幻听，接着又听到了微弱的遥远的旋律，铜铃的声音，木头吱呀吱呀的声音，潮水的声音，海鸥呀呀乱叫的声音，风吹着草的声音，远处汽笛的声音，油煎培根的嗞嗞作响声，这些声音无规律地交杂在一起，渐强渐弱，捶打着我的神经，让我头痛欲裂，在不断来自脑内的钝痛之中我的意识也被慢慢拉到了某个之外的场景，我飘了起来，又觉得像在下坠，像掉进了一个漩涡，又像穿过一个隧道，然后我睁开眼睛，发现自己在一个错乱的空间，身临其境地在自己熟悉而又遥远的记忆里。我看到，自己正站在小时候的海边，拄着拐杖的祖母，自己养过的牛头梗，父母坐在摇椅上亲吻的样子，然后晚上熊熊的烈火烧掉了海边的房子，所有的记忆片段像随机穿插在一起，又被快放了几百倍，高速地毫无秩序地闪动着。这些带着画面的信息像是洪流一样狂暴地冲击着我，在我的眼前构建出复杂错乱的意象。我还看到了与蒂娜相识的咖啡馆，和蒂娜做爱的场景，婚礼的画面，太空基地的灰白色高塔，卢克婴儿时候的摇篮，全家人一起看的橄榄球球赛的赛场。所有的画面像是被揉碎了扭曲在一起，一遍又一遍地在我身边再生，我肯定，这些都是我熟悉的记忆，但是我毫无抵抗力，我站在其中捂着头大叫，却听不到自己的声音。

然后我看到了更多，更为奇怪的画面，这些画面变得更加模糊，我置身其中，却觉得自己在遥远的千里之外，我看到了在绿色草堆里的一排一排的墓碑群，看到了碎成一地的玻璃碴，看到了地上的水，看到了一个老人，他躺在病床上，向我伸出了手，却看不清楚他的脸。随即，所有的光像一齐消失了一样，我发现自己仍旧在飘浮着，在最深最暗的宇宙。我看到无数的星体从自己旁边飞过，感觉自己正在向一个什么地方前进着，却不知道要去哪儿。最后，一种酥麻的感觉袭向我，我再度闭上了眼睛。

再度醒来的时候，我觉得我看到了奇迹，因为一切都像没发生过一样，只是周围一切都是陌生的，定位系统和通信系统全部都失灵了。按理来说，我进入了黑洞，而没有任何物质能够逃脱黑洞，只会被碾碎。所以我想到了这样的解释：只能是我穿过了虫洞，来到了宇宙的另外一侧，而具体在宇宙的什么位置，离地球或者空间站有多远，我不知道。

贝尔写完这些字后，又仔细看了一遍，想着自己是否有遗漏的地方。贝尔看了看电子表上显示的时间，因为已经彻底失去了和地球的联系，所以表盘上不断跳出 ERR 的字样，但是根据贝尔粗略的估计，距离贝尔从黑洞“逃”出来恢复意识大概过去了 4 个小时，而距离“赫米特”号从宇宙空间站出来已经大概过去了 24 个小时。如果真的如他所判断的一样，他经过了虫洞到了宇宙的另外一侧，那么地球上过去的时间会成几何级数增长，这一点让贝尔又一度陷入了惶恐。

贝尔想到蒂娜和卢克，他们一定在等他，他想起蒂娜每天早上在厨房里做着烘饼的背影，他想念蒂娜的唇膏的味道，他想念卢克坐在他的肩上看橄榄球比赛的感觉，想起这个场景的时候，贝尔的肩上就沉甸甸的，但是贝尔一点都不会抱怨。贝尔走的时候，蒂娜 34 岁，卢克 10 岁。这个太空载人科研计划原定 3 个月就能返回地球，但是到现在，贝尔没有一丝能够回去的方法和希望。贝尔突然想到了另外一种结果，他曾经看到了一部科幻电影，男主人公最后返回地球的时候，自己的妻子和儿子都死了，因为几百年过去了，没有人再记得他。贝尔想到这个的时候，心脏不受控制地抽紧，他努力地去大口呼吸，却感觉获取不到更多的氧气，无力感和恐惧感像是掐住了他的喉咙，他觉得自己的气管快要痉挛。贝尔飞快地去抓住了一条毛毯，又吞下一片镇静剂。贝尔花了更长的时间让自己冷静下来，也许是因为镇静剂的作用，或许是恐惧消耗了太多的体力，贝尔觉得昏昏欲睡，但是也只有现在，贝尔发现自己的眼泪不受控制地飘了出来，一颗颗透明的水珠，有的上升，有的下降。

水滴飘在座舱里绝对不是什么好事情，贝尔用小型液体收集器把飘浮在空中的水滴一点点地吸进去，看着自己的眼泪通过细长透明的软管，缓慢地被传送到末端的收集囊中，贝尔突然有了一个想法，既然虫洞能够把“赫米特”号从那边送到这里，像一个狭长的通道，那么也有能从这边反方向回去的可能性。

贝尔看到了希望，几乎是蹦起来跳到操作台前，因为定位系统完全失灵，而飞船在通过虫洞后一直处于缓慢航行的状态，贝尔不能再等了，他按动操作界面的按钮，“赫米特”号的船体彻底转了 180° ，贝尔加满了速度，向来时的方向开了过去，加速的时候，贝尔能听到发动机的轰隆声异常响，似乎有那么一点不对劲儿，但是从机身状态自我检测的情况来看，一切都还算正常。贝尔看着飞船四周的不知名的暗色星体，有的彼此靠近，有的彼此远离，他的心中燃起了希望的火焰。

突然间，警报系统的红灯亮了起来，就当刺耳的预警声音传到贝尔耳朵之前，一声猛烈的巨响，一阵飞船剧烈的震动，把贝尔的希望全部摧毁成了粉末。

5

卢克依稀还记得以前和贝尔在一起的时候。和所有的寻常的父与子的关系一样，他们生活在同一屋檐下，共享着所有悠长而幸福的时光。那个时候卢克还是小学二年级的男生，太空、恐龙、超人和蝙蝠侠对这个年纪的男生来说，比未来的岁月要更加具有吸引力。

贝尔自从卢克上小学起，就一直往返于航天基地的封闭训练营和家中，经常是去一次就三个月见不到人，所以每次贝尔回家的时候，卢克总是特别高兴。可是想到父亲在家里待上两三天就又要走的时候，卢克就更加珍惜这段父子相聚的时光，他会让贝尔带他去各种游乐园或者动物园，买各种玩具，然后蒂娜会做与平常不一样的丰盛的晚餐，这一切都让贝尔在的时候变得更加有意义。

某个十二月的假期的一天傍晚，贝尔从卢克的足球俱乐部接了卢克，两人在冬天的街上慢慢地往家的方向走着，七点钟夜的帘幕还透出一抹夕阳的橙色，晚星却已经布满了星空。地面上撒满银白色糖霜一样的积雪，空气中凛冽的气味夹杂着疾驰而过的汽油味。卢克兴奋地踩着雪嘎吱嘎吱地在马路边上走，后面的贝尔急急忙忙地跟在后面，小声地让卢克慢点走。

突然一小团雪砸中了卢克的头，卢克生气地回头看。贝尔带着中年人的睿智的坏笑，在后面也看着卢克。

“你看，上帝都砸下来雪球惩罚不听话的孩子了。”贝尔说。

“明明就是你扔的。”

“当然不是，我刚才在看手机呢。”

“上帝怎么可能扔雪球来？”

“不，上帝既然能下雪来，那么也能砸下雪球来，这有什么好奇怪的？”

“哼。”

卢克嘟着嘴往前走，一边走一边警惕地看着后面的贝尔有没有做什么鬼动作，突然贝尔冲上前来一把抱住卢克。

“你有没有想要什么？”贝尔说，露出开心的神情。

“嗯？”卢克的眼神中突然闪过一道光。

“纪念我第二阶段的训练考试全部通过了，所以我在想是不是要给你们买点什么。”

“是不是爸爸马上就要坐宇宙飞船了？”

“是啊。”

“那我也要一起去。”

“那你得偷偷地不让别人知道，这样吧，我给你打包到箱子里去，和太空的食物藏在一起。怎么样？”

“好啊！那我还不会饿死。”

这个时候父子俩刚好经过一个玩具店，各式各样的玩偶和电影主题的周边被精巧地挂在墙上，从里面散发出梦幻而诱惑的光芒。

“要不要进去看看？”贝尔说。

“嗯。”卢克兴奋地点点头。

“不过只能买一样哦。”

卢克和贝尔进入玩具商店，在每一个角落里都挂满了各种玩具，对女生最有吸引力的装扮娃娃，对男生最有吸引力的《星球大战》主题的光剑和面具被放在了最显眼的角落，连吊灯上都有效率地挂满了各种卡通挂件。冬天的室内的暖风和五颜六色的灯光制造出一种迷人的气场，一种旋涡般吸进就不放出去的氛围，胖胖的中年女老板坐在窗户旁边慵懒地给一只白猫梳毛，嘴里时不时嘟囔着什么听不懂的语言。

卢克小心地抚摸着各种商品，时不时地自言自语念叨着。“《铁血战士》最新版的玩偶，哇！”并且时不时地拿起来展示给后面的贝尔看，向他投射出一股炫耀和向往的眼神。“这个家里不是有一个了吗？”贝尔说。“可是这是新版的。”“至少我没看出新版和旧版有什么区别，你把他拿回去，旧版的不就不玩了吗？”卢克沮丧地放下，然后小心地陈列在货架上。贝尔亲昵地摸了摸卢克的头，卢克棕色的头发翘起一撮来，然后继续向前走去。

卢克的手轻轻地拂过一排排的琳琅满目的商品。卢克曾经说过，每当他经过每一样玩具的身边，它们都会发出“快带我走吧”之类的尖叫声，小孩子要做的便是要抵制住这样的诱惑，面对这个世界的所要做的选择。贝尔觉得他们能感受到的不比大人少，铁血战士、超人、蝙蝠侠、乐高、蜘蛛侠、巧克力、赛车、漫画帖子，只不过他们所在的这个世界，成人曾经拥有的，早就慢慢地抛弃了。

贝尔看到卢克在转角的地方停了下来，背对着他站着仿佛在把玩着什么，专心致志的样子。贝尔凑过去看，卢克拿着一个水晶球，仔仔细细地把玩着，水晶球里面有些闪闪发光的亮片，是五角星的形状，里面还有一个塑胶制作的宇航员，水晶球的底下有一个按钮，一按就会在水晶球内部制造一股水流，宇航员就从底下飞翔起来，在如星星一样闪亮的亮片中慢慢地穿梭着，有一种在星系间飞行的感觉。

“爸爸，我想要买这个。”卢克说，“就是它了。”

“好啊，这个不贵吧？”贝尔问。

“不贵。”

两人付了钱，卢克小心地抱着水晶球和贝尔推门出了玩具店。这个时候贝尔看到了什么，突然说：

“我们去吃冰激凌吧，反正离晚饭还有一段时间。”

“真的吗？可是妈妈不允许冬天吃冰激凌的吧，会吃坏肚子的。”

“怎么可能呢？卢克身体这么强壮。”贝尔说。

“太好了。”

两人兴奋地跑着冲过了马路，隔着街去了对面的一家冰激凌屋，卢克和女服务员要了一份最大的草莓圣代，并且嘱咐了女服务员要多加一点草莓和巧克力酱，最后端过来的冰激凌足有卢克的半个头大，贝尔只是要了一个巧克力甜筒。两人在窗边的暖气边坐下享受着冰激凌，玻璃窗外的天空已经完全黑了，水蒸气把玻璃笼罩上了一层朦胧的雾气。

卢克一边用勺子挖着冰激凌一边按了水晶球，里面的宇航员上上下下地浮动着。

“嘘，不要和妈妈说啊。”贝尔说，“让她知道了一定会骂我的。”

"嗯，我知道。"卢克说，"我从来都没有在夏天之外吃过冰激凌，这是第一次。不过感觉真好。"

"是吧。"

卢克又吃了几口，突然说："宇宙是这样的吗？"

"哪样的？"贝尔问。

"就是这样闪亮亮的，旁边，很多星星。"

"怎么说呢，是又不是。只是星星到近处看，都是一些奇形怪状的超级巨大的星球，如果你在宇宙中，旁边还会有许多丑陋的陨石和你一起飘浮着。"

"你怎么知道，你又还没上去过？"

"等我去了我会拍照给你看的。"

"到了宇宙中你要怎么给我打电话，给我拍照？"

"有专门的通信系统的，到时候我们还可以视频聊天的。"贝尔说，吃了一口蛋筒，碎渣纷纷掉下来，"你知道吗？太空很神奇的，我们的时间可能有差别的哦。"

"什么意思？"卢克说。

"比如说我在太空过了一天，地球上可能已经过去了好几天。"贝尔说，"如果我去得足够远的话，待的时间足够久，我再回来的时候，可能卢克会和我一样大也说不定。"贝尔笑着说。

"我知道这种感觉，就像我在暑假的时候，觉得时间过得特别快，平常的半天好像暑假的一天就过去了，但是上学的时候觉得时间特别慢，经常是觉得一天该过去的时候，历史课还没有下课。"卢克想了想说。

"当然这只是你的心理作用，我说的是，嗯，物理的。"贝尔说。

"好吧，但是，你要去多远？为什么要去那么久？"卢克突然有点生气了，皱着眉头问。

"我只是打比喻而已，不会去很久的，你放心。我要看着我的儿子慢慢长大，没什么比这个更重要了。"

卢克仿佛有点安心，他看了看外面漆黑一片的天空，几颗星星点缀在夜空中。

"如果宇宙飞船一直开、一直开、一直开，会开到宇宙的尽头吗？"

“这个我不太确定，因为宇宙太大了，它是无限的。而且也没有那么快的宇宙飞船，我们能去的只是比地球外面稍微远一点的地方而已。”

“什么叫无限的？”

“就是说，宇宙一直在膨胀，一直在变大，所以它的边界也一直在延伸。没有人能直接看到宇宙的尽头，也不知道外面有什么，所以基本上认为没有尽头，是无限的。”

“可是那也总有一个尽头吧？我想，什么都有一个边界。”卢克说，“我们的国家这么大，可是总有边界在那里，我说，也许有一个什么罩子，玻璃罩子，把整个宇宙装在里面，我们都在里面，地球、月亮、太阳。”

卢克一边说，一边把手中的水晶球轻轻地摇晃着。里面的闪亮的碎片折射出美丽的晶莹的光，里面的宇航员被碎片的洪流淹没在里面。

“那在罩子的外面是什么呢？”贝尔饶有兴致地问。

“我不知道，但肯定有什么。”

“爸爸，你为什么要当宇航员，为什么要去太空呢？”卢克问。

贝尔好好地想了一番，然后严肃地说：“因为我想知道不知道的事情，我想去我没去过的地方。和你一样，我也想知道太空里面有什么，甚至是你说的，宇宙的边界有什么，去不知道的地方，开拓一片未知的领域，哪怕那里再黑暗，那都是人生来就有的使命，是上帝安排我们做的事情。我想我的儿子，以后也有足够的勇气来做自己喜欢的事情，去不知道的地方，看看我们从来都没见过的景色。”

贝尔说完，长长地吐了一口气，仿佛做完了一场演讲。可是从他的眼神里，卢克看到了里面持续闪耀的光芒，像是一盏永不停歇的烛火，这让卢克感到感动和鼓舞的同时，却还有一种隐隐约约的恐惧，他无法形容这样的恐惧来自哪里，当他和贝尔从冰激凌店里走出来的时候，卢克紧紧地握住了贝尔的大而温暖的手。这个时候凛冽的风不知道从哪里凶猛地吹过来，流星从天边一闪而过，正上方是北方冬日天空的猎户星座，卢克怕黑暗随时将他吞没，他怕时间将世界上的一切吞没，也许在卢克稚嫩的双手和心中，这些东西已经悄悄地具有了重量，也许那些无形的恐惧，迟早有一天会伸出黑色的藤蔓，将他慢慢地紧紧包围，让他喘不过气，而他现在能做的，仅仅是握住那双手，仅此而已。

6

卢克爬上了阁楼的楼梯，马上闻到一股陈旧的纸箱的味道，伴随着还有下过雨后潮湿的空气侵蚀了木头的腐烂的味道。登上楼梯最上一级的时候，扑在卢克的脸上的是一张不知道存在了多久的蜘蛛网，他懊恼地用手撣走，挥手的时候蜘蛛丝慢慢地从房顶上垂挂下来，在从窗口射进来的阳光光束下闪闪发亮，灰尘只有这个时候才飞舞起来，在凝滞了十几年后终于呈现出了一丝动态。

卢克站在窗边，他儿时的床和写字台还在，只是那已经彻底变成了一张床板，没有席梦思，没有被子，而且如果卢克现在躺在这张单人床上的话，他只能蜷缩起来，如果腿伸直的话大概从脚踝往下的部分，就会彻底悬在空中：也只有现在才知道这张床原来这么短。卢克清晰地记得床的左边还有一架小型天文望远镜，望远镜的另一端正对着阁楼倾斜的天窗，盛夏的时候卢克不用出门，躺在床上就能看到满天的星星，仿佛马上就要掉下来一样。望远镜是贝尔为了卢克的十岁生日买的，贝尔没事的时候就会教卢克如何使用望远镜，辨认天边的星座。现在它已经消失了，取而代之的是几个大纸箱横着躺在那里，用塑胶袋紧紧密闭着，消失的物品估计都被放在了里面。

虽然床板看起来很脏，但是卢克还是用手擦了擦，坐在了床的一边，卢克透过窗口看着外面的天空，刺眼的阳光透过稀薄的云层照在卢克的脸上，如果是以前的话，他大概会和贝尔一起这么坐着，夜晚有流星的时候，他们会一晚上不睡觉坐在那里，然后用望远镜看着天空。

“既然流星会落到地上，那么它击中这里也是有可能的吧？”卢克问。

“那么你应该感谢你的幸运，他们在太空中飘浮了几百亿年，然后突然落到了你这里，这是多么小的概率啊。”

“如果砸中我，我会获得某种超能力吗？如果这颗陨石是从氪星来的话，会获得像超人一样的能力吗？”

“你试试就知道了，你现在就可以祈祷，请让从氪星来的流星砸中你。那我就会变成超人的爸爸。”

“但是我被砸死了怎么办？”

“那你也不亏啊，你会成为第一个被流星砸中的小孩，以后肯定大家都记得你，一提到我们家就会说，他家的小孩被流星砸中了。以后我们家门口就会有一个碑——‘被流星砸中的一家’，每年都会有很多的游客来参观，然后我们就可以收门票大赚一笔，大家都会很开心。”

“可是我死了，我不开心。”卢克皱着眉头说。

“那没有关系啊，我们可以再生一个孩子，他可以叫作卢克 No.2，也可以叫作别的。”

“可是我死了。”卢克推了一把贝尔，快要哭出来。

“开玩笑的，假如流星来了我一定挡在前面，不让流星砸中卢克。”

“那可是你就死了。”

“对啊。但是卢克没有事我们就很高兴。”

“不行，你不能死。”

“那不然这样，我被外星人抓走了。”

“不行，也不能被外星人抓走。”

卢克还记得这样的对话，想起来就让人发笑，这样的对话经常被贝尔拿出来嘲笑一番。

卢克低头看着那些纸箱，他并不情愿把它们翻开，因为卢克绞尽脑汁想了很久，原来这些房间里并没有自己能用得到的，都是一些玩具和儿时的书本，但是他又好奇里面究竟有一些什么，自己的儿时的记忆都在里面，重温一下说不定有意外的收获。卢克从兜里掏出了折叠式小刀，然后打开，在箱子上的胶带处都划了一道，卢克轻轻地把纸箱的盖子反向张开，一股灰尘和霉味扑鼻而来。

卢克小心地把每一件东西都拿出来看看，里面杂七杂八甚至没能辨认出来到底是一些什么东西。其中的一个箱子里有两个被放了气的皱巴巴的篮球，卢克还能清楚记得是在哪个超市买的，尽管那个超市现在已经不在了。里面还有一大堆折起来的电影明星的海报，被卷成很便携的长条状。卢克还看到了小学时候的年鉴图册，尽管上面的同学们现在一个都不知道去了哪里，但是卢克还是能看着上面的照片，很清楚地叫出来一些有特点的同学的外号，想起他们之间的趣事。比如比较有名的有“癞皮鼠”“土豆仔”“龅牙熊”，不过假如这些人站在他的面前，他也不一定认得出来了。剩下的就是一些小时候的书籍和那个时候的杂志，让卢克惊讶的是自己偷偷私藏的泳装美女杂志，曾经只会被他藏在衣橱的顶端或者床底，现在也和教科书杂志放在了一起。卢克回味了一下 20 世纪 80 年代与现在的审美差异之后，把所有的这些都悄悄地放了回去，然后重新塑封起来。他不知道这些东西的命运是什么，也许是被丢到垃圾场扔掉。也许最好是丢到垃圾场，没有更好的处置办法了，卢克想，因为他不想他自己的秘密被另外一个小孩或者大人看到。

另外一个大箱子则彻底都是玩具了，那个被折叠起来的望远镜果然在这个箱子里。除此之外还有各种奇怪的脏兮兮的玩具熊、超人和蝙蝠侠的塑料玩具，一些零食里面夹带的莫名其妙的小玩偶，还有一些男孩子喜欢的塑料或者橡皮的刀啊剑啊什么的。卢克想要把所有的这些都放回去，正要封上盖子的时候，卢克突然看到底下有什么闪亮的东西，他好奇地把手伸向箱子的最底部。

那是个水晶球，虽然上面多了几条透明的、硬物划的道道儿，但是保存还算完好。里面似乎装满了比水密度大的液体，为了视觉上的效果，放进去了好几种不同颜色的星星形状的很小的亮片，仔细观察的话里面还有一个橡胶做的宇航员的小人，穿着白色的宇航服，戴着头盔。水晶球的底部似乎是有一个机械开关，一按就会冲出一股水流，冲击着里面的亮片的宇航员，制造出梦幻的仿佛宇航员在星际间飞行的效果。卢克笑了笑，他记得这是小学二年级的冬天贝尔给他买的，具体原因好像是贝尔通过了某次宇航员的考试。而正准备放回去的时候一股奇怪的感觉袭向了卢克。

卢克似乎感觉到心突然空了一个大洞，所有的感情和思绪全部都被这个大洞吸空了，他不知道为什么，眼泪从眼角流下来了，卢克自从有记忆以来，他就没有流过眼泪，他从小就是把各种感情藏在心里的那种小孩，而经历过的事情也让他变得更加平静和稳重。而这次，在这个空洞的布满灰尘的房间，卢克就一个人坐在床边，眼泪突然就从眼角滑下来，没有任何的思维感情和心理变化能够支撑和预测，可是眼泪它就这样，悄悄地流下来。

卢克突然有一种不安的感觉，一种熟悉的焦虑感，卢克有一种贝尔就在这个房间的感觉，他似乎都已经闻到了贝尔身上熟悉的亚麻衬衫的味道，那个味道是妈妈刚刚熨好的、夹杂着热气的纺织物的味道，贝尔以前经常恶作剧般地把卢克的头埋在他的身上，让卢克好好闻一闻这样的味道，所以卢克在记忆中有深刻的印象。这种感觉无法描述，不是通过感官接触到的，而是自发的，似乎有什么东西从冥冥之中，从神经里自动地诱导了突触，引发了化学物质的变化，从而给人带来，类似于他接近了，你能知道他就在那的奇妙的感受。

卢克能感觉到贝尔好像在这个房间里四处走动，随时就要拥抱卢克，尽管没有任何声音、任何痕迹。“他在这里，他绝对在这里。”可是他不知道贝尔在哪里，卢克站起来四处乱走，东看看西看看，甚至要喊出贝尔的名字，这个时候窗外的漆黑的乌鸦成群结队地飞过，一齐发出了嘶哑的叫声。

卢克一瞬间回过神来，意识到也许是幻觉在作祟，他站起来，发现自己依旧是孤独一人，在这个房间，就像过去现在，将来也似乎一样。卢克剧烈地摇了摇头尝试清醒下来，他把那个水晶球放到了自己的包里，然后把箱子继续用胶带封存起来，放在这个被遗弃的布满尘埃的屋子。

卢克站起来，感觉一阵眩晕，血液仿佛从大脑中迅速地离开。卢克从窗口看到自己的母亲，蒂娜正站在屋子外的路边等着什么，她的身边是一个简陋的公交站，公交站的牌子锈迹斑斑，疯长的野蔷薇和不知名的藤蔓攫住了固定座位的铁管，更加增添了周围的荒凉感。瘦弱的蒂娜就站在那里，背对着这边，她穿着休闲裤和黄色的衬衫，她的头发没有梳，随意地卷曲在空中，时不时地被微风吹起。蒂娜抽着烟，轻薄的烟气随着风乱舞，像是飘荡的精灵，卢克看不到蒂娜的脸，但是似乎她正专心致志地看着公路的尽头。

卢克过去拍了拍蒂娜，从后面温柔地扶住蒂娜瘦弱的肩膀。

“你在等谁？这里风大，不要着凉了。”卢克说。

“那个家具公司的小伙子，他来搬这里没有用的家具的，他说他会过来，叫我在路边等他，不然他会找不到。”蒂娜说。

“不要在这里等了，他到了这边会打电话的。我们回屋里去吧。”

“不会的，我都等了这么久了，不差这么一会儿。”

“说不定他今天不来了呢。”

“不会的，我们昨天都约好的，他一定会来的。我们都约好的。”

“那我替你等吧。我站在这里，你回去，风吹过来，你穿得有点少。”卢克说。

蒂娜这个时候回头看了一眼卢克，轻轻地笑了一下，像一阵风一样轻，蒂娜的眼神里闪着坚定的光芒，尽管她的眼角满是皱纹，但那是一双好看的眼睛，看了就让人感觉希望孕育了万物，在她瞳孔的深邃的宇宙里，已经漫山遍野地开出了花朵。

“那我们一起等他来吧。”

“好的。”

7

一阵震耳欲聋的响声，贝尔还没看清楚什么，整个人被一股强大的推力从控制台前推到座舱的门边，还好，一大堆缠绕在一起并连接着的光缆，在贝尔飞过去的时候缓冲了贝尔的速度，即使如此，贝尔的背部还是撞击在了金属的舱门上，发出了咚的一声响，撞击的剧痛让贝尔快要失去意识，但贝尔还是硬撑着让自己飞向控制台。一定是什么东西撞击到了飞船上，贝尔想。

“赫米特”号正在快速地偏离预定的航道，故障警报系统的红灯一直在闪烁，贝尔停止了飞船的引擎，赫米特号慢了下来，贝尔看见飞船的供电正在飞速地下降，座舱的灯光一直忽明忽灭，贝尔尝试切换到备用供电系统，灯光恢复了正常，但是更为可怕的是，座舱的气密性出现了警报，贝尔环顾四周，尝试打开通往生活舱的舱门，但是死活都打不开，贝尔能够感觉到周围的空气变得稀薄，呼吸变得越来越重，心跳的频率越来越快。

贝尔打开了座舱的应急柜门，拖出了里面的宇航服。在一阵手忙脚乱之后，贝尔套上了白色的宇航服，这个时候赫米特号已经开始发出剧烈的抖动，备用供电系统也发出了警报，四周除了仪表盘还在闪着光芒之外，整个空间一片黑暗，舱室的温度从 24℃一下子降低到了 -20℃左右，贝尔看到宇航服外的玻璃罩子上开始慢慢结霜。这个时候已经没有考虑的余地了，贝尔用力地把逃生舱门旋转开，外面是幽冥一般的宇宙，在舱门附近的小物件已经开始飘出了门外，贝尔最后环顾了一眼四周，也跟着跳出了舱门，跳进了茫茫的宇宙里。

贝尔的宇航服通过一根缆绳和赫米特号相连着，这根特质的缆绳可以伸缩到最远有 200 米长，他从舱门出来，好像一个未切断脐带的婴儿，手足无措地游荡在赫米特号旁边。贝尔发现座舱后面的能量舱被不知道什么物体凿开了一个大洞，里面各种金属的碎片不断地从里面飞出来，像是散落的纸片，整个飞船两侧的集光翼片也被折断，现在的赫米特号没有任何可以维修的余地和利用的价值，除了抛弃它已经没有别的选择。

整个飞船里面映出的光最后终于熄灭了，这也象征着赫米特号正式变成了一堆废铁，贝尔在宇航服里飘浮着，被悬挂着，在赫米特号的一百米之外，贝尔一动不想动，他的脑子里一片空白。当人被巨大的恐惧所支配时，人的脑子就会清除一切活动着的思绪，这样机械的应急程序不知道给谁带来了利处。而对他来说这也是最平静地接受死亡的方式。

突然，贝尔从远处又看到一个高速飞行的物体，沿着自己的左侧，朝着赫米特号飞来。一个巨大块状金属状物体，有着贝尔在宇宙中从来没见过的色泽和形态，反射着附近天体发出的光芒，散发出诡谲的古铜色光芒，仿佛一个正在飞速靠近的猎手找到了猎物。眼看着它越来越接近赫米特号，贝尔突然回过神来，仿佛是得知了即将来临的危险，用手解开了和飞船连接的缆绳的电子扣，这个时候缆绳收了回去，变得松弛，像一条白色的扭曲的蛇褪下的皮一样萎软下去，挂在了飞船的一端。贝尔想要尽可能远离赫米特号，他按动了宇航服手臂上的动力装置按钮，突然从背后喷出一股火光，反向推送的动力成功地将贝尔又推远了几百米，贝尔远远地看着赫米特号，这个时候这艘几千吨的宇宙飞船看起来只有贝尔的拳头这么大。

一阵剧烈的火光，那块金属终于撞上了赫米特号，贝尔看着整个宇宙飞船在一瞬间崩溃瓦解变成了碎片，几个有燃料的装置因为受到了撞击产生了巨大的爆炸，迸出了骇人的火光，而这样的爆炸又将剩下的残片继续分解成更小的碎片，而那块撞击赫米特号的金属却因为速度太快，只是稍稍改变了方向，继续向未知的区域飞行，很快地消失在贝尔的视野中，而赫米特号，终于变成了宇宙中的尘埃，最终也许会经过复杂的变化，重新构成某些天体的一部分。贝尔看着这场令人心惊胆战的浩劫，他发现自己的嘴唇已经泛白，手不住地抖着，自己曾经生活了半个月的赫米特号就这样变成了尘埃，而赫米特，这个叫作隐者的宇宙飞船，最终也如同名字所预示的命运一样，彻底地消失在了冥冥的宇宙里。

贝尔做不了任何事情，人的能力面对宇宙时，太过于渺小了。贝尔在像他走之前的卢克一样大的时候，曾经狂妄地认为宇宙对于人类来说，只是一片有待征服的处女地，终有一天人类会探索出整个宇宙全部的奥秘，征服宇宙的各个角落。而他错了，完全错了。从某些角度来说，现在的他，也和那些赫米特号的残片一样，只能在这样的宇宙空间里飘浮着，只是他作为人的生命，由于宇航服提供的氧气支撑，还似乎可以继续延续几个小时，随即也即将熄灭，而最终变成宇宙万万亿星体中最渺小卑微的尘埃。纵使再伟大的生命，遇到了这样的状况，又能做什么呢？

贝尔看着宇航服头盔上显示屏的计数，氧气余量还有85%，也就是说只能提供贝尔4个小时的呼吸时间，而这四小时能拿来做什么，最后欣赏宇宙的灿烂的景观吗？贝尔想到这里，他突然笑了起来，自己也弄不清楚，究竟是对处境的荒谬和绝望的自嘲，还是为了掩盖夹杂着悔恨的悲伤，他开始自责离开蒂娜和卢克，自责所做的一切决定。

然后，他的脑海中响起了某段旋律，仿佛从宇宙的另外一段传到耳畔，这样的旋律，让他想起了家附近山丘上的落日，照射着柔软的大地，把一切都染成金黄色。黄昏的时候，他和蒂娜时常一起走在深秋落叶满地的深山小路上，时常一把抓住蒂娜的柔软的头发亲吻起来，贝尔仿佛看到美好的幻影如同红枫树叶一样，在他眼前，伴随着美好的旋律慢慢地飘落下来，遮住了他的眼睛，他禁不住唱了起来：

弗吉尼亚的山丘慢慢变成褐色
又是一天，又是太阳的陨落

我在新的梦境里遇见你
梦中我触碰着，感受你的头发
你的味道弥漫在空气中
我轻轻抚摸你的脸颊
品尝你嘴唇上残留的温度
我等着天堂的到来

8

年少的时候卢克从来不知道时间是如何流逝的，后来他渐渐地明白了一些，但并不明白很多，冥冥之中世界上的所有人和物，都漂流在一条看不见的河流之上，被湍急的水流托着走，所以我们看到彼此之间是静止的，而世界相对于他们却在循环不息地运动着，可是人永远看不清楚这条河流的样子，只能从偶尔丢进去的石头下面看到一朵朵转瞬即逝的浪花，或者在人世间远离喧嚣的角落，在一些看似超越人的感知的神秘空间，听到一些关于水的启示。但生命永远告诉你一些、不告诉你一些，直到人渐渐地淹没，快要消失在这些黏稠的彼此游离的因子之间，变成它们的一部分。

护工发现蒂娜的尸体是在7月底的一天早上。那一年卢克40岁，蒂娜65岁，那几乎是一年中最热的一天的早晨，空气中充满了干燥的气味，蝉鸣从很早就开始悄悄地在院子里的梧桐枝叶上响起来，院子里的各种各样的虫子在阳光下的杂草丛里漫天飞舞着。七点钟电话响起来，这个时候卢克已经习惯地醒来，在家里的房间的健身房的跑步机下来后，大汗淋漓的他的左手拿着一杯白水，右手接起电话，左手把水杯放在茶几上，在听了不到10秒电话里面的声音之后，卢克只觉得右手在慢慢失去所有力气，随即整个人变成一种被抽空的状态，卢克觉得自己的灵魂在慢慢地飘向很远的地方，他沉默了快半分钟。

“喂，喂，还在吗？”电话那边的声音。

卢克开车只用了半个小时赶到了老年护理院。这段路程平时要花上一个小时还要多，卢克靠在铝合金的窗边，努力地掩盖自己气喘慌乱的样子，听着微胖的女护工带着微微的怜悯，讲述着自己的母亲最后的样子：蒂娜穿着平时常穿的黄色连衣裙，放松地靠在床边，坐在地上，双手耷拉着垂下来，头也低垂着，棕褐色的头发遮盖了她脸上的表情，她像睡着了一样。在她的旁边的地上，有一本天文学的书和一堆零零散散的药盒和药片。

“你知道她在吃这些药吗？”护士问。

“我知道，她只是让自己好受一点，睡觉也舒服一些。”卢克说。

“我们推测她应该是几种混合在一起吃了，你知道，如果是几种一起吃的话，副作用的危险就更大。”护士小心地看着卢克，也在揣测卢克心里的想法，“你觉得她知道吗？”

卢克只是摇了摇头，但是他心里不知道怎么的，总觉得隐隐之中有一个答案，可是连他自己都拒绝这个事实。

“不管怎么说，我们也很遗憾。”护士说，“她的房间里有一些东西，如果你今天要拿回去的话……”

“好的，谢谢你。”卢克点了点头。

卢克来到蒂娜的房间，这个房间他已经来过很多次了，是有着温暖阳光的朝向北边的单人房间。卢克打开门，看到房间的布置焕然一新，似乎都已经被护工重新整理过，营造出了一种崭新却孤单的氛围：所有的被单和床单都被整整齐齐地折叠好，在床上铺成了一个方形，在桌子上也按秩序摆放着蒂娜日常的用品：一些简单的化妆品，牙刷，方巾，图书馆借的国际象棋，一些维生素和药瓶，最右边还有几本杂志；最上面叠着一本陈旧的《普通天文学》，这本书是很久以前修订的旧版，如今里面很多的内容根据天文和物理学的发展，都已经更新了，如果没记错的话，这本书是贝尔以前给蒂娜读的。

阳光从窗户外面折射进来，卢克拿起了那本书，拿起来的时候，不断地有灰尘的碎屑从书本上面扬起来，在光束里像细密的雪一样飞舞着，一只飞蛾不知道从哪里飞出来，沿着光束一直往光的来源处飞，却因为透明的玻璃挡住了，所以它只能不断地扑棱翅膀，不停地向阻碍它的玻璃一次又一次地飞去。卢克顺着玻璃向外望，一片种植着蔷薇花和柠檬树的花园，旁边有长椅供老年人们休息，卢克突然想起了之前陪着蒂娜的场景，在秋天的月夜里，他们就那么一直坐着从傍晚一直到天黑，直到星星出现。

“你看，那几颗很亮的，叫什么来着？”

“那个应该是仙女座。”

“有个代号，叫作 M31 对吧？”蒂娜说。

“你不是知道嘛。”

“我也只知道这些了。”

“都是那本书上看来的？”

“最近没事的时候就想看，以前你爸爸在的时候，我都不会去看，现在不一样了，可是看它，觉得我一辈子都入不了门，我觉得我永远不会对这个感兴趣，这就是我只能做家庭主妇的原因吧。”

“仙女座其实比整个银河系还大。”

“是啊，所以我一辈子都看不懂。我以前问过你爸爸宇宙有多大，他这么和我说。”

“嗯？”卢克问。

“他说，宇宙很大也很小，其实啊，宇宙就在你的手掌心里，我问他为什么，他就用手捂住了我的双眼，说，现在你还能看到什么吗？然后我就笑了。”蒂娜带着笑的回忆表情，像个孩子一样。“然后我说有没有可能你在看着星星，那上面也有个人在看向你这边，他说如果那上面有人在看你的话，你会感应到的，那个时候我就在想，这个人一点都不像科学家，倒像个骗子。”

这个时候蒂娜突然转过头来严肃地问卢克，让卢克吓了一跳。

“真的什么事情都有答案吗？”蒂娜认真地问。

“嗯，什么都有解释的，世间万物，它们的发生、状态、未来……”

“要是我的时间不够发现这个答案怎么办？”蒂娜问，“我觉得我有点累了，你看，我再也没有年轻时候的体力和精神了，我沿着这个花园走一圈都觉得累。”

“没关系的，妈妈，你一定会找到的，我也会帮你，我一直在帮你。”

卢克靠在了蒂娜身边，两人依偎在长椅上，就像卢克小时候那样。

卢克从蒂娜死之后就一直没有感到特别的悲伤，这一点他也难以置信。也许他的潜意识之中蒂娜只是睡着了，或者另外一个合理的解释，她去找消失的贝尔了，也许是这两个解释在卢克的脑海中让他感到稍稍的释怀。下午他一个人到了医院的停尸间，洁白的墙和冰冷的金属柜之间，蒂娜安静地躺在正中间，被淡蓝色的医用消毒布盖着。卢克轻轻地掀起一角，看到了蒂娜的棕褐色的头发，还是如此的润泽，这就够了，如同我们永远无法看到一个人的全部一样，这就够了。卢克把掀开的那一角布放下，让蒂娜安静地在那里，卢克想，很快她要启程了，踏上通往真实和答案的阶梯，变成这个世界这个宇宙的真正的一部分，很快她会和贝尔在一起，而卢克会在这里祝福他们的再次相遇。

卢克依然选择了克莱彻的墓园，将蒂娜的墓和贝尔的空的墓碑与之相邻。周六葬礼那天，卢克穿得简单肃穆，天气很好，晴空万里，在教堂，他看到了很多人都来给蒂娜送行，包括很多的蒂娜和贝尔的亲戚、大学时候的同学、从前的邻居，甚至经常买东西去的杂货铺的女老板，包括很多认识不认识的朋友。他们都带着悲伤的表情肃穆地向卢克送上哀悼之情，卢克和每一个人问好，然后做了蒂娜的生平和简要的悼念致辞，他比自己想象得还要沉着冷静。

在牧师做完全部的仪式和发言之后，卢克目送着所有的人开始慢慢地向教堂外走。逐渐这个狭小的教堂又变得空旷不已，最后他看到了坐在角落里的两个女人，她们也穿着黑色的礼服，其中的一个拉着另外一个人站了起来，打算到前面来找卢克说话，卢克看着其中那个短发的女人，她有着精致的面庞，利索的黑色短发和闪闪有神的眼睛，只是在卢克的印象里，眼前的这个女人，比他印象中的明显多了几分岁月的痕迹。

“没想到你也来了，谢谢你。”卢克抢先一步说。

“卢克，我真的很抱歉。”朱莉说，“爱丽丝，你能先走吗？我想和他说说话。”

另外一个女人点了点头，回过头慢慢走出教堂，消失在了门外。

“这么多年了，没想到发生了这么多的事情。”朱莉说。

“是啊，你还好吗？”卢克问，“你和爱丽丝怎么样？”

“我和她很好，我们领养了一个孩子，叫哈里，他现在在上学校的棒球课没有办法过来，什么时候你可以见见他。”

“嗯，也没有必要过来，我也喜欢棒球。”

“你现在还在大学里吗？”

“对，上课、搞科研，也没有什么新进展，就那样吧，拿着薪水。”

“那你……”朱莉小心谨慎地看了看四周，“没有找吗？在我之后？”

“没有，也许是习惯一个人了吧。”

“我在想，”朱莉抿了一下嘴唇，犹犹豫豫地说，“你是不是还在生我的气，我们那个时候就经常吵架，让你的母亲也不愉快，现在这么想起来……”

“没有，我们双方都有责任，过去就不要再追究了。”卢克说，“现在我觉得，没有一个人能陪你走到最后，大家一个个地离开，寻找自己真正的幸福，你看你现在，过得比以前好，我很开心。”

朱莉的眼角泛出泪光，她用手擦了一下，“我知道，但是我，我觉得你总是委屈你自己，想起你的时候我就觉得歉疚，想你如果过得不好，是不是都是因为我……”

“没有关系，我现在过得很好啊，过去的事情早就过去了。”卢克点点头。

“可是没有人注定要一个人，你值得拥有更好的。”

“我知道什么是更好的，我也体验过，所以我没有遗憾。我怕的是，我一直在等，如果我撒手不管，我怕错失这种感觉，最后我会不知道我在找什么，我在等什么。”卢克说。

“你在等什么？”朱莉说，悲伤的表情里带着点茫然。

“我不知道，我也不清楚具体的，它可能是一个答案、一把钥匙，能打开你所有的困惑，或者一些更大的秘密，它也可能是山谷悬崖边缘上的一朵稀世无双的花。但是你只有一个人独身爬过险峻的山谷，冒着随时会摔下去的危险，在路途的最后才能采到。你也可能看到这样的花后，就会掉下悬崖，但是你不会后悔，你绝对不会后悔，最重要的是，我知道它会来，我有这种预感。”

“嗯，那就好。”朱莉结结巴巴地说，眼神四处闪烁，“以后，如果你想说说话的话，我们就住在西格兰维尔的山庄，你知道的，你想过来就随时来，我们都很欢迎你。”

“好的，一定。”

卢克拥抱了一下朱莉，她还是那么娇小玲珑。朱莉转身依依不舍地离开，沿着教堂中间的过道，最后慢慢地消失在阳光里。现在教堂里真正地没有了一个人，只剩下了一排排的红木座椅，四周窗边的彩色玻璃，身后橡木制作的巨大十字架和耶稣的雕像，这个地方曾经拥挤，人潮却一个个散去，他们走的时候甚至不会往后看，从来不留下任何的痕迹，只有长长的孤零零的背影。这让卢克想起了贝尔走的时候，贝尔背着大大的行囊走在家门口的路上，贝尔也没有回头，只伸出了一只胳膊，握紧了拳头，做出了战斗的姿势，然后就上了车，随后消失在刺眼的阳光底下，消失在盛夏炎热的空气中，随后消失在茫茫的宇宙里，再也没有任何回音。

卢克一个人呼吸着里面重浊的空气的味道，这个时候他才真正体会到了最深的悲伤和寂寞，像是一发利箭一样，无数种回忆裹挟的情感真正地从什么地方射穿了他的心脏，让它破了一个大洞。他感觉到了刺骨的无法忍受的疼痛，卢克从小时候就不怎么流过眼泪，但是这一次他觉得再也忍不住了。卢克捏住了鼻子，就像从小贝尔教卢克的一样，眼泪来了就要用捏住鼻子来憋回去，男生是不可以流眼泪的，但是这个方法从来就没有成功过，卢克的鼻子变得又红又肿，大颗大颗的滚烫的眼泪顺着脸颊流下来。如果是那个时候，蒂娜会从后面温柔地抱住卢克，告诉他一切都不要紧、没有问题，帮卢克擦掉眼角的泪水。但是现在卢克已经没有任何依靠了。待了好久，脸上的泪水已经自然风干了，卢克蜷缩着蹲在椅子旁，望着教堂外的天空，踉踉跄跄地站起来，自己也慢慢走了出去，像一个幽灵一样。

9

贝尔就那么一直飘浮着，听着自己越来越重浊的呼吸，看着眼前的面罩慢慢结上了霜，他眼前的景色慢慢变得模糊，而且他能感觉到自己心跳压迫神经的样子，他能感觉到自己的眼球受到了挤压，变得一涨一涨的。他觉得必须努力一次、再努力一次。他想起了自己小时候学自行车的那段经历，人永远都不知道是哪一次的努力让自己真的获得了成功，但是他知道自己摔得鼻青脸肿。但是他没有放弃，在最后的那一下蹬着自行车的踏板的时候，左脚放了上去，右脚抖了一下，但是最后也离开了地面，那个时候他感觉像成功悬浮在了空中，像宇宙飞船终于离开了地面，他拼了命地蹬着脚踏板，他飞了起来，他终于飞了起来，他看着周围的景色慢慢地从静止变成流动着。他看着自己的父母在远处的眼神，仿佛突然有什么点亮了他们眼中的世界，贝尔骑着自行车向伸开手的他们飞去，这是贝尔童年的时候，最不可思议的经历。

他必须试一次、再努力一次，但是要怎么做？贝尔观察着眼前的宇宙，这里和自己的已知的宇宙都不一样，星云的色泽和形态都似乎和以前地球所处的区域不一样，他能观察到的最近的星球，像之前撞击“赫米特”号的神秘物质一样，几乎都散发着诡异的暗黄色金属光泽，一个星球如果是由纯粹的金属或者重金属元素组成的，也许会形成这样的质感，但是这在之前还没有过观察到的先例。贝尔观察到，在他面对着的区域，星球的密度比较大，而且是越到中心的位置密度越大，不排除那里有一个或者几个类似银河系的星系存在，而当他转身后，几乎没有星星，只是骇人的一片漆黑，那里有什么，贝尔不知道，贝尔只知道撞击“赫米特”号的那块巨大的金属就往那里飞了过去，然后消失不见，如果那里也有一个黑洞？贝尔自己在脑中否决了这个猜想，因为如果那里有个黑洞，撞击“赫米特”号的物质是被吸进去的，那么自己不可能安然无恙，像现在一样。

突然贝尔看到，在那里遥远的漆黑处，突然闪出一片火光，这片火光让贝尔想起了某时某地在地球上燃放的遥远的烟火，而他现在看到的，说是焰火更像是一次偶然却特殊的小爆炸，像是什么撞击到了一个平面上，火花沿着表面四处蔓延，崩裂开来，而那个平面在火光的照映下，似乎也闪着微弱的光泽，在几秒后，火光熄灭了，贝尔悬着的心却没有放下来。

然而几分钟后，突然有成群的暗黄色金属碎片从黑暗中飞过来，像是漫天的子弹雨一般，不知道从什么角落纷纷打过来，贝尔无处可逃，本能地用手挡住了头，他能感觉到，各种碎块正在噼里啪啦地往自己的宇航服上打，如果没有特制的宇航服的保护，贝尔的身体估计已经被打成了筛子。接着，其中一块巨大的金属撞击到了贝尔，金属的质量太大，贝尔被撞飞了好几十米远，他的腰部径直受到了巨大的力量冲击，贝尔感觉到刺骨的疼痛。顶着这样的疼痛贝尔抓住了一小块飞来的金属碎块，虽然不知道这是什么（也许是一种新的重金属元素形成的物质）。贝尔吃惊地发现，它和之前撞击“赫米特”号的金属的色泽完全一样，联想到“赫米特”号的撞击，联想之后的爆炸，贝尔突然有点明白，也许是有什么在那片黑暗中，挡住了那块巨大金属的去路，导致金属撞击发生了爆炸，因为是在太空中，所以很多冲击产生的碎块弹了回来。

而在那片黑暗中究竟有什么，它或许是一个未知的天体，本身能够吸走所有的环境光，像黑洞一般，从而让自己能够成功地藏匿于黑暗之中，变成了一个凶险的捕猎者？贝尔的经历已经让他成功地确信，宇宙中还有很多不为人知的秘密，所以无论再发生什么，贝尔也许都不会感到吃惊。

又一阵剧烈的金属陨石雨猛烈地刮来，贝尔像是一片在秋天的寒冷的细雨中，独自苦苦挣扎在树梢的叶子，一不小心似乎就被击落，啪啪的声音不断地从贝尔特殊玻璃制作成的面罩上传来，贝尔索性闭上眼睛。而突然一阵尖利的巨响，紧接着伴随着什么划过面罩的一声撕扯的短促噪声，贝尔睁开眼睛，他惊恐地发现，面罩上已经多了一条小小的裂痕，只有裂痕没有关系，只要内部的气密性能够保持住就可以，但是事情总是往最坏的方向走去，贝尔发现手臂面板上显示的氧气供应数值正在飞快地下降，一定是氧气通过裂缝逃逸出去了。

如果在“赫米特”号上，他可以用胶带密封住裂缝让氧气不逃逸出去。可是现在，贝尔孤身一人飘零在宇宙中，什么也没有，他只能用手盖住面罩，尽量不让氧气从裂缝散到宇宙中，而这么做虽然降低了氧气的逃逸速度，但是面板上的数字仍然在不断下降，在短短几分钟内，从48%降到了32%。而现在据贝尔估算，按照这样的速度，不到半小时宇航服的氧气供应就会完全地耗尽，那个时候贝尔会在里面窒息而死。

一定要做些什么，不能再等了。贝尔看着那片令人恐惧的黑暗宇宙海洋，感觉到自己心跳越来越快，呼吸越来越急促，“那里面有什么，能救我吗？”贝尔已经知道，现在的自己，已经接近于往哪里走都是绝路的状态，他几乎不可能在半小时内，突然地凭空地造出氧气来，让自己生存下去，更不可能突然地发现一片近似于地球的绿洲，让他安然无恙地脱掉宇航服自由行走，真实的情况是，在周围都是弥漫着虚无的宇宙里，这里不可能有希望，希望不可能包裹在连死亡和腐朽都难以触及的地方。可是那片黑暗，那片黑暗里究竟有什么，贝尔迫切地想知道，究竟是什么能够把金属反弹成碎片，他想在死之前，揭开一个自己见证过的又一个宇宙的奥秘，也许此生的遗憾，会稍微变得少一些。

贝尔调整好了角度，按下宇航服的推进器按钮，火光从背部的排气孔里喷出来，贝尔飞了出去，向着黑暗深渊，向着没有答案的未知。贝尔怀念着地球，在那上面生存着的人，每天为了什么而忙碌？他的亲爱的儿子、可爱的妻子现在在做什么？他们一定觉得贝尔已经葬身于宇宙，他们一定没有想到，不知道在多少光年外的宇宙里，贝尔还在努力着，他想大声喊，贝尔一边飘浮着、前进着，一边大声喊，他想告诉他们，他还活着，他爱他们，贝尔大声地喊着卢克的名字，歇斯底里地喊着直到声音沙哑，他想喊得足够大声，这样声音也许能穿越整个宇宙，让他们听见自己最后的呼喊。

不知道飞了多远，突然“砰”的一声，不知道自己撞到了什么，贝尔震颤了一下，一阵闷痛传来，整个人停了下来，推进器还在喷射着燃料，但是接触到的阻碍让贝尔似乎无法继续前进。他关掉了推进器，用手触摸着前面，一片漆黑，看不见任何东西，但是前面有什么？贝尔摸索着，前面似乎有一堵墙一样的东西、一个巨大的表面，光滑的、透明的表面，远处传来的光似乎能直接穿过这个表面，而不引起任何反射，所以在远处看不到它的存在。贝尔手脚都接触在这样的表面上，开启了推进器，贝尔在这样的表面上维持着这样怪异的姿势滑动着，像一只在水上滑动的水蛭，这个表面比贝尔想象的还要大，推进器推进了十几分钟，贝尔还没有触碰到边缘，他关掉了飞行器。

这个时候贝尔突然看到，在不远的地方有一个巨大的坑，像是被什么凿开一样。贝尔沿着表面摸索着过去，他看到那个坑的部分终于不再透明，而是接近于灰白色略微粗糙的质感，从里面不断地飞出来一些透明的碎块，有的是三角形，更多的是不规则的棱柱形状，有一些碎块沿着表面悬浮在巨大的坑的周围，像是小行星周围的陨石带，贝尔捡起一块碎块，反复观察。

贝尔的心猛地一颤，手中的碎块像是玻璃，又像是冰。可是贝尔掰断了一块，从横截面的质感来看，这更像是玻璃。可是让贝尔难以置信的是，玻璃本来是地球上人工制造成的产物，为什么在这样的深空里，会有玻璃的存在?

缓慢地放下了那片玻璃，它轻轻地升腾起来，慢慢地浮在大坑周围。贝尔努力地用手滑行，让自己又靠近了那个坑洞的表面，坑洞被凿出了无数个大大小小的玻璃裂面，像是未经开采的满是钻石的矿石坑洞，每个面都投射出并闪耀着从远处传来的星体的微光，让人感到目眩神迷。贝尔又在大坑中发现了些许的暗黄色金属粉末，这个时候他才明白，这个就是刚才发生撞击的位置，那块撞击到“赫米特”号的巨大金属块径直飞到了这里，被这面玻璃挡住，发生了剧烈的冲击爆炸，并且反弹了回去。那块金属的密度看起来非常大，速度快得惊人，所以只有比它大得多的物质，或是星球或是什么别的才能将它反弹回去，并且纹丝不动，这是一个透明的玻璃星球，或者，这根本就是一个平面、一堵玻璃幕墙?

贝尔在年轻的时候，从来没有想过也不敢想过宇宙的边缘，他们被学术界的各种理论和猜想搞得不知所措，没有技术能够探测到宇宙的边缘。人们也只是从已知的部分推测未知，但是这就如同用一粒芝麻来推测西瓜的大小。但是现在，贝尔看到了这样怪异奇妙的景观，经历过这样惊心动魄的体验，他在心里有一种大胆而疯狂的猜想，他眼前的也许就是宇宙的边缘，整个宇宙被这样的类似玻璃的物质外壳紧紧地包裹着。

贝尔宇航服的氧气储备越来越不足，现在只剩6%，贝尔能感觉到他的身体本能地，为了摄取足够的氧气表现出各种异常的反应。贝尔的身体一阵冷一阵热，心跳越来越快，他能感觉到自己的头轻微地涨痛、眩晕，他透过面镜看到自己的瞳孔微微地放大，但是贝尔尽可能地小口呼吸把能源的消耗降到最低。氧气快要耗尽的警报灯一直在闪，贝尔没有去管它，他触摸着那些坑里被凿出的面，贝尔想知道，如果它是一堵墙一样的东西的话，那么它的外侧又是什么，如果宇宙是被这样的玻璃一样的物质包裹的话，那么宇宙外又是什么？贝尔想着这些的时候，头脑开始不断地眩晕，一些无关的字句和画面出现在贝尔的脑海，头部血流的缺氧让贝尔变得轻快，贝尔看到了小时候的卢克，坐在他的头上看着远处的邻居家在放烟花，他忍不住叫出了卢克的名字。

“爸爸。”

贝尔的心里猛然一震，他听见了这样的声音。他不知道这样的声音从哪里传来，也不知道这声音属于谁，这是一个成年人的声音，但是他从声音里感到了温暖和亲密，一种夹杂着陌生与熟悉的距离感。贝尔睁大眼睛，努力摇头，最终才意识到只是自己的幻听，他重重地吐了一口气，然而他的手正要从裂面上放开的时候，突然每个裂面里面迸出无数道光，裂面渐渐地变得雪白，然后，上面渐渐有了一些纹理，飞速颤动的纹理。这些纹理蔓延开，并且有了不同的颜色，直到最后，几千个裂面上，慢慢呈现出了几千种不同的影像，他看到了他一生中最难以描述、最惊悚却也是最神奇的画面。

贝尔睁大了眼睛。

10

卢克躺在疗养院的床上。他今年 85 岁，他的脸上早就已经没有年轻时候的俊朗，年轻的时候的卢克还有人说他是娃娃脸，和贝尔一样，可是现在再也没有人这么说，他的脸上刻满了深深浅浅的皱纹，他躺在那里，一动不能动，他双手的手背上分别都插了输液管，整个人像一具木头雕刻出来的作品一样。卢克还依稀记得几十年前，自己的母亲在疗养院时候的样子，那么脆弱、那么孤独，但是仿佛一眨眼，时间就让自己突然变成了这样。

他只能头斜着看着窗外的风景，九月初秋的蝉鸣在碧绿的山林里发出最后的交响乐，窗外的松林却还是盛夏般碧绿的模样，但是洒在枝头的阳光却并不如此刺眼，偶尔能看到一两只松鼠在松树的树干上蹦蹦跳跳，捡起一颗松果抱在怀里然后倏地一下消失。这个时候卢克的嘴角会微微上扬，对他来说，他等的也许就是这一刻，所有凝滞的画面因为松鼠的存在突然变得轻松而活泼起来，在漫长的时间中突然有了一点慰藉。

卢克在母亲去世之后，又有了几段短暂的爱情。他在心里仿佛刻下了她们的名字，却最终还是他一个人度过剩下的时光，为此他却并不感到后悔。如果一个人不能陪你走到最后，那也是正常的事情。事实上，往往大多数爱情都能有至死不渝的灵魂的共鸣，不能开花结果一直延续到生命最后。如果彼此享受不到快乐，那么也许是该让彼此自由的时候。也正如卢克的天文学研究，如同万万千千的科学家一样，到最后也只有一两个取得了实质性的突破。卢克所研究的课题，关于黑洞、宇宙边界，到最后也没有取得直接的证据来证明某个论断，在学术界取得一致性的结论。也许他只是平庸的一个，如同这个世界上的万万千千普通人一样，为了真理一直向前跑，最后却还是没有到终点。

卢克在内心对自己说，行至止境，自己早就接受了这样的结局，并没有遗憾。他的桌台上放满了一束束的鲜花，是他的学生、同事还有前妻们给他送来的，每天都会有一两个来看望他、和他说话，让他尽量感到充实。然而在鲜花丛的后面，始终有一个闪亮的圆球体，那个水晶球，里面有宇航员的水晶球，他到哪里都会带着。卢克每次看到它的时候，心里都会泛起涟漪，是什么让他一直走在这条路上，为什么偏偏是这条路而不是别的，他看着里面的宇航员在晶晶亮的行星碎片里面浮浮沉沉，虽然内心极度抵抗着这样的想法，但是卢克的内心，隐隐约约还是不时地浮起那一种空虚夹杂着不甘心的情绪，他的人生还是像拼到最后的拼图，却发现始终缺了一块。

过了下午六点，外面的天色很快就暗下来，松林里面留下了橙色的光和斑斑驳驳的树木的影子，这个时候门外面传来轻轻的门铃声。卢克把头转过来，把视线从窗口悄悄移到门边。

穿着护士服的安娜轻轻推开门，她是这里的护士中最年轻的一个，但也是在卢克住在疗养院的三年来，照顾卢克最长久的一个。所有的护士都以各种理由，从重症监护区调到了一般老人的护理区，原因很简单，没有人想在一个终日卧床不起的终末期糖尿病老头儿身上，做比一般的老人多一倍的工作，挥霍体力顺便浪费自己的青春。但是安娜不一样，卢克能看出来她是真心地想帮助别人，安娜在每天的早上会喂卢克吃饭，帮卢克搓浮肿的脚，有的时候卢克的脚上长疮了，安娜会把里面的脓汁挤掉，然后帮卢克敷上药。在卢克还能走路的时候，安娜会每天定时搀扶着一瘸一拐的他去天台上散步，哪怕走到天台这个过程要花半个小时以上，安娜也不会图省事推着轮椅上去。卢克的病情时好时坏，现在卢克就全身酸软，只能躺在床上，安娜就每天坐在旁边讲着自己在护理院的有趣的故事，有时候逗得卢克咯咯地笑。

安娜一边推着小车，车上有晚餐和一些绷带与药物，安娜时不时地整理着衣服的皱角，走进来，看见卢克在看她，她就礼貌地微笑地看着卢克。

“今天怎么样？下午在C区我没过来，感觉一切都还好吗？”安娜问。

“嗯，你不在的时候我觉得已经死了，看到你又活过来了。”卢克微笑了一下，“如果没有你我估计已经去见上帝了。”

“哪有的事？”安娜轻轻地把针管，从卢克的布满血管的皱巴巴的手背抽出来，帮卢克摘掉了挂着的吊瓶，“你看你还能开玩笑，在这里还能这么说话的老人可不多。”

“你不知道，”卢克说，“就像牙膏用到最后一样，拼命挤才能稍微挤出来一点，我也就这么点本事了。”

“你自己觉得你快没了，但是你不知道其实你还有很多，只是没有遇到帮助你挤的人。”安娜一边说话一边帮卢克用消毒纸巾擦手，然后检查各种仪器，核对并写卢克的健康卡。说到这里她突然停下，脸上露出调皮的表情，带着若有若无的红晕，“我怎么觉得这段话怪怪的，这个比喻。”

“那我也许该换成……抽纸巾的纸筒，或者沙拉酱的瓶子？”卢克喃喃地笑着说。“不都一样吗？反正都是拿来用的。”

“喂喂，不要再比喻了，好了。不说了，该吃饭了。”安娜笑着做出了停的手势，把卢克身体轻轻地扶起来，让卢克靠在床后面的枕头上，拿出餐垫垫在卢克身上，然后从小推车下面捧出了一碗燕麦粥类似的东西，递给了卢克，卢克的手有点发抖。

“自己可以吗？”安娜问，“医生说你这几天恢复了一些。”

“我试试。”

卢克接过了安娜递来的勺子，颤抖地拿着，小心谨慎地伸向两腿上餐垫上的碗，舀了一勺乳白色的牛奶燕麦粥。准备要拿起来的时候卢克的手一直在颤抖，安娜坐在床边紧张地看着卢克的动作，卢克把嘴尽量靠过去，让自己更接近手中的勺子，但是在一瞬间手突然失去了力气，舀着燕麦粥的勺子掉在了卢克的衣服上，燕麦粥液体伴随着颗粒从卢克胸口的纽扣，一直从蓝色绒棉睡衣上滑到餐垫上。

“还是不行。”卢克挤出一丝微笑低下头去，脸上轻轻地抽动了一下。

安娜什么都没说，从推车上拿来了清洁布，仔细地在卢克身上擦掉了燕麦粥的痕迹，然后拿起碗和勺子，一勺一勺地往卢克的嘴里喂燕麦粥，卢克看着安娜的脸上专注的神情，然后配合地张开嘴。

安娜给卢克喂完了晚餐，用消毒纸巾给卢克的嘴角擦了个遍，然后转头去整理小推车上的仪器。

“你看到外面的星空了吗？”卢克问。

“嗯，看到了。”安娜的声音。

“我想去看看，你能帮我吗？”

“好啊。”安娜说，“但是这个时候天台已经关了，而且现在太冷了。”

“那就推我到阳台上吧。”卢克说。

安娜把卢克的双脚抬起来放在床边，让卢克直起身子坐着，然后推来了轮椅，接近颤颤悠悠地抱着卢克小心地放在轮椅上，打开了房间通往阳台的门，把卢克推了出去。

卢克坐在轮椅上，看着外面，北方闪烁的星空仿佛一块透明的珍珠帘幕，挂在黑夜的背景上，偶尔有一两颗流星划过。卢克就这么坐着，安娜站着，两个人静默着不说话，秋天带着凉意的风吹着卢克银白色的稀疏头发，吹过安娜棕色的长发发梢，安娜打破了沉默。

“其实我，明天要走了，我明天就……”安娜犹豫地说，“不干这个了。”

“是吗？”卢克问，脸色从平静变得有些沮丧，“为什么呢？”

“我，我……”安娜踌躇了一会儿，“我家里有一点事情，要去处理。”

“我不该问的，”卢克说，“没事的，如果你有什么事情就去做吧。”

“会有别人来替我照顾你的，这点你不用担心，我会嘱咐好，我们是专业的疗养院。”安娜急忙说。

“我知道。”卢克说，低下头去，“你已经很不容易了。”

“其实我也不想走的。”安娜的声音突然变得有点颤抖。

“如果想分享什么秘密的话，你可以跟我说，”卢克说，“反正我这个快死的老头子也不会和谁说出去，不过你不想说也没关系。”

安娜抿了抿嘴，深深地呼出一口气。

“其实，从第一次看到你，我就觉得你，怎么说呢，很像我爸爸。”安娜说。

“所以这是当初你没申请转去普通病人区的原因吗？”卢克问。

“当然不是，我喜欢照顾人，我从小就是这么想的。”安娜笑了，“我只是觉得你和他的神态和动作都很像，和你在一起我觉得很舒服，有一种亲近感。”

“哦，他现在……”卢克问。

“他十五年前就在车祸里死了，”安娜说，“是别人撞他的，故意的。”

“对不起。”卢克说。

“他生前的时候一直在贩毒吸毒，我不知道具体的情况，有一次他私吞了钱，又和老大的女人搞在了一起，上面的头目就派人开车撞死了他。”安娜说，不带任何表情，“最后只剩下我和我妈妈，还有弟弟。”

“你们一定过得很艰难吧？”

“嗯，我妈妈一天打三份工，才能买足够的食物养活我和弟弟，曾经我想过到底是谁造成了这一切，是父亲吗？但是对父亲……我却始终恨不起来，我也不知道为什么，也许是因为他已经死了。”安娜说，“他是个人渣对不对？但是我却还是想他，有些人就是无论犯了多大的罪，但是因为有血缘这个东西在，你就是一直想为他辩护。”

“嗯。”卢克看着安娜，“谢谢你和我分享这些。”

“这件事还没完，撞他的人和贩毒的团伙一直没有被抓起来，直到去年我们偶尔翻出他的遗物才发现贩毒团伙的证据，我根据信息找到了他们新的窝点，上个月把信息给了警方和FBI，想让他们……”

“然后呢？”

“事情没有我想的那么简单，前几天有陌生人打电话来说要找到我，然后杀了我。”安娜的声音开始颤抖，可以看出来她尽量地克制情感。

“所以你要走……”卢克说。

“对，我想走，这里有我的信息，他们肯定会找到我的，我想和男朋友一起走。”

“你们能去哪里？”卢克问。

“我们想，越远越好，离开这个国家，到别的地方换个身份换个生活，越快越好。”

“我明白了，”卢克叹了一口气然后说，“去别的地方吧，他们不会找到你的。”

“谢谢。”不知不觉间，由于紧张愤怒，也许是激动，安娜的眼角已经沾满了泪水，在黑夜中月光的反射下，闪出一丝丝如星光般的光芒，她拿出纸巾来擦了擦。

“你看到天上的这些星星了吗？”卢克说，“你有没有想过，要是逃到宇宙去，躲到星星之间，他们就永远找不到你们了。”

安娜扑哧一声，略微笑了出来。“我也想。”

“你既然告诉了我你的秘密，那么我也告诉你我的。”卢克说，“我的父亲就在这片星空之间。”卢克伸出颤颤巍巍的手，指了指天上。

“哈？”安娜听到了不可思议的话后，困惑地发出了一声疑问的轻笑。

“是真的，我的父亲，70 年前去做宇航员执行太空科研任务的时候，消失了，连人带着宇航船一齐消失了。”卢克说，“无论怎么找，都找不到。”

“是这样的吗？”安娜想了一下，然后说，“但那已经是 70 年前的事情了，如果他现在还活着的话……其实他现在也不可能活着了吧。”

“其实你说的是对的，百分之九十九点九他现在已经死了，但是我因为了解一些宇宙的奥秘，所以我知道，还有百分之零点一的可能他还活着。”

“现在吗？可是人的寿命，不应该只有……”安娜问。

“在宇宙，什么都可能发生，比如在银河系接近边缘的冥王星，一天相当于地球上的六天，这还只是银河系，真正的宇宙大概是银河系的几亿倍大，所以时间在那里，和地球上完全不是一个概念了。”

“你是说也有地球上过了几十年，那边只过了一天的地方？”

“对。”卢克咽了一口口水，现在大量说话对卢克都是一种负担，“但是即使他还活着，他怎么回来，又是另外一个不可能的任务。这种概念，就像把你丢在太平洋的中间，即使你会游泳，但又有什么用呢？所以这么多年过去了，我的希望也在慢慢消失。”

“还有吗？”安娜突然问，“你一直在等他吗？”

卢克沉默了。

“内心里如果你还在期待的话，那么它就一定会发生。”

“是吗？”

“对我来说，奇迹也是一种必然，并且奇迹的存在也是有它的理由，因为它会带来另外的奇迹。”安娜说，“你知道你刚进来的时候，主治医生怎么说吗？”

“怎么说？”卢克问。

“他说‘这个病人是晚期糖尿病，最多1个月，你就能解放了，不要和病人讲’。然而都三个月了，我还一直在照顾你。你知道吗？上帝让你继续和我们在一起，一定有它的理由，也许是觉得你还没有到那个时候，也许是想要满足你的愿望，也许是让你见证另外一个奇迹。”安娜说。

卢克说不出话来，只是怔怔盯着远方。

“你要答应我，一定要坚持下去好吗？即使我不在的时候。”

卢克微微点了点头，眼角有泪水滑了下来。“你也要加油，不要被……”

卢克还没说完，突然听到楼下传来一阵喧嚣，一群人尖叫的声音，奔跑的鞋底摩擦地板的声音，紧跟着一阵枪响和玻璃破裂的声音。

“怎么了？”卢克问。

安娜跑到了阳台的边缘，低头看了一眼一楼，大惊失色。

“我见过那个人，他来找我了，他来找我了。”安娜瞬间脸色煞白。

“怎么会？”卢克说，“你要不要躲起来？”

安娜慌张地把卢克推回房间，然后想拉开门出去，但是碰到门的把手，手又闪电般地缩了回来。

“不要出去，躲在衣柜里吧，他来了我就说你走了。”卢克说。

“嗯。”安娜说完，哆哆嗦嗦地打开衣橱，藏了进去。

卢克镇定地坐在轮椅上，他的心里意外地不感到慌张。不知道为什么，他反而有一种即将要类似解脱的轻松感。他在脑内模拟着待会杀手进来的画面，想着应付的策略，他四处看着想要找一个类似坚硬的物体以防万一。但是他能找到的，也只有那个玻璃水晶球而已，他把水晶球从书桌上拿下来，抱在怀里，静静地等待着门开的那一刹那，四周安静得可怕。

碰到水晶球的一刹那，卢克又有一种熟悉而神秘的感觉，他说不清楚这样的感觉是来自哪里，仿佛是很久很久以前的一种气味给他的情绪带来的感觉。这种感觉让卢克的情绪进一步镇定下来，卢克感觉到自己的记忆正在被什么勾着、搅动着，从黑暗模糊的未知中，一片混沌的灵魂的海洋里，马上就要浮现出来。

这个时候，门被粗暴地踢开，发出了砰的一声巨响，打断了卢克的思绪，冲进来两个蒙着面罩都穿着黑色夹克的彪形大汉，一个胖一个瘦。

“她在哪里？”其中胖的那个开口，蛮横地说。

“谁？”卢克平静地问。

“安娜，安娜·列治文。”

“她出去了啊，早就出去了。”

“什么时候，去哪儿了？”瘦的那个开口。

“我怎么会知道，我一直在这里。”

“这不可能，底下的护士说她在这个房间，她不可能在别的地方，我们来的时候走廊里都没有人，你抱的是什么东西？”瘦的黑衣人男子破口大骂。

“跟你有什么关系？我说了她不在这里，请你们马上出去。”卢克说。

“哼。”

两个人开始四处围着房间搜寻，东拿拿西放放，当看到衣柜的时候两个人都冷笑起来，其中的瘦子举起枪对准了卢克。

“安娜，如果你在这个房间的话，你最好出来，不然你房间里这个死老头就没命了。怎么样，别等我们把你揪出来，你看看我枪口对着谁，对，反正你躲在那里面也看不到。”

卢克看了看衣柜，然后看了看瘦子举起的黑洞洞的枪口。

“我说了她不在里面，你们就别费力气了，杀了我对你们有什么好处吗？反正我是无所谓，我还剩什么？你大可以开枪，我倒是想看你的枪管里面有什么。”

“切！”瘦子不屑地说，“看你这样反正也活不了几天，我提前帮你解脱了吧，安娜，你听见没有，这老头儿自己想死，我给你……”

卢克冷静地看着两个匪徒，他能感受到他们眼中散发出的凶光，以及那种不屑和无所畏惧的表情，他们是来真的。杀完人他们也许会逍遥法外，也许会被警察捉住，但是如果自己死了，一切都没了，卢克想起来刚才安娜说的那番话，本来他可以对此生毫无眷恋，但是他这个时候又紧张起来，还有那么一个理由让他坚持下去，也许就是那个奇迹，是他不能现在抛弃这个世界的意义。卢克吞了口口水想着该怎么办，自己的话已经抛出去了，他不能让安娜出来，他甚至连站都站不起来。卢克的内心开始有些慌乱了。

“卢克。”

不知道从哪里传出来的声音，熟悉的声音，卢克看着四周，寻觅着这个遥远却又在耳边的神秘的声音，从他的深层记忆里，往事像纸页一样被翻开，他辨别出了这个声音，自己的父亲，贝尔正在呼唤他，但是他不知道他在哪里，卢克的内心不安起来。

“卢克，听我说。”

贝尔的声音，还是那个声音，在贝尔离开前的那个夜晚的声音，卢克的心狂跳起来。

“你在哪里？”卢克喃喃地说，干瘪的嘴唇不住地颤动，卢克流下泪来，“你在哪里？”

“你说什么呢？”瘦黑衣匪徒说。

依然是贝尔的声音，不知道从哪里，仿佛直接通过大脑电波传送给了卢克，如此清晰，熟悉却又陌生。“卢克，听我说，我没办法解释，但是他们十秒钟后就要开枪了，在我倒数五秒后，你把手中的玻璃球放到你的胸口，就是心脏那个位置，听我的。”

卢克点点头。

黑衣人开始不耐烦了，“安娜，你再不出来，我就开枪了。”

卢克能看到衣柜在微微地晃动，安娜却始终没有出来，他已经顾不得了，也不希望安娜出来，他在手中悄悄地攥紧水晶球。

“五。”贝尔的声音。

“四。”

“三。”

“二。”

“一，快！”

一声巨响，整个房间都在震颤，一瞬间，黑衣男子扣下了扳机，而在这同一瞬间，卢克用尽全力，把水晶球举到了自己的心脏的位置。卢克闭上眼睛，子弹旋转着咆哮着，径直地射向卢克的心脏，却在卢克的胸前爆炸开来，水晶球的碎片伴着水滴像花朵一样爆炸开来，这个时候一切时间仿佛就此凝固，窗外的夜，流星群却像雨一样划过黑暗的天空，整个夜晚被照得如同白昼。

穿着宇航服的贝尔，双手触摸着包裹着宇宙的玻璃幕墙，他透过镜面看着卢克这边发生的事情，突然在一瞬间，幕墙从透明的状态，突然出现了一道道白色的裂缝，这些裂缝越来越大，从里面射出无数道光线，那种足够把贝尔吞没的光线，仿佛是天堂之光降临于世间。贝尔渐渐看不清所有的东西，周围的一切在强光的照射下连轮廓都失去了，只能依稀地看到，模糊的灰色块状物体在身旁飞过，他感觉自己静止着，却又感觉自己正在高速滑行，变成了一颗在未知的空间划过的流星，耳边有强烈的风吹过的声音，在风声里面又有什么碎裂的声音。

贝尔感觉自己迅速地穿过一个通道，他伸出自己的手，手和自己的身体的形状仿佛在二维和三维之间变幻，时小时大，贝尔感觉自己变成了一个平面，又感觉自己只是脱离了肉身而成了一个飘荡的灵魂，但是贝尔没有不安，没有晕眩，没有任何的感情。无数画面从他的脑中流过，像是冥冥中湍急的水流冲刷着贝尔的意识，这种感觉，和贝尔第一次穿越过黑洞的感觉一样，他的意识仿佛只是作为一个观察者，俯瞰生灵和宇宙的眼睛，最后变成了宇宙上的星球、星球上的万物，而最后，一切都开始消失。

由于子弹打击到水晶球发出的巨大冲击力，卢克从轮椅上摔了下来，无数片飞散的碎片把卢克的脸和手臂都划出了血，一道一道的伤口中的血汩汩地淌下来。安娜惊恐地从衣柜里面逃出来，她的手里拿着手机，不停地颤抖着。卢克侧躺在地上，用余光看着发生的一切，两个黑衣人粗暴地拉着安娜的手，把弱小的她拽了出去。门关上了，卢克还倒在地上，他们出去的时候，卢克听见了警笛的响声，由远及近。

卢克听见了，感觉到了，在自己倒地的一刹那，有什么发生了。在窗外，在流星群降下的夜晚，有一种气味，有一种感觉，一种熟悉的感觉，在此刻，在外面，是奇迹，跨越时间和空间的一种联结，冥冥中不能被解释的预感，从几万光年外，不可能被发现的空间与时间的盲区，降临到了他的身边。

房间里的地毯上布满了水渍和玻璃晶莹的碎片。卢克四处望，寻找着，里面那个宇航员却不知所终。他挣扎着，努力用尽全身的力气，从地毯上向外面爬行起来，他的脚浮肿着，身上的血从皮肤上的伤口，蹭到了米色的地毯上，变成一道道猩红色的条纹。卢克用一只手支撑着身体，另外一只手推开通往阳台的玻璃门，这个时候玻璃门边凸起的玻璃碎片又在卢克的大腿上划了好几道，血汩汩地流下来。卢克却没有停下来，他继续向外爬着，向着那个黑暗的，不断仍有流星划过的夜空。好不容易，卢克凑到了阳台的边缘，他向下面的草坪望去。

一个人的背影。那个人穿着粗大笨重的白色宇航服，在黑夜的笼罩统治下，底下没有多少光，他却显得格外耀眼。那个人趴在地上。卢克往外看的时候，他正努力地准备站起来。最后他晃晃悠悠地站起来了，只是背影，只是轮廓，和七十年前离去的那个背影一模一样。那个人停了几秒钟，转了过来，脸对着建筑这边。在黑暗中，看到了他的脸，清楚地看到了。

卢克的嘴角，情不自禁地向上扬，眼泪终于掉了下来。